W0327914

dtv
premium

# Ib Michael

# Kilroy
# Kilroy

Roman

Deutsch von
Ursula Gunsilius

Deutscher Taschenbuch Verlag

Von Ib Michael
ist im Deutschen Taschenbuch Verlag erschienen:
Die Nacht des Troubadours (24138)

Deutsche Erstausgabe
Oktober 1999
Deutscher Taschenbuch Verlag GmbH & Co. KG,
München
© 1989 Ib Michael
Titel der dänischen Originalausgabe:
›Kilroy Kilroy‹ (Gyldendal, Kopenhagen)
© 1999 der deutschsprachigen Ausgabe:
Deutscher Taschenbuch Verlag GmbH & Co. KG,
München
Umschlagkonzept: Balk & Brumshagen
Umschlaggestaltung unter Verwendung des Gemäldes
›Blaues Abendlicht‹ (1959) von Higashiyama Kaii
Satz: Fotosatz Reinhard Amann, Aichstetten
Gesetzt aus der Sabon Antiqua 10,5/12,5· (QuarkXPress)
Druck und Bindung: Kösel, Kempten
Gedruckt auf säurefreiem, chlorfrei gebleichtem Papier
Printed in Germany · ISBN 3-423-24174-8

*Für Hanne*

# 1

Den Mann, der sich Kilroy nannte, traf ich zum erstenmal auf einer Reise in Tibet.

Wir sprangen vom Begräbnisfelsen draußen vor Lhasa und sahen einander als Auferstandene an. Das Grauen, das wir gerade durchlebt hatten, schuf zwischen uns die Grundlage für eine wortlose Vertrautheit, während wir uns langsam von dem Ort entfernten.

Über uns stiegen die Vögel wieder auf, nachdem ihr makabres Mahl, dessen einzelne Stadien wir aus größter Nähe verfolgt hatten, abgeschlossen war. Unter uns lag der Stein, noch rot beschmiert vom Blut und weiß von dem Sägemehl, das die Helfer ausgestreut hatten, während der Tote von dem Leichenschneider zerlegt worden war.

Als er alles bis auf winzige anatomische Details abgeschält hatte, als die Knochen zermahlen und mit den Fleischstücken vermischt worden waren, hatte man die Geier gerufen.

Sie schwebten in großen Scharen über den dämmernden Himmel, strömten von den Bergen herbei und stürzten plötzlich als ein Gewimmel von schwarzen Federkleidern auf den blutigen Haufen nieder. Sie bedrängten einander, um das Beste für sich abzubekommen; Schnäbel und Krallen verursachten ein Geräusch, als kratzten Nägel am Felsen.

Es dauerte nur Minuten länger als die Ewigkeit, die wir erlebt hatten, dann war reiner Tisch gemacht. Zu diesem Zeitpunkt war ich selbst schon längst in der Bergluft zu einer Hülle aus Haut mumifiziert – mit einem Herzschlag, der gerade ausreichte, um mich auf dem steinigen Felsboden aufrecht zu halten. Ich saß da, die Arme um meine Knie geschlungen, und jedesmal, wenn der Anblick zu schrecklich wurde, drückte ich den Kopf gegen die Beine. Mein Begleiter sah sich das Himmelsbegräbnis an, ohne eine Miene zu verziehen. Ich biß meine rotgeschminkten Lippen blutig.

Nur einen Moment drehte ich mich zur Seite, um einen Blick auf die Trainingshosen zu werfen, die man der Leiche ausgezogen hatte. Für den Bruchteil einer Sekunde sah ich den Körper wieder dort liegen. Auf dem Bauch, die Arme über den Kopf gestreckt und an einen Pfahl gebunden.

Das Geräusch der Messer, die in meinen Rücken drangen und mein Herz stillstehen ließen. Der Griff um die Knöchel, als er den Toten anfaßte, um ihn aufzurichten. Der Schock, als die Hose heruntergezerrt wurde und die eingefallenen Gesäßbakken zum Vorschein kamen. Nur durch den blauen Schimmer der Haut unterschied sich die Leiche von den Lebenden. Schließlich die Stunde, in der ich selbst starb und auferstand mit den Vögeln, von denen jeder seine eigene Richtung über die Berge einschlug.

Der Biß der Kälte in den Nacken. Ein Laut, der mir entschlüpfte. Der Fremde sah mich verstohlen an. Der Mann hatte dasselbe gesehen, und seine Geschichte begann in dieser Sekunde von vorn. Ich atmete tief ein.

Außer uns und einer anderen Frau in einem großen Mantel waren an diesem Morgen nur ein paar Tibeter bei der Beerdigung anwesend gewesen. Vielleicht sind sie Verwandte oder Freunde des Toten. Sie rufen einander fröhlich etwas zu. Zwei von ihnen springen plötzlich auf den Stein, der über den Abgrund hinausragt. Sie bewegen sich auf ihm mit Tanzschritten, haben einander die Arme über die Schultern gelegt und die Gesichter nach oben gewandt, um der Musik von den Felswänden zu lauschen.

Unter dem Begräbnisstein steht eine Reihe von Wimpeln mit tibetischen Buchstaben. Daneben: eine Reihe von Pfählen mit eingetrockneten Skalplocken. Reste von brauner, mumifizierter

Haut und lederne Knochen. Die Kleidungsstücke der Toten liegen verstreut auf dem Felsen.

Der Mönch in Gelb ist auf dem Weg hinauf zum Sera-Kloster. Unterhalb seines Cowboyhutes entfaltet sich seine Tracht. Am Gürtel hängen eine Trompete aus einem Oberschenkelknochen und eine Handtrommel. Irgendwo in den Falten verbirgt er noch immer den Ringfinger, der dem Toten abgeschnitten und ihm als Bezahlung für die Messe überreicht worden ist. Von den Felshängen schwebt der Rauch der getrockneten Salbeibündel, die während der Zeremonie abgebrannt worden sind. Dann wird er eins mit dem Frühnebel und verschwindet in dem Wasser, das die Morgenluft aus meinen Augen beißt.

Mit hoch erhobenen Beinen und Füßen, die sich an die Schuhsohlen krümmen, steigen wir über einen Bach. Vor uns liegt eine Ebene voller Abfall. Graue, aufgeweichte Kartons, China-Schuhe, Sandalen und vom Wind umhergetriebene Pappschachteln, deren Inhalt sich überall hin verteilt hat. Ein Limbus von Schlacken, aber es gehen keine Gerüche von ihnen aus. Auf der Hochebene gibt es keine Gerüche, nur das Herz schlägt schneller. Und man spürt, daß das Blut plötzlich dünn ist.

Die Vögel sind nun bis an den Rand der Berge gekommen und verteilen sich.

Allmählich beginnt die Sonne den Tag zu erwärmen; der Bergabhang dampft. Irgendwo über uns brennt das Feuer herunter, um das die Begräbnismänner in den Stunden vor Tagesanbruch gesessen haben, in den Händen Emaillebecher mit Buttertee. Einer von ihnen hat aus dem Tuch, in das die Leiche gehüllt war, ein Bündel gemacht und die Trainingshose hineingelegt.

Das Lastauto dient als Leichenwagen. Die Toten liegen als weiße Bündel auf der Ladefläche. Das Fahrerhaus ist khakifarben und stammt von einem älteren Belford mit großen Kotflügeln. Der Wagen selbst ist ein chinesisches Fabrikat. Der Start wird von Fehlzündungen und dem Aufheulen des Motors begleitet, der Auspuff entläßt schwarze Rußwolken. Die drei Männer im Auto rufen uns etwas zu, als sie vorbeifahren. Nur eine einzige Leiche an diesem Morgen, das bedeutet viel freie Zeit, und sie verschwinden im Staub des Weges.

Der Mann, dem ich mich angeschlossen habe, muß husten. Dann spricht er mich zum erstenmal an.

»Haben wir uns schon gesehen?« fragt er in rostigem Englisch und einem so zögernden Tonfall, daß ich stutze. Er geht schnell weiter und erzählt dann, daß Chinesen keinen Zutritt zum Himmelsbegräbnis haben, an dem sonst jeder teilnehmen kann. Sobald ein Chinese dort auftaucht, wird er von den Tibetern mit Steinen vertrieben.

Der Fremde lobt das heutige Begräbnis. Ich verstehe, daß jene, die sich der Leichen annehmen, einer besonderen, ausgestoßenen Kaste angehören und daß sie die noch Lebenden mit einer Vorführung herausfordern, die ihre Seelen stärker berührt, als es die Gebete, die der Mönch vorträgt, erlauben.

Erst unten in Lhasa, auf der Veranda der Herberge, wo wir einen kräftigen Joghurt zu uns nehmen und kochendheißen Tee trinken, gibt er mir plötzlich die Hand und stellt sich vor: »Kilroy!«

Als ich den Namen höre, lächele ich zuerst. Und ich spüre, wie seine Hand in meiner schlaff und schwer wird und sein Gesicht plötzlich erstarrt. Vor meinen Augen wird er alt, zeitlos und grau. Seine Schultern sind eingesunken; ich bin so lange in seinem Griff, daß meine eigene Zeit verschwindet. Die Kälte steigt vom Berg auf, und seine Hand hält noch immer die meine. Haut wird zu Hautlosigkeit; er ist in der Gewalt anderer Mächte.

Erst viel später habe ich begriffen, daß er ein Mann ohne Gedächtnis ist und daß er diesen Namen von einer Wand abgenommen hat. Später hat er den Mann hinter seinem Gesicht gesucht, und seine Suche hat ihn weit herumkommen lassen: immer getrieben von der Hoffnung, vielleicht eines Tages von einem anderen wiedererkannt zu werden. Zufällige Schlüssel, Spuren, die aus dem Nichts kommen und denen er mit dem Wunsch folgt, daß sie ihn zu einem Ziel führen mögen.

Der Gedächtnisverlust ist grenzenlos und erschreckend. Eine Landschaft ohne Bäume, und an jedem Stein, den man umdreht, steht ein Zeichen, das man nicht entziffern kann. Er ähnelt der Ödnis, die sich unter dem Himmel erstreckt und darauf wartet, daß die Nomaden auftauchen und sich niederlassen. Doch die Figuren nehmen keine Gestalt an.

All das gleitet wieder von ihm ab, und seine Züge bitten um Entschuldigung für alles, was er noch nicht erzählt hat.

Mittags gegen zwölf schlendere ich über den Basar und sauge die Eindrücke in mich hinein. Das Licht ist so hart, daß alle weißen Mauern blaustichig werden und Schatten hervorspringen. Die geteerten Balken über den Fenstern und Türöffnungen strahlen Schwarz ab, oder die Rahmen sind von grellen Farben eingefaßt.

Der Grundton ist Ocker, die Mauern bestehen aus Stroh und sonnengetrocknetem Lehm, eingelassene Messingscheiben reflektieren das Sonnenlicht. Andere Wände sind weißgekalkt mit grünspanfarbenem oder rotgestrichenem Holzwerk, Dämonenmasken und schaumblauen Wellen.

Über die kleinen Marktplätze sind lange Leinenbänder gespannt.

Die Sonne riecht nach Licht wie nirgends sonst.

Ich folge dem Strom von Pilgern durch die Straßen, bis sie sich mit ihren Gebetsmühlen am Jokhang-Tempel versammeln.

Rauch quillt aus den mannshohen Urnen, in denen den ganzen Tag lang Bergkräuter brennen. Hier werfen sich die Gläubigen auf die Erde und liegen lange mit dem Gesicht nach unten, bis sie sich schließlich unter den unruhig flackernden Butterlampen des Tempels einfinden.

In einem kleinen Teehaus sehe ich ihn wieder. Er nickt mir über den Tisch hinweg zu, und ich setze mich zögernd, aber nur, um der Anziehungskraft entgegenzuwirken, die von ihm ausgeht. Das Schweigen zwischen uns ist gut und dauert lange, Worte fallen nur ab und zu, ohne Anfang und Ende; ein Klavierstück, unkonzentriert und quälend in die Länge gezogen. Ich verstehe, daß seine Geschichte unendlich, der Gedächtnisverlust total ist und daß seine Suche so lange dauern wird, wie er auf Reisen ist.

Ein Gespräch, das dahinrinnt wie der Sand in einer Uhr und das dann wieder von vorn beginnt, denn er ist nicht anwesend. Es dröhnt hinter seinem Gesicht. Die hochgezogenen Augenbrauen. Der Mund, der gähnt, plötzlich leer über einem Satz, der nie vollendet wird.

Er riecht nach ranzigem Wollstoff, wie alle, die lange in Tibet gewesen sind, nach Farbe und Leder. Der gedrungene Körper wohnt in einem alten, lammfellgefütterten Ledermantel. Braune Augen, das Haar dunkel, mit stahlgrauen Sprenkeln. Über den Nasenrücken zieht sich eine Narbe zum Stirnbein und deformiert die eine Augenbraue, die hängenbleibt, wenn er ins Grübeln kommt. Aber es ist eine Zerstreutheit, in der man ausruhen kann, so groß sind die Lücken, die alle Freundlichkeit der Welt aufsaugen, und sein Mund ist so traurig wie der eines Clowns.

Die Lippen sind dick, die Augen ein wenig schräg geschnitten, aber sein Gesicht ist zeit- und rasselos. Hohe, ein wenig nach innen gedrückte Schläfen, ein großer, gewölbter Schädel, überzogen mit gegerbter Haut. Und die ganze Zeit über sitze ich da und habe das Gefühl, daß er sich nur an die Worte der Sprache erinnert, die wir beide mit Mühe sprechen.

Bald ähnelt er einem Kind, bald einem alten Mann, der seine Brille verlegt hat. Seine Augen sind voller Unruhe, huschen rastlos hin und her. Alles in ihm sucht nach dem, was verschwunden ist. Aus Mangel an Erinnerungen, die ihn mit einem prallen Jetzt verbinden könnten, erfüllt er die Umgebung mit seiner Abwesenheit, während ein Teil von ihm auf alles achtgibt, was um ihn herum geschieht.

Er erstarrt. Tische und Stühle haben plötzlich Kanten aus Wasser, schaukelnde Spiegelungen im gesamten Lokal, als er sich – mit einem gehetzten Blick zur Straße – jäh erhebt und geht.

Ein Kegel von Vergessen ist geboren und wächst auf seiner Tornadospitze, alles dreht sich, und plötzlich stehe ich selbst auf der Straße. Kleine Steinchen knirschen unter meinen Füßen, das Tageslicht dringt in die Nase wie betäubender Äther, und ich höre die Schritte, die sich entfernen.

Der Tag gehört denen, die singen; ich bin im Dunkeln aufgestanden, mehrere Stunden vor dem Morgengrauen, um zum Ort des Himmelsbegräbnisses zu gehen. Er singt mit den Resten unverbrannten Schlafes. Es klopft hart in den Augäpfeln. Das Auge bewahrt alles ohne Ton, das Detail ist stumm. Als ich die Lippen mit dem Stift nachzeichne, ähnele ich im Spiegel einer Schauspielerin.

Ich gehe auf die angestrichene Holzveranda der Herberge und hinaus auf das flache Dach, von wo aus man eine unvergleichliche Aussicht über das Lhasatal hat.

Drachen werfen sich der Sonne funkelnd entgegen, Schwalbenschwänze folgen ihren Kurven, getragen von dem Wind, der von den Bergen kommt.

Etwas dämmert im Blickfeld: die Frau von heute morgen, wie mit Schwimmbewegungen bricht sie durch Lichtringe und dunkle Flecken. Sie hat ihren Mantel geöffnet und läßt ihn heruntergleiten, während sie ihr Haar schüttelt. Nun sehe ich, daß sie ganz blond ist – ein starker Kontrast zu ihrem sonnengebräunten Gesicht, auf dem sich einzelne Partien geschält haben. Die Tür schneidet die Gestalt ab, als sie in Richtung ihres Zimmers verschwindet.

Wie ein Schlafwandler folge ich der Flucht der Drachen, die auf ihrem Stiel nicken, während ihre Köpfe abwechselnd blinken und wieder erlöschen.

Es blitzt von den unsichtbaren Drachenschnüren, dort, wo sie mit Harz und Glasstaub überzogen sind. Die Schatten brennen das Hochgebirge blau, und es sind keine Wolken da, um die nackten Steine zu schützen. Trockenheit liegt in der Luft, wie nach dem Brennen von Ton. Staub, der statisch über dem Weg steht, und die Rufe einzelner, ferner Menschen. Dann segelt der Rest mit dem Schlaf davon.

Am selben Abend im Gasthaus sind wir zwei, die das Essen überhaupt nicht anrühren, aber dafür chinesisches Bier aus Halbliterflaschen trinken. Die blonde Frau ist die zweite. Unsere Blicke treffen sich einmal kurz über den vom Koch ausgelösten Stapeln roter Fleischstücke, dann schauen wir weg. Das Blut weicht mit dem Flügelschlag großer Vögel aus dem Gehirn – Sekunden, in denen der Körper weniger wiegt als ein Schatten und mit ausgestreckten Fängen hinunter zur Klippe schwebt.

Das Lokal nimmt wieder seinen gewohnten Platz unter den nackten Leuchtstoffröhren ein. Die andere Frau sitzt mit geschlossenen Augen in einer Ecke, und ich spüre ihre Schluckbewegungen bis hierher.

Ich hole das Tagebuch hervor und vergrabe mich in ein Datum, mehrere Tage und Nächte zuvor in Qinghai in China, wo mich ein großer Tibeter mit Goldzähnen gerade vom Felsen hebt und mich an seine Jacke drückt, so daß ich mein Herz gegen seines schlagen höre.

Er hat rote Wollschnüre in sein langes, schwarzes Haar geflochten. In dem breiten Ledergürtel trägt er Messer und Geldbörse, in den Ohren rostfreien Stahl und oben auf der Frisur einen breiten Hut. Er ist ein Khampa aus der Aufruhrprovinz und auf dem Weg zu dem großen, alten Kumbum-Kloster in der Nähe von Xining, das die Chinesen wiedereröffnet haben. Es ist ein Versuch, dem Aufruhr zuvorzukommen, indem sie einige seiner tiefer liegenden Ursachen beseitigen.

Der Geruch seiner Jacke ist von einer Konsistenz, daß man ihn sich aufs Brot schmieren könnte, aber in seinem Bauch gluckst das Lachen, als er mich wieder absetzt und ich meine Kleidung in Ordnung bringe, wobei ich das Lachen zurückschicke. Ich liebe die Augen der Tibeter, die in einem solchen Maße überfließen, daß man angesteckt wird und laut rufen möchte –

Der Kugelschreiber hat auf dem Papier einen kleinen Riß hinterlassen, danach sind die Seiten leer. Ich begreife, daß noch alles geschehen kann und es keineswegs sicher ist, daß ich jemals an den Ort des Himmelsbegräbnisses gelange!

Ich beiße Splitter von dem Plastikknopf meines schwarzen *Bic*-Kugelschreibers und habe einen Geschmack auf der Zunge, daß ich ausspucken muß. Danach fahre ich im Tagebuch mit der chinesischen Eisenbahn bis nach Golmud – an den alten Karawanenwegen entlang, mit einer Dampflokomotive, die den Kohlendreck in die Fenster bläst, selbst wenn diese geschlossen sind; wenn man an den Rahmen entlangwischt, werden die Finger schwarz. Wo die Leute in Miniaturkäfigen aus geflochtenem Bambus Zikaden halten, so daß sich deren Zirpen mit dem

Heulen der Dampfpfeife mischt, wenn das Gleis vorn geräumt werden soll.

In den Gängen des Zuges knackt es laut von den Schalen der Melonenkerne, die die Chinesen mit ihren Schneidezähnen zerkauen und ausspucken. Sie rauchen, lächeln, unterhalten sich und klopfen die Asche von ihren trockenen Zigaretten, die ständig ausgehen. Sie kaufen geräucherten Fisch aus Koko-nor, den man ihnen, eingewickelt in fettaufsaugendes Papier, durch die Fenster reicht. Oder ganze geräucherte Hähnchen mit Kamm, eine andere Spezialität der Gegend. Unter den Sitzen häufen sich Hähnchenknochen, Fischköpfe, Frühstückspapier, Nudelreste – und in dem Maße, wie sich die Chinesen durch die Landschaft essen, bricht dieses ganze Zeug im Takt mit dem Schlingern des Zuges als Lawine los.

Es ist Nacht. Ich liege in meinem Abteil und spüre den Lederbezug des Sitzes an meiner Haut. Die Fahrt ist zu einem langen, tiefen Ton geworden, der mir durch Fleisch und Blut geht, ein brummendes Vibrieren, das mich von den Zehen bis zum Kopf kitzelt und alle Organe zu Mustern anordnet, die Tonschwingungen hervorrufen können. Es spannt vom Unterleib bis zum Nabel. Zwischen meinen Schamlippen wird es feucht, ich habe die Beine ein wenig gespreizt, so daß der Luftzug vom Fenster da kühlen kann, wo die Wärme feucht wird. Das Laken habe ich abgeworfen.

Plötzlich spüre ich hinter mir, daß ein Mann im Abteil ist; er sieht mich stumm im Mondschein an. Sein Blick kitzelt durchdringend durch die Haarkrone. In meinem Dämmerzustand höre ich mich seufzen, während die Knie nach oben kriechen. Ich lasse mich vom Schlaf beschützen, kann plötzlich die Grenze nicht aufheben, alles in mir wendet sich rückwärts. Ich bin ein kleines Mädchen und kann keine Verantwortung mehr übernehmen für das, was geschieht.

Er ist immer noch da; ich spüre seinen ruhigen Atem und habe Hitzewellen in den Wangen. Ich rücke ein wenig zur Seite und merke, wie die Knie weiter auseinanderfallen – alles geschieht ohne meinen Willen.

Es vergeht eine gewisse Zeit. Er holt Luft, und ich höre das

Geräusch von seinem Gürtel. Als ich die Hand hinunter zum Schoß führe, geht eine Flamme durch mich hindurch – der Arm erhebt sich schwerelos in das mondhelle Dunkel, der Unterleib wölbt sich nach oben. Ich bin nicht mehr Herr der kleinen Laute, die über meine Lippen kommen, ich schließe die Augen und werde eins mit dem Wind und dem Mond.

Die hinter mir liegende Anspannung nimmt ab. Ich lasse die Erregung in einem langen Laut verebben und drehe mich zur Wand. Jetzt spüre ich zwei Dinge: kühles Leder an meiner Stirn und etwas Schwellendes, das den Spalt zwischen meinen Beinen aufbricht. Dann ist das Schweigen aufgehoben; er stöhnt laut und dringt in mich ein. Der flammende Schmerz wird zur Lust, wir stoßen mit dem Zug durch die Nacht, und ein großer Vogel steigt auf mit einem Schrei ...

Danach nimmt das Dunkel ihn zurück, und ich bin wieder allein in meinem Abteil, allein mit einem durchdringenden Geruch nach Butter.

Am nächsten Tag blicke ich meinen männlichen Mitreisenden in die Augen – vom Speisewagen, den schlingernden Gang entlang, durch die ganzen Abteile, gründlich genug, um zu wissen, daß er nicht mehr unter ihnen ist. Mein nächtlicher Besucher ist wieder in der Erde versunken, und mich schaudert. Wer ist der Mann, dem ich beim Blättern in meinem Tagebuch zurück durch die Zeit folge? Ist es der, den ich am nächsten Tag als ersten sah, nachdem wir in Golmud ausgestiegen waren und ich auf dem Rastplatz zwischen chinesischen und tibetischen Chauffeuren herumgeschlendert war, um mit einem der Lastwagenkonvois eine Mitfahrgelegenheit nach Tibet zu bekommen?

# 0

Sein Leben beginnt in einem grellen Blitz und hat damit so lange gedauert wie das Universum ...

Sie finden ihn vor dem Riff treibend. Verbrannt bis zur Bewußtlosigkeit, starr und verfitzt in seinen Fallschirm, der ihn mit Luftblasen in dem glasgelben Stoff oben hält und weit über das Meer hin sichtbar ist.

Ringsum schwimmen tote Fische an der Oberfläche, seltsam hell, als wären die Farben abgesengt.

Sie haben eine der Leinen erwischt und ziehen ihn an Land. Die verkohlte Kleidung gleitet in Fetzen von ihm herab. Eine Lederbörse löst sich und fällt auseinander. Ein paar Blechmarken mit seinem Namenszug, einige Fotos und Geldscheine tanzen auf den Wellen davon.

Behutsam befreien sie ihn vom Gurt und heben ihn ins Boot. Auf dem nackten Körper flammen die Brandwunden. Sie trennen die letzten Stoffreste von seiner aufgeweichten Haut und entfernen die Überbleibsel einer Halskette, die sich am Schlüsselbein eingeschnitten hat. Dann blasen sie ihren Atem in die Lungen des Mannes, den der Tod so heiß geküßt hat. Sie entfernen unten in der Jolle ein Brett, legen ihn auf den Boden, so daß das Wasser über die Wunden auf seinem Körper spülen kann. Indessen schaukelt der Fallschirm in einem gelben, verblühten Licht davon, und die Sonne versinkt im Meer.

Tini, Moana und Aluea nehmen Kurs auf das Land. Der nackte Mann ist ungefähr in ihrem Alter und sieht aus, als würde er noch immer schweben. Es kommen Laute über seine

Lippen oder Wörter, die sie nicht verstehen. Sie sitzen stumm da und spüren, wie in ihnen dem Geschöpf mit den geschmolzenen Schwingen gegenüber eine lebensrettende Zärtlichkeit aufkommt. Er wird von einer Wunde auf der Stirn entstellt, und die eine Gesichtshälfte ist angeschwollen. Ein Auge hat die Größe eines Balles, und das Lid spannt sich darüber wie eine Naht. Das andere Auge ist in seiner Mandelwölbung unversehrt und ganz weiß – wie die unbeschadeten Inseln auf dem Körper, die zwischen den Wunden sichtbar werden.

Tini ordnet die Leinen, schleudert den Tagesfang nach vorn und nimmt das Segel vom Baum. Er achtet auf jede seiner Bewegungen, so daß die Jolle nicht ins Schaukeln gerät. Moana hat sich über den Gast aus dem Meer gehockt. Seine Hände sind bereit, behutsam zuzugreifen, so daß die verbrannten Stellen nicht berührt werden. Aluea startet den Heckmotor, der mit den alliierten Truppen auf die Insel gelangt ist, und sein Gauklergesicht strahlt in gespieltem Erstaunen, daß dieser neue Trick noch einmal gelungen ist.

Es herrscht Windstille, und sie steigen und fallen auf dem glänzenden Streifen der Meeresdünung. Das Boot schneidet sich seinen Weg am äußersten Palmengürtel des Atolls entlang; es knallt aus dem Auspuff am Heck. Von der Landspitze her leuchtet die Kirche mit rotstichigen Mauern.

Als sie durch die Riffpassage fahren, dreht sich die Jolle in der starken Strömung. Die Korallenformationen stürzen von dem klaren Spiegelbelag des Meeresbodens nach oben, zwischen ihnen glänzen dunkel die Fische. Ein Schwarm blitzt auf in einem einzigen Schatten abseits vom Boot.

Sie schweben in die Stille der Lagune, und der Lärm ihres Motors übertönt plötzlich die Brandung. Moana hat sich schützend vorgebeugt – der halb ertrunkene, halb verbrannte Mann ist offensichtlich schmerzlos und unberührt von den Bewegungen des Bootes.

Das Dorf wendet sich der Lagune mit seiner Mischung aus palmengedeckten Hütten und pastellfarbenen Sperrholzhäusern zu. Die Wassertanks sind frisch verputzt und wirken wie neu.

Oben ist die Armierung sichtbar; streckt sich, gespreizten Vogelfüßen gleich, zum Himmel. Ein aus Beton gegossener Slip führt hinaus ins Wasser, daß die Boote an Land gezogen werden können. Man hat begonnen, Schienen für einen Bootskarren zu legen, mit dem sich auch größere Schiffe transportieren lassen. Riesige, wellenbrechende Steine formen sich zu einer Mole, die oben mit Zement befestigt ist. Aber die Bauarbeiten sind eingestellt worden. Alles sieht so aus, als wäre es eben gerade verlassen worden. Unter den wehenden Kokospalmen liegt der Stützpunkt mit leeren Mannschaftsbaracken. Ein an einem halben Scharnier befestigtes Fenster schlägt hin und her und sendet lange Blitze über die Lagune.

Die amerikanischen Soldaten sind an einen anderen Ort gezogen, abkommandiert in diesem Pazifikkrieg, dessen ferne Brände am Horizont wüten und der hin und wieder ein vulkanartiges Grollen über die Insel schickt. Unten am Südende verläuft die Landebahn ihrer Bombenflugzeuge bis ganz hinaus zum Außenriff, wo die Wellen in einer schäumenden Mauer über den Asphalt schlagen und ihn mit rötlichen, eilig fliehenden Krebsen überspülen.

Sie heben ihn in das Segel und tragen ihn an Land.

Vor den Häusern sind in Öltonnen und Keksdosen Feuer angezündet, und unter Rosten und rußschwarzen Töpfen glimmt Kokosholz. Der Abend kommt mit blauen Schatten, und Mükkenschwärme machen einen Bogen um den Rauch, der sich in der Brise fahnenartig entfaltet. Während Tini den Fang verteilt, verwandeln Moana und Aluea das Segel mit zwei Bambusstangen in eine Trage. Sie decken den Körper mit Palmenblättern ab, auf die sie zuvor ein wenig Benzin gespritzt haben, um die Fliegen von seinen Wunden fernzuhalten.

Kinder kommen neugierig herbei und laufen mit der Nachricht von der Ankunft eines Fremden die Sandpfade zwischen Omokas Häusern entlang. Es ist bereits eine ganze Prozession von Männern und Frauen, die sich mit der Trage in Bewegung setzt, während Aluea berichtet und Tini und Moana den Fremden tragen. Die Prozession windet sich langsam den Steg zu Mama Hinas Haus hinauf.

Auf der Veranda stellen sie die Trage ab. Sanft senken sie ihn auf eine Liegematte, und ein paar Frauen setzen sich in die Hocke und fächeln in das Segeltuch, während sie vage Worte äußern.

Dort liegt er, in einem Gemurmel menschlicher Sprache, die Kühle der Tiare-Blumen auf seiner Stirn und wartet – ohne es zu wissen – auf Mama Hinas erfahrene Hände.

Als sie herauskommt, werden die Stimmen ringsum leise, und sie nimmt den Verletzten in Augenschein. Als Aluea erzählen will, stoppt sie ihn mit einer Handbewegung; sie weiß schon. Mehrmals schüttelt sie den Kopf. Ihr Gesicht ist zerfurcht von dunklen Linien, und ein gemeinsamer Seufzer setzt sich in den Schultern der Versammelten fest, während die Füße scharren und die Männer sich räuspern.

Moanas Augen werden blank. Ehe er den Kopf senkt, fängt er den Blick der Mutter ein, und Mama Hinas Mienenspiel verändert sich. Dann beginnt sie zu organisieren. Papala nimmt die Söhne, von denen Moana der jüngste ist, und ein paar der Männer mit hinaus, um Palmengras zu schneiden. Andere entzünden kleine Feuer aus Kokosfasern, um die Insekten fernzuhalten. Auf Mama Hinas Geheiß setzen sich Aluea und Tangi an die Spitze einer Delegation, die sich auf den Weg zum verlassenen Stützpunkt macht. Sie kommen mit einer weiß emaillierten Badewanne zurück, die sie von ihrem Abfluß gelöst haben. Inzwischen sind die Stengel des Palmengrases zu einer breiigen grünen Masse geschlagen worden, und die Frauen haben angefangen zu singen. Die Wanne wird mit lauwarmem Regenwasser aus Kanistern gefüllt, und Mama Hina weicht die Pflanzenmasse in dem Wasser ein.

Das alles geschieht, wie schon so oft zuvor, wenn sie gebrochene Gliedmaßen zusammengefügt und an ihren Platz gerückt hat: Kälte breitet sich im Wasser aus, eine Kälte, die nicht zu der Insel gehört. Mama Hinas kleines Kältewunder, das die Kranken gesund macht, Wunden und Brüche heilen läßt. Diese Kälte, die Mama Hina entstehen läßt, ist wie ein fünftes Element neben der Erde, dem Feuer, der Luft und dem Wasser. Sie hält sich während der täglichen langen Sonnenstunden und in der lauen

Nacht. Viele können nicht umhin, ein paar Fingerbreit unter der Oberfläche zu fühlen, aber niemand wagt es, die Hand ganz in die Flüssigkeit zu tauchen, deren Kälte sich brennend auf der Haut ausbreitet.

Als sie ihn – auf ein Zeichen von Mama Hina – in das Bad heben, strahlt Moanas Gesicht um die Wette mit dem Mond, der über den Bäumen aufgeht. Aber als der Körper, nackt und von Kratern aufgebrochen, auf einem Wald von Händen emporsteigt und das Licht passiert, verstummt der Gesang in einem Augenblick des Entsetzens, und Stille senkt sich herab.

Mama Lei hält die Hand mit dem Tuch ganz dicht an die Wange, die von Tränen streifig ist, und sie wiegt sich auf ihren Fersen hin und her. Dann beginnt sie von neuem mit einer Kraft, die alle mitreißt, die Männer fallen mit Chorstimmen und rhythmischen Rufen in den Gesang ein. Das sind Gebete, die Stürme abwenden und tropische Orkane von der Insel weglenken können.

Der Fremde hat aufgehört, die Lippen zu bewegen. Er liegt mit schrägem Nacken in Moanas Händen; eine Gesichtshälfte ist tief in die Furchen des Schlafes gesunken, und man kann nicht sehen, ob er atmet. Nur Mama Hina weiß das. Mit den Fingern läßt sie Wasser über seinen Kopf rieseln; die eine Hand formt sie über dem sich immer stärker schwarz färbenden Auge zu einer Schale, mit der anderen schöpft sie das Wasser. Sie betastet mit den äußersten Fingerspitzen die zerschundenen Glieder, zieht und drückt so plötzlich, daß es wie ein Stoß durch die Versammlung geht.

In großen Kreisen kehrt sie zu denselben Stellen zurück, richtet die schiefen Winkel seiner Arme und Beine, faßt das Rückgrat an seiner Wurzel, so daß es laut knackt, als sie ihn aufrichtet. Die Wunden werden nur vom Wasser berührt; sie schöpft und fächelt, wobei ihre Augen ganz schmal und schräg von der Kraft sind, die sie aus der Umgebung zieht.

Als die halbe Nacht vergangen ist und der Fremde zum erstenmal laut gestöhnt hat, geht eine Erleichterung durch jene, die sich noch wachgehalten haben. Der Gesang ist seit langem verstummt und der glitzernde Mond im Wasser der Lagune versunken.

Und erst da gleitet Moana in den Schlaf – hinüber zu seinem neuen Freund. Immer noch mit den Händen unter dessen Nacken; der Kopf ist auf den Rand der Badewanne gesunken. Mama Hina hat ihre erste Behandlung abgeschlossen und entschieden, daß er weiter in der immer noch kalten Flüssigkeit liegen soll. Er ist seinem Leben um Lichtjahre näher gekommen, aber noch weit vom Land der Lebenden entfernt. Sie schickt die letzten Nachbarn nach Hause. Umarmt Mama Lei und läßt die Tochter Tapairo als Nachtwache bleiben, bevor sie schließlich im Dunkeln eine Zigarette raucht und sich dann drinnen zu Papala legt.

Sie setzt die Behandlung jeden Tag fort, bis ihre Hände unterkühlt sind und die Finger von der Gicht schmerzen, von der sie andere so mühelos befreit. Am fünften Tag wird das Wasser gewechselt, und die Besserung ist sichtbar.

Er verbringt nicht mehr vierundzwanzig Stunden in der Badewanne, sondern nur die Stunden, in denen die Behandlung stattfindet. Die Wunden haben alle Farben des Regenbogens angenommen, bis zum Rot, das mit jedem Tag mehr verblaßt. Die Schwellung im Gesicht ist ganz verschwunden; zurückgeblieben ist nur eine tiefe Wunde über der Nasenwurzel und ein verschorfter Bogen an jener Stelle, wo die Augenbraue abgesengt ist.

Moana und Tapairo füttern ihn abwechselnd mit Kokossahne und Fischsuppe, pürierter Papaya und Taro-Wurzel. Mama Hina fügt die Kräuter hinzu. Kurze Augenblicke ist er bei Bewußtsein gewesen, hat einen Namen gerufen, an den er sich nicht mehr erinnert, nachdem er die Nacht überstanden hat.

Bevor er die Augen aufschlägt, hat es lange unter seinen Lidern gezittert, er hat unruhig gesprochen und sich mehrmals herumgewälzt. Überall im Raum das Blitzen, aus dem er gekommen ist, bepflanzt mit weißen Flammen. Gestalten mit verschwommenen Konturen, umglänzt von Regenbogen, gleiten umher zu einer langsamen Musik, die aus ihren Mündern kommt. Weit entfernt fächelt eine Wand mit wechselnden Strahlen. Das sind blendendhelle Schnitte ins Gehirn. Wellen, die aus der Stirn heraus wollen und das Dunkel suchen, aber von einer Knochenwölbung gestoppt werden, hinter der alles pocht. Windungen, die an der Schädelnaht pulsieren, und ganz oben auf dem Kopf weiche und bebende Haut wie bei einem Neugeborenen. Der Schmerz hinter den Augen ist nichts, verglichen mit dem, der entsteht, als er versucht, Dinge und Konturen um sich herum wiederzuerkennen. Denn nichts hat länger Namen, und Worte sind eine unendliche Musik, die mit Wohllaut ihre eigene Bedeutung verleugnet. Sein Gedächtnis ist leer.

Sein Erinnerungsvermögen beginnt und endet mit dem Blitz, vor dem er die Augen geschlossen hatte. Es hat keine Zeit und keine Dimension – wie das Geschöpf, das sinnlos und selig zur Welt kommt, und nichts jemals geschehen ist. Er blinzelt, und die Seligkeit widerspricht nicht dem Schmerz, als er nach den Dingen greift. Da sind Licht und Dunkel und der lange Traum dazwischen ... Er sieht alles so lange an, daß es seine Kontur verliert und mit dem Rest verschmilzt. Es ist eine fließende Welt; fließend wie das, was er bekommt, wenn sie sich mit Löffeln und Schalen über ihn beugen.

Und doch kennt er alles. Wie jemand, der schon vorher gelebt hat. Er sucht Hände und Liebkosungen, hält sie lange fest. Er ruft nach ihnen mit Lauten, die an die eines Tieres in Not erinnern. Er strahlt sie an, wenn sie kommen, denn sie kommen aus den Tiefen hinter ihm. Er ist wie jedes Baby. Sie geben ihm Essen und halten ihn sauber.

Moana und Tapairo prägen sich zuerst in sein Leben ein. Tapairo ist die Herzform, die alles in sich einschließt. Bogen und Linien, die sich weich im Fleisch treffen. Sie ist wie die blaue Nacht, die plötzlich glitzert. Sie ist da und sendet so dämpfende Wellen aus, wie er es nie zuvor erlebt hat. Sein Gesichtsausdruck wird sanft, sobald sie den Raum betritt. Sie streichelt seine Haut mit der flüchtigen Blattkühle ihrer Hände, und er gleitet mit ihrem Bild durch die Milchstraßen des Schlafes.

So vollzieht sich Tag für Tag sein allmähliches Erwachen unter Mama Hinas unmerklicher Kontrolle. Sie hält ihre erwachsenen Kinder im Zaum und bestimmt den Gang der Dinge. Mit kleinen Schnaufern nimmt sie deren Berichte über Fortschritte und Rückfälle entgegen, wendet ihnen den Rücken zu und steckt sich eine von ihren selbstgedrehten Zigaretten an. Mit einem Wink nach hinten schickt sie die jungen Leute aus der Stube, bevor sie die Arbeit wieder aufnimmt. Sie flicht Hüte und Matten aus langen Pandanußblättern und kardiert die Fasern mit einem Spezialkamm.

Eines Tages sitzt er ohne Stütze aufrecht auf der Matte und richtet seinen hungrigen Blick auf eine verschlossene Öffnung, durch die das Morgenlicht dringt. Er faßt sich mehrmals an den Hals, und ein großes Staunen erfüllt ihn. Einen Augenblick lang hält er eine unsichtbare Blechmarke zwischen den Fingern, und seine Lippen versuchen ein Wort zu formen. Dann fällt die Hand schlaff auf die Matte und liegt hilflos da, während Augen und Mund wieder jeden Ausdruck verlieren. Aber einen Augenblick lang hat er wie ein Mann ausgesehen, der älter ist als die Zeit, und Tapairo ist in der Türöffnung stehengeblieben, erstarrt zu einer Salzsäule von Gedanken, die sie vorher nie gehabt hat.

Mit einer bislang ungekannten Zerstreutheit setzt sie – ohne die Schwelle zu überschreiten – den gekochten Fisch ab. Schiebt das aus Blättern geformte Boot, in dem das Essen liegt, ein Stück ins Zimmer hinein und geht. Ihr Haar ist im Sonnenschein blau, die Blumen wiegen sich an ihren Hüften, und der Körper schwingt unter dem lose gebundenen Tuch. Bei jedem Schritt sucht der Fuß in der leeren Luft. Ihr Gang ist aus gebrochenen Kreisen zusammengesetzt, schwingt mal zur einen Seite aus, mal zur anderen. Sie blickt zur Erde und vergißt, was sie tut. Sie ist durch den Kokoswald gegangen und ganz bis hinunter ans Meer gekommen, steht mit den Fersen im Sog der Dünung.

Es ist einer der seltenen Morgen, an denen der Wind die Wellen von der Insel wegtreibt, und das Meer bewegt sich auf den Horizont zu mit seinen länglichen Rücken, die mal über-, mal untereinanderschlagen. Noch lange glänzt es in ihr, als sie schließlich zurückkehrt, hoch über sich die Schreie der Seevögel und die Hand feucht von ihrem Schoß, den sie selbst geöffnet hat.

Von dem Tag an nimmt er festere Nahrung zu sich – gebraten und roh. Er spürt das in seinen Gliedern als zurückkehrende Kraft. Jetzt kann er schon gehen, indem er sich an Wände und auf Tische stützt, immer noch unsicher und mit allzu großen Schritten. Er ahmt die englischen Wörter nach, die sie an ihn richten, Tag für Tag mehr. Es geht mit Riesentempo voran. Er hat ein hungriges Kind in sich, das sich alles mit klugem und wißbegierigem Kopf aneignet. Er lernt zu sprechen, indem er die Wörter wie Bälle formt, die er wieder fortwirft, so daß sie willkürlich zwischen all den Dingen herumspringen, die sie benennen sollen.

Es ist das Spiel, das ihn in seinen Bann zieht. Offensichtlich ist es ihm egal, was er sagt. Bald versteht er ihr elementares Englisch und kann antworten. Er formt die Wörter ein wenig mühsam, als hätte er die Sprache gekannt und gesprochen, aber mit einem Akzent, der von einer anderen Muttersprache herrührt, so wie es bei den Inselbewohnern selbst der Fall ist. Versuchen sie es dagegen auf Maori, wird er wieder hilflos. Auch wenn er den langgezogenen Wohllaut und fegenden Schwung der Sätze schluckt, wird deutlich, daß er nichts versteht. Kehren sie zurück zum Englischen, fällt er ihnen begeistert ins Wort; aber alle ihre Fragen beantwortet er mit derselben Frage, und lange verstehen sie seine Namenlosigkeit nicht.

Es gibt eine Sprache. Die Sprache, die er mit sich selbst spricht, in der er nichts laut sagen muß, um die Dinge zu verstehen. Eine Sprache, die immer dagewesen ist und deren Schlüssel so perfekt zu all dem passen, was verlorengegangen ist, daß sie jetzt allein übriggeblieben ist. Das ist die Sprache, in der er träumt und die er nur im Schlaf spricht und die alle, die sie hören, glauben läßt, er spräche abwechselnd mit Engeln und Dämonen.

In wachem Zustand ähnelt er zuweilen einem zurückgebliebenen Kind. Aber wenn er schläft, sieht er wie ein Erwachsener aus, der mehr erlebt hat, als gut für ihn gewesen ist. Zuckungen verzerren die Maske unter den abgesengten Augenbrauen, und er ruft und wirft sich herum. Oder er liegt wie ein Engel da und spricht in Hauptsätzen mit den Unsichtbaren. Niemand unter den Anwesenden hat dergleichen vorher gehört und kann sagen, woher es stammt.

Moana, der seinen Namen mit dem Meer teilt, hat begonnen,

ihn mit hinaus zum Fischen zu nehmen. Zuerst sitzt der Fremde sprachlos da und beobachtet die Vorbereitungen. Dann wirft er sich über den Bootsrand, so daß sie ihn wieder an Bord holen müssen. Je mehr sie ihn an ihrem Alltag teilhaben lassen, je mehr Wörter sie gemeinsam haben – desto mehr Wirklichkeit können sie miteinander teilen.

Er stürzt sich auf alles wie ein Welpe, und er lernt die Dinge so unfaßbar schnell. Moana ist stolzgeschwellt über seinen adoptierten Bruder, der völlig furchtlos ist und den man auf alle Fallgruben der Welt aufmerksam machen muß. Er tummelt sich mit den anderen im Wasser wie ein Fisch, und bald hat ihm das Meer die volle Beweglichkeit seiner Gliedmaßen zurückgegeben.

Moana ist unter Wasser sein Wegweiser, und er öffnet ihm eine Welt. Kilroy sticht nach der Muräne mit den phosphorleuchtenden Flecken und dem Schlangenkopf und jagt sie zurück in ihr Loch. Sie schnappt nach seinen Gliedmaßen, die noch weiß vom Krankenlager sind und unter Wasser unnatürlich schimmern. Mit Handbewegungen dirigiert Moana sie um den langsam hin- und herwedelnden Fächer aus Seeanemonen, wo der Clownfisch mit seiner Palette unberührt zwischen den giftigen Fäden steht. Und er zeigt ihm den Steinfisch, der sich völlig seiner Umgebung anpaßt und dessen Stachel, wenn man ihn hervorlockt, denjenigen tötet, in den er sich bohrt.

Der erinnerungslose Schwimmer bewegt sich vertrauensvoll mit blutigen Fischen, die die anderen mit ihren Speeren aufgespießt haben, zwischen den Haien. Als einer von den lauernden Grauen dicht an ihn herankommt und sich einen Fisch von der Schnur schnappt, die er sich um seine Hüfte geschlungen hat, ist sein Erschrecken nicht größer als das eines Jungen, der Pferde mit Heu füttert und sieht, wie die Halme von seiner Hand mit einem Raspeln zwischen den allzu großen Zähnen verschwinden.

Lachend stößt er unter dem Wasser, wo die Sonne lange blaue und flimmernde Schächte gräbt, auf Moanas bekümmertes Gesicht. Die Haare stellen sich auf und sind voller Perlen. Augen, so groß wie Teetassen, starren durch Taucherbrillen, und mit ihren Gummiflossen und dem Blei im Gürtel schlagen sie Purzelbäume. Die Blicke schaffen eine lautlose Kommunikation, die jeden in einer Welt strömenden Schweigens sprachlos macht.

Hier ist alles neu, wird von ihm mühelos glasklar wahrgenommen und findet einen Platz in den leeren Sälen, an deren Türen er so dünn und hilflos entlangschwebt. Um sie herum steigen und fallen die Einhörner des Meeres mit ihrem leuchtenden Fleisch. Die Plattenkoralle bildet den Spiegelboden und nimmt unter dem Geglitzer von Violett und Rotgold alle möglichen Formen an. Organismen ziehen sich bei der geringsten Berührung schneckenartig in die lebende Klippe zurück. Sie lassen ihn vor Freude überschäumen. Er vergißt fast das Luftholen, als er zum erstenmal einen Fisch mit Papageienschnabel sieht, blau und grün, und der flieht so erschrocken, daß er aus der Koralle heraus, an der er gerade geknabbert hatte, eine ganze Wolke ausscheidet.

Anschließend lassen sie sich am Strand, auf dem knirschenden Korallensand, trocknen. Sie sind voller Schuppen, die wie festgeklebt auf der Haut sitzen und sie zusammenziehen. Moana und die neuen Freunde häuten den Fisch mit den Zähnen und geben ihm das rohe Fleisch. Sie machen Löcher in die grünen Kokosnüsse und trinken die leicht gegorene, prickelnde Flüssigkeit; sie schlagen die dunklen auf, in denen das Samenweiß zu einem handgroßen Herzen explodiert ist, das sie *Uto* nennen und das nach Sperma schmeckt. Er wiederholt alles, was sie sagen. Sie lehren ihn lange, vokalreiche Namen von Fischen, die sie nicht auf Englisch kennen, und er wiederholt sie wie Musik.

Sie lehren ihn, die bissigen Haie von denen zu unterscheiden, die nur neugierig sind. Die grauen sind gefährlich, *Papela*, sie sagen es langsam, daß er sich den Namen einprägen kann. Sie lehren ihn den Unterschied zwischen Ernst und Spiel in dem neuen Element, das ihn aus dem Schmerz wiedergeboren hat.

Sie verzieren seine Erlebnisse mit Tigerstreifen, so daß er die gefährlichen von den harmlosen unterscheiden kann. Erst dann kann er sich frei zwischen den schwarzen und weißen Mäulern der Lagunenhaie tummeln und sie wie Hunde füttern. Schließlich zeigen sie ihm Haibisse und Narben an Hüften, Armen und Beinen, damit er versteht, daß es Ernst ist.

»Hano tato sisi«, antwortet er lange auf alles zwischen Himmel und Erde und läßt die Worte wie Süßigkeiten im Mund zergehen: »Laßt uns hinausfahren und fischen!«

Moana wirkt wie einer, der einem Tigerhai beigebracht hat, durch einen Reifen zu springen, und er stolziert zwischen den anderen herum, als wäre der neue Spielkamerad sein persönlicher Beitrag zur Schöpfung.

Sie fischen mit Haken und Schnur, mit Bambusstangen, oder sie ziehen Schleppnetze aus geflochtenen Palmenzweigen durch die Lagune. Sie angeln von den Booten aus mit Blinkern aus geschnittenem Perlmutt, und für die Unterwasserjagd benutzen sie Handspeere, die von den jungen Leuten mit kräftigen Gummibändern versehen werden, nachdem nun auch Gummi auf die Insel gelangt ist.

Im Wasser verhalten sie sich so, als brauchten sie keine Luft zum Atmen, und sie lassen sich geradewegs hinunter in die großen Tiefen gleiten, mit einem Gewicht in der einen Hand und einem Netz zum Sammeln von Perlenmuscheln in der anderen.

Überall können sie Fische hervorzaubern – wenn nötig mit den bloßen Fäusten aus Gezeitenlachen und kleinen Binnenseen. Bei Ebbe fangen sie auf dem Riff die seitwärts flüchtenden Hummer, indem sie blitzschnell den Fuß auf den Schild stellen; und sie locken sie mit dem Schein der Taschenlampen oder noch besser: mit dem Licht der zischenden, hellbrennenden Petroleumleuchten, die die Soldaten mitgebracht haben und die scharfe und blaue Schatten ins Dunkel werfen.

Zwischen den Palmen fangen sie Kokoskrabben und verwöhnen sich mit den großen Scheren und dem Inhalt des Magensackes.

Überall ist er ihr begeisterter Zuschauer, immer bereit, über jedes neue Kunststück, das sie ihm zeigen, in die Hände zu klatschen. Mehr und mehr wird er ihr Helfer, einer, der sich in seinem neuen Dasein nützlich macht.

In den folgenden Wochen wird er in der Welt der Männer erwachsen – doch in der Welt der Frauen bleibt er ein Kind. Tapairo steckt rote Hibiskusblüten hinter sein Ohr; lehrt ihn, das Lendentuch nach Art der Männer zu binden und reibt seinen Körper, der nun so braungebrannt ist wie die Haut der Einheimischen, mit Kokosöl ein. Nur die Narben heben sich mit weißen, leuchtenden Kraterrändern ab, und Mama Hina findet immer noch Verdickungen an den verheilten Brüchen, die sie massiert, wobei ihre Finger Blitze von Schmerz und Wollust aussenden.

Die weiche Stelle ganz oben auf dem Kopf hat sich mit einer Beule am Schädelknochen geschlossen; man kann sie unter dem Haar spüren, das in dunklen und widerspenstigen Wellen zurückgekommen ist. Mit seiner braunen Haut, den üppigen Lippen und den großen, kaffeefarbenen Augen, in denen man mit einem Teelöffel rühren möchte, ähnelt er den Inselbewohnern, wenn man von dem schmalen Gesicht und der Adlernase absieht.

Mama Hina betrachtet ihn mit heimlichem Staunen – er ist schon älter als ihre erwachsenen Kinder. Als hätte er eine andere Zeit in sich, die ihn nun wieder zurückholt. Seine Rede wirkt zerstreut. Das Dunkel, in dem er herumtappt, weiß all das, was vielleicht niemals das Licht des Tages erblicken wird. Jeder Versuch, die Erinnerung mit ihren Gestalten und den ihm Nahestehenden aus einem anderen Leben zurückzurufen, endet in einem Anfall von Kopfschmerzen und Übelkeit. Seinen Namen hat das Meer, zusammen mit einigen Schnappschüssen aus seiner Vergangenheit, zurückgenommen; der Rest wurde mit einem blendenden Blitz ausgelöscht.

Die beiden, die ihn in der wiedererschaffenen Welt am meisten lieben, haben ihm jeder einen eigenen Namen gegeben. Es sind Doppelnamen, denn er hat zwei Leben. Tapairo nennt ihn Bora-Bora, den Schaumgeborenen, und Moana nennt ihn Mahi-Mahi, meine Goldmakrele.

Mama Hina hat einen Namen für ihn, den sie nur sagt, wenn sie allein ist und der ihren Mund schmal werden läßt. Sie ist besorgt, daß die Lust ihrer Tochter in seine Richtung geht, in der letzten Zeit ist das ganz offensichtlich, denn Tapairo spaziert mit ihm Hand in Hand herum.

Sie nimmt ihn mit auf verbotenen Pfaden. Der Stützpunkt ist von der übrigen Insel abgesperrt; die Soldaten dürfen mit den Leichtsinnigen keinen Umgang haben. Das haben der Häuptling und der Priester gemeinsam entschieden; aber keiner von beiden ist jetzt hier. Sie sind mit dem Schiff abgereist, und niemand weiß, wann sie zurückkommen. Der Priester ist einer von ihnen, aber der Häuptling ist ein *Papa* – ein Weißer – aus einem weit entfernten Land, das keiner kennt, sagt sie so nebenbei, aber er hat sich mit einem Mädchen von der Insel verheiratet ..., ihr herzförmiges Gesicht wendet sich voll dem seinen zu.

Sie spazieren auf dem Militärgelände herum, Hand in Hand. Mal spielen sie wie Kinder und flattern unter den Korbballnetzen über den Platz. Sie sind allein auf der Welt. Sie laufen mit unsichtbaren Bällen aufeinander zu, scoren und werfen sich hin. Mal sind sie Erwachsene in den dunklen Winkeln und vielen Räumen des Lagers, wo sie sich an ihn schmiegt, und er spürt, daß alles Blut gegen ihren leichten Stoff pulsiert. Ihre Berührungen sind elektrisch aufgeladen, flüchtig und warm, rauben ihnen die Worte. Zuerst sind da große Pausen, in denen sie irgend etwas stammeln, dann schweigen sie ganz. Ihre Schritte werden langsam. Sie blicken einander verstohlen an, plötzlich verlegen, wieder Bruder und Schwester mit erhitzten Wangen.

Er weiß nicht, was das ist; er fühlt sich unsicher. Der Körper sendet so starke Signale aus. Von den Wänden starren große Glanzpapier-Blondinen auf ihn herunter, mit einem übertriebenen Sog in den Augen, die halb geschlossen und schon vergessen sind – wie Spuren, die ohne Geruch wieder lebendig werden.

Tapairo hält sich dicht an ihn und sieht sich mit angstvollem Staunen in der Welt der Männer um. Ihre Schritte schallen so verlassen durch die Mannschaftsmesse. Außerdem sind die Wände voll von Erinnerungen und Familienfotos, aus einem Buch lugt eine Briefecke, er blättert die Seiten auf, die steif sind von getrockneter Feuchtigkeit. Etwas fällt aus dem Umschlag: braune Bilder von kleinen Soldatenjungen unter allzu großen Schiffchenmützen und Stahlhelmen. Eine Liebste oder Schwester in einem schwarz-weiß gepunkteten Kleid und mit Locken an den Ohren. Er läßt es los, als hätte er sich die Finger verbrannt.

Dann greift er sich an den Hals, an den Knochenkamm unter dem Haar, betastet sich prüfend mit dem Ausdruck dieser großen Verwirrung, die sie alle schon früher bekümmert hat. Sie fliegt an seinen Hals und läßt ihre Worte mit schnellen Küssen in seinen Ohren explodieren, zieht ihn an der Hand weg von dem staubigen grünen Stahlschrank, dessen Tür aufgeschlagen ist. Sie läßt die Wärme in ihm so jäh wieder ansteigen, daß er auch seine Sehnsucht vergißt und sie das Spiel von vorhin wieder aufnehmen. Er entdeckt Schokoladenriegel, die in Silberpapier eingewickelt sind, und läßt Tapairo sie aus seinem Mund essen. Sie öffnen eine Dose mit Eingemachtem und spucken es wieder aus.

Als sie ein ›Life‹-Magazin mit Fliegern auf dem Titelblatt entdeckt, zieht sie ihn, bevor er es gesehen hat, resolut in einen der dunklen Räume mit den Doppelstockbetten.

Der Geruch von Männerschlaf sitzt tief im Holz, und die Matratzenfedern quietschen, als sie sich setzen. Er federt wieder nach oben und stößt sich den Kopf an dem schwingenden Boden über sich. Holzwollefüllung rieselt aus der Matratze, und er bekommt einen trockenen Hals, hustet und lacht stoßweise. Sie klopft den Staub von ihm ab, entfernt mit einem Fingernagel Schmutz aus dem Auge. Reicht seinem Mund ihre durstigen Lippen und zieht ihn an sich. Sie küssen sich lange; Sicherheit ist auf ihrer Seite, Verwirrung auf der seinen. Trotzdem tun seine Hände Dinge, die sie klingen lassen, als würde sie weinen, doch das tut sie nicht. Er spürt, wie ihr Atem stockt, und er schnappt die Luft von ihrem Mund. Dann stößt er mit dem Ellenbogen an etwas hinter sich und erstarrt. Der Fensterladen ist mit einem rostigen Knarren in den Raum geschlagen. In dem Zwielicht, das sich um sie herum ausbreitet, sieht er ein Graffito, das mit großen, steifen Buchstaben in die Wand geritzt ist:

KILROY WAS HERE

Und seine Augen werden plötzlich von einem Glanz überzogen, er wälzt sich auf Tapairo. Plötzlich weiß er allzuviel. Seine Küsse sind so hart, daß sie, die vorher warm und offen war, sich unter ihm zu einer harten Frucht zusammenpreßt. Wieder klingt es von ihr wie Weinen – und dieses Mal weint sie wirklich –, aber er hört den Unterschied nicht und dringt mit doppeltem Schmerz in den gespannten Bogen ihres Körpers. Der bäumt sich auf und will ihn abwerfen, aber er ist eingeklemmt. Es preßt gegen ihr verkrampftes Inneres, und das Blut pulsiert allzu hart. Hoch über sich hört sie ihn laut mit einem fremden Triumph in der Stimme rufen: »Du sollst mich Kilroy nennen!«

Dann läßt bei beiden die Anspannung nach – sie bricht in ein heftiges Schluchzen aus, das er nie wieder vergessen wird, und er fällt in eine totale Verwirrung zurück, die geprägt ist von verwässertem Blut, Sperma und salzigen Tränen. Es ist vorbei. Es gleitet wieder von ihm ab.

»Du bist meine Schwester«, murmelt er so lange vor sich hin, bis es sinnlos wird, »wir hätten das nicht tun dürfen!«

Aber da ist sie schon weg, verschluckt von den rauschenden Palmen. Noch lange sitzt er allein auf dem Militärgelände, mit herabhängenden Händen und dem alten, leeren Gesichtsausdruck.

# 0

Sie vertrugen sich wieder. Das Spiel, das sie gesucht hatten, fanden sie nie, und zwischen ihm und Moana entstand ein neuer Ton. Sie waren jetzt Männer, die auf der Hut waren, keine Geschwister mehr. Tapairo war ein wenig zu sanft, etwas in ihr war zerbrochen. Mama Hina wirkte so kalt wie das Wasser, mit dem sie ihn geheilt hatte. Er wurde ganz eifrig, Gutes zu tun, und brachte so viele Fische nach Hause, daß sie damit die Schweine füttern konnten. Aber der Name Kilroy verbreitete sich von dem Tag an über die Insel. Die Jungen liebten den Namen, Moana und die Männer akzeptierten ihn. Die Frauen vermieden ihn ganz.

Mit kindlichem Stolz benutzte er die Identität, die sich ihm geboten hatte. Er wußte nichts über den Ursprung dieses Namens im Krieg. Es ging so, wie es an anderen Orten gegangen war: Plötzlich stieß man überall auf dieses Wort. Als wäre eine bislang unsichtbare Schrift auf der Wand hervorgetreten. Sie fanden den Namen eingeritzt in dem Wrack des verunglückten B-17-Bombers. Beim Landeanflug waren die Räder des Flugzeuges vom Korallenriff abgerissen worden, weil das Meer den Piloten geblendet hatte. Das Wrack lag noch immer draußen bei der Landebahn und schaukelte auf der Riffkante, wo es einem gestrandeten Metallwal glich.

Sie waren gerade dabei, es nach und nach bis aufs Skelett zu plündern, um aus den Metallteilen Kämme, Kochgeschirre und Messer herzustellen, als das Graffito mit blanker eingeritzter Umrandung in dem grauen Aluminium auftauchte – als wäre es erst gestern gemacht worden.

Die drei Wörter, die die anonymsten auf der Welt sind, standen bald mit Kreide auf den Tafeln der Schulen und auf jeder zweiten Trennwand. Man entdeckte sie, mit einem Stock in den damals noch feuchten Zement der Mole geritzt, und selbstverständlich auch an all den Orten, an denen sich Soldaten aufgehalten hatten. Er war nie dort gewesen. Aber jetzt war er da. Aus dem Namen wuchs ein Mensch, der bis dahin ein unbeschriebenes Blatt gewesen war.

Auf der Jagd entwickelte Kilroy einen so heftigen Mörderinstinkt, daß Moana ihn eines Tages bitten mußte, sich ein wenig zurückzuhalten. Mit Todesverachtung näherte er sich den Haien und schlug alle Warnungen in den Wind. Vor den Augen der anderen harpunierte er, was er für gut befand, ließ um sich herum eine Wolke aus Blut und Eingeweiden entstehen, was das Fischen um so gefährlicher machte.

Es wirkte wie Mut, aber es war keiner. Wenn der Hai ihm seinen Fisch wegschnappte, wurde er von blinder Wut ergriffen, und einmal stieß er seinen Speer so tief in die Kiemenspalten, daß er ihn einbüßte. Oder er harpunierte so große Fische, daß er sie nicht nach oben bringen konnte, sondern von ihnen mit in die Tiefe gezogen wurde. Jedesmal spie ihn der Tod auf der anderen Seite wieder aus, so als wäre Kilroys Verachtung genug, um ihm den Eintritt in sein Reich zu verweigern.

Er kam mit seiner ersten Perle nach Hause und gab sie Tapairo, und in ihren Händen verschwand sie wieder. Als Taucher wollte er seine Lehrmeister übertreffen. Er holte die Muscheln aus den größten Tiefen, und wenn sie diese öffneten, geschah es mehr als einmal, daß die Perle darin eine von den seltenen schwarzen war. Für die meisten war er ein Held, aber Moana, der, bis er seinen Lehrling bekam, der Meister des Meeres gewesen war, schüttelte seinen Krauskopf, daß das Wasser aus seinem Haar spritzte. Das alles hier entwickelte sich auf eine Weise, daß man nicht wußte, wie es enden würde. Er ging zu Teiho, dem Seefahrer, der noch die Sternenreihe und die Wellenmuster kannte, nach denen die Alten navigiert hatten.

Aber Teiho hob seine weißen Brauen und sagte: »Er ist *Papa* wie seine Väter, auch wenn wir die nicht kennen. Und das Vergessen hat ihn ausgelöscht. Erwarte nichts anderes. Wir verschwinden – wie die kleinen Fische vor dem Hunger der Mako-Haie. Es dauert nicht lange, und das alles zusammen wird nichts mehr bedeuten. Die Hibiskusblume wird wachsen, die Korallen auf dem Grund des Meeres werden zunehmen, aber Menschen wie wir werden aufhören zu existieren. Wir haben Schlaf in unseren Augen, und die Matten sind bereit ...«

Teiho war Alueas Großvater und alt genug, um sich an damals zu erinnern, da alle Männer der Insel als Sklaven verkauft worden und die Frauen mit den Samen der Vergewaltigung für kommende Generationen in sich allein zurückgeblieben waren. Die Sklavenhändler schufen sich damals durch den Menschenhandel Vermögen. Und wen sie nicht in Fesseln mit sich führten, der war infiziert worden von der Gier nach dem Geld. Das Volk siechte dahin. Die Geistlichen kamen und kauften das, was von den Seelen noch übrig war, mit lauter Dingen, die man vorher hier nie gebraucht hatte.

Aus den weißen Löchern im Himmel waren sie gekommen. Es war die Zeit der Segelschiffe, und nach einem von ihnen hatte die Insel ihren Namen bekommen – »Lady Penrhyn«, die damals an einem Felsenriff gestrandet war. Die weißen Segel, die am Horizont aufgetaucht waren, hatten die Schwarzgekleideten mitgebracht.

Teihos Gesicht ähnelte einer alten, verschrumpelten Nuß, und wenn er sprach, entblößte er den Gaumen und lispelte zahnlos seine S's. Er war zu alt, um fischen zu gehen, aber nicht zu alt, um Geschichten zu erzählen.

»Bevor die Weißen kamen, hieß die Insel Tongareva. Die großen Meeresschildkröten waren auf ihr an Land gegangen. Die Geschlechter der Väter segelten über viele Generationen nach den Sternen, während sich die Wellenmuster in ihre Körper einprägten. An der Spiegelung der Wolken, den Vogelschreien und unterseeischen Blitzen erkannten sie immer, wo sie waren, und fanden den Weg über das Meer.

Der Stammvater Mahuto hatte das Geschlecht bis zum fernen Tahiti geführt. Eine geraubte Häuptlingstochter war den Weg von Aitutaki bis zu ihrer Geburtsinsel auf dem Rücken eines weißen Hais geritten und so ihren Entführern entkommen. Damals flossen die Welten zusammen. Das Meereswesen mit dem Schlangenkopf verheiratete sich mit einer Menschentochter, und bevor ihre wütenden Brüder es töten konnten, hatte es ihr gesagt, wie sie seinen Kopf bestatten sollte. Der kam als Kokosnuß wieder. Man kann noch sehen, wie die Nuß mit ihren beiden Augen und dem kleinen Mund, wenn man sie von ihrem spitzen Ende aus betrachtet, einer Muräne ähnelt. So bekamen die Menschen ihre Nahrung, aber später lebten sie getrennt von den Meerestieren und hatten für deren tiefen Himmel nicht mehr genug Atem.«

Teiho hielt jäh inne, als würde ein Schmerz ihn stoppen. Er saß lange mit geschlossenen Augen da, und es zuckte um seinen Mund. Moana holte tief Luft, dann sagte er: »Es ist etwas mit Tapairo geschehen. Mama Hina glaubt nicht mehr, daß sie sie in der Heilkur unterweisen kann. Wer soll es dann übernehmen …?«

Aber der Schlaf, nach dem sich Teiho jeden Tag sehnte, hatte ihn übermannt. Er saß aufrecht auf der Matte und schlief; ein Schnurren im Hals, gefolgt von einem Zucken. Draußen sengte die Mittagssonne die Palmenkronen.

Moana ging mit der unbeantworteten Frage fort und bekam keine Gelegenheit, sie noch einmal zu stellen. Denn kurz darauf verschwand Teiho, wie er es gesagt hatte. Er takelte sein Auslegerkanu zum letztenmal auf – so wie es bei den Ältesten der Brauch gewesen war – und segelte hinaus aufs Meer.

Der größte Teil der Orkansaison verging, ohne daß der Geistliche und der Südseekapitän, der der Verwalter der Insel war, zurückkehrten. Für eine Weile war die Penrhyn-Insel vom Krieg vergessen, der mit dumpfem Dröhnen und Rauchschlangen am Horizont immer weiter fortzog.

Sie fischten wie früher, sammelten Perlen und Perlmuttmuscheln, ernteten die Kokosnüsse und warteten auf Schiffe. Der Tabak war aufgebraucht, ebenso andere Waren, an die sie sich gewöhnt hatten. Auf dem Stützpunkt lösten sich die letzten Dosen »Spam« mit Fleisch in Gelee sowie das Milchpulver in Luft auf.

Kilroy begriff, daß es eine Welt außerhalb dieser geben mußte, und fragte jeden Tag Mama Lei und Aluea, die die Schulkinder unterrichteten. Besonders beschäftigte ihn der weiße Häuptling, dessen Namen er so schwer aussprechen konnte.

Staunend ging er in dem leeren Holzhaus umher, durch das der Wind zog, berührte die Möbel so vorsichtig, als wären sie aus Meeresschaum und könnten sich auflösen. Ungläubig saß er in den geflochtenen Korbstühlen und ließ sie laut knarren. Verlor sich in den Borten der Glasvitrine mit Nippes aus der ganzen Welt: winzige bunte Glastiere auf Nadeln, die in einem Kissen steckten, auf das mit Kreuzstich das Wort »Kamma« gestickt war. Ein weißer Vogel mit langem, geschwungenem Hals und einem roten Schnabel, eine kleine Frau mit einem Fischschwanz auf einem Stein. Eine Glaskugel, in der, wenn man sie in der Hand bewegte, ein weißer Regen sacht auf die Häuser fiel, von denen das eine der Kirche draußen auf der Landzunge ähnelte.

In allen Spiegeln des Hauses sah er wie ein Fragezeichen aus, und er drehte die blaue Emailleschüssel vom Waschgeschirr, ohne richtig zu wissen, welchen Zweck sie erfüllte. Er öffnete das Klavier mit den gehäkelten Deckchen und Vasen, in denen die Kunstblumen auf ihren starren Farben Staub sammelten. Mit langen Pausen schlug er die Tasten an und suchte – in schwebenden, geistesabwesenden Mustern – die Melodie, die verschwunden war. Er blätterte zerstreut in ›Das Beste‹ und verschlang die Bilder, ohne die Wörter verstehen zu können.

Das Haus war der Rahmen für eine Insel auf der Insel, und es zog ihn mit seinen unwirklichen Gegenständen unter den Kristallkronleuchtern, die in der von den Fenstern und der offenen Veranda kommenden Zugluft leise klirrten, in seinen Bann.

Auf den Fußbodendielen war das Kerzenwachs zu Seen erstarrt. In den dunklen Ecken standen Petroleumlampen mit rußigen Zylindern. Auf den Tischen lag Wachstuch, und in den Stuben hing ein Geruch von vergangenen Sommern. Das weckte sein Erstaunen, ohne daß es zu Erinnerungen wurde, es berührte verborgene Orte und Menschen in ihm. Er wurde grüblerisch und mißgestimmt, denn das Ganze hier war wie Anschläge ohne Resonanzboden. Saiten wurden in ihm angerissen und kamen zum Klingen. Es war der kreisende Ton der Windharfe.

Aus Silberrahmen blickten die Fotografien stumm in den

Raum. Schweigende Schwarz-Weiß-Ikonen. Ein Segelschoner mit dem Namen »Tiare Taporo«. Das verstand er. Es war der Name der Tiare-Blume, die sie zu Kränzen flochten und aufs Haar setzten. Ein Doppelporträt: Der Kapitän ohne Mütze. In weißer, hochgeschlossener Jacke, mit Schnurrbart und ernster, energischer Miene. Neben dem Maori-Mädchen mit den großen Augen und der hohen Stirn wirkte er alt und dick. Ihr Mund war ein wenig weich, noch von der allerersten Jugend geprägt, die auch durch das schwarze Frauenkleid nicht verhüllt werden konnte. Groß und schlank wie ein Schilfrohr stand sie neben dem Kapitän.

Stundenlang saß Kilroy da und starrte träumend über die Lagune, als warte er darauf, daß der Schoner jeden Augenblick durch die Passage komme – mit blendend weißen Segeln in der Sonne, geputztem Messing und dunklem Mahagoni an den richtigen Stellen. Mit Seeventilen, die an den Öffnungen rot gestrichen sind, und Webleinen aus geknüpften Tauen, die hoch hinauf in die Masten laufen und deren Sprossen wie immer zarter werdendes Spinnengewebe erscheinen …

Auf der Brücke steht der Kapitän mit einem Megaphon in der Hand, bereit, die Rätsel für ihn zu lösen. Und er wird das Ganze wiedererkennen und mit ihm bis ans Ende der Welt segeln. Wer konnte wissen, ob er nicht früher Seemann gewesen war? Alles war möglich!

Er schickte ein zuckersüßes Lächeln über die Lagune, wo weiße Möwen mit türkisfarbenem Bauch flogen, so stark reflektierte das Wasser das Licht. Dann glitten Möwenfedern in die lange Dünung, erst eine, dann mehrere und schließlich ein ganzer Schwarm. Es gab kein Benzin mehr auf der Insel; das waren die Fischer, die in ihren Segelkanus heimkehrten. Wie auf Schwingen flogen die Auslegerboote wieder über die Lagune. Mit einer ärgerlichen Grimasse beobachtete er die Verwandlung seines Bildes in puren Alltag.

Moanas und Manatas langgezogene Rufe. Kanu auf Kanu glitt ins seichtere Wasser und rauschte auf, wenn das Segel gestrichen wurde und die Bugwelle langsam verschwand. Der Tumult und das Platschen, wenn sie die Boote auflaufen ließen, eine Hand am Ausleger und eine am Boot. Der Regenbogen von Fischen, die plötzlich auf den Strandmuscheln landeten und golden in der Sonne glänzten. Sie trugen zwischen sich etwas auf Stangen. Er sah, daß sie Meeresschildkröten gefangen hatten, und er stand auf, um beim gemeinsamen Schlachten dabeizusein.

Die Männer hatten sich schon über die Schildkröten gebeugt, die in einer Reihe auf dem Rücken lagen. Kurz darauf war er mit all dem Eifer dabei, der für ihn bei derartigen Anlässen inzwischen charakteristisch war.

Er ergriff ein Messer aus geschliffenem Stahl, das aus dem verunglückten Bombenflugzeug stammte. Setzte die Spitze am Hals an und begann den Bauchschild mit hitzigen Bewegungen loszuschneiden. In der Schale aus Fleisch und Horn zuckte es wie unter elektrischem Strom, als er den Deckel abnahm und die Häute sich zäh und durchsichtig mit hinauszogen. Mit weit ausholenden Armbewegungen riß er das Darmgeschlinge heraus. Die Eingeweide glänzten von grüner Galle. Er schnitt das Fleisch heraus und schleuderte es mit einem besonderen Fingerschwung zum Fischkasten, wo das Ergebnis ihrer gemeinsamen Anstrengungen rasch wuchs.

Er genoß das Lachen und die Witze, die das Schlachten begleiteten, und hob ein noch klopfendes Herz in seiner hohlen Hand hoch, bevor er es hinaus zu den Haien warf, die das Wasser vor dem Strand zu Schaum peitschten. Blut sickerte in hellroten Blasen über seine Arme. Er schnitt der Schildkröte den Kopf ab und spürte, wie der Stahl auf den Schuppen knirschte. In einer großen Clown-Pantomime führte er den Kopf des Reptils an seine Lippen, küßte den Hornmund, der durch einen Muskelreflex wie nach Luft schnappte, und er lachte laut vor sich hin.

Papa Beer kam mit Bier, das er, weiß Gott wo, auf dem Stützpunkt aufgespürt hatte. Den Namen verdankte er seiner Leidenschaft und dem Bauch, der ausladend über seinen breiten Füßen schaukelte. Ein seliges Moschussekret rann aus seinen Armhöhlen über den braunen Walbuckel, der an dem heißen Nachmittag stark nach Speck roch. Wenn er lachte, klang es, als rollte er irgendwo da drinnen Fässer. Die ergrauenden Koteletten glitzerten unter der Baseballkappe von Schweißperlen. Er war Moanas und Tapairos Onkel, das Maskottchen des Dorfes und Spaßmacher in einer Person.

Angestachelt von seinem fröhlichen Lärmen, ließen sie sich vollaufen. Bald brachen Donner und Blitz zwischen den Männern aus. Die ersten Schlägereien ließen die Fischdärme über einen Knäuel von Armen und Beinen rollen. Einige standen wieder auf, während grünes, herausgeschnittenes Schildkrötenfett Schneckenspuren über ihren Körper zog. Das war ein Fest! Moana warf sich auf Manata, und in Kilroy flammte eine alte Wunde von Eifersucht auf. Er stieß so tief in Papa Beers Bauch, daß der Teddybär stöhnend zusammensackte. Der Magen stülpte sich um, und er erbrach sich keuchend und mit verzerrtem Gesicht.

Die Frauen kamen mit noch mehr Stimmgewalt dazu und begannen die Raufbolde mit Treibholzplanken zu trennen, die sie ihnen auf Rücken und Schenkel hämmerten. Sie keiften und tobten über ihre Männer, bis die ihren Kampfgeist aufgaben. Zu zweit oder dritt gingen sie zu Boden und lagen verblüht unter dem roten Abendhimmel, keuchend wie Blasebälge.

Als alle wieder zu Atem gekommen waren und die Männer sich in der üblichen Mischung von Rausch und Sentimentalität versöhnt hatten, flammten am Strand die Feuer auf. Dunkelheit hüllte sie ein. Ihr Blut sang noch, und sie schaukelten auf ihren Fußsohlen. Sie schleppten Steine zum Feuer, gruben ein Loch für einen Erdofen und warfen die warmen Steine hinein. Sie wickelten das Schildkrötenfleisch in Palmenblätter ein, verschnürten alles gut mit Stengeln, die noch naß waren. Die Pakete wurden in den Erdofen gelegt und mit weiteren Blättern abgedeckt. Zum Schluß wurde das Loch mit Sand wieder zugeschüttet, und sie setzten sich in gutgelaunt summenden Gruppen zusammen und warteten auf das späte Festessen.

Die Sterne der Tropennacht waren wie große, weiße Blumen aufgegangen. Überall quakten Frösche, und die Kokoskrabben knackten mit ihren Scheren. Durch das Blattgehänge hörte man das Rascheln und jedesmal, wenn eine Nuß fiel, den dumpfen Aufschlag.

Der gegorene Palmwein wurde hervorgeholt und trübte Rede und Sinne. Sie sprachen, als hätten sie Bälle im Mund. Schwebende, lange Wörter mit Lachschnörkeln am Ende. Ein Kopf rutschte schnarchend von Schulter zu Schulter; manche fielen einfach um und schliefen ein. Doch Kilroy war wach. Sein Kopf war klar, aber das gegorene Getränk brauste darin, die Augen wanderten wie auf Katzenpfoten umher und schluckten den letzten Lichtschimmer aus der Dunkelheit. Irgendwo tief unten in seinem Hals knurrte es, und alles in ihm war auf dem Sprung.

Als Lolangi in den Lichtschein trat, wurde er schwach. Sie war Tapairos Kusine. Langgliedrig und im Gegensatz zu der Fülle der anderen Frauen schmal in den Hüften. Ein Gewirr von dunklen Locken ringelte sich über ihren Kleiderkragen, die Nase war fein und gerade, und die großen Mandelaugen blitzten. Ihr Anblick traf ihn wie ein Hauch vom Feuer, heiß und brennend zugleich, denn er war lange genug hier, um zu wissen, daß die Kusine tabu war. Er spürte, wie sich die Blume hinter dem Ohr dunkel färbte von seinem Erröten, als Lolangi ihn mit ihrem Blick streifte, und er sah, wie ihre langen Grübchen die Männerrunde bezauberten. Ein sekundenlanges Schweigen ringsum dämpfte ihn, und er sah weg.

Der Mond war dünn und erhob sich weit entfernt über den Bäumen, als er den Boden wieder unter sich spürte und der große *Umukai* aus den Palmenblättern gewickelt wurde. Das Fleisch dampfte und duftete. Mürbe fiel es auseinander und schmeckte nach Land und Meer zugleich. Die Leber wurde auf schwarzgebrannten Blättern herumgereicht, legte sich mit ihrer dunklen Krume auf die Zunge und mit ihrem gewürzten Rauch an den Gaumen.

Sie spülten mit der leicht perlenden Flüssigkeit aus den Trinknüssen nach und lehnten sich an die Stämme. Die Ukulelen wurden hervorgeholt und tobten sich auf den dicken Bäuchen aus. Es waren selbstgebaute Kisten mit Saiten aus Angelschnüren, und von ihnen regnete es Rhythmen und Schläge. Dazu wurde auf Flaschen und Dosen gehämmert. In den langgezogenen Ausbuchtungen zwischen den Palmen begannen die Frauen zu tanzen.

Die Arme schaukelten wie Girlanden, ihre Hüften schwangen. Tänzelnd erschienen sie auf dem Platz, und nun stießen sie, die Hände in die Hüften gestemmt, den Unterleib vor. Die anderen Männer kamen rufend und klatschend, ein einzelner hatte sich erhoben und schüttelte seine Knie. Jedesmal, wenn sie vorrückten, ging ein Stoß durch Kilroys Zwerchfell. Dann erblickte er Tapairo und Lolangi. Sie tanzten Seite an Seite und warfen sich Blicke zu, als wollten sie einander wegstoßen.

Er wartete im Schatten, bis der Tanz zu Ende war. Dann sah er, wie Tapairo mit gesenktem Kopf und unsicher kreisenden Schritten den Weg nach Hause einschlug. Lolangi verschwand in der Flutwelle der Familie, als sie Papa Beer zur Tür und in das Haus rollten. Kilroy stand da, bis die Feuer niedergebrannt waren, und verharrte noch lange im Dunkeln.

Jetzt kam die Stunde der Jungen und Unverheirateten. Ringsum hörte er ein Kratzen an Türen und Fenstern. Flüstern, Schritte und das leise Geräusch von Scharnieren, die ganz behutsam geöffnet wurden. Plötzlich schlich alles um ihn her auf Katzenpfoten, und er glitt aus den Schatten hervor.

Er erkannte das Haus an dem durchdringenden Schnarchen, das hinter der Tür schwoll und sank. Er kratzte so leise am Fensterladen, daß niemand es hörte. Dann öffnete er ihn mit angehaltenem Atem. Das geringste Geräusch ließ ihn bis in die Knochen erstarren. Er krabbelte hinein, stieg über Papa Beer und fand im Dunkeln Lolangi. Sie schlief. Er legte sich neben sie, Zoll für Zoll stahl er von ihrem Körper. Seine Finger entdeckten ihre kleinen Brüste und machten sie hart. Die Hand strich wie ein Luftzug über den Hüftbogen und die langen Beine, die sich wie Pflanzenstengel anfühlten. Er ließ seine Hand weiter rutschen, und sie legte sich warm auf ihr dauniges Geschlecht. Sie seufzte, noch halb im Schlaf, und öffnete sich ...

Sie fügte sich ihm mit tänzerischen Bewegungen. Er hielt die Hand unter seine Nase. Ihr Saft roch leicht nach Blumen und bewahrte seine Kühle unter ihren eingeschlossenen Seufzern. Alles war plötzlich so still um sie herum, und es schmerzte jedesmal, wenn sich ein Geräusch hinter der Sperrgrenze Bahn brach.

Ehe Papa Beer eine neue Schnarchserie beginnen konnte, fiel

er über ihr zusammen. Ein hundeartiges Wimmern war in seinem Hals eingeschlossen; es verlor sich in langen, peitschenden Stößen. Sie nahm alles in sich auf, flach unter den bebenden Schultern und mit abgewandtem Gesicht. Aber danach flüsterte sie ihm Zärtlichkeiten ins Ohr und preßte ihn an sich. Er verließ sie, wie es bei den Jungen Brauch war, in der Stunde vor dem Morgengrauen. Lange spazierte er unter den Palmen, während er von seinen Fingern ihren Duft einsog.

Der neue Tag fand ihn schlafend auf dem Strand vor dem Kapitänshaus. Helles Licht sprenkelte ihn vom Wassergeflimmer und machte seinen Schlaf unruhig. Eine Fliege im Mundwinkel kitzelte und wurde fluchend weggeschlagen. Aber der Tag drang unerbittlich in ihn ein, und er setzte sich mit einem Ruck auf. Die Verstörtheit wich langsam dem Glück des vergangenen Tages. Nach und nach kamen die Erinnerungen.

Durch seine zusammengekniffenen Augenspalten betrachtete er die Vorbereitungen der Männer. Sie standen ein gutes Stück entfernt in einer Gruppe und scherzten über den gestrigen Tag, während sie sich zum täglichen Fischfang bereitmachten. Als er sich ihnen anschloß, zog sich Moana zurück und ging weg.

Sie sortierten Haken und Schnüre, schnitten Fisch für die Köder und machten die langen Bambusschwimmer zurecht. Dann zogen sie geschlossen durch den Palmenhain zur Meeresseite des Atolls.

Als sie an der Kirche vorbeikamen, hörte man von dort drinnen lauten und ekstatischen Gesang. Durch die offenen Türen sah er, wie sich die Strohhüte der Frauen in den Reihen wiegten: ein bewegtes Meer von Gesichtern mit geschlossenen Augen. Die der älteren waren vor Verklärung ganz glatt, und die Stimmen kamen wie aus einer anderen Welt. Ein einziger Blick traf ihn aus dem Inneren der Kirche: Mama Hinas. In dem Augenblick, als er vorbeiging, schlug sie die Augen auf und fixierte ihn.

Ihn fröstelte in der Mittagshitze.

Er neidete den Gräbern ihre Goldbuchstaben. Die zierlich angeordneten Muschelschalen und die vergilbten Fotografien hinter Glas. Selbst im Tod waren sie Familien. Sie alle hatten einen Namen und traten gruppenweise unter demselben Namen auf.

Es gab ein Datum für ihre Geburt und ein anderes für den Tod. In den Reihen herrschte Ordnung. Die Steine standen ausgerichtet und hüteten die Erinnerungen für ewige Zeit.

Hier roch es angenehm nach Blumentöpfen. Dieser Duft öffnete einen Hohlraum hinter dem Kreislauf aus pochender Unruhe. Er stellte sich vor, er ruhte in all den Schädeln, die überall in der Erde lagen. Dann fiel sein Blick auf einen Totenkopf, den die Erde ausgestoßen hatte. Alles an ihm war aufgesperrt. Die Kieferpartie in einem Ruf erstarrt, der die Stille verschlang – die Augenhöhlen erzählten von einem Erstaunen, das zu Knochen geworden war.

Das Herz flackerte in der Sonne. Die Lichtflut blendete ihn, als er den anderen nachlief und sie keuchend erreichte. Der feste Rhythmus der Brandung und ihr langer Sog gaben ihm den Atem zurück. Salz auf der Stirn und sichere Bewegungen. Die ersten waren schon auf dem Weg hinaus, stießen die Schwimmkörper vor sich her. Er schob die Taucherbrille in die Stirn und warf sich hinaus.

Sie schwammen hinüber zum Ringriff und legten sich dort in einen Kreis, jeder eine Hand am Schwimmer. Ein paar Auslegerboote wurden zu Wasser gebracht und durch die Brandung zu ihnen gepaddelt. Von den Booten aus ließen sie die Angelschnüre mit den Ködern ein paar Klafter tief ins Wasser. Die anderen füllten den Mund mit rohem Fischfleisch und kauten grinsend darauf herum. Kilroy war bei den Tauchern.

Sie gingen der Reihe nach hinunter, mit vollem Mund, und spien das Fischfleisch wieder aus. Dieser Brei umgab die Haken in einer Wolke, und schon waren die schwarzen *Ruhi* aus größeren Tiefen angelockt; neugierig kamen die Raubfische näher, den steilen Kopf vorgeschoben, begannen sie an der Wolke zu nippen.

Die blanken Augen hinter dem Glas faszinierten sie fast noch mehr als die Lockspeise. Sich gegenseitig hypnotisierend, begegneten sie einander unter Wasser – die großen, goldenen Augen der Fische kamen vertrauensvoll näher, solange jede Bewegung ruhig und kontrolliert war. Vorsichtig ergriffen die Taucher die Schnüre und lenkten den Köder zur Beute. Fisch für Fisch bekamen die Taucher an den Haken, und sie zogen an den Schnüren, ein Zeichen, daß diese eingeholt werden konnten. Dann stiegen sie auf, um Luft zu schnappen, den Mund mit einer neuen Portion rohem Fisch zu füllen und dann wieder hinunterzutauchen.

Es lief hervorragend. Die großen Fische wurden in Reih und Glied aufgereiht, und bald schon stapelten sie sich. An der Luft gaben sie ein Geräusch von sich und wechselten die Farbe von dunklem Gold zu Schwarz. Sie lagen im Bug der Boote und japsten im Licht, das sie nicht mehr sanft umgab, sondern aus einem stürzenden leeren Himmel gesaugt wurde. Die Ruhe in ihren Augen war gebrochen. Die Schwänze schlugen und spritzten das Bilgewasser.

Mit geübten, schnellen Handbewegungen drehten die Männer die Haken aus den Mäulern, steckten neue Köder auf und warfen die Schnur wieder aus.

Sie mußten aufpassen, daß sie da unten nicht selbst die Widerhaken in den Körper bekamen, wenn sie zur gegenseitigen Verständigung ihr Wasserballett traten. Das Riff strahlte auf mit großen Cañons, leuchtenden Spalten und Strömungen. Aus den Stäben und Fächern des Lichts glitten die langen Silbertorpedos der Grauhaie. Die große Kinoorgel in Kilroys Kopf spielte ganz von selbst die Musik, die das gemeinsame Auftauchen ankündigte.

Die Haie schwärmten in immer dichter werdenden Kreisen um sie herum. Es war nicht länger stumm unter dem Wasser, denn der *Ruhi* quäkt wie ein kleiner Papagei, wenn er gefangen wird, und sein Zappeln zieht die Haie magisch an. Papa Beer und die anderen griffen mit den Händen nach ihnen. Zwischendurch hielten sie inne und lagen ganz still da, die Hand am Ausleger oder am Schwimmer, während bei den Grauen die stärkste Erregung wieder abflaute. Sie waren jetzt überall – scharenweise wie die Aasvögel – und schossen in plötzlichen Attacken auf die Körper der Fischer zu.

Mit wachsender Wut wandte und drehte Kilroy sich im Wasserhimmel. Er konnte nicht wie die anderen innehalten und machte wie wild weiter. Er traf ihre Mäuler, ihre Kiemen, ihre stechenden Augen. Sie antworteten, indem sie die Brustflossen senkten, den Rachen aufrissen und den Kopf wie bellend vorstießen.

Einer strich dicht an ihm vorbei und riß mit seiner Seite, rauh wie Sandpapier, blutige Streifen in seine Haut. Kilroy beachtete es kaum. Die metallglänzenden Körper forderten ihn heraus, und in den Wellen einer inneren Hitze schmolzen die Silhouetten mit anderen zusammen ...

Es entstand ein makabrer Tanz zwischen den Haken und der raspelnden Haut der Haie. Er war wie besessen. Er wollte sein Schicksal bezwingen, indem er es herausforderte; es sollte sich wie ein Gespenst aus den Spuren erheben, die die Hitze des Kampfes in ihm zum Leben erweckte. Aber es blieb nur ein Echo von all dem, das keine Gestalt annehmen wollte.

Die Männer hatten ganz aufgehört. Sie konnten Kilroy nicht stoppen und beobachteten ihn stumm: um ihn herum ein Kreis von Masken mit starrenden Augen.

Die Ironie des Schicksals wollte es, daß schließlich der kleinste Hai ihn biß. Plötzlich hatte er ihn oben am rechten Arm; seine Kiefer schnappten zu, er zerrte und riß und wollte nicht loslassen, wie hart Kilroy auch mit der freien Hand auf ihn einschlug.

Die anderen Fischer schwammen der Schar entgegen, die sich zurückzog. Kilroy brüllte mit dem Hai an dem einen Arm und schlug das Wasser blutig. Sie hievten ihn nach oben, und drei Männer rissen gemeinsam die Kiefer der Bestie auseinander. Kilroys Fleisch hing in Fetzen. Auf das Tier stachen sie mit Messern ein und schleuderten es über Bord zu der Meute, die sich mit reißenden Zähnen daraufstürzte. Das blutige Wasser wurde aufgepeitscht von den schlagenden Rückenflossen.

Für diesen Tag war das Fischen zu Ende. Sie sahen ihn mit Blicken an, die mehr schmerzten als die Fleischwunde in der Schulter. *Sie* lebten in einer Welt, in der der Hai niemals biß.

Derart gezeichnet, trugen sie ihn an Land. Schweigend reinigten sie seine Wunden mit Petroleum aus einer der Lampen, kauten eine Pflanzenmasse und legten sie auf die Wunden, die sie anschließend mit Streifen von dem Lendentuch verbanden, das er am Strand zurückgelassen hatte. In den fieberheißen Tagen und Nächten, die folgten, ähnelte er wieder seinem inneren Engel, und von seiner Stirn ging ein Leuchten aus. Er weckte Staunen und Unbehagen, denn sie verstanden nicht die Kräfte, die sich vermutlich in ihm niedergelassen hatten, bevor sie ihn kennenlernten. Nur Mama Lei brachte ihm Linderung und verteidigte ihn unverhohlen mit ihrem Moorblick, der so leicht voll Tränen lief.

»Wir sind zu hart zu ihm. Wir wissen nicht, was sich hinter den Augen verbirgt, was sie gesehen haben: Er weiß doch nicht einmal selbst, woher er kommt!«

Mama Hina schnaufte.

Dieses Mal erholte er sich in Rekordzeit, hatte nur eine weitere Narbe den anderen hinzugefügt. Die Wunde an seiner Schulter war zu einer sternenweißen Distel geschrumpft. Aber er war zu einer größeren Stille um sich herum erwacht. Er verbrachte jeden Tag Stunden im Korbstuhl auf der Veranda des Kapitäns, und die Sehnsucht stand blau in seinem Blick mit der braunen Iris. Sein Gemüt war gespalten in mild erklärende Tagträume und einen inneren Unglücksvogel, der zustieß, wenn er es am wenigsten erwartete.

Er zog in das leere Haus, das neben dem des Kapitäns lag. Eine verwitterte Stube mit zerbrochenen Fensterläden und losen Brettern. Keine Möbel, aber ein Holzfußboden mit Dielen, in denen weiße Pilze wuchsen, die seine Träume zerbröseln ließen. Er begann sich heimlich mit Lolangi zu treffen, und im Dunkeln fanden sie gemeinsam den leuchtenden Schaum der Fangipani-Bäume wieder.

Ansonsten streifte er über die Insel und vergaß die Stunden des Tages beim Tauchen. Er war immer allein in einem kleinen Auslegerkanu, das er sich aus einem Wrack gebaut hatte. Beladen mit Gewichten und Speeren und Schwimmflossen, die er zusammen mit einem seltsamen Schnorchel vom Stützpunkt geholt hatte und der es ihm möglich machte, stundenlang im Wasser zu schweben, ohne aufzutauchen. Das Erlebnis mit dem Hai hatte nichts anderes zurückgelassen als ein bißchen Kälte im Blut. Er haßte die Haie so stark wie zuvor und stürzte sich furchtlos auf sie, wann immer sich die Gelegenheit dazu bot.

Eines Morgens wurde die Stille um ihn herum zum Gesang.

Er hatte sich zum eingesunkenen Vulkanrand hinuntergelassen, mitten hinein in die türkisfarbene Fläche der Lagune. Gewellt lag sie da – große, runde Korallenformationen in einem lasierten Unterwasserspiel. Zuweilen, so sagten sie, schicke der Vulkan leuchtendes Feuer durch das Wasser. Das Kraterloch war bodenlos. Sie hatten Wesen mit Phosphormündern gesehen und Leuchtfische, die auf dem Weg nach oben explodierten, nachdem sie den Fischern ins Garn gegangen waren. Es war derselbe Druck, der die Wolken über diese Stelle wölbte und sie weiter entfernt in Wirbelstürmen explodieren ließ. Sie hielten den Vulkan für das stumme Auge der Orkane, die den Pazifik in peitschende Sturmfahnen verwandelten und Schiffe, Häuser und Menschen mit sich rissen, um dann – nur ein einziges Mal in jedem Jahrhundert – die Insel selbst zu treffen.

Die Korallen waren aus dem eingesunkenen Vulkan herausgewachsen und hatten das Atoll aus mehreren Sätzen von Ringen gebildet. Sich an der Klippe festhaltend, zog er sich in den innersten Ring und legte das Ohr an die Korallen. Er war weiter unten als je zuvor. Der Druck preßte die Maske kalt gegen das Stirnbein. Unter dem Wasser konnte er das äußerste Riff grollen hören, so verpflanzte sich das Geräusch.

Er fühlte sich fremd auf diesem Planeten, doch an dieser Stelle immer noch mehr zu Hause als anderswo. Als er aufstieg, um Luft zu schnappen, versperrte ihm eine dunkle, rhombusförmige Wolke plötzlich den Weg. Ein fliegender Teppich aus dem stummen Donnern des Meeres, ein Riesenkörper, der über seinem wogte und ihm Licht und Luft nahm. Vor einem gewaltigen Rachen rollten sich in der Strömung zwei Silberhörner spiralförmig ein und aus.

Der eine Flügel erhob sich zu einem majestätischen Schlag. Durch die Sprossen des Rachens sah er direkt in das diffuse Innere des Meerestieres, wo Fische, die kleiner waren als er, mit dem Nahrungsstrom schwammen. Er wußte nicht, was das für ein Wesen war. Als es einen Überschlag nach hinten machte, wurde er von dem Schwanz getroffen, der hinter dem Tier herströmte und es einem Drachen im Sommerwind ähnlich machte.

In der Sekunde, da sich die kalte Schleife des Schwanzes auf seine Haut legte, zuckte er zusammen. Dann sah er wieder das Licht von oben als Flimmern auf dem Rücken des Wasserdrachens, und mit einem Schrei in den Lungen durchbrach er die Wasseroberfläche. Als die Luft den Platz des Schreis aufgefüllt hatte, tauchte er erneut.

Das Wesen war im Begriff, sich zu entfernen, drehte dann aber um. Es war ebensowenig ängstlich wie er selbst, und sie näherten sich einander voller Verwunderung. Das Wasser zwischen ihnen war elektrisch geladen, er ließ die Zähne in einem Lächeln aufschimmern. Das sanfte Ungeheuer filterte die Planktonnahrung aus dem Lagunenwasser und spie den Rest in seine Richtung. Durch die Kiemenspalten, die sich wie Walbarten aufrichteten, huschen die Pilotfische rein und raus auf ihrem glasklaren Streifen.

Er fühlte sich von diesem Wesen angezogen und wollte sich für unbestimmte Zeit in dessen Innerm verstecken – bis die Erde ihn wieder mit Wärme aufnehmen könnte. Umgewandelt durch den Stoffwechsel in nächtliches Meeresleuchten. Fluoreszierende Kugeln, die über die Schiffe und Körper der Menschen rollten ...

Dann hörte er den Fischgesang.

Moana hatte ihm davon erzählt; das war eines von den Dingen, die er ihm über das Meer beigebracht hatte. Es konnte ein Menschenleben vergehen, ohne daß ihn jemand gehört hatte. Jetzt war er da: Der Gesang von Fischen, die in den Korallen sangen.

Ein Brausen von Tönen schlug über Kilroy zusammen. Es kam auf einmal von allen Seiten. Ein Summen kleiner Stimmen – wie von Vögeln in einem versunkenen Wald. Tonschwingungen und zitterndes Gewebe, das sich über Synapsen in den Gängen des Labyrinths verteilt. Musik von einem anderen Planeten, die sich in seine Welt senkt. In dieser Sternstunde wurde alle Sehnsucht der Welt gelindert, und die Töne verschmolzen mit der Sprache in ihm.

Das merkwürdigste war, daß ihn die Fische mit ihren Farben und Streifen umgaben und so stumm wirkten wie immer. Man konnte nicht sehen, welche von ihnen sangen, aber die

Töne spülten ihn fort und stiegen zu einem langgezogenen Dröhnen an.

Es durchdrang seinen Schädel und zersplitterte den Kopf zu Kristallnadeln. Alles verwirrte sich, und das Lächeln am Mundstück des Schnorchels war wie ein Ballon, der aufsteigen wollte. Eine Glocke wölbte sich über ihn, angefüllt vom Gesang der Sirenen. Wieder war da der Drang nach Luft, aber er verstärkte nur die Töne. Er selbst war ihr Resonanzraum, er schwebte in der Glocke, und als sie zerbarst, war er wieder oben – allein und vibrierend, als wäre er auch ihr Klöppel gewesen.

Den restlichen Tag über erfüllte ihn ein gewaltiges Glück. Alles war verdrängt, die Knochen tönten in ihm wie Stimmgabeln, und alles, was er anrührte, verlor sein Gewicht.

An diesem Tag kehrte der Kapitän zurück.

Zuerst sahen sie die Segel der »Tiare Taporo« weit draußen am Horizont; sie schienen aus dem Rücken einer kleinen Seemöwe zu kommen, die sich fast nicht auf den Wellen bewegte. Er hing in einer Palme und spähte hinaus zum Horizont. Später lief er in wachsender Erregung zwischen Omakas Häusern umher und teilte die Erwartung der anderen. Die Einwohner versammelten sich in der Kirche, sangen und läuteten die Glocke. Gegen Abend hatten sich die Segel vom Horizont gelöst, und ehe es dunkel war, standen die Masten und Rahen nackt da. Die »Tiare Taporo« hatte vor dem Riff geankert. Erst früh am nächsten Morgen glitt ein still tuckerndes Motorboot durch die Passage und teilte die Wasser der Lagune in rotgoldene V's.

# 1

*Es geht eine Dünung durch das Lokal. Eßstäbchen, Porzellan und Glas klirren und knirschen wie Kies am Strand. Ein neuer Laut wächst in der Gaststätte auf dem Dach der Welt. Ich verstehe nichts, bis mein Blick auf die Frau gegenüber fällt.*

*Sie dreht eine tibetische Gebetsschale – daher also das seltsame Singen. Sie zieht das Horn eines Yaks über den Gefäßrand, und die Messingschale gerät in Schwingungen. Der Laut durchdringt alles.*

*Er wächst aus dem Raum selbst, kommt nicht von der Schale, sondern von oben, aus den Ecken, mit Mustern aus zusammenschwingenden Tönen, die die Schädeldecke abheben und das Hirn nackt dem Äther aussetzen. Beeindruckend – aber gerade jetzt schwebt ein kleiner Erinnerungsfetzen vom Himmelsbegräbnis durch mich hindurch. Der Augenblick, in dem der Schlachter das Messer ins Fleisch treibt, und der Stoß, der in deinem eigenen Hals steckenbleibt. Die Leiche liegt flach auf dem Bauch, in totaler Abwesenheit, die auch das Schmerzempfinden einschließt. Er schneidet am Rückgrat entlang, setzt den Fuß auf den Nacken und gräbt die Finger unter das Schulterblatt. Ein plötzliches inneres Erstarren, und mit einem seltsamen Geräusch wird der Rücken herausgetrennt …*

*Ich schlucke und starre das Bild an – und endlich gelingt es mir, es wegzuschieben. Der Frau werfe ich einen flehenden Blick zu. Ihre kreisende Bewegung auf dem Rand wird zu einem Mißton und hört dann ganz auf. Viel später singt es in den Neonröhren an der Decke.*

*Eine Tibeterin ist durch die kaltblauen Wolken des Türrahmens getreten. Sie geht von Tisch zu Tisch und bietet Dinge zum Kauf an. Das Gesicht braun und schwarzfleckig, ihre Haarflut geflochten. An der Stirn, wo sich die Frisur teilt, sitzt eine großer Türkisschmuck. Klappernde Perlen aus Erdbernstein und roter Koralle drängen unter der Mao-Mütze hervor. Wollüberwurf mit Regenbogenborte. Kreuz und quer über den Schultern gestickte Taschen. An den Fingern viele Ringe übereinander. Sie verkauft Messer in Silberscheiden mit protzigen Steinen; reich verzierte Lederbeutel mit Salz von den Klippen; einige Beutel haben einen Boden aus Feuerstein, so daß man sie zum Feueranzünden verwenden kann.*

*Ich beobachte sie intensiv. Sie tauscht Ringe gegen klingende Münze und zaubert Tempelreliquien aus den Falten ihres Gewandes hervor. Amulette, Donnerkeile, Dämonentöter aller Art. Ich kaufe schließlich eine hübsche kleine Wetterfahne aus Messing, die einen Blitz am Himmel festeisen kann.*

*Dann versuche ich mich wieder zu konzentrieren. Ich sehe, daß meine Eintragungen ins Reisetagebuch nicht mehr dem entsprechen, was mich jetzt interessiert. Statt dessen will ich mich erinnern – Löcher ausfüllen, die mit größer werdenden Maschen immer mehr wachsen. Das Elfenbein verlorener Winde schmiegt sich an die Gipfel des Himalajas; der Bote breitet zusammen mit den größten Vögeln die Flügel aus und erreicht den Rand der Berge –*

Das Papier zwischen meinen Fingern ist unruhig geworden. Ich bin jetzt in Kunming, es sind mehrere Wochen vergangen. Wir – ich bin zu diesem Zeitpunkt mit einem Freund zusammen – haben gerade Bill getroffen. Er ist Fotograf, Amerikaner. Ein untersetzter Mann in den Sechzigern mit Bürstenfrisur. Als Kriegsveteran genießt er das Wohlwollen des Militärs. Er hat einen Jeep und Dolmetscher zur persönlichen Verfügung, da er der Roten Armee zu dem Zeitpunkt half, als die Amerikaner den vereinten Kampf gegen die japanischen Besatzungstruppen aufgenommen hatten. Er war Pilot bei »The Flying Tigers« gewesen, die voller Todesverachtung Waffen und Nachschub in die

Kriegszone geflogen hatten, während die Flüchtlinge aus den besetzten Gebieten in die südliche Provinzhauptstadt geströmt waren. Auf der Jacke trägt er das Emblem, das sie zu ihrer Zeit auf die Nasen der Flugzeuge gemalt hatten. Diejenigen, die noch am Leben sind – 40 Jahre danach –, haben in Kunming ein Treffen vereinbart, um vor Ort ihr Jubiläum zu feiern.

Wir haben einander in einem Hotel draußen am Steinwald getroffen, wo Angehörige der Sani-Minderheit farbenfrohe Trachten zu Bills Serie von China-Bildern geliefert hatten. Außerdem verkauften sie ihre gestickten Taschen und die Mützen mit Quasten an uns Fremde.

Abends führten sie im Hotel Tänze vor, und die Frauen sangen ein halsbrecherisches Falsett, begleitet von Männern, die auf Grashalmen bliesen. So entsteht ein Schalmeienlaut, der durch Mark und Bein geht. Nachts, wenn Gruppen von jungen Saniern mit hohl durch die Dunkelheit dröhnenden Trommeln und dem langen Nachklang der Bambusflöten zurück ins Dorf zogen, wurden sie von der Musik der Frösche im Teich begleitet.

Bill ist mir gegenüber von einer Aufmerksamkeit, wie man sie nur bei Männern der älteren Generation antrifft – galant und mit einem spitzbübischen Funkeln in den Augen. Er hat mich mit hinaus in den Steinwald genommen – in dieses Labyrinth von erodierten Klippen, die sich auf dem nackten Berg mit Steinorgeln, phantastischen Tieren und Felsdurchbrüchen erheben, in denen der Himmel Fangen spielt. Steile Wände fallen zu einem kleinen See mit einer hölzernen Brücke und einem großen, roten Schriftzeichen ab, das sich, in den Fels gemeißelt, in der grünen Wasseroberfläche spiegelt. Auf einem der Pfade bleibt er starr stehen, wie jemand, der am hellen Tag ein Gespenst gesehen hat. Es hat mit dem Mann zu tun, der vor uns gegangen ist. Als er an der Stelle abbiegt, wo sich der Weg gabelt, sieht es aus, als verschwände er direkt im Berg.

Anschließend gehen wir eine Runde durch das Sani-Dorf. Hier – wo man sich nicht einem Fotografen stellt – sind die blauen, bestickten Trachten wieder wohltuend schmutzig. Die Sonne backt die Lehmhütten braun. Rote, getrocknete Chilifrüchte liegen ausgebreitet auf Strohmatten, und ein schwarzes Borstenschwein blockiert den Eingang zu einem Haus, auf dessen Türpfosten die traditionellen chinesischen Zeichen für Frieden und Glück gemalt sind. Ein zweirädriger Karren ruht auf seiner Stange, die Erde staubt braun, und über dem Zaun hängt eine Büffelhaut. An der Hausmauer sind die Plakate aus der Revolutionszeit zu hellblauen und gelbgrünen Nuancen verblichen.

Ein Mütterchen kommt und legt ihre Hand in meine, runzlig wie ein sehr alter Apfel, leicht, trocken, hohl. Eine Lachfalte zittert im Augenwinkel, der Mund murmelt etwas, das nicht recht zu Worten werden will. Ich drücke die kleine Frau an mich – sie reicht mir bis zu den Brüsten – und wende mich lachend meinem ortskundigen Begleiter zu: »Womit kann ich ihr eine Freude machen?«

Tabak!, signalisiert er mit einer Geste zur ausgebeulten Brusttasche im Hemd.

Ich reiche ihr ein Päckchen »Camel«, das ich im Freundschaftsladen gekauft habe, und in ihren Augen funkeln Tränen. Dann sehe ich, wie sie das Papier von der Zigarette pellt, den Tabak zu einem Klumpen rollt und ihn in den Mund steckt. Der Saft sickert von dem zahnlosen Gaumen über das Kinn, während sie das strahlendste Lächeln der Welt aufsetzt. Ich spüre ein Glück, das diesem Land und der Kindheit angehört. Das lustige Summen der Schmeißfliegen in einem fast eingetrockneten Hundekadaver liefert die Musik zu diesem Idyll.

Kinder und Alte erwecken – jeder an seinem Stück der Lebensstrecke – dasselbe Gefühl von Neid. Bill hat die Kamera hängenlassen – diese Szene hat er selbst zu oft erlebt. Sein Lächeln ist fern und sein Blick plötzlich verschwommen. Der Teufel hole die Erinnerungen. Sie geben dem Jetzt seine Weite und schaffen so die Zeit. Wenn es sie doch nicht gäbe – die Familie, die Freunde und die Bande zur Vergangenheit. Es ist das Vergessen, das ich will!

Es wird spät, bevor wir umkehren. Die letzte Sonnenstunde des Tages. Zuvor haben wir im Hotel eine lange Siesta gehalten. Im Jeep zurück nach Kunming sitzt er selbst am Steuer, während der Chauffeur zusammengerollt auf dem Rücksitz schläft. In dem Maße, wie sich die Landstraße unter den Rädern abspult, Baum für Baum vorübergleitet und der große See seinen Spiegel zwischen den Stämmen dreht, wird er jünger. Es ist das Blut des Piloten, das wieder braust, und ich genieße seine Fahrt mit zurückgeworfenem Nacken. Von ganzem Herzen gönne ich ihm das späte Licht des Altweibersommers.

Meine Körpersprache macht ihn total jungenhaft. Er manövriert mit den Gängen und macht jede Kurve zu einer Demonstration. Es sind nicht viele Autos da zum Überholen. Nur ein klappriger Bus mit nach außen geöffneten Scheiben, bei dem aus allen Öffnungen Schultern und Arme ragen, so daß man den Eindruck hat, er könnte jeden Augenblick aus den Nähten platzen. Wir tauschen Blicke über ein paar fremde, ängstliche und verschwitzte Gesichter in der Menge, er hupt im Vorbeifahren und winkt. Aber nur die Chinesen erwidern das Lächeln.

Zurück in Kunming, lädt er Kim und mich zum Essen in ein einheimisches Restaurant ein. Kim ist ein Landsmann, dem ich mich angeschlossen habe. Nach einem stürmischen Anfang ist unser Verhältnis nun wieder im Abklingen, offenbar ohne daß wir uns für oder gegen eine tiefere Freundschaft entscheiden können. Wir haben das Hotelzimmer, den Schlafsaal, das Abteil und den Mittagstisch geteilt, und im Grunde wissen wir beide, daß es nun an der Zeit ist, sich zu trennen.

Er ist unterwegs gewesen und hat sich den Bambustempel angesehen, der voll von angemalten tönernen Mönchsfiguren ist, und er berichtet begeistert davon. Es sei etwas Mittelalterliches an dieser grotesken Galerie. Alle Arten von Kahlköpfen, einige davon mit Bäuchen wie Trolle, andere reine Skelette, ein einzelner mit Augenbrauen, die mehrere Meter lang sind – hundert Zwerge und kein einziges Schneewittchen.

Ich verstehe ihn gut, ich bin selbst dort gewesen. Eine Bruderschaft von Mönchen. Eine Männerwelt, die anderen Dingen geweiht ist als dem Paartanz und den Schmerzgrenzen der Liebe. Ich necke ihn damit, daß der Tempel von chinesischen Diakonissen in Ordnung gehalten wird, die die alten Figuren mit einem

Baumwollappen abstauben, die Heiligtümer in Plastik einpakken und in den Winkeln saubermachen.

Während des Essens führen der Veteran und Kim, der mehrere Generationen jünger ist, ein übereifriges Gespräch miteinander. In gewisser Weise lassen sie mich links liegen, aber das macht mir nichts aus. Im Gegenteil – so kann ich mich ungeniert umsehen, alle Sinne offen.

Das Essen kommt auf den Tisch, kochendheiße Suppe, die unter einer Fettschicht warm gehalten wird. Die Beilage besteht aus frischgeschnittenem Gemüse und dünnen Scheiben rohem Fisch, die man in die Suppe taucht. Das Gericht heißt »Nudeln über die Brücke«, und der alte China-Kenner erzählt, daß es von einer treuen Hausfrau erfunden wurde, die jeden Tag mit dem Mittagessen für ihren gelehrten Mann, der in dem entferntesten Pavillon des Gartens in seine Studien vertieft war, über eine Brücke trippeln mußte. Indem sie die Suppe mit einer dünnen Schicht Öl versah, konnte sie sie, wie sich herausstellte, den ganzen Weg über warm halten.

Das Essen genieße ich ungehemmt: das Fischfleisch, das die Wärme nur flüchtig geküßt hat, das lauwarme, knackige Gemüse und dazu Soja und Pikantes, scharf und süß mit Garnelen, Marinaden und Tunken.

Als in der anderen Ecke des Lokals Bewegung entsteht, werde ich zuerst aufmerksam, aber Kim ist derjenige, der reagiert. Er springt auf und schirmt uns ab. Die Chinesen schreien mit gellenden Stimmen; mit der Schlägerei wogt Angst durch das Restaurant. Ein Körper wirbelt an uns vorbei; Kim fängt ihn mit ausgestrecktem Arm auf. Bill legt eine Hand auf meinen Arm und hält meinen Blick fest.

»Wir bleiben sitzen ...«

Er strahlt Ruhe aus. Das Gewicht seiner Hand tut mir gut, und ich richte mich auf dem Stuhl auf, schiebe gedankenverloren die Schalen weiter auf den Tisch. Die gellenden Stimmen verstummen jäh; aus den umherwirbelnden Armen und Beinen taucht plötzlich ein Mann auf. Er hat Blut an Wange und Armen, torkelt an uns vorbei hinaus in die Nacht. Ein großer Mongole springt über den Tisch und läuft hinter ihm her.

Jetzt heben vier Männer jemanden auf, der ganz in der Ecke mit einem klagenden Laut zusammengebrochen ist, die Hände auf den Bauch gepreßt. Sie tragen ihn an unserem Tisch vorbei, die Arme hängen nun herunter, seine Haut ist im Neonlicht blau, in den Augen ist das Weiße nach außen gekehrt, in seinem Bauch zittert ein Messer. Der Körper spannt sich krampfartig im Griff der Männer.

Als sie ihn an uns vorübertragen, stößt der Sterbende auf, und ein Streifen Blut sickert aus dem einen Mundwinkel. Ich starre stumm auf den Tisch, wo sich die Suppe die nächsten tausend Jahre warm halten wird, spüre, wie der Blick meiner aufgerissenen Augen weitergleitet, vorbei an Kim, der immer noch in Karatestellung dasteht, und wie er schließlich an Bills Gesicht hängenbleibt, das den Flüchtenden zugewandt ist und einen tiefen Unglauben spiegelt. Dann stürze ich hinaus auf die Toilette und erbreche mich.

Als ich zurückkomme, finde ich Kim in einem leicht desorientierten Zustand an einem abgeräumten Tisch. Bill ist verschwunden. Der chinesische Kellner steht noch da und dienert mit einem großen Bündel Devisen in der Hand. Kein Wort der Erklärung.

Als wir nach draußen kommen, ist es, als wäre nichts geschehen, aber wir bemerken einen großen Chinesen in Zivil, dessen Körperhaltung militärisches Training verrät. Er hat die Hände auf dem Rücken gekreuzt, und die Füße stehen in »Rührt-euch«-Stellung, während seine Augen wachsam und kalt über unsere Gesichter und die der anderen gleiten, die nach und nach die Speisegaststätte verlassen.

Im Hotel lege ich das kühlste Make-up auf, das ich zur Verfügung habe: die Wangen bleich mit tiefen, dunklen Schatten, eisblaue Augenlider, die sich mit langen, schwarzgetuschten Wimpern senken. Lange sauge ich auf den Lippen, bis der Stift auf die richtige Feuchtigkeit trifft, verliere mich an den allzu großen Mund, dessen Lippenform bekannt ist von peruanischen Inka-Vasen. Die hohen Wangenknochen passen dazu, die Augen sind schräg und schneiden sich tief und grünbraun ins Gesicht.

Ich komme über meinem Bild ins Grübeln, drehe und wende

dessen Teile in einem kleinen Handspiegel, um nicht mehr an das Geschehene denken zu müssen, und schlafe ein, lange bevor Kim nach Hause kommt. In meinem Traum taucht ein Mann auf, der die Hand gegen mich erhebt, der Arm ist blutig, das Gesicht eine traurig aufgelöste Clownsmaske. Die rot-weiße Schminke ist verlaufen.

Ich erwache am nächsten Morgen und glaube ersticken zu müssen. Ich reiße das Fenster auf. Kim schläft tief, eingesperrt in die eigenen Träume, die seine Augenlider zittern lassen. Es kommt mir vor, als wären Menschen aus einem Film herausgetreten, eine Tatsache, die sie tagsüber durch ihr Mienenspiel zu verbergen suchen. Kims Körper zuckt; der Arm fuchtelt auf dem leeren Platz an seiner Seite, und er ruft einen Namen, der nicht der meine ist. Von draußen strömt ein Morgen herein, schwer vom Nachtregen und voll vom Geläut der Fahrradklingeln, die in dieser Gegend völlig das Vogelgezwitscher verdrängen. Die Straßen von Kunming sind vom Regen überschwemmt. Unmittelbar unter dem Fenster spiegelt sich hoch über dem Asphalt die Allee mit Himmel und blauen Wolken.

Dann fährt der Melonenverkäufer auf seinem Fahrrad durch den Himmel, der um seine Felgen spritzt, während das Rad einen Reißverschluß durch die Pappelallee zieht. Das Geräusch nimmt das Pfeifen des Verkäufers mit, und er wirft sich von der einen zur anderen Seite des Lenkers und läßt unaufhörlich seine Fahrradklingel bimmeln. Von hier oben sieht seine Mütze aus wie ein Flaggenknopf, der vor dem Anhänger mit den gestapelten Wassermelonen schwankt. Einen Augenblick gleiten Himmel, Pappeln und Wolken in Wellen zusammen, verändern das Bild und teilen es wieder. Spiegeln das, was mit mir selbst geschieht, während Gestalten im Zusammenhang mit Ereignissen auftauchen, die es früher schon einmal gegeben hat, und die das verändern, was kommen soll.

Im Rückblick zerreißt die Wirklichkeit, und während sich mein Universum erweitert, verschwindet eine Masse ...

Das Bild ist noch immer geteilt. Von weiter unten auf der Straße höre ich das Pfeifen des Melonenverkäufers. Da sind Fußgänger unter Schirmen, schleppende Füße und Stimmen; die

Sprache kommt ruckweise in einer immer höheren Tonlage – wie bei einem Band, das zu schnell abgespult wird. Ein Baby liegt auf einem Lieferfahrrad, eingepackt in eine wattierte Puppe, die nur die Arme und Augen frei läßt, und die blicken direkt in meine, ohne zu zwinkern. Nie habe ich mich in solchem Maße fremd gefühlt; diese Menschen haben etwas, das mich erschreckt. Es ist, als hätten wir weder ähnliche Körper noch Gedanken.

Ich ziehe mich an, lege vor dem Spiegel das gleiche kühle Make-up auf wie gestern, das dann später verwischte und mein Gesicht zu einem der vielen Gesichter der Nacht machte. Der schlafende Kim hat ein Lichtquadrat auf der Stirn und sieht wie ein Engel aus, der in mein Bett gestürzt ist. Ein Engel mit steifem Glied und sanften Gesäßzuckungen. Seine Haut ist so jung, und ich schicke ihm den unsichtbarsten Fingerkuß, bevor ich die Tür über dem Lichtstreifen schließe.

Ich will mit Bill sprechen. An der Rezeption sagen sie, daß er abgereist ist und nicht ein Wort mehr. Alle weiteren Fragen prallen an einem Rücken ab, der sich über einen Comic mit chinesischen Schriftzeichen in den Sprechblasen beugt.

Auf dem Parkplatz vor dem Hotel ist der für Bills Jeep reservierte Platz leer, und ich gehe nach hinten in den Garten, um bei dem Anblick des in einen Käfig gesperrten Pandabären, dem es an allem fehlt, noch trauriger zu werden.

Er trottet den ganzen Tag über in seinem eigenen Kot im Kreis herum, und ich habe nichts, womit ich ihn füttern könnte, denn er frißt nur Bambusschößlinge, und ich habe keine Ahnung, wo ich die herbekommen soll. Ich habe es auf dem Markt versucht, aber der süßliche Gestank aus den Buden der Hundeschlachter verursachte mir Übelkeit und hat mich vertrieben. Sie hängen vor den Buden Hundeschwänze auf, die wie mit Pelz bezogene Spargelbündel aussehen. Den ganzen Weg entlang zum Bahnhof sitzen Leute vor ausgebreiteten Kunstfaserteppichen und verkaufen für teures Geld Tigerknochen, weil die Glück bringen, alles mögliche heilen und ihrem Besitzer ein langes Leben schenken.

Ich weiß nicht, warum ich an all das gleichzeitig denken muß.

Gerade jetzt besteht China aus fremden Gerüchen, fremden Dingen und Gedanken, leeren Gesichtern, Tigerknochen und dem hellen und dunklen Augenfleck eines Pandabären. Und wenn ich überhaupt stehenbleibe, um etwas zu kaufen, anzusehen oder den Stadtplan zu konsultieren, bilden sie um mich einen Ring, so methodisch, als wäre es eine Belagerung – es kommt einer solchen auch durchaus gleich. Sie falten eine pergamentartig knisternde Zeitung zusammen und stecken sie unter den Arm, um besser sehen zu können. Ich fühle mich wie der Bär im Käfig, und mein Gehirn schwitzt. Ich bin kurz vor einem Tränenausbruch, drücke ihn weg und wende allem den Rücken zu.

Die Überschwemmung ist zu Pfützen eingetrocknet. Kunmings Straßen liegen zerstört da; ich blicke nur auf die Erde und sehe die Vernichtung, die sich auf dem Weg zum Kaffeehaus spiegelt, und ich stoße unterwegs mit mehreren Menschen zusammen. Mir wird ein Fahrradlenker in den Bauch gerammt, und ich stolpere über ein Schwein, das einen Strick um den Hals hat. Währenddessen stelle ich mir den von »Fliegenden Tigern« verdunkelten Himmel vor, und durch die Wolken segeln Fallschirme mit langen Kisten. Die Fallschirme sind aus gelber Seide und entfalten sich weich über die Gebäude –

... damals hatten die Teehäuser Fenster aus Papier, das sinnreich mit labyrinthisch angeordnetem Flechtwerk aus Holz verstärkt war. Einen Augenblick lang ist die Stadt völlig in Seide eingepackt, dann sprüht das Feuer aus den Bomben, und in der Erde und den Körpern von Menschen öffnen sich Krater, trotzdem kann niemand die Schreie hören. Die Kleidung eines dieser Menschen fängt Feuer, und er bricht vor dem Denkmal für die gefallenen Helden zusammen, während die Finger die Gesichtshaut abziehen, wieder und wieder ...

Es riecht nach verbranntem Fleisch, und ich blicke trotzdem auf, verwirrt von dieser plötzlichen Erinnerung, die nicht meine eigene ist.

Vor mir steht eine Frau, die Fleischstäbchen auf einem kleinen Kohlegrill brät; sie reicht sie mir zögernd, nachdem sie das Fleisch in Öl mit rotem Chili getaucht hat.

Mir ist noch von gestern schlecht, ich schüttele den Kopf, und dann geschieht das, was immer wieder geschieht: Sie strahlt und drückt mir die Stäbchen in die Hand, und ich sehe keinen anderen Ausweg, als das Geld herauszuholen und sie selbst die Münzen und Scheine aus meiner Hand nehmen zu lassen. Sekunden später versuche ich vor einem Mann nach rechts oder links auszuweichen. Wir kommen nicht aneinander vorbei, alle Körpersignale sind umgedreht, jeder Schritt, den wir tun, geht zur gleichen Seite. Als wären die Bewegungen an einem Spiegel befestigt.

Wir sind auf einer Brücke stehengeblieben, die über einen Fluß führt. Das dunkle Wasser blitzt hitzig. Die Pantomime mit den Handbewegungen, den hoch erhobenen Knien und meinem weißgeschminkten Gesicht führt zu einer Ansammlung von stummen Gesichtern um uns herum. In meinen Händen spreizen sich die Fleischstäbchen. Warmes, rotes Öl sickert über mein Handgelenk, und von Herzschlag zu Herzschlag vergeht viel Zeit. – Der Verkehr auf der Brücke ist fast zum Erliegen gekommen. Lange Zeit hört man kein Geräusch, und die Luft über dem Asphalt ist wie ein überspültes Fenster – dann spult der Film mit einem Ruck weiter, und ich tauche mit dem Kopf zuerst durch die Menschenmauer, gleichzeitig höre ich zersplitterndes Glas.

Es ist eines von diesen Autos, in denen hochstehende Persönlichkeiten befördert werden. Ein grauer Sedan, dessen Rücksitze hinter Gardinen verborgen sind. Er ist in einen Karren mit großen Zementsäcken gefahren; ihr grauer Inhalt rieselt nun auf die Fahrbahn, während der Besitzer des Karrens wegrennt.

Hinter mir sind der Grill und die Frau zu Boden gerissen worden, und glühende Holzkohle rollt zwischen schwarze Baumwollschuhe. Ein Finger lüftet die Gardine. Hinter der dunkel getönten Scheibe des Wagens taucht der Schimmer eines Gesichtsovals auf. Dann wird die Gardine fallengelassen, mit einer Handbewegung, die anderen Zeiten angehört und von Geschlechtern stammt, die in gepolsterten Tragstühlen ritten, verborgen vor den Blicken der einfachen Leute. Der Chauffeur hat das Zeichen zum Weiterfahren bekommen, hupt und preßt sich in den Strom der Fahrradfahrer.

Die Frau steht auf, weiß gepudert vom Zementstaub. In ihren Holzkohlenaugen ist die Glut seit langem erloschen; sie bückt sich und sammelt das Geld in die Schürze, klopft die Kohle von den Fleischstücken und beginnt von vorn, so wie sie es in all ihren vorherigen Leben getan hat. Und der Pantomime weint mit seinen allzu großen Lippen, denn die Frau ist so alt, daß sie noch geschnürte Füße hat; es sieht aus, als watschele sie auf einem Paar Klauen, die in schwarzen Baumwollfutteralen stecken –

Genug jetzt! Im Fluß zwischen dem Abfall schwimmen ihre Bambuspinsel, und das rote Öl spaltet sich in Regenbogenringe. Das Straßenbild bietet mehr Details, als ein Mensch verarbeiten kann; es verzweigt sich zwischen Buden und Händlern wie ein schnell wachsender Schimmel, während der Gehweg in mir zerbröckelt und ein grünes Pulver sich über alles legt. Der Fluß riecht nach Moder.

Es türmt sich vor mir auf; ein Flimmern von Drachenschuppen über den Dächern. Ich schaffe es nie, über den Fluß zum Kaffeehaus mit dem Duft von echten, frischgemahlenen Bohnen zu kommen. Die Brücke macht einen Buckel unter meinen Füßen, und ich gehe rückwärts zwischen Tigerfüßen und Steinlöwen und kann mein Kaffeeehaus sowenig erreichen, wie Wasser nach oben zu fließen vermag.

Man hat mich über eine Marionette gestülpt, und der Körper bietet sich willenlos in allzu großen Bewegungen dar. Auf meine Augen sind Kreuze gemalt. Ich strecke den Arm aus, drehe mich auf dem Absatz um, aber selbst jetzt – auf dem Rückweg – ist die Stadt nur eine nachträgliche Projektion, die auf knarrenden Holzrollen vorübergefahren wird, während ich auf der Stelle trete: das Monument, an dem sie ihre Mao-Mützen schwingen. Eine Fassade mit Flaggen, die auf einen Hintergrund von Bäumen gemalt ist; ein Fetzen hängt mit einem Stück Himmel auf die Straße hinunter, so daß der vordere Teil der Menge direkt in ein weißes Loch hineingeht und verschwindet ...

Ich bin wieder zurück im Hotel und schnappe nach Luft. Das letzte Stück muß ich gelaufen sein. Kim hat sich aus einem der tiefen Sessel im Vestibül erhoben und kommt auf mich zu. Vom Marmorfußboden steigt wohltuende Kälte auf, und der Schweiß auf meiner Stirn erstarrt zu kühlem Stearin. Ich öffne die Bluse, wedele mir Luft zu und lasse mich auf die Polster fallen. Kim hat meine Hand genommen und streichelt sie, während er kleine melodische Beschwörungen murmelt, meine Stirn befühlt, um zu prüfen, ob ich Fieber habe, meine Beine auf das lange Sofa hebt und mich hinlegt.

»Der Gehweg ist zerstört – ich bin nicht hingekommen!«

»Atme erst mal tief durch«, sagt er energisch, und ich genieße seine seltene Nähe.

»Wir haben die Einreise für Dali bekommen«, sagt er dann eifrig, »wir versuchen es auf diesem Weg ...«

Ich will mich aufrichten, doch er faßt mich fest bei den Schultern und zwingt mich zurück. Ich sinke hinunter auf den Grund eines Lächelns.

»... wir werden sehen, daß wir auf diesem Weg nach Tibet kommen. Hast du mit Bill gesprochen?«

»Er ist abgereist! Weg –«

In der Pause sammeln sich meine Gedanken zu einem Ausdruck, der wie eine Wolke über mein Gesicht zieht.

»Mir ist im Moment, als geschähe etwas unmittelbar neben mir, und wenn ich versuche, es zu sehen, ist es verschwunden ...«

»Das ist der China-Koller, Liebes! Dali soll ganz phantastisch sein, ich habe mich mit Eileen darüber unterhalten ...«

»Wer ist denn Eileen?« unterbreche ich ihn, und dieses Mal darf ich mich auf den Ellenbogen aufrichten.

Er nickt einer älteren Dame zu, die am Verschluß ihrer Handtasche nestelt. Ich habe sie schon früher gesehen; sie kommt, um sich mit den Fremden zu treffen, und spricht mit ihnen ein fast fehlerfreies Englisch. »Eileen« ist eine Umschreibung ihres chinesischen Namens. Ihr Gesicht besteht aus klaren Flächen mit Fältchen an Augen und Mundwinkeln und ist in einen Rahmen von grauschwarzem Haar eingeschnitten. Sie geht nicht in der üblichen blauen oder grünen Mao-Jacke mit Hose, sondern trägt ein einfach geschnittenes Kostüm mit einer Perlennadel im Kragen. Ihre Hand schwebt von der Tasche hoch, und sie signalisiert – vorsichtig –, ob sie zu uns kommen dürfe?

Ich sage ja, und mein Gesicht erstrahlt in dem ersten warmen Lächeln dieses Tages –

Wir reden ein bißchen über Dali, das gerade für Ausländer geöffnet worden ist und in fernen Zeiten die Hauptstadt eines selbständigen kleinen buddhistischen Königreiches war, das an Burma und Tibet grenzte und von Leuten dieser Herkunft bewohnt wurde. Es stellt sich schnell heraus, daß Eileen nie dort gewesen ist, aber sie weiß von den Fremden, daß sie die Stadt mögen. Sie muß sich nicht entschuldigen, denn sie ist so voller Wissen und Informationen und ganz aufrichtig in ihrer Fürsorge für die neuen Reisenden aus der Welt da draußen. Sie ist ausgebildete Lehrerin – für Englisch und Geschichte –, aber wie so viele andere in China, die eine gute Ausbildung haben, tut sie etwas völlig anderes.

Während der Konversation, die wie nach einem Ritual abläuft und mich die ganze Zeit über an die dreißiger Jahre und lange Zigarettenspitzen mit Goldmundstück erinnert, ist einer von diesen großen Chinesen, deren Gang und Miene trotz ihrer zivilen Kleidung die Zugehörigkeit zum Militär verraten, durch die Schwingtür des Hotels gekommen. Er läßt die Augen durch die Säulen- und Couchlandschaft der Hotelhalle gleiten, erblickt uns, zeigt aber keine Reaktion. Eileen ist mitten in einem Satz steckengeblieben, und ihre Hand drückt meinen Schenkel. Der Mann geht mit festen Schritten zur Rezeption – die nun aus lauter dienstbaren Geistern besteht –, lehnt sich über den Tresen und vertieft sich in ein vertrauliches Gespräch, während er die ganze Zeit über mit Seitenblicken und Kopfdrehungen jeden registriert, der hereinkommt oder hinausgeht.

Eileen flüstert: »Li Ning ist tot! Gestern in dem Restaurant, das bei den Ausländern so beliebt ist. Er bekam ein Messer in den Bauch ...«

Kim erstarrt und unterbricht sie.

»Wer ist Li Ning?«

»Er ist Chef des ..., der Polizei«, verbessert sie sich und beißt sich auf die Zunge. Dann bricht es aus ihr hervor, und sie hat den Zipfel eines gehäkelten Taschentuchs am Augenwinkel, tupft an beiden Seiten und gewinnt erst die Sprache zurück, als das Spitzentuch wieder in der Tasche eingesperrt ist. Sie spricht leise, aber mit fester Stimme und mit einem energischen, angespannten Zug um die Lippen.

»Gott sei Dank! In den schlimmen Jahren hat er uns herumkommandiert, dann wurde er zum Wachhund derjenigen, die danach kamen. Mein Mann ist seinetwegen gestorben, mein Sohn zum Krüppel geschlagen worden, und ich habe meinen Job verloren – zwei Jahre durfte ich diesmal als Englischlehrerin arbeiten, jetzt jäte ich die Wege vor der Halle des Volkes. Sie sagen, die Kulturrevolution sei vorbei, und wir würden rehabilitiert werden! Meine Familie war christlich – und reich –, ich habe damals die katholische Schule in Schanghai besucht und hatte eine englische Gouvernante. Dann kamen die Roten, und wir haben die Revolution gewählt, anstatt zu flüchten. Chou und der Marschall verkehrten im Haus meines Vaters, und Kommissar Li haßte ihn schon damals. Sie entfernten mich – zuerst von dem Posten im Außenministerium, wo ich viele Jahre als Dolmetscherin gearbeitet hatte, danach sollte ich ...«

Sie schweigt und schluckt; dann demonstriert sie mit ein paar Bewegungen das Reinigen von Toiletten und das Beseitigen von Exkrementen.

»Während der Kulturrevolution hatte ich einen unpassenden Namen, und jetzt ...«

Sie schweigt wieder und schüttelt den Kopf.

»Die Macht und das Vergessen sind miteinander verbunden, und das eine ist nur möglich aufgrund des anderen. Jedesmal, wenn ein Krieg vergessen ist, hat ein neuer bereits begonnen, die eine Tragödie löst die andere ab und versorgt uns vor dem Nachrichtenüberblick mit dem täglichen Gedächtnisverlust. Wenn die Flugzeuge in Teheran mit lauter zivilen Opfern brennen, haben wir schon die Massaker in Sabra und Chatila, die Gefangenenlager und die ewige Wiederkehr von Terror und Schrecken in der Geschichte vergessen. ›Der Kampf des Menschen gegen die Macht ist der Kampf des Gedächtnisses gegen das Vergessen‹, steht dort in Anführungszeichen, so als wären das nicht meine eigenen Worte.«

Eileens Hände zittern ein wenig. Mit dem Stift, den ich ihr

leihe, zieht sie sich die trotzigen Lippen nach. Dann klappt sie den Handspiegel zu und schickt einen blitzschnellen, giftigen Blick zur Rezeption, wo der Mann auf das Schlüsselbrett zeigt und der Portier die Arme hebt. Es ist derselbe, mit dem ich heute morgen zu sprechen versuchte und der mich mit einer fast unsichtbaren Bewegung weggenickt hat.

Der Mann in Zivil notiert etwas aus dem Gästeverzeichnis des Hotels, nickt kurz und geht mit sicheren, hallenden Schritten über den Marmorfußboden und in die Schwingtür, die ihn durch die Spiegelung zunächst kaleidoskopisch vervielfältigt, bevor sie ihn hinauswirbelt.

Wir bleiben in dem Unbehagen zurück, das er hinterlassen hat; aber der kleine Einblick, den uns die alte Dame in ihr Leben gewährt hat, reicht aus, um die eben erst entstandene Vertrautheit zwischen uns festzuhalten. Sie berührt das Thema nicht weiter, und wir kommen nicht darauf zurück. Wir ahnen eine Schmerzgrenze, die nicht überschritten werden soll; der Rest ist tabu.

Ich bin ihr so dankbar dafür, daß sie mir mein Menschenbild zurückgegeben hat, so daß der Tag zu ertragen ist, und ich genieße es, daß Kim uns mit nichtalkoholischen Getränken und gesalzenen Nüssen verwöhnt – er liebt Kinder und alte Menschen, und seine außergewöhnliche Anziehungskraft auf Frauen läßt sich auch hier nicht verleugnen.

Als Eileen sich entschuldigt, geht und einen Augenblick später zurückkommt, hat sie Eintrittskarten für uns gekauft – von einem Lohn, über den wir gar nicht nachdenken dürfen. Sie lädt uns in die Teehaus-Oper ein, eine beliebte Volksunterhaltung. Das ist eine so große Geste, daß wir dazu nur ja sagen und ihr gerührt danken können. Durch die Schwingtür gehen wir in Kunmings Nachmittag hinaus.

Einen Augenblick lang glaube ich, daß ich einen Rückfall habe, denn ein ganzer Park voller Menschen ist in langsamer Bewegung erstarrt, aber das ist *T'ai Chi* und so alt wie China selbst; Übungen in reiner Geräuschlosigkeit und Kraft. Wirbel und Schwünge, die sich zeitlos in den Raum erstrecken. Wenn das Tempo beschleunigt wird, ist es das reine blitzschnelle Karate. Das sind die Alten, die sich in Form halten und das Leben verlängern wollen. Vielleicht üben sie sich auf dem letzten Stück Weg im Langsamgehen, damit die Strecke bis zu ihrem Tod mehr Zeit braucht. Einige haben ein Schwert, andere einen Stock; die Rüstigsten sind ganz ohne sichtbare Waffen.

Die Kunst des Krieges und des Todes, murmelt Kim mit einem der synchronisierten Gedanken, die uns ursprünglich zusammengeführt haben. Nun wird es wieder gut, denke ich unwillkürlich, also werden wir uns bald trennen! Verflucht sei die Intuition, die man weiblich nennt, weil sie alles umfaßt.

Kim hat den Arm um meine Schulter gelegt und vergoldet mich mit einem besonderen Lächeln, das sich weiter unten setzt, und ich schlage leicht mit dem Fischschwanz an seine Hüfte, lasse den Kopf auf seine Schulter sinken. Der Park mit den alten Menschen ist in einen rosenroten Schimmer getaucht. Es ist das späte Licht der Sonne, das sich zwischen die Stämme senkt.

Mit Eileen als Guide liegt eine andere Ruhe über dem Straßenbild, der Fahrradstrom fließt nicht mehr so hektisch, und sie hält uns an einer unsichtbaren Schnur. Sie zieht uns durch das Labyrinth, in dem man einen Fahrradlenker vorm Bauch haben und feilschen *muß* – sonst wäre es nicht China. Durch die Marktstraßen, vorbei an den Bündeln mit Frühlingszwiebeln und Fischen aus dem Dian-See.

Wir kommen durch die Straße der Schneider mit all ihren schwarzen Nähmaschinen, die mit den goldenen Schriftzeichen, dem Tritt oder ihrer Handkurbel der alten Singer ähneln. Die ganze Straße summt vom Fleiß der Schneider. Wenn sie die Augen hinter den Brillengläsern von der Naht heben, fühle ich mich selbst gedreht und gewendet wie ein Stück Stoff. Die Schneider auf der ganzen Welt haben die gleiche Art, über den Rand der Brille zu schauen, während ihre Hände wenden und drehen, Säume falten, Fäden, Spulen und Nadeln wechseln und mit ihren Zähnen den Faden abbeißen – alles in fliegendem Tempo und mit einem Blick, der die melancholische Sanftmut selbst ist.

Dann biegen wir in eine Gasse, wo sich die Schweine tummeln und die Zehn-Fen-Betten der Herbergen direkt im Schlamm bambusüberdachter Höfe stehen. Der Himmel verdunkelt sich, es blaut zwischen den Häusern, die schäbigen Lampions ähneln und aus deren Rissen und Spalten Licht fällt.

Die Teehaus-Oper ist ein überdachtes Theater in einem Hof. Die Eintrittskarten schließen auch je einen Plastikbecher ein, der während der Vorstellung von einer alten Frau mit Tee gefüllt wird. Mit einem großen Kessel trottet sie die Reihen auf und ab und schenkt ein, ohne auch nur einen Tropfen zu verschütten.

Als Eileen mit den ausländischen Gästen eintritt, entsteht ein Gemurmel. Es ist die reine Zahlenmagie, als sich blaue Hosen erheben und die Reihen wechseln, um für uns in dem vollen Saal, wo die Oper seit langem begonnen hat, Plätze zu schaffen. Selbst auf der Bühne unterbricht der Schauspieler seine Arie mit einer an uns gerichteten Verbeugung, die mich erröten läßt. An der Freundlichkeit, die uns umgibt, ist nicht zu zweifeln. Wir sind unter lauter kleinen Leuten – Bauern und Händlern. Baumwollwattierte, trollartige Menschen, deren Haut von Wind und Wetter dunkel gegerbt und von feinsten Runzelnetzen überzogen ist.

Die Frauen tragen spezielle Mützen, die ich nie zuvor gesehen habe und die aussehen, wie ein großer Knopf, der in vier Felder geteilt ist. Überall Lächeln und Nicken, wenn man nur einmal den Blick durch den Saal schweifen läßt; wir richten unsere Aufmerksamkeit auf die Bühne.

Ganz außen in der einen Ecke sitzen die Musiker. Laut knallende Holzstücke, die den Auftritt wie mit Peitschenhieben begleiten, so daß man hinterher atemlos dasitzt, ohne ein einziges Wort verstanden zu haben. Gongs, die das Gefühl von der Magenregion her zu einem dröhnenden Crescendo aufrollen. Da ist ein kleines Becken, dessen Ton singend in sich selbst verschwindet und das Gehirn mitnimmt. Wenn sie diesen Ton über einen längeren Zeitraum hinweg immer wieder anschlagen, zuckt er durch das Skelett mit demselben elektrisierenden Schmerz, der einen durchfährt, wenn man sich am Ellenbogen stößt.

Der einzelne Schauspieler hat lange Gesangspartien, die Repliken dauern oft ganze Viertel- oder halbe Stunden, und sie werden von kleinen fiedelnden Schlangenhautviolinen begleitet, die die Tonskala – synchron mit den Stimmen der Schauspieler –

hinauf- und hinunterführen. Sie tragen hohe Hüte, Kimonos mit Seidenschlingen und Ärmeln, an denen der Fächer hängt. Auf den Köpfen der Frauen prangen unglaubliche hochgesteckte Frisuren mit Lackstäbchen und ganzen klirrenden Kronleuchtern. Sie sind rot und weiß geschminkt, der Mund ist eine saugende Kirsche, die äußersten Mundwinkel sind weiß überkalkt und die Augenbrauen schwarze Vierecke, die dominoartig auf der Stirn stehen.

Dort drüben ist ein Garten; man sieht die Brüstung einer Fußgängerbrücke, ein Stück Drachenschuppendach ragt mit seinem Glockenspiel hervor. Eine junge Frau stützt sich mit der Hand auf das Geländer und trägt eine unendliche Arie vor, während der männliche Schauspieler in Mantel und Hut mitten in einer Handbewegung wie erstarrt ist, mit verzerrtem Gesichtsausdruck und aufgerissenen Augen, die nicht ein einziges Mal blinzeln.

Eileen schirmt mein Ohr ab und flüstert, daß er ein Richter sei und die junge Frau für ihren Mann bitte, den der Magistrat ins Gefängnis habe werfen lassen. Sie wisse, daß die Anklage falsch ist. Der Richter macht einen riesigen Schritt auf die Bühne. Mit Donnerstimme und Augenbrauen, die ganz oben am Haaransatz sitzen, unterweist er sie in der öffentlichen Moral, und die hämmernden Holzstücke knallen. Sie wirft sich vor seine Pantoffeln, und er wendet einen Blick zum Himmel, der so weiß ist wie die Unschuld selbst.

Kim rutscht auf seiner Sitzstange, die Pein ist ihm ins Gesicht geschrieben. Ich streiche ihm über den Nacken, und er blickt mich mit schiefer Miene an, die verspricht, bis zum Schluß durchzuhalten. Ich weiß nicht, was mich so bewegt – Eileen vielleicht oder der Sog von dem ergriffenen Publikum. Ich verschwinde im Raum der Oper, die Pfingstrosen blühen, und das gemalte Glockenspiel unter dem Dachvorsprung bewegt sich im Luftzug –

Wir sind im Arbeitszimmer des Richters. Vor dem Hintergrund eines Phönix mit leicht abgebätterter Vergoldung studiert er eine Schriftrolle, die Augenbrauen in die Stirn geschraubt. Nachdem sich das Dokument nach und nach ausgerollt hat, reicht es ihm bis zu den Füßen. Er rührt Tusche und macht den Pinsel bereit, um seinen Namenszug unter das Schriftstück zu setzen, als ein einzelner lauter Schlag verkündet, die junge Frau bitte darum, vorgelassen zu werden. Sie tritt ein, klingend wie das Glockenspiel draußen, und mit einem deutlich auf seine Stirn geschriebenen Gedanken legt er den Pinsel weg. Er ist schmeichlerisch bis in die langen Fingerspitzen, die er aneinander legt und vor der Ehefrau des Verurteilten emporhebt.

Ich brauche nicht Eileens Übersetzung, um die Vorschläge zu verstehen, die er ihr macht. Sie ist stolz, stampft mit ihren Lotosblütenfüßen auf und wendet ihm den Rücken zu. Er antwortet ihr in einem gellenden Koloratursopran, wobei er sich hinter dem Schreibtisch erhebt und seinen Part mit dem Pinsel abschließt, der wie ein schwarzer Vogel auf das Papier herabstößt und tropfend wegfliegt. Die Frau hat das Gesicht in ihren Händen verborgen ...

Neben mir schluchzt Eileen wie von Sinnen und drückt meine Hand, daß ich jeden einzelnen Knochen spüre.

In einem grausamen Zwischenakt, der wie ein Schattenspiel dargeboten wird, sehen wir hinter der weißen Leinwand eine Silhouette knien, die Hände auf den Rücken gebunden und den Kopf vorgestreckt. Der Richter hat die im Kimono verborgenen Arme auf der Brust verschränkt, er steht im Profil zum Publikum, und der Hut mit den langen, zurückgebogenen Schuhanziehern türmt sich auf seinem Kopf. Über dem Gefangenen schwebt ein gewaltiges Richtschwert; die Luft im Theater steht still.

Ein Kohlenbecken vorn auf der Bühne gibt den unbeweglichen schwarzen Scherenschnitten weichere Töne, während mit kleinen trommelnden Stäbchen ein Rhythmus aufgebaut wird. Dann nickt der Richterhut gemessen, nur ein einziges Mal, und das Schwert fällt. Mit einem trockenen Knacken gibt der Halswirbel nach, und mir wird die Luft knapp. Eine weiße Woge geht durch mich hindurch; ich presse die Hände an die Stirn und falle nach vorn. Kim packt mich von der einen Seite, Eileen von der anderen, und ich lächele beiden blaß, aber beruhigend zu. Kim will, daß ich mit ihm hinausgehe, aber ich weigere mich. Ich fühle mich innerlich rot wie eine Wanne voll Blut.

Eine halbe Ewigkeit später geht das Stück seinem Ende entgegen. Der Richter ist in seinem Garten und beugt sich über die Wasserlilien. Die Frau – aschgraue Zotteln zwischen Lacknadeln und Kämmen und offensichtlich wahnsinnig – stürzt mit einem hoch über dem Kopf erhobenen Stilett auf die Bühne.

Einen Augenblick lang – während das Publikum den Atem anhält – glauben wir, daß sie den Richter ermorden will. Auf der weißen Maske zeichnen sich die Linien des Grams dunkel ab. Er steht aufrecht mit nach vorn ausgestreckten Handflächen da, und nichts anderes schirmt ihn ab. Ihr Blick starrt nüchtern und wild, dann krümmt sie sich zu einem Bogen, der sich nach innen wendet. Wir sehen weder das Stilett noch das Blut, als sie in den Falten ihres Gewandes vor den Füßen des Richters liegt. Der Saal weint, die Kammerzofe weint, ja, selbst der Richter weint, und die Schlangenviolinen häuten ihn nahezu auf offener Bühne. Ich bin gerührt, nicht mehr vom Spiel, sondern weil eine kleine Volksmenge derart ergriffen ist, daß ich selbst einen Kloß im Hals habe. Dann fällt mein Blick auf Eileen, und ich wundere mich. Sie weint nicht; sie sitzt starr auf ihrem Platz und hat diesen merkwürdigen Zug um den Mund.

Erst jetzt verstehe ich, warum.

Hinter der Bühne, in der Garderobe der Schauspieler – zwischen Requisiten und Spiegeln – treffen wir die Schauspieler überraschend in der Wirklichkeit, wie man so sagt. Eileen stellt uns vor.

Die Frau ist bedeutend älter, als sie auf der Bühne gewirkt hat, und ihr männlicher Gegenspieler verwandelt sich vor unseren Augen nach und nach in einen Jüngling; er befreit sich von Hut und Mantel, wickelt eine Kopfbinde ab und entfernt die großen Koteletten sowie den Mandarinbart, der den Ausdruck seines Mundes verändert hat. Ein munterer Springinsfeld, der unter Akrobaten aufgewachsen ist. In seiner frühesten Jugend hat er Teller auf Stäben kreiseln lassen oder ist ganz oben auf der Stuhlkante etlicher übereinandergestapelter Stühle balanciert.

Er ist eifrig mit Kim beschäftigt, und sie schauen sich Requisiten an: Schwerter, Henkerbeile, lange Messer, die auf Lanzen gesetzt werden; sie rasseln mit den Kleiderbügeln und verschwinden in den Kostümen aus verschiedenen Dynastien und Epochen.

Die Primadonna ist der weibliche Sänger; sie sitzt lange vor dem Spiegel und saugt auf den Lippen; langsam entfernt sie die Schminke mit Watte und Creme, prüft professionell die Runzeln, die bei diesem Prozeß zum Vorschein kommen. Furchtlos legt sie ihr wirkliches Gesicht frei, mit Falten und welkem Gewebe und lacht dabei laut über Bemerkungen, die sie und Eileen austauschen. Das rohe Lachen der Mesdames erklingt hinter der Bühne – hier wie überall sonst auf der Welt. Sie hat ihre Stimme, in die mit den Jahren Sicherheit gekommen ist, sie wird von ihrem Volk gefeiert, und man nennt sie »Die Nachtigall unter dem Dach der Pagode« ... Das vertraut Eileen mir an, stolz auf ihre Bekanntschaft. Das letzte ist ein Hinweis auf den Namen der Theaterbaracke. Nur die Poesie im Namen ist übriggeblieben, die Pagoden sind weg, das Dach ein überdeckter Innenhof und die Garderobe eine Garage.

Nach beendetem Umkleiden ist von der jungen Ophelia nichts mehr übrig, der Blumenkranz schwimmt im Wasserbad, die Gewänder liegen über dem Stuhl, und eine Matrone, deren Lachen den Putz in der Garage rieseln läßt, preßt mich an ihren Busen. Der Tanten- und Broschenkomplex der Kindheit tritt automatisch in Kraft; ich schließe ein Auge, genieße die Kühle der Seide an meiner Wange und verschwinde ganz im Duft von Puder und Creme. Sie zieht mich vor ihren Spiegel, korrigiert meine Haltung und macht mir zum Spaß eine Maske, während sie mit Eileen zwitschert. Zuerst legt sie Weiß auf und schminkt mit schnellen Bewegungen mein Lächeln weg – das ist so strahlend, weil ich bei dem Spaß mit dabeisein darf, daß es in den Wangen beinahe schmerzt. Danach legt sie Rot auf, und ich erstarre stumm, denn das Gesicht, das sie mit ihren Händen modelliert, ist das aus meinem Traum, und es gibt keine Stimme zu der Panik der Worte, nur den Sog im Raum des Alptraums. Ich kann bloß steif auf dem Stuhl sitzen und zusehen, wie der Mund im Spiegel sich fischartig über den leeren Sprechblasen öffnet ...

Plötzlich verharren ihre Hände von selbst, und sie sieht mich mit immer größerer Zärtlichkeit an, bis ihre Augen überlaufen.

Sie faßt mich bei den Schultern und beruhigt mich mit einer Sprechstimme, die die Kraft des Gesangs hat. Eileen hat jetzt das alte, bekümmerte Gesicht meiner Mutter.

Ich will frei atmen und bekomme erst wieder richtig Luft, als ich, mit meinen Händen über denen der Nachtigall, die rote Seite des Gesichts entferne. Von dem Augenblick an, in dem sie versteht, was ich will, bis zu dem, da sie mir meine Züge wiedergegeben hat, vergeht weniger als eine Minute.

Ich spüre, wie mein Kopf auf die Platte des Schminktisches sinkt. Die Kälte des Glases gibt mir meine Gedanken abgekühlt zurück, so daß ich wieder aufblicken kann. Im Spiegel ist Kim.

Er trägt ein Samurai-Kostüm mit Schulterplatten und Helm, und das Schwert, das er zieht, ist zwar nur mit Silberpapier beschlagen, aber das ist genug, um den Geist in die Flucht zu schlagen und mir die Luft zu einem Lachen wiederzugeben. Meine chinesischen Tanten bekommen beide einen Schmatzkuß und schmelzen mit einem kleinen Seufzer dahin. Die Götter mögen wissen, wie viele Kinder, Enkelkinder und Urenkel ich in diesem Augenblick für sie verkörpere.

Wir gehen alle in ein Restaurant und essen Ente in Orangen mit Reiskuchen und Suppe. Kim und ich haben die Ehre, die anderen einzuladen. Die Gaststätte, in der wir speisen, leuchtet hinter dem Theater wie eine rote Laterne. Zuvor hatte Eileen, im Namen der ganzen Truppe, die Einladung zu einem Essen im Hotel entsetzt ausgeschlagen.

Nachdem sie sich vergewissert hat, daß wir den Weg zurück zum Hotel finden, geht Eileen mit den anderen nach Hause. Wir sind allein in der Gasse, die nach Lehm riecht, und ich höre, wie sich die eifrigen Gesangsstimmen entfernen.

Das Dunkel außerhalb der Straßenbeleuchtung ist von einer stofflichen Dichte, hat aber einen eingewebten flackernden Schimmer, der aus den zusammengestapelten Holzhäusern am schlammigen Weg dringt. Der Lehmgeruch stammt von den Krusten unter unseren Schuhen. Das ist eine andere Seite von Kunming, aber befreiend chinesich im Verhältnis zu den grau- und grüngestrichenen Wohnblöcken, die man überall sieht.

Kim küßt mich mit einer Zunge, die weit hinunter in meinen

Hals reicht, und bringt meinen Rachen zum Schwellen. Ein harter kleiner Schmerz sticht in meinen Brüsten, die gegen die vielen Reißverschlüsse in seiner Weste gepreßt werden. Ein paar Ratten huschen um unsere Füße, weit entfernt bellt ein Hund, und die Schweine in den dunklen Hofgärten rumoren gemütlich. In der Luft liegt ein Dunst von nassen Blumen, von Flieder, der mich immer an Friedhöfe denken läßt. Kim zieht mit knetenden Fingern meine Schultern an sich, und wir setzen uns in Bewegung.

Mit einem Blick zurück fange ich einen Schatten ein, der sich von der Schlafmatte unter einem Halbdach erhebt und uns folgt.

Ich flüstere es Kim zu und spüre, wie sich sein Körper strafft. Nachdem wir uns um mehrere Ecken geschoben haben, ist der Schatten immer noch da. Stockwerke, geflochtene Matten und Weidenkörbe ächzen im Dunkeln. Räder knirschen, obwohl sie sich nicht drehen; es knackt in alten Brunnenwinden. Kein ferner beruhigender Singsang von Stimmen, nur Schritte, die hinter uns auf dem schlammverkrusteten Weg knirschen, und eine Gestalt, dichter als das Dunkel, die die ganze Zeit über – eng an den Häusern entlang – den gleichen Abstand hält. Ich knicke auf meinen Füßen in der ausgefahrenen Spur um – ich lasse mich führen! Doch das sage ich nicht laut.

Ein Stück weiter brennt die Straßenbeleuchtung, und Autos fahren vorbei. Wir haben unser Tempo beschleunigt. Ich schwanke wie eine Puppe an Kims Arm hin und her. Jedesmal, wenn ich wieder umknicke, jagt ein Schmerz durch meinen Knöchel. Ich verbeiße mir die kleinen Schreie und halte mich an seinen entschlossenen Schritt. Als der Scheinwerferkegel eines vorbeifahrenden Autos in die Gasse fällt, nehme ich einen Schimmer der Gestalt wahr.

Es ist ein Mann, kein Chinese, aber sein Gesicht und seine europäische Kleidung sind mit eingetrocknetem Schlamm bedeckt, so daß er aussieht wie ein Terrakottasoldat aus dem Kaisergrab. Als das Licht ihn trifft, zuckt er zusammen, und wie Katzenaugen werfen seine großen Pupillen das Licht rötlich zurück.

Plötzlich ist alle Entschlossenheit auf meiner Seite. Ich ziehe an Kims Ärmel, so daß er in der Fahrspur stehenbleibt und sich mit mir den Schatten zuwendet, die weit über die Häuser kriechen. Noch ein Auto fährt langsam vorüber, dann ist auch das dritte weg. Wir sind allein auf der Straße. Es ist ganz still, abgesehen von einem Wasserbehälter, aus dem Tropfen in einen Zinkbottich fallen – im Rhythmus des Herzschlags. Wir schaudern und gehen dicht aneinandergeschmiegt ins Hotel zurück.

Dann haben wir uns geliebt. Ich liege da, genieße mein angeschwollenes Fruchtfleisch und probiere den Samen, der mit dem ersten schwachen Rinnsal einer beginnenden Blutung zwischen meinen Beinen hervorsickert, als ich Kims Stimme von der Decke höre – schon als Echo:

»Ich glaube, es war der Mann aus dem Restaurant – derjenige, hinter dem Bill her war! Der Mann mit der blutigen Kleidung.«

*Das gibt mir einen Ruck – Lichtjahre entfernt und längst wieder allein auf der Welt. Kim habe ich in Dali verloren. Vor mir steht eine halbleere Flasche Bier, und der Koch, tropfend von Schweiß und Öl, reicht den Herbergsgästen Schalen.*

*Es wogt durch den Speisesaal. Die Erinnerung breitet sich ringförmig im Wasser aus, bis hin zu Augenblicken, die ich vorher nicht bemerkt habe. Manchmal kehrt sie auch mit neuen Bedeutungen zurück. Es ist wahr, daß man in Träumen Gesichter sehen kann, die man nicht kennt. Aber es ist erschreckend, wenn die Wirklichkeit sie später einzuholen beginnt. Das Gesicht gleitet nach hinten und fügt sich erst in diesem Augenblick zusammen, Steinchen für Steinchen: Der Mann aus dem Steinwald, der Mann aus dem Traum, der Mann aus der Nacht der Messer und der Mann, der sich aus dem Schlamm erhob und unseren Spuren folgte …*

*Es ist ein und derselbe!*

*Er ist identisch mit dem Mann in Xining, der sich in einer Schaufensterscheibe spiegelte, gleich nachdem mich der Tibeter mit dem starken Geruch und dem blitzenden Goldzahn wieder auf die Erde gesetzt hatte.*

*Ich war unterwegs, um mir eine wattierte Jacke und eine Mütze mit scheckigem Kaninchenfell an den Ohrenklappen zu kaufen. Der Weg über die Hochebene nach Tibet ist eisig kalt, habe ich gehört, und auch hier ist die Luft schon scharf und dünn zum Atmen. Xining erhebt sich auf dem Felsen mit gewölbten Straßen aus Kopfsteinpflaster. Ein versteinertes Vorzeittier macht einen Buckel unter den abgeblätterten Gebäuden und wälzt sie winklig einander zu. Der Mann kehrte der Schaufensterscheibe den Rücken, da spiegelte sie seine Gestalt von hinten. Für einen kurzen Moment nur erblickte ich sein Gesicht – und dann sah ich es erst heute früh beim Himmelsbegräbnis vor Lhasa wieder, wo ich es nicht mehr wiedererkannte! Die Hand über dem Tisch zittert –*

Wir sitzen in einem kleinen Garten auf Schemeln vor einem Steintisch. Die Blätter im Garten sind so groß wie Pestwurz und tropfen von Feuchtigkeit. Königskerze und Bärenklau. Unten an der Gartenmauer erstreckt sich eine Landschaft aus grünem Schimmel über Schriftzeichen, die wir nicht lesen können. Die Luft steht warm und schwer, und der Humus dampft. Die Stimmen hallen wie aus einem Brunnen. Wir sitzen mitten am Tag im Dunkeln und trinken Jasminblütentee.

Dali entspricht den Erwartungen. Hier ist es so intim wie in einem Blumentopf, und die Straßen der Stadt verwandeln sich Tag für Tag in neue Märkte. An jedem Ende befindet sich ein echtes chinesisches Stadttor, keramikartige Steinhäuser und Reisfelder mit Menschen, die bei Dauerregen arbeiten. Sie gehen gebeugt, und Mäntel aus Kuhhaut schützen sie vor der brennenden Sonne und den Regengüssen. Hier stehen Wasserbüffel mit Senkrücken und Krusten aus Haut und Schlamm.

An den Felsabhang hinter der Stadt klammert sich ein verwittertes Kloster. Ein einziger Mönch mit Tonsur bewacht es mit einer Geduld, die weiter reicht als die Wechselfälle der Geschichte. Vor dem Buddha liegen Blumenopfer und Zellophanpäckchen mit Süßigkeiten. Ein wenig Rauch schlängelt sich kräuterduftend zwischen Drachenvergoldungen und Lacksäulen. Ruinenstille ruht über dem Ort.

Dahinter erheben sich steil die Berge von Burma und Tibet.

Davor wellen sich die Felder, die sich hinunter zum Erhai-See erstrecken, wo man fischt und auf Dschunken segelt. Hier liegt das Tal der vergessenen Könige. Wie riesengroße, helle Schachtelhalme erheben sich drei Pagoden auf der Grünfläche, und die alten Stockwerke stehen da mit Durchbrüchen voll Himmelblau.

Nirgendwo ist der Regen so weich wie in Dali. Tropfen für Tropfen saugt man durch die Lippen, so daß sich der süß-säuerliche Geschmack im Rachen verteilen kann. Die Leute sind klein und braun von dem Tabak, den sie anbauen. Sie heißen Bai und rollen die Blätter zu Zigarren, die sie in zierlichen Messingpfeifen rauchen.

Wir gehen jeden Tag in das kleine Teehaus mit Garten. In den Stunden, in denen der Regen strömt, kann man unter einem Halbdach sitzen und sich in den Fäden verlieren, die die Welt da draußen in Geräuschen ertränken.

Kim sieht auf die Karte und schmiedet wilde Pläne. Ein paar Reisende wie wir sind verkleidet nach Tibet gekommen, und die Gerüchte brodeln laut. Andere bereiten sich vor und wollen ihr Glück versuchen. Das Gästehaus der Stadt wirkt fast wie eine große Verschwörung von Fremden. Alle tauschen Gerüchte, Informationen, handgezeichnete Karten mit Routen nach Tibet aus und entwickeln Strategien, um die chinesischen Behörden zu überlisten. Die Stimmung muß ähnlich sein wie unmittelbar vor dem Langen Marsch.

Die ersten schweren Tropfen schlagen auf die Haut, und wir rücken die Schemel unter das Halbdach. Auf dem Tisch liegt eine chinesische Zeitung. Kim nimmt sie und blättert geistesabwesend darin. Dann runzelt er lange die Stirn, dreht und wendet im Halbdunkel das dünne Papier mit den Kolonnen von Zeichen. Zum Schluß zeigt er mir ein Bild in der Zeitung, und aus dem beidseitigen Schweigen erwächst die Gewißheit. Das Bild ist eine Fotografie aus der Kriegszeit.

Darauf zu sehen sind mehrere Piloten, die in einer Reihe vor einem Jagdflugzeug Aufstellung genommen haben. Unter die spitze Propellerschnauze ist der Rachen eines Hais gemalt. Direkt vor dem Cockpit unter dem Abziehbild einer Blondine im Badeanzug mit dem Untertitel Dolly So-und-so steht ein junger Pilot mit einem breiten Grinsen unter dem Schiffchen. Die Zeitungsredaktion hat sein Gesicht mit einem weißen Kreis umrahmt.

Es besteht kein Zweifel: Das ist Bill als junger Pilot zwischen anderen »Flying Tigers«. Sie tragen Lederjacken mit Lammfellkragen. Einige haben eine Fliegerhaube auf und die Schutzbrille in die Stirn geschoben. Der Staffelchef trägt – als einziger – eine Schirmmütze und steht ganz links außen vorn am Propeller. Sein winziger Oberlippenbart wirkt, als kitzele er ihn unter der Nase. Aber warum haben sie Bill in einem Kreis plaziert, und was steht in der Spalte neben dem Bild?

Bei dem Versuch, das chinesische Bilderrätsel zu lösen, kneifen sie die Augen zusammen. Niemand von uns kann die Schriftzeichen lesen. Mitten im Geäst der Ideogramme erkennen wir lediglich zwei Zahlen, die auf unsere Art geschrieben sind: 1941 und die Zahl 12.

Kim schlägt mit der Hand auf die Zeitung: »Das ist Bill, darauf fresse ich einen Besen!«

»Wie jung er da ist. Fast noch ein Kind ...«

»Wenn man nur wüßte, was da steht!«

»Es gibt doch einen Lehrer in Dali, der Englisch kann.«

»Ja, verdammt. Den müssen wir auftreiben.«

»Meine Güte – wir können nicht mal eine Zeitung lesen!«

»1941 – das war das Jahr, in dem die Japaner Pearl Harbor angegriffen haben ...«

»Das *müssen* die ›Flying Tigers‹ sein – weiß Gott, was mit Bill damals geschehen ist.«

»Es sieht aus wie eine ›Warhawk‹. Eine P-40 ...«

»Woher weißt du das denn?«

»Na, so was wissen Jungs eben.«

»Dann ist Bill nach Kunming gekommen, um ein Jubiläum zu feiern!«

»Ja. Die ›Flying Tigers‹ operierten von Kunming aus. Da war ein großer Militärflughafen.«

»Kim, an dem Abend im Restaurant – glaubst du, daß der, den wir gesehen haben, der Mörder war?«

»Er hatte Blut auf der Kleidung. Und auf seiner Wange und der einen Hand ...«

»Als ich das letztemal auf der Toilette war, hatte ich bemerkt, daß das Fenster über dem Klosett geöffnet war. Darüber hatte ich mich gewundert – ich war mir nämlich sicher, daß es beim erstenmal geschlossen war. Ich frage mich, ob nicht jemand auf diesem Weg hereingekommen ist!«

»Wer zum Beispiel?«

»Na, der Mörder!«

»Es könnte genausogut jemand dort hinausgeklettert sein ...«

»Aber wir haben doch gesehen, wie er geflüchtet ist?«

»Hm, stimmt ...«

»Es ist das Gesicht, das ich immer wieder sehe. Was wohl passiert, wenn ich ihn jemals treffe? Kim, ich habe Angst!«

»Warum?«

»Ich kann das nicht erklären. Ich habe so ein Gefühl, als wäre hinter all dem ... eine lenkende Hand. Und wir sind im Begriff, Teil einer Geschichte zu werden, die wir gar nicht überschauen können. Ich hab dir das doch schon mal gesagt – alles geschieht irgendwie lautlos neben mir, und sobald ich den Kopf drehe, ist es weg! Oder noch eine andere Sache: Ich bin sicher, daß der Mann an der Rezeption unsere Namen von der Hotelliste abgeschrieben hat. Er warf mir so einen seltsamen Blick zu, und in diesem Land muß man nicht paranoid sein, um sich überwacht zu fühlen. Ich fasse es nicht, wie du glauben kannst, daß wir ungesehen nach Tibet kommen!«

»Das haben andere vor uns auch schon geschafft.«

»*Einer!*«

»Zwei – er hatte ein Mädchen dabei.«

»Ohne Erlaubnis und mit der Wahrscheinlichkeit, beim ersten Stopp entdeckt zu werden. Wir fallen sowenig auf wie zwei Amazonas-Papageien in einem Käfig mit Kanarienvögeln!«

»Wir färben unsere Haare schwarz ...«

»Donnerwetter ...«

»Große Strohhüte und blaue Kleidung. Schön verblichen und zerschlissen. Und eine Sonnenbrille mit der Firmenmarke auf einem der Gläser. Alles Gepäck in einem großen Korb, der an einem Stirnriemen getragen wird, dann müssen wir ständig gebeugt gehen. Wir reisen, wenn es dunkel wird und ruhen uns am Tag aus. Ich kenne die Route ...«

»Und wir sind stumm, oder? Jaja ...«

»Wenn wir entdeckt werden, passiert nichts weiter, als daß sie uns nach Dali oder Kunming zurückschicken. Sie behandeln Fremde wie rohe Eier.«

»Du meinst, sie essen sie ...«

»Ach, zum Teufel – komm jetzt! Irgendwie geht alles!«

»Der Weg nach Golmud ist sicher. Die Erlaubnis haben wir. Es gehen Busse, oder wir können per Anhalter mit Lastwagen fahren ...«

»Bist du dir darüber im klaren, was für ein Umweg das ist?«

»Bist du dir darüber im klaren, wie weit wir schon gekommen sind?«

»Tibet liegt unmittelbar hinter den Bergen. Das ist jetzt wirklich nur noch ein Katzensprung!«

»Vergiß nicht die Siebenmeilenstiefel!«

»Herrgott noch mal, ja, es ist ein Abenteuer. Deshalb bin ich ja auch so wild darauf. Wir kommen durch das unbekannte Tibet. Nicht nur durch Lhasa, wie alle anderen.«

»Kim, sieh mal, es hat aufgehört zu regnen – komm! Ich will wissen, was sie über Bill schreiben!«

Kim steckt die Zeitung ein. Mit hochgezogenen Schultern gehen wir hinaus. Von der Dachrinne tropft es uns kalt auf den Kopf. Wasserperlen rollen über die grünen Blätter. Als wir den Garten verlassen und durch die Straßen von Dali eilen, um den Lehrer zu finden, bekommen wir nasse Füße.

Seine Frau öffnet die Tür. Sie führt uns eilig durch ein paar dunkle Räume mit rohen Betonwänden und Stapeln von Büchern und Zeitschriften vor dem Altar des Fernsehers. Hinter dem Haus ist ein Garten, der die Größe einer Briefmarke hat. Hier läßt sie uns auf ein paar Holzkisten Platz nehmen. Nervöses Zucken im Gesicht und flatternde Hände, mehr Jasminblütentee.

Sie sagt zu allem »Yes«, nickt eifrig, und ihre runden Wangen sind ein einziges großes Lächeln: Ob der Schullehrer zu Hause sei? Yes! Ob man ihn sprechen könne? Yes! Yes! – eine ganz kleine Spur von Verwirrung im Lächeln. Oder sei er vielleicht in Kunming? Oh yes! Kim faltet die Zeitung auseinander und legt sie vor sie hin: Ob sie lesen könne, was unter dem Bild steht? Yes! Ob sie das für uns übersetzen wolle? What?

Je größer das Loch wird, das in ihrem Lächeln aus purer Unsicherheit wächst, desto eifriger nickt sie und bekräftigt alles, was wir sagen. Endlich erfahren wir, daß der Mann *tatsächlich* nach Kunming gefahren ist. Also können wir entspannen und die Konversation ihre eigenen Wege gehen lassen. Topfpflanzen und Regen sind universelle Themen.

Als der Tee ausgetrunken ist und wir unser Dankeschön über das ganze Gesicht gebreitet haben, erheben wir uns. In der nächsten Stunde schlendern wir zwischen Dalis Pfützen herum und atmen den Duft der regennassen Dinge ein. Leute radeln an uns vorbei und befördern große Lasten von allem möglichen, was es zwischen Himmel und Erde gibt.

Ein winziger Mann schleppt Schweine in Körben, die von einer Tragestange auf seiner Schulter herunterhängen; er sieht aus, als wäre er bis zu den Knien in Schlamm versunken. Sie tragen Eimer mit Dung unter unseren Nasen vorbei. Draußen auf den Feldern stecken sie Reis, die Beine im silbrigen Wasser, die Röcke hochgebunden.

Kim verschwindet im Hohlweg, um im Erhai-See eine Runde zu schwimmen. Von hier aus ähnelt der See einem Meer mit Schiffen, so weit ist der Abstand von Ufer zu Ufer. Das letzte, was ich von Kim sehe, ist sein Tigersprung über den Berieselungskanal; die Bauern drehen sich nach ihm um, den von der Erde erhobenen Blick voller Staunen.

In labyrinthischen Straßen zwischen Häusern aus sonnengetrockneten Steinen sammle ich meine Schritte wieder auf, schlendere langsam weiter und bleibe stehen. Die fast keramische Luft tut mir gut.

Eine welke Frau breitet vor sich auf dem Gehweg Koks zum Trocknen aus. Anschließend zündet sie ein Räucherstäbchen an, steckt es in eine Spalte und sinniert lange, während sich ihre alten Augen mit Tränen füllen.

Die ganze zierliche Anordnung fängt mich ein wie ein Zauberkreis, den man nicht durchbrechen kann. Die Kohlenstücke breiten sich ringförmig von einem imaginären Zentrum aus. Das Trippeln der Alten zeichnet ein unsichtbares Muster zwischen die Ringe; sie zündet eine Öllampe an, hält Papiergeld mit großen, glücksbringenden Zeichen an die Flamme. Ihre Hand zittert; die Finger sind wie Feuerhaken, von denen Asche fällt. Ich sehe, wie die Zeichen auf den graugebrannten Fetzen dunkel werden, sich zusammenrollen und mit einem Luftzug auf die Erde schweben. Erst da hebe ich den Kopf und erfasse die Bedeutung des Rituals:

Direkt vor mir, aus einem Fenster in der Hauswand, ragt ein rotlackierter Sarg, geschmückt mit weiß rankenden Ackerwindenblüten, die die Düfte von Abgestorbenem aussenden. Die hochglanzpolierte Vorderfront des Sargs spiegelt mich, und ich versuche die Augen von dem Gesicht wegzuhalten. Meine Pupillen sind schwarze Löcher, die größer werden und die Regenbogenhaut verdrängen. Die Füße sind auf dem Gehweg festgewachsen, und unten in den Beinen fühle ich ein taubes Summen.

Es ist der schönste Sarg, den ich in meinem Leben gesehen habe. Nur etwas größer als ein Kind. Der Deckel ist eine Spur gewölbt, der Lack hat eine Tiefe, in der man verschwindet. Ein roter Monolith im Raum, der die Zeit hochkant stellt und in seiner Fläche die Zahl der Galaxien spiegelt.

Ich spüre, wie die Finger der Alten meinen Handrücken betasten. Sie sind trocken und elektrisierend. Ihr Mund ist ganz eingefallen, nur die Runzeln sind geblieben. Ihre Augen dringen so eifrig in die meinen, daß ich nicht umhin kann, ihr Leid über den unbekannten Toten zu teilen. So stehen wir lange und wachsen über Zeit und Raum zusammen. Als ich gehe, bin ich ein anderer Mensch.

Ich will meinen Namen in Stein sehen! Das ist mir plötzlich bewußt. Vielleicht werde ich ihn auf Papiergeld drucken, das man hier zu Ehren der Götter verbrennt. Mögen sie durch mich reicher werden.

Sofort suche ich den Steinmetz in seiner Werkstatt auf. Die

Atmosphäre nimmt mich gefangen. Ich liebe Werkstätten. Staub von feinpolierten Steinen, Schleifmaschinen und Bäder mit schweren und leichten Flüssigkeiten. Er hat eine Brille mit einer Lupe und kleine Meißel mit Korkgriffen und blanken Kanten. Hier gibt es Speckstein und Porphyr, alle grünen Nuancen der verschiedenen Jadearten.

Er hat Tafeln mit langen Reihen von Zeichen, und man braucht nur seinen Namen auf ein Stück Papier zu schreiben. Dann sucht er die Zeichen heraus, die dazu passen. Er hat Lampen mit hellem Licht, das er auf seine Arbeit richten kann, und eine Zungenspitze im Mund, die für Qualität bürgt.

Unter seinen Fingern wachsen Figuren. Steinlöwen, deren Mähnen Labyrinthe mit niemals endenden Gängen bilden – leicht rollende Kugeln, ganze Fontänen, Pavillons und Brücken, so klein, daß das Auge sie kaum erfassen kann.

Ich suche mir einen prächtigen Hahnenblutporphyr aus, der die Proportionen des roten Sarges hat. Der Stein ist in einem besonderen und langwierigen Prozeß mit dem Blut junger Hähne eingefärbt worden. Er ist von denen, die er da hat, am teuersten. Der Steinschneider zeigt mir meinen Namen in den entsprechenden Schriftzeichen, und ich sehe, wie er sich vor meinen Augen in die fliegenden Drachen der Ideogramme verwandelt.

Er läßt mich den Kampferduft der roten Stempelfarbe riechen. Ich bestelle auch gleich einen Stempel für Kim. Es soll eine Überraschung werden. Wir brauchen keine Worte, solange wir auf die Dinge zeigen können. Er ist sich des Wertes seines Handwerks bewußt, wie ein aufmerksamer Blick über das Brillenglas zeigt. Feinstes Pulver hat sich auf sein Haar gelegt, und die Poren seines Gesichts glitzern von Erz.

Wieder im Gasthof, ist Kim noch nicht von seiner Schwimmtour zurück. An der Rezeption reicht das Englisch der Angestellten gerade so für Schlüssel und Zimmernummer. Auskünfte erhält man von anderen Reisenden – ein Markt hier, ein Tempel dort, das Badehaus der Stadt mit dem stummen Masseur, auf den alle schwören, das Waschhaus mit den Frauen der Stadt und – last, not least – die kleinen örtlichen Gaststätten.

Ich entscheide mich für das Bad, gehe aber erst einmal hinauf und lege mich ein wenig hin. Ich mag unser Zimmer. Es ist groß, mit einem Fenster zum Hof, wo jeden Tag Laken hängen und blau in der Sonne schimmern. Das andere Fenster geht hinaus auf die Rückseite der Häuser: Bretter, Dachpappe und Ziegel in wilder Unordnung. Von hier kann ich mich im Regen verlieren, wenn er über die schuppigen Dächer strömt und aus den Regenrinnen in dicken Strahlen in Holzbottiche oder alte Öltonnen platscht. Sinnreiche Kanalsysteme aus Wellblech steigen und fallen zwischen den Häusern und führen das Wasser an die unmöglichsten Stellen. Es ist eine Symphonie, die bei Regen einsetzt, eine brausende und klappernde Wasserorgel.

Gerade in diesem Augenblick fällt das Licht in Streifen über Fußboden und Betten. Die Läden vor den Fenstern sind so hoch wie doppelte Verandatüren, unterteilt mit Holzjalousien. Die Fenster lassen sich ganz bis zum Fußboden öffnen, wenn man das Zimmer lüften will.

Ich starre an die Decke. Die Hände unter dem Nacken; alles ist angenehm weit weg. Stimmen im Hof. Der Duft von Wäsche durchdringt alles.

Er lädt mich auf, und die Unruhe des Körpers ist süß. Ich liege ganz still da und denke an das Bad. Mein altes Gesicht muß weggewaschen werden. Fremde Finger sollen meine Knoten aufspüren und Ströme in Gang setzen, die ich selbst nicht kenne, die mich aber durch Dampf und über weißgescheuertes Holz tragen und alle meine Farben in einem seligen Gefühl von Müdigkeit und Schlaf auswaschen werden. Eine Wärme, die die Steinkälte aus den Knochen verdampfen läßt und mich bis ins Mark matt machen soll.

Ich will die Luft direkt aus Röhren und Hähnen trinken und erst wieder zum Leben erwachen, wenn die Dusche alles weggespült und der Masseur mit seinen Akupunkturfingern mein starres, aufgeweichtes Fleisch durchgegraben hat ...

Ich suche Handtuch, Seife und Shampoo zusammen, einen frischen Slip und ein T-Shirt, das man bei der Massage anbehalten kann. Dann stehle ich mich durch die Tür und die Treppe hinunter, so als hätte ich etwas Geheimnisvolles vor.

Als ich unten bin, entdecke ich Kim. Hatte ich es mir doch

gedacht! Er versucht sich tatsächlich über die Sprachbarriere hinweg mit großen Gebärden und der aufgeschlagenen Zeitung. Das zurückgestrichene Haar glänzt blank, er hat ein wenig Entengrütze im Nacken, und ich schleiche mich von hinten an ihn heran und halte ihm die Augen zu.

Die Zeitung knattert in seinen Händen wie ein Lautsprecher, er windet sich mit einem schicksalsergebenen Lachen frei. Falls das Personal seinen Darlegungen gegenüber hilflos war, so haben sie jetzt unwiderruflich die Sprache verloren. Wir verabreden uns für später im »Jadegarten«, wo sie das beste Chop Suey mit Büffelfleisch servieren, mit atemberaubendem rotem Yunnan-Pfeffer und gerösteten Erdnüssen.

Das Badehaus ist ein dunkles steinernes Gewölbe, wo sich das Sonnenlicht, das durch die obersten Spalten dringt, mit den Badedämpfen zu einem Schleier vermischt. Kalte und warme Luft kommen abwechselnd von Wänden und Fußboden. Die Bäder sind in den Steinboden geschlagene Vertiefungen, so daß sie versenkten ägyptischen Sarkophagen ähneln. Sie werden mit warmem Wasser aus Holzbottichen gefüllt. Die Luft ist schwer, und an den Stellen, wo es im Gegensatz zum übrigen Raum kalt ist, schlägt sich der Dampf nieder. Während ich die Bottiche heranschleppe und in die Wanne gieße, setzt sich der Schweiß auf meiner Oberlippe ab. Meine Schritte hallen. Die mit Feuchtigkeit gesättigte Luft über den blankgewetzten Steinen erschwert das Atmen. Ich bin allein im Bad, aber hinter Trennwänden höre ich andere Stimmen; ich kann nie unterscheiden, ob Männer oder Frauen sprechen. Ein leicht unheimliches Gefühl prickelt in meinem Blut – die Bäder zu beiden Seiten sind so leer. Statt dieser Stille sähe ich sie lieber voll von erhitzten rothäutigen Frauen; wie gazeumhüllte Mumien treibt der Dampf über Streifen von Licht und füllt den Raum mit Auferstandenen, die über den leeren Sarkophagen schweben.

Da ist eine Holzpritsche mit einem Tisch voller Flaschen und Krügen. Das Glas ist Apothekerware, und das Holz hat das besondere Weiß, das mich an den Waschkeller meiner Kindheit erinnert.

In einem kleinen Verschlag sitzt der Masseur und wartet. Der taubstumme Mann reicht mir – mit eifriger Hand – ein gestärktes Handtuch mit blauer Borte, ein Stück ausgestanzte Seife und einen Bausch Holzwolle zum Rubbeln. Ich verzichte dafür auf meine mitgebrachten Waschutensilien, füge aber das Shampoo hinzu. Ich ziehe mich aus. Er hat mir den Rücken zugewandt und sitzt, das Gesicht zur Ecke, in einer federnden Hockstellung, die den Baumwollstoff über seinem Gesäß spannt.

Ich lege T-Shirt und Slip ab und steige in mein Bad, das mich mit heißen Fächerschwaden über der Oberfläche erwartet. Der Kontakt mit dem brennenden Wasser treibt mich fast wieder rückwärts hinaus. In der Sekunde, in der Feuer und Kälte zusammenstoßen, bin ich luftleer, klar wie ein Glasaal und zu einem Funken zwischen den Polen erstarrt. Ich sende einen Lichtblitz von der Frequenz eines Schreies aus und entspanne mich dann von der Fußsohle bis zum Nacken. Derart kurzgeschlossen, sinke ich hinein in die Flüssigkeit.

Unter mir entsteht ein gewichtsloser Hohlraum. Hände und Knie schaukeln wie rote Gummilappen. Ein säuerlicher Geruch in meiner Nase; ich bin ein Badetier, aus dem die Luft entwichen ist und sinke ganz hinunter in das frische Brennen.

Unter dem Wasser haben sich die großen Blattlappen meines Geschlechts geöffnet, mit denen die Strömung spielt. Schwere Wärme kommt stoßweise – ein seltsames Gefühl, denn es sind zwei verschiedene Flüssigkeiten, die einander in einer elektrischen Reaktion begegnen. Ich gebäre mit dem Mund eine Seerose und lasse zuerst die Blasen aufsteigen, bevor ich durch die Wasseroberfläche brause und das Badewasser auf den Fußboden schwappt.

Wie eine blauschimmernde Kaulquappe liege ich lange da und sauge an einem Finger. Gedankenversunken führe ich die Seife um Öffnungen und Höhlungen. Verpuppe mich in laue Halbträume – bis die Wärme aus dem Wasser entweicht. Dann reibe ich die Haut mit dem Holzwollschwamm korallenrot, schäume das Haar mit meinem Shampoo ein und spüle es mit Kannen von kaltem Wasser, daß alles in mir nach Luft schnappt und die Füße zappeln.

Ich versuche mich abzutrocknen, aber das Baumwollhandtuch wird zu Glas und treibt Wasserblasen um meinen Körper. Ich nehme mein eigenes Frotteehandtuch. Trockengerieben, ziehe ich Slip und T-Shirt wieder an, als die Feuchtigkeit von innen hervorbricht. Ich lege mich auf die Pritsche, den Kopf in einem schweren, nassen Turban – und warte darauf, durchgeknetet zu werden.

Mir fallen die Augen zu. Ich höre Geräusche. An allen Wänden stehen Männer; die mageren chinesischen Körper sind bleich und ohne Geschlechtsbehaarung. Mit Handbewegungen, als wären sie lange gefesselt gewesen, machen sie sich von der Wand frei und nähern sich langsam. Ich bin Däumelinchen und liege auf einem feuchten Blatt. Neugierig beugt sich einer von ihnen über meine Beine und schnuppert. Mir stockt der Atem; sollen ihre Penisse doch steif werden und über mir aufragen.

Einen will ich im Mund haben, einen, der sich seinen Weg erzwingt und mich bis zum Gaumensegel füllt. Ich will spüren, wie sie gegen meine Beine und Hüften schlagen, während ihre Hände mich herumdrehen und überall entblößen. Sie winkeln meine Beine an, ziehen mich an den Pritschenrand und dringen der Reihe nach in mich ein, fordernd und hart. Nach und nach verschwinden sie in der Nässe, die sie in mir hinterlassen. Ich japse und kriege keine Luft, nur Wimmern, während sie sich in mich ergießen, stumm wie Fische und ohne Gesichter...

Feuerrote Scham steigt mir in die Wangen. Die Phantasie schwindet dahin und läßt mich mit einem weinenden Kind in mir zurück. Das ist meine Schuld; warum nur kann ich nicht vergessen?

Der Masseur nähert sich durch den Dampf mit Schritten, die wie Waschlappen klatschen. Das kurzgeschorene Haar liegt wie ein Schatten auf seinem Schädel; er hat Elefantenohren, und seine Augen schielen leicht. Das Gesicht, das alles durch Schweigen zum Ausdruck bringt, glänzt über mir. Ich muß den Kopf abwenden und beiße mir auf die Lippe. Mein Körper sehnt sich wild nach der Süße des Schmerzes, die mich wieder heilmachen soll.

Der Masseur ist jetzt bereit. Er reibt mich zuerst mit wildem

Kampfer ein, wozu ich leicht protestierend den Kopf schüttele. Ich verschwinde ganz unter seinen eingeölten Händen, deren Glätte und Stärke weit unter meine Haut dringen. Mit den an meinem Hals ausgestreckten Fingern tastet er sich vor, bis er mit einem einzigen Griff den Kopf von der Nackensäule rückt und ihn dann wieder an seinen Platz schiebt. Ein ganzer Mantel von Knoten, von den Schultern bis nach unten, ist im Handumdrehen weggestrichen.

Der Taubstumme erinnert an einen kurzgeschorenen Maler. Er hat eine kleine Porzellandose geöffnet, die mit blauen Bäumen bemalt ist. Durch meine halbgeschlossenen Lider sehe ich, wie er dasteht, den Finger in der Creme – als dächte er über seine Farbpalette nach. Mit Augen, die von der Konzentration schmal sind, setzt er seine Farbe auf das Modell.

Zuerst einen Fleck auf die Stirn, direkt zwischen die Augen. Danach verteilt er die eisigen Punkte in Mustern über den Körper. Mit einem großen Finger auf der Lippe gibt er mir zu verstehen, daß ich still liegenbleiben soll, während sein Tigerbalsam kalt singend bis ins Mark dringt und seine eigene Akupunktur an den fein verzweigten Meridianen des Kreislaufes schafft.

Die Ströme, die er in Gang gesetzt hat, vereinigen sich nach einer Weile und bauen einen neuen und kühleren Raum um mich.

Die Luft kehrt in meine Lunge zurück und erreicht, immer ruhiger werdend, das Zwerchfell. Draußen zirpen die Zikaden. Von der hoch oben gelegenen Öffnung spüre ich einen Luftzug, das Licht über mir wird schwächer, und in allen meinen Gliedern singt es. Mit der Anmut von Kronblättern schlage ich die Augenlider auf. Ich erhebe mich wie Kleopatra an dem Vogelschnabel einer ausgestreckten Hand. In Licht gehüllt, stehe ich auf und bezahle meinen taubstummen Masseur fürstlich für die Schönheit, die er mir gegeben hat.

Draußen stoße ich auf einen ganzen Trupp von kleinen Soldaten der Volksarmee. Leichte, grüne Uniformen mit roten Rangabzeichen. Weiche Mao-Schirmmützen, die die Ohren abstehen lassen.

Sie exerzieren mit schwarzen Schirmen anstelle von Gewehren, denn die Chinesen waren schon immer ein praktisches Volk, und der Regen in Dali läßt nie lange auf sich warten. Am Gehweg parkt ein Jeep mit einem geblümten Plastikbezug über den Sitzen. Zwischen Chauffeur und Ordonnanz, oder wie auch immer man ihn nennt, steht in einem speziellen Halter die unentbehrliche Thermoskanne für Tee. Mehrere von den Knabensoldaten tragen hochhackige Schuhe, andere Plastiksandalen, die pinkfarben unter den Hosen hervorleuchten. Einer hat anstelle der Militärmütze eine große, weiße Haube auf.

Ich erkenne verschiedene Gesichter aus meinem Phantasietraum wieder und kichere bei dem Gedanken an alle die Spargelpimmel, die zu den bellenden Kommandos in den Hosen auf und ab springen. Niemals habe ich Soldaten exerzieren sehen, die in einem solchen Grad an eine Schar Transvestiten auf einem Sonntagsausflug erinnern.

Kim wird mich später immer wieder belehren, daß die Volksarmee eine der härtesten Armeen der Welt ist.

Er wartet auf mich im »Jadegarten«, vertieft in ein Gespräch mit einem Mädchen, das ich noch nie gesehen habe. Ein Neuankömmling. Robust, natürlich – ganz ohne Make-up. Blond, kurzer Haarschnitt und blaue Augen. Ein Rucksack, so groß, daß er genau in ein Spülbecken paßt.

Kim ist Feuer und Flamme, denn sie ist in Lhasa gewesen, und sie hat die beiden getroffen, die von Dali nach Tibet gekommen waren. Wir haben über sie nur von anderen Reisenden gehört: daß sie Dali verlassen hatten und nicht zurückgeschickt worden waren. Das ist tatsächlich eine phantastische Geschichte – zum erstenmal wissen wir genau, daß jemand auf diesem Weg ganz bis nach Lhasa gekommen ist.

Das war ausschließlich den Tibetern zu danken, hatten sie ihr erzählt. Überall hatte man ihnen geholfen, sich unsichtbar zu machen, wofür ihre Verkleidungen niemals ausgereicht hätten. Erst als sie in Tibet angekommen waren, ging es reibungslos. Denn jene, die das Herrenvolk jagt, sind in den Augen der Tibeter Freunde. Man hatte sie, versteckt zwischen den Tieren der Nomaden, transportiert. Eingepackt zwischen Zelte und Stangen. Beschützt von der Herde. Geleitet und unterstützt beim Überqueren von Schluchten, wo Brücken zusammengebrochen waren. Über verborgene Wege und Bergpfade hatte man sie bis ins Lhasatal geführt, bis zu dem Tag, an dem sie frei auftauchen konnten ...

An dem Glanz in Kims Augen erkenne ich, daß wir uns bald trennen werden. Es ist nicht das Mädchen – denn wenn man alles in Betracht zieht, gibt es ebenso viele Frauen, die ihre Männer an das Abenteuer verlieren wie an andere Frauen.

Aber ich will nicht wie er, und ich weiß das schon jetzt. Ich halte mich an einem Faden, der durch mein eigenes Labyrinth führt, und höre auf andere Stimmen. Bevor ich weiterreise, will ich zurück nach Kunming und mit Eileen sprechen, denn zu ihr habe ich Vertrauen. Sie und kein anderer soll mir die Notiz neben Bills Foto übersetzen. Und mir erklären, was eventuell geschehen sein könnte.

Ich sehe, daß Kim Feuer gefangen hat für dieses Abenteuer. In meinen Ohren klingt es nach einem Alptraum: überall auf die Gnade und das Gutdünken fremder Menschen angewiesen zu sein.

Ich weiß auch, daß er es besser allein kann. Sein Charme und seine Furchtlosigkeit sind die eines Jungen. Die körperliche Verfassung ist nicht entscheidend, wichtig ist die Hingabe an das Abenteuer. Mein Zweifel wäre das größte Hindernis, und den kann ich nicht überwinden. Vom Schicksal verstehe ich nichts, aber man soll den Weg gehen, für den das Herz schlägt. Ich würde nicht im Traum auf die Idee kommen, für ihn etwas anderes zu bestimmen, selbst wenn ich die Macht dazu hätte. Schließlich trennen wir uns nicht aus persönlichen Gründen und können uns wieder treffen ...

Ich lächele nur, denn er weiß nichts davon – noch nicht. Die Frau in mir hat für uns beide gewählt.

Ich plaudere mit dem Mädchen und teile ihren Eifer und ihre Vertraulichkeit. Erzähle begeistert von dem Bad, der Massage und Dalis Glückseligkeiten. Indessen streichen die Ratten um unsere Zehenspitzen und stürzen sich auf die Essensreste unter den Tischen. Der »Jadegarten« riecht nach Dung und summt von Fliegen, aber die Bedienung ist nett. Wir sitzen draußen, und die Berge steigen blau hinter den Pinselstrichen der dunklen Zypressen auf.

Als das Mädchen gegangen ist, begegne ich über dem Tisch Kims Blick. Ich spüre, daß mein Kopf und die Hände würdig den Körper des ägyptischen Tänzers zieren, den der Masseur befreit hat. Die Lippen wölben sich in hohen Bogen, und die Sprache gehorcht der kleinsten inneren Absicht.

Wir trennen uns als Freunde. Die ganze Nacht über bin ich Kims Königin, und er wiegt mein Herz auf einer Schale und findet es leicht. Er ist Anubis mit dem eleganten Kopf des Schakals. Er ist ein Windhund, schlank und schwarz, und findet mich im Dunkel mit einem Vollmondkörper, wenn auch der Doppelgänger der Seele entflogen ist.

Erst am nächsten Tag beginnen seine Vorbereitungen, und ich helfe ihm, unterstütze ihn bei allem. Das andere Mädchen ist dabei. Wir färben sein Haar und schneiden es nach Art der Chinesen. Es ist ohnehin dunkel, nun wird es blauschwarz. Der taubstumme Masseur hat alles für die Körperpflege und besorgt uns auch den Rest: einen Tragekorb, ein paar alte Kleidungsstücke, die wir mit einigen Flicken verändern. Im Geschäft kaufe ich die chinesische Kopie einer europäischen Sonnenbrille. Der erste Teil der Route wird der schwierigste sein. Nach Lijiang, wo alle Genehmigungen enden, muß er noch ein paar Tage durch chinesisches Gebiet reisen.

Ich hole die Stempel, die ich in Stein habe schneiden lassen. Unter Kims Namen ist auf meinen Wunsch das Zeichen für »Tiger« eingeritzt worden. Es ist ein zartgrüner Jadestein, und dazu gehört eine Porzellandose mit einer kampfergemischten Stempelfarbe in Chinarot. Das Ganze liegt in einer chinesischen Schachtel. Er bekommt sie als Abschiedsgeschenk, denn so stellt sich die Situation dar – von einem Tag auf den anderen. Er ist gerührt und unsicher. Kim kann nur schwer Geschenke annehmen.

Bis zum Einbruch der Dunkelheit muß er im Zimmer bleiben. Dann geht er seines Weges, und er liebt mich sosehr wie nie zuvor.

Am Morgen desselben Tages fuhr ich früh mit dem Bus Nummer fünf zurück nach Kunming.

»Wir sehen uns in Lhasa!« waren seine letzten Worte in der Dunkelheit. Das morgenkalte Fenster ließ meine Gedanken in der Stirn gefrieren. Draußen glitt die Landschaft in einem langen toten Licht vorbei.

# 0

Kilroy ist ganz vorn in der ersten Reihe. In seinen Augen sind Goldtropfen. Die hinter ihm Stehenden halten Palmenzweige in den Händen, und die Stimmen sind nur eine Ouvertüre zu dem, was kommen soll. Die Morgensonne im Spinnennetz hinter den Bäumen. Das Licht über der Lagune wechselt zwischen blendender Helle und sattem Rot. Das Schiff ist wie ein stillstehender Gegenstand und wächst nur in seinem Gesichtsfeld. Das Dröhnen des Motors verkündet ein immer näher rückendes Fest, und die Bugwelle läuft vergoldet bis ans Ufer.

Er strafft den Rücken und spürt in sich einen Ruf unbekannter Herkunft.

Die Kirchenglocke läutet noch immer. Irgendwo da draußen auf dem Wasser stoßen die Geräusche und deren Nachhall zusammen. Schaffen einen Raum unter dem Himmel, der sich mit dem Schwingen der Glocke öffnet und schließt. Die »Tiare Taporo« antwortet mit einem durchdringenden Tuten. Der lange weiße Rumpf senkt und dreht sich, bis der Bugspriet direkt in ihre Richtung zeigt.

Als die Ankerkette durch die Klüse rauscht, zuckt Kilroy zusammen. Eine halbe Sekunde lang hat er das Gefühl, als würde sein Rückgrat mitlaufen. Dann wird es still, abgesehen von einem Kommando, das hohl durch das Megaphon tönt. Er sieht den Kapitän in einer schneeweißen Uniform mit Messingknöpfen auf der Brücke stehen. Wanten und Webleinen, die bis zu den Masten hinaufreichen. Das Rot in den Schlünden der Seeventile vertieft sich. Alles ist so, wie er es vor sich gesehen hat, und er muß sich zwingen, die Augen offen zu halten, damit sich der Anblick nicht in einen Traum verwandelt.

Das ganze Dorf ist versammelt und drängt nach vorn. Aluea, ganz in Weiß gekleidet, ist auf die Mole gelaufen und schwingt einen langen Palmenzweig. Mit fegenden Bewegungen bereitet er die Ankunft der Gäste vor und sendet dem Schiff rhythmische Rufe entgegen. Es sind Worte, die so alt sind wie die Insel. Um die Stirn trägt er eine Blattkrone mit grünen Beerentrauben. In den Worten ist eine Kraft, die den Raum um sie herum weit macht.

Eine Flagge gleitet am Besanmast nach oben und entfaltet sich. Alles in Kilroy hat Haltung angenommen! Ein weißes Kreuz bläht sich in rotem Tuch. Er hat die Farben vorher gesehen, im Haus des Kapitäns, und mehr sagen sie ihm nicht. Alle Flaggen sind gleich, denn sie appellieren an die gleichen Gefühle. Er hat schon mehrere von ihnen gesehen: in Zeitschriften und Heften. Auf dem Stützpunkt und vor dem Postgebäude von Omoka. Aber diese hier ist im Licht so grell, daß er schlucken muß. Langsam hebt sich seine Hand zur Ehrenbezeigung. Gleich darauf dreht und wendet er dieselbe Hand vor seinen Augen und starrt sie an, als hätte er sie nie zuvor gesehen.

Aluea hat sich durch das lange Willkommensritual gearbeitet, und er wendet sich mit hocherhobenem Palmenzweig den Versammelten zu. Die Dorfbewohner rufen etwas im Chor. Der Ruf wird über Kilroys Kopf gespült und hallt über die Lagune:

»Hano mai, Papa Viggo! Hano mai . . .«

Die Worte werden mehrstimmig wiederholt und wachsen zu einem nicht enden wollenden Gesang an.

Eine Schaluppe wird über die Schiffsseite geschwungen und nach unten gefiert. Er beobachtet ein paar Gestalten da draußen, die sich bereitmachen, in das Boot zu steigen. Eine Leiter wird hinausgehängt. Eine Person in einem dunkelblauen, hochgeschlossenen Kleid ist an die Reling getreten und läßt sich in die Schaluppe helfen. Es ist die junge Frau des Kapitäns, und mit großem, sichtbarem Stolz winkt sie ihren Leuten an Land zu. Wie eine Königin sitzt sie auf der hinteren Ruderbank und richtet die Blume hinter ihrem Ohr.

Ein hoher, schlanker Herr in Zivil gleitet elegant ins Boot und verbeugt sich leicht vor der Frau, ehe er Platz nimmt. Ein dunkel gekleideter Mann folgt ihm unsicher: Das ist der neue Pastor, und es geht ein Raunen durch die Reihen. Zuletzt kommt der Kapitän mit zwei Matrosen, die sich an die Riemen setzen.

Papa Viggo geht nach vorn und startet mit ausgestrecktem Arm die Fahrt des Bootes zum Land hinüber. Er ist barhäuptig und rotwangig, die Offiziersmütze hat er unter den Arm gesteckt. An seinen Ärmelaufschlägen und auf den Schultern trägt er goldene Tressen. Er sieht aus wie auf einem Foto in einem plötzlichen Traum voller Farben, und er blickt geradeaus, ohne eine Miene zu verziehen. Das ist ein Häuptling, der nach langer Abwesenheit zurückkehrt.

Die Matrosen rudern langsam zur Mole. Nach jedem Schlag legen sie eine Pause ein, in der sie die möwenweißen Ruderblätter eine Weile schweben lassen, ehe sie sie wieder eintauchen. Sie rudern eine Art Parademarsch zu einem inneren Zapfenstreich.

Erst jetzt verstummt die Kirchenglocke; ihr Ruf wird aufgefangen in dem Meer von Stimmen, aus dem er sich erhoben hatte. Mama Hina, Mama Lei, Tini und Maté sind in die vorderste Reihe getreten – die beiden Frauen mit geflochtenen Hüten, die Männer mit einer Reihe von Blumenkränzen über dem Arm. Sie warten. Stille senkt sich herab.

An der Landungsstelle ist Papa Beer hektisch damit beschäftigt, das Knabenkorps der Insel zu formieren. Er ist der Fahnenträger und in eine Uniform gekleidet, die für seinen umfangreichen Körper allzu eng und kurz ist. Die Schuhe hat er zu Hause gelassen; aus den Hosenbeinen, die ein gutes Stück über den Knöcheln enden, ragen die nackten Füße.

Er mustert das Orchester und gibt mit dem Taktstock ein Zeichen – der Himmel reißt auf wie eine Platzwunde. Bevor er die Hornsignale der Jungen vereinigen kann, haben die Trommler eingesetzt, und ihm fällt seine Fahne ein.

Er rollt sie von der waagerechten Stange. Eingearbeitet in die Ecke eines blauen, sternengeschmückten Tuches wird der englische »Union Jack« sichtbar. Da ihm gleichzeitig die Schiffchenmütze in die schweißige Stirn rutscht und er sie mit dem Unterarm zu richten versucht, fällt die Fahne in eine Pfütze, und die Jungen brechen hinter ihm in Lachen aus. Der Einsatz der Blechbläser verliert sich in Husten und Getümmel.

Dennoch geht ein Raunen über den Kai, als die Schaluppe anlegt. Die Ruder werden auf Kommando eingezogen. Der Kapitän, dessen vollständiger Name Viggo Rasmussen ist, übersieht die Hände, die sich ihm entgegenstrecken, um ihm hinaufzuhelfen. Er springt allein an Land und schwankt ein wenig.

Singend und tanzend kommen sie ihm entgegen. Tief in den Knien federnd, mit schleppenden Schritten oder schwingenden Armen. Blumenkranz für Blumenkranz rutscht über seinen Kopf auf die Schultern. Von nahem sieht man die während der langen Krankheit geplatzten Äderchen unter seiner Haut, und der eine Mundwinkel hängt ein wenig. Schlaganfall. Abwehrend hebt er seine Handflächen, bevor er ganz und gar in einer Mischung aus Gedränge, Wangenküssen und Tiare-Ranken untergeht, nach denen sein Schiff benannt ist. Mama Hina schließt die Krönung ab, indem sie einen der geflochtenen Hüte fest auf seinen Schädel drückt.

Kapitän Rasmussens Blick gleitet über die Reihen. Kilroy ist verloren – untergegangen in einem Meer von Eingeborenen, dunkel von der Sonne wie alle anderen und mit einem geblümten Pareo um seinen Leib. Einen Augenblick lang ruht der Blick des Kapitäns auf ihm, eine meerblaue Unendlichkeit, aber ohne eine Brise, ohne eine Spur von Erstaunen. Ausdruckslos. Lange genug, um Kilroys Herzschlag einen Moment aussetzen und den ganzen Horizont ein paar Sekunden später einstürzen zu lassen. Er hat ihn nicht bemerkt.

Auch der Geistliche ist jetzt an Land; er trägt eine schwarze, hochgeschlossene Jacke mit einem weißen Band um den Hals. Er ist Maori. Dunkle Feuer in den Augen, Feind von allem Tauwerk, Pollern – all dem maritimen Zeug –, stakst er mit nervösen Schritten herum. Telolo ist sein Name, und bald wird er allen bekannt sein. Er stammt von der weiter südlich gelegenen Hauptinsel Rarotonga und wurde von einer Akademie in Neuseeland nominiert, wo er seine Ausbildung absolviert hatte. Korpulent und kleinwüchsig verschwindet er beinahe in dem Blumenflor, der zu dem dunklen Anzug mit seinem Friedhofsduft paßt.

Mama Longo – die Kapitänsfrau – ruht würdig am Arm eines hochgewachsenen Mannes. Unter dem Kleiderstoff und hinter den Knöpfen bewegt sich ihr Körper lebhaft und leicht. Die großen Nußaugen huschen nach rechts und links. Man sieht einen Schimmer von den vorderen weißen Zähnen, die auf die Lippe beißen, um das innere Lachen zu bezwingen. Sie hält sich selbst im Zaum, aber der Zaum ist kurz vorm Zerreißen.

Der Mann an ihrer Seite trägt einen sahnefarbenen Anzug mit Weste und goldener Uhr. Er hat etwas, das Kilroy und mehrere der Eingeborenen verwirrt: eine runde Glasscheibe in dem einen Auge. Er ist zum erstenmal Gast auf der Insel und grüßt die Umstehenden mit melodischer Stimme: »Ia orana!«

Seine Stirn und Schläfen sind hoch, das helle Haar verschwindet fast in der Sonne, und er hat ständig ein schelmisches Lächeln in den Augen.

»Graf von Lückner!« stellt er sich allen mit einer leichten Verbeugung vor. Die Frau sieht ihn verstohlen an. Aus seinen Worten hören sie heraus, daß er ihre Sprache auf den Gesellschaftsinseln gelernt hat, dort, wo sich die Franzosen aufhalten.

»Kira orana!« antworten sie und lachen laut. Die Gesellschaft sammelt sich und begibt sich langsam landeinwärts. Das Haus des Kapitäns liegt nur einen Steinwurf von hier entfernt und ist mit frischen Palmenzweigen geschmückt.

Auf der Veranda hat man den Langtisch aufgestellt und alles aufgetragen, was die Insel zu bieten hat. Die Vorbereitungen zu dem großen Kai-kai haben sich die ganze Nacht hingezogen: Riesenhummer und Kokoskrabben. Alles mögliche an Fischen und einzelne Schüsseln mit magerem Geflügel, das als Delikatesse gilt. Im Erdofen gebratenes Wildschwein, Papaya in eingedickter Kokossahne. Pahua-Muscheln in Ingwer und Salate aus eßbarem Tang – das große kalte Büfett auf Polynesisch.

An die hintere Wand haben sie die Flagge gehängt, über die Kilroy vorher so gestaunt hatte. Dieselbe, die vom Besanmast der »Tiare Taporo« weht, aber ohne die langen Zipfel. Er fragt herum, doch niemand erinnert sich, wie das Vaterland des Kapitäns heißt.

Viggo Rasmussen und seine Frau setzen sich an die Stirnseite des Tisches. Junge Mädchen, die mit Palmenwedeln die Fliegen von der Gesellschaft fernhalten und hinter den Rücken der Gäste ihr ewiges Kichern verstecken, schieben ihnen die Stühle zurecht. Dann folgen Mama Hina und Mama Lei. Normalerweise essen die Frauen für sich – ausgenommen bei einem so seltenen Anlaß wie diesem, bei dem die ranghöchste Person den Ehrenplatz einnimmt. Der Gast und der Geistliche sitzen einander gegenüber. Aluea, Maté, Tini und schließlich Papa Beer, der mit dem Strohhut herumfummelt und den Eindruck macht, als wollte er ihn als Lätzchen verwenden.

Die übrigen essen nacheinander. Sie schaufeln die Speisen mit beiden Händen in sich hinein, und das geht schnell. Dann stehen sie wieder auf, und eine neue Schar wälzt sich herein. Nur Kilroy hält sich zurück und betrachtet aus der Entfernung dieses Abendmahlwunder: Sie essen und trinken, und doch bleiben die Schüsseln voll. Es ist sein erstes Kai-kai.

Mit einem Ziehen im Magen erkennt er, wie unendlich weit er von der feinen Gesellschaft entfernt ist. Noch hat ihn niemand eines Blickes gewürdigt. Er gibt Papa Beer wie wild Zeichen, und der antwortet mit Grimassen, die alles mögliche bedeuten können. Mehrmals nähert er sich dem Kapitän, aber jedesmal verläßt ihn im entscheidenden Augenblick der Mut.

Und ehe er sich's versieht, ist die Speisung vorbei. Kapitän Rasmussen erhebt sich und klatscht in die Hände. Gemeinsam mit seiner Ehefrau und dem Gast zieht er sich ins Haus zurück; der Tisch wird abgeräumt. Eine Prozession, die im großen und ganzen wieder aus den gleichen herausragenden Persönlichkeiten der bedeutenden Inselklans besteht, führt den Geistlichen zum Haus seines Vorgängers. Seit dem gestrigen Tag hat hier hektische Aktivität geherrscht. Frischgekalkte Wände, überall sind Matten ausgelegt, die noch feucht sind und einen palmengrünen Schimmer haben. Niemand beachtet Kilroy. Eine seltsame Erwartung hat die Menschen auf der Insel ergriffen: Ein Schiff ist angekommen!

Die »Tiare Taporo« liegt vertäut in der Lagune. Gegen Nachmittag frischt es mit plötzlichen Windstößen auf. Sie fahren heulend über das Wasser und werfen sich gegen die Palmen. Wellen und Gischt schlagen über die Mole. Im Haus des Kapitäns bleiben die Fensterläden geschlossen; die menschenleere Veranda ächzt laut.

Da ist jemand, der im Kreis geht und weniger über sich weiß als je zuvor. Er wartet immer noch auf das, was der nächste Tag bringen kann.

Es ist wieder Alltag geworden, bevor ihm Aluea einen Termin beim Kapitän verschaffen kann. Auf der Insel gibt es eine neue Ordnung. Das Verbot, den Stützpunkt zu betreten, wird streng gehandhabt. Eine Arbeitsgruppe ist dabei, das gesamte Gelände einzuzäunen, und es wird ein Schild aufgestellt mit der Aufschrift: »Militärisches Gebiet – Betreten verboten«.

Es gibt Gerüchte, daß die amerikanischen GIs zurückkehren, aber keiner weiß, wann, und Papa Viggo schweigt.

Niemand darf nach neun Uhr abends draußen sein. Wird jemand betrunken oder auf militärischem Gebiet angetroffen, erfolgt eine Bestrafung – nicht mit Gefängnis, sondern mit Sklavenarbeit für »den Alten«, wie sie ihn nennen.

Er ist oberste Behörde und Richter in einer Person, und jeder, der seine selbsterlassenen Gesetze übertritt, wird prompt zur Strafarbeit verurteilt. Somit gibt es immer Leute, die Steine schleppen, die Mole vor seinem Haus ausbessern, es außen und innen streichen, sein Dach und anderes, was anfällt, reparieren.

Sie jäten auf dem Hofplatz Unkraut und arrangieren Reihen von weißen Steinen zwischen den Beeten. Im Garten errichten sie einen Fahnenmast, und bald weht die Flagge über der kleinen Kolonie innerhalb der Kolonie.

Er ist strenger geworden, als sie ihn in Erinnerung hatten. Entweder liegt das am Krieg oder an dem langen Krankenlager, nachdem sein Gehirn mit Stummheit geschlagen worden war. Er war nach Neuseeland geflogen worden, wo er lange lag, bis er sein Umfeld wieder in den Griff bekam und nach Penrhyn zurückkehren konnte, um sein Amt erneut anzutreten.

Er ist der Gouverneur der Insel, eingesetzt als einer der Verwalter des britischen Commonwealth, von dem die Cookinseln einen verschwindend kleinen Teil ausmachen. Niemand stellt das in Frage. Er ist ein weißer Mann, er spricht die Sprache der Administration, und das reicht aus, um König auf einer Südseeinsel zu werden. Hinter ihm sind Männer mit mehr Macht, stärkere Nationen als seine und ein Weltkrieg, der jetzt in voller Stärke tobt.

Für Kilroy bricht der Tag an. Um die und die Uhrzeit im Büro des Gouverneurs. Er kann sich nicht erinnern, daß er jemals so nervös gewesen wäre.

Er hat genug gesehen, um sich eines peinlichen Mangels an Kleidung bewußt zu sein. Ebenso wie dieser Mann, Adam, in dem schwarzen Buch, aus dem der Pastor sonntags in der Kirche vorliest. Der bedeckt sich mit einem Feigenblatt, weil er sich vor seinem Gott schämt.

Das Ganze ist neu und sehr merkwürdig. Da gab es einen, der am Kreuz gestorben ist. Das muß das Kreuz sein, das im Flaggentuch ist. Kilroy hat keine Hosen, die ihm passen. Lolangi hat ihm eins von Papa Beers weißen Hemden gebracht. Die Ärmel reichen ihm bis über die Hände. Er zieht es an und aus, paßt dreimal hinein, aber es verhüllt zumindest die Narben auf seinem Körper.

Auf seiner Stirn steht kalter Schweiß. Er bindet sich das Lendentuch um und gleich wieder ab. Alueas Hosen sind akzeptabel, aber sie müssen in der Taille zuammengeschnürt werden. Dazu benutzt er ein Stück Angelsehne. Jetzt sind sie zu kurz; er klappt die Aufschläge hinunter. Das sieht dumm aus. Seine Hände zittern, und er schnappt nach Luft wie ein an Land geschwemmter Fisch.

Schließlich setzt er die Taucherbrille auf und schiebt sie in die Stirn. Er spiegelt sich lange im Boden einer Keksdose. So.

Es ist soweit. Er geht los. Das Büro befindet sich im Nordgiebel des Postgebäudes hinter einer Tür mit den Worten: RESIDENT AGENT.

In Omaka ist es kurz vor Mittag, und nur die Kinder sind draußen vor den Häusern. Sie rufen hinter ihm her. Er antwortet ihnen nicht. Sein Mund ist trocken.

Je näher er der Tür kommt, um so langsamer werden seine Schritte. Die Tür wird immer größer, und gleichzeitig wächst der Raum vor ihr ins Unendliche. Die letzten Meter wird er nie durchschreiten können. Dasselbe Gefühl wie in seinem immer wiederkehrenden Alptraum, in dem das Schiff so groß wird, daß das Meer es nicht mehr tragen kann. Es türmt sich über der Insel auf und verdunkelt den hellen Tag. Auf der Brücke steht der Kapitän mit seiner Stentorstimme vor dem Megaphon, und das Schiff wächst weiter und kommt nicht von der Stelle ...

Er schluckt, als er Stimmen hinter der Tür hört. Erstarrt steht er vor der Schwelle. Aber jetzt hört er, daß Papa Viggo über Funk mit der Hauptinsel spricht. Die Nachrichten gehen in Rauschen und Pfeifen unter. Er wartet, bis es still wird. *Over and out!*

Dann klopft er an die Tür und wartet auf die Stimme, die ihn ins Gelobte Land einlassen soll.

Nachdem er sie gehört und die Tür hinter sich geschlossen hat, steht er in einem Raum, der mit Paneelbrettern aus dunklem Holz verkleidet ist. Eine Tür mit poliertem Messinggriff durchbricht die Front. Der Kapitän sitzt hinter dem Schreibtisch mit flammendem Gesicht und Cherubshänden.

Vor ihm ragt ein Füllfederhalter mit Goldklemme aus dem Halter. Ein Tintenfaß. Eine Schreibunterlage mit schweren Lederecken und ein Tintenlöscher. Alles wohlgeordnet. Die Papiere gestapelt, Bleistifte in Reih und Glied. An der Wand hängt ein abmontiertes Bullauge, durch das man auf die goldgestreifte Tapete blickt. Hinter dem Kapitän die Fotografie eines anderen Mannes in Uniform – mit Schnurrbart, Schärpe über der Jacke und einer Hand auf dem Schwertschaft, der von der Unterkante des Bildes aufragt. Für einen Augenblick gleiten die Gesichter vor Kilroy zusammen, und es kommt ihm vor, als wäre die Welt eine Fotografie, die sich selbst auf einem Foto wiederholt –

Der Kapitän räuspert sich. Er nimmt den Füllfederhalter aus dem Ständer und läßt die Federspitze über dem Formular schweben, das er vor sich ausgebreitet hat.

»Name!« fordert die Stimme, und der Blick krallt sich in Kilroy fest. Und er, der vorher nie gestottert hat, bringt den Namen nur mühsam heraus.

»Weiter?«

Die Verwirrung ist total. Der Kapitän trägt eine Halbbrille auf der Nase und schießt Stahlblicke durch die Gläser, während er auf die Antwort wartet. Er trommelt mit den Fingern auf der Mahagoniplatte. Unter dem Gummiriemen pochen Kilroys Schläfen, und die Taucherbrille klebt wie warmer Kaugummi an der Stirn.

»Das kann doch nicht alles sein. Vorname? Nachname? Man kann nicht nur Kilroy heißen.«

» Ich ... ich ...«

»Wir befinden uns im Krieg, guter Mann«, kommt es leise vom Schreibtisch, »es steht in meiner Macht, Sie als Spion erschießen zu lassen!«

»Aluea ...«

»Aluea hat mir von Ihnen erzählt, ja. Auch von den Umständen, unter denen Sie gefunden wurden. Das beweist nichts! Wir können Ihnen hier auf der Insel den Status eines Kriegsgefangenen geben, bis unsere Alliierten zurückkommen. Dann sollen die über Ihr Schicksal entscheiden. Es sei denn, Sie erzählen mir, wer Sie sind und woher Sie kommen!«

»Aber ...«

»Papiere? Haben Sie etwas bei sich, das Ihre Identität dokumentiert?«

Das ist ein in Stellung gebrachtes Maschinengewehr. Alles zerbröselt auf Kilroys Zunge. Die ganze Rede, die er vorbereitet hat und die in der Sprache seiner Träume so gut klingt, die er aber offensichtlich nicht mit dem Kapitän teilt. In ihm blättert es nervös; Kreuz, Karo, Pik, As – ich passe!

»Nationalität?«

Der Kopf des Füllfederhalters klopft beharrlich auf das Formular. Das ist, als müßte man sich vor einem heranpfeifenden Schrapnell ducken. Er ballt die Hände und öffnet sie wieder, reißt den Mund mehrmals auf, ohne daß er etwas herausbrächte – ganz anders, als er es sich vorgestellt hatte. Alles anders als das hier.

»Mein Herr, es ist ernst. Ich hoffe, daß Sie das verstehen. Auf wessen Seite stehen Sie?«

»Ich weiß … nichts!«

Der Kapitän läßt den Füllfederhalter mit einer dramatischen Geste fallen. Er nimmt eine Messingtischglocke und schwingt sie heftig. Ein Knacken in den Dielenbrettern, aber gedämpft wie durch dicke Teppiche. Die hintere Tür zum Büro öffnet sich, und von Lückner tritt ein, die Augenbraue fragend über seinem Monokel hochgezogen, das er mit der einen Hand festhält. Kapitän Rasmussen bellt: »Er spricht schlecht Englisch! Er will nicht sagen, wer er ist! Er hat keine Papiere! Du mußt doch – verdammt noch mal – herausfinden können, ob er ein Spion ist!«

Von Lückner sieht Kilroy lange an. Spricht ihn in einer fremden Sprache im Kommandoton an. Selbst tief in den Augen bleibt Kilroys Blick leer. Keine Reaktion. Er versucht es in einer anderen Sprache – und in noch einer. Pause. Dann schließt er mit einer weiteren, die so ähnlich klingt wie die vorausgegangene, den Versuch ab. Nein. Da ist nichts. Ein schmales Lächeln breitet sich um Lückners Lippen aus.

»In dieser Montur! Nein, mein lieber Viggo, das ist kein Spion. Amnesie oder Gedächtnisverlust ist nicht so selten, vor allem nicht in Kriegszeiten. Eine einzige Erschütterung durch eine Granate ist oft schon genug. Ich würde dem Mann glauben.«

Er sieht ihn mit schrägem Blick abschätzend an: »GI, wenn du mich fragst!«

Der Kapitän fährt hoch.

»Mit *dem* Englisch!«

Von Lückner, sanft: »Lieber Viggo, bist du jemals in New York gewesen?«

Kapitän Rasmussen sinkt zurück. Der Stuhl quietscht laut, und Rasmussen beginnt erneut an dem Füllfederhalter herumzufingern.

»Deutsch spricht er nicht«, konstatiert von Lückner, »und wenn auch mein Japanisch nicht fehlerfrei ist, so müßte es doch Reaktionen auslösen, falls er jemals einem japanischen Kommando unterstanden hätte. Italiano, no signor! Spanisch auch nicht ...«

»Herr Kapitän«, unterbricht Kilroy mit angespannter und zitternder Stimme, »vielleicht würden Sie die Güte haben, es in Ihrer eigenen Sprache zu versuchen?«

»Nein, zum Teufel, diese Güte habe ich nicht!« faucht der Kapitän und schlägt auf den Tisch, daß das Tintenfaß hochspringt.

Von Lückner summt leise. Rasmussen poltert weiter: »Er könnte genausogut aus Manihiki oder Puka-Puka stammen – er sieht aus wie ein Bastard!«

»Soweit ich informiert bin, *haben* unsere Freunde auf der Insel bereits versucht ...«

Aber Kilroy hat – mit der Klarheit der Verzweiflung – ein Schlupfloch entdeckt. Er ist ein Mann, der für sein Leben gekämpft hat. Jetzt bittet er darum.

»Herr Kapitän. Nur *einen* Satz ...«

Und Papa Viggo läßt sich erweichen. Alles hat seine Zeit; jetzt ist es an der Zeit für einen Häuptling, gnädig zu sein.

»Okay! Sprich mir nach ...«

Und Kilroy kämpft mit den Klößen im Hals. Dreht und wendet sie im Mund. Kriegt sie in die falsche Kehle. Wieder und wieder, bis die autoritäre Maske des Kapitäns Risse bekommt und er ein dröhnendes Gelächter anschlägt.

»Nein, Däne – das ist er wirklich nicht!«

Von Lückner putzt lange das Monokel und hält es vor sich hin. Augenscheinlich ganz zufrieden mit dem plötzlichen Witterungsumschlag.

»Was sollte er eigentlich sagen?« fragt er dann, selbst neugierig.

»Oh, *rote Grütze mit Sahne!*« übersetzt der Kapitän, während er sich mit einem Zipfel des Taschentuchs die Augen trocknet. Dann beginnen seine Schultern wieder zu beben. Von Lückner läßt sich anstecken. Sein Lachen ist herzlich und melodiös. Es rinnt aus dem Büro wie aus einer gluckernden Flasche. Das ist das Mißtrauen, das versickert. Zögernd versucht Kilroy mitzulachen – es geht! Der Jubel in ihm ist noch lauter als das Lachen.

Der Kapitän ringt nach Luft. Er ist kupferrot geworden und öffnet den Kragen. Aber er gluckst noch immer, und jedesmal, wenn ihm der Spaß wieder einfällt, leuchtet sein Gesicht wie ein Mond. Mit einer großen Handbewegung fegt er das Formular vom Tisch.

»Du läufst uns jedenfalls nicht weg!«

Er schiebt den Stuhl mit seinem Gesäß zurück.

»Komm mit! Ich glaube, Mutter hat drüben in der Stube einen Happen anzubieten!«

Kilroy weiß nicht, was er mit sich anfangen soll. Er ist sehr verlegen und kann gar nicht glauben, daß die Einladung auch ihm gilt. Die beiden Männer gleiten in all ihrer Verschiedenheit so natürlich zusammen und gehen gemeinsam hinaus. In der Tür dreht sich der Kapitän um und sieht Kilroy scharf an.

»Komm jetzt, und nimm endlich das Ding da ab!«

Letzteres bezieht sich auf die Taucherbrille.

Das Halbdunkel in der Stube ist wie eine Befreiung. Die Sonne steht hoch am Himmel und brennt auf das Dach. Die Fenster sind offen, aber die Läden angelehnt, so daß die Brise von Fensterbank zu Fensterbank läuft. Ein betäubender Duft nach sonnenwarmem Holz. Die hohen Doppeltüren mit den Glasscheiben sind zur Veranda hin geöffnet. Das Klirren der Kristallüster rieselt ihm wieder über den Rücken, so als wäre es noch gestern. Er umkreist heimlich die Dinge, die er so gut kennt. Sie wirken plötzlich fremd, denn die Bewohner des Zimmers sind wiedergekommen und haben ihnen ihre alltägliche Bedeutung, die ihm unbekannt ist, zurückgegeben. Das Klavier ist wie früher geschlossen, aber jedesmal, wenn jemand hart auf den Fußboden tritt, tönt es tief in dessen Innerem.

Er bemerkt, daß neue Nippsachen auf den Spitzendeckchen stehen. Ein Souvenir von Tahiti. Neben den Blumen eine Fotografie in einem braunlackierten, ovalen Rahmen: eine fremdartige Frau mit Lorgnette, die Hände vorn über der Schürze gefaltet. Das gibt ihm einen Stich ins Herz.

Der Tisch ist mit Wachstuch bedeckt. Darauf stehen eine Kanne mit Saft und Bier in grünen Flaschen. Ein extra Teller wird auf den Tisch gestellt. Frau Rasmussen sieht ihn überhaupt nicht, aber ein Junge, der *Peter* gerufen wird, flitzt zwischen Küche und Stube hin und her. Die Männer essen allein. Kilroy hantiert – zu seiner eigenen Überraschung – mit Messer und Gabel. Alle auf der Insel essen mit den Fingern, und wenn *er* es anders gewöhnt ist, weiß er nichts davon.

Sie sind in ein Gespräch vertieft, von dem er weniger als die Hälfte versteht. Er hängt an ihren Lippen, hat in sich einen ganz neuen Raum geschaffen – für all das, was er hört. Alle Orte, Städte und Länder, die sie beiläufig nennen, haben einen Zauberklang, allein aufgrund der Musik, die in diesen Namen liegt.

»Sitz nicht so da und glotz rum!«

Die Hälfte der Zeit hat ihn Papa Viggo vergessen; für den Rest wird er ignoriert. Aber von Lückner ist der Jongleur am Tisch. Salz? Ein Glas Bier? Etwas Schinken? Die Mayonnaise? Köstlichkeiten in Krügen und auf Porzellan kommen in Pirouetten auf ihn zu und verschwinden wieder. Von Lückner jongliert mit dem Ganzen und sorgt dafür, daß er von allem probiert. Und dann essen sie Brot! Lange Stangen Brot, Käse und andere Delikatessen, die von weit entfernten Orten stammen. Jeder Happen ist eine Erinnerung ohne andere Substanz als den Geschmack. Es wird Branntwein aus einer durchsichtigen Karaffe eingeschenkt. Er reißt die Knospen von der Zunge und treibt ihm das Wasser in die Augen.

Kilroy ist im Paradies. Von Lückner ist sein Mitwisser. Nachdem Papa Viggo sich lärmend zu seinem Mittagsschlaf zurückgezogen hat, spricht von Lückner nur mit Kilroy. Er zieht Bücher aus dem Regal. Zeigt ihm Bilder, schlägt Stichwörter auf und blättert lange mit ihm in einem Atlas. Von Lückners Finger zeigen und fragen. Bücher tauchen auf und verschwinden wieder in seinen magischen Händen. Kilroy vertieft sich in anatomische Tafeln. Besonders beeindruckt ihn das Gehirn mit seiner großen, gefalteten Schrift. Er starrt auf den blauen und roten Kreislauf des Torsos mit dem Herzen in der Mitte, die vielen Schichten des Geschlechtsorgans, das sich in immer größere Mehrdeutigkeit spaltet …

Irgendwann läßt er andächtig die ganze Erdkugel kreisen

und sieht, wie Meer und Landmassen einander abwechseln. Penrhyn ist nur ein namenloser Punkt in dem Blau unter dem Äquator.

Er betrachtet Menschen in allen möglichen Trachten. Ihre seltsamen Haarfrisuren und Schmuckstücke. Einige sind im Gesicht bemalt, andere haben Lehmkrusten oder tätowierte Muster auf dem Körper, so wie der alte Teiho, der mit einem Auslegerkanu, leicht wie Spinnengewebe, auf das Meer hinausfuhr – um dort allein seinen Tod zu treffen.

Das ist schon Ewigkeiten her, denn Kilroy hat immer hier gelebt. Jetzt sieht er eine Vielfalt, die ihn stumm macht. Hochhäuser, Wohnblöcke und Türme. Statuen, Schiffe, Maschinen mit Rädern und Stangen. Kanonen, Tanks und Flugzeuge – er nickt zu allem, als würde er es wiedererkennen, und von Lückner betrachtet ihn aufmerksam und zugleich resigniert. In seinem Blick ist Mitgefühl, aber auch Humor. Ein champagnerartiges Wesen, das leicht prickelt; er wirkt interessiert, ohne aufdringlich zu sein.

»Versuch etwas in der Sprache zu sagen, mit der du geboren wurdest!« sagt von Lückner und schiebt die Bücher zur Seite. Er hat Kilroys Hände ergriffen, und das Gesicht ist eine Einladung.

»Ja!« schreit es laut in Kilroy, aber es kommt kein Wort über seine Lippen. Er sucht mit der Zunge, seine ganze Mimik ist in Druckwellen aufgelöst: »Mm, mmm, mmm . . .«

Es will nicht raus. Er denkt es, und schon ist es weg. Versiegelt liegt es im Raum des Traums. Ein seltenes Mal hat er – vielleicht – laut im Schlaf gesprochen. Von Lückner läßt ihn los, nachdem er seine Hände gedrückt hat. Kilroys Schultern beben. Ein weißes Erschrecken steht in seinen Gesichtszügen.

So ist es. Er gelangt an einen Punkt, und das Hirn blitzt –

Von Lückner hat Kognak eingeschenkt und hält ihm den hin. Kilroys Hände schließen sich um das Glas, bevor er es ganz leert. Er sieht den Mann dankbar an, dessen Gesicht unter dem sonnengebleichten Haar bronzefarben ist. Von Lückner hat angefangen, aus seinem bewegten Leben zu erzählen. Allein die Stimme beruhigt. Es ist, als würden einem Märchen erzählt. Kilroy legt sich im Korbstuhl zurück und schließt die Augen.

Es gab einen Weltkrieg vor diesem, in dem von Lückner eins der letzten großen Segelschiffe seiner Zeit mit einem Kaperbrief führte. Einen dreimastigen Vollrigger mit dem stolzen Namen »Seeadler«. Unter falscher Identität als norwegischer Kapitän zur See auf dem inzwischen umbenannten Schiff »Irma« hatte von Lückner die Engländer zum Narren gehalten und das Schiff durch die Blockade hinaus in den Pazifik geführt. Der junge Kapitänleutnant war von den Gesellschaftsinseln bis zu den fernen Marianen unter Engländern und Franzosen berüchtigt. Es kam vor, daß er im Ausguck Magnesiumbomben abbrannte, um den Anschein zu erwecken, daß sich das Schiff in Seenot befinde. Feindliche Schiffe, die zur Hilfe eilten, wurden gekapert. Die »Seeadler« war mit vier Kanonen bestückt, die man unter Persennings versteckte. Bei einer solchen Gelegenheit war der Lohn ein Steinway-Flügel, eine Schiffsorgel und 2000 Kisten der »Gelben Witwe«, sowie ein größeres Vermögen in englischen Pfund. Die Gefangenen wurden an Bord der »Seeadler« gebracht, wo man sie ausgezeichnet verpflegte und wie Gentlemen behandelte.

Als die Zeit dafür reif war, empfing von Lückner vom Kaiser die höchste Auszeichnung. Der Krieg war nur eine Verlängerung des Spiels, das seit vielen Generationen im Blut des Lehnsgrafen lag. Während der Schlachten trank er mit seinen Offizieren auf der Brücke Champagner. Er liebte seine Jugend und Kraft. In der Hitze des Kampfes war sein Kopf am klarsten. Allein sein Ruf machte ihn unüberwindlich. Er wurde von allen »Der Seeteufel« genannt.

Dann kam er zu den »Inseln unter dem Wind«. Dort stieß er auf sein Waterloo, eine ganz kleine Insel, eine der kleinsten. Mopelia war ein Korallenring, der sich nur sieben Tage nach der Schöpfung geschlossen hatte, während alles Leben im Meer noch neu war.

Kein größeres Schiff konnte durch die Riffpassage gelangen, die – besetzt mit messerscharfen Korallen – den einzigen Eingang zur Lagune bewachte. Die »Seeadler« hatte Bedarf an Süßwasser für ihre Tanks, die Mannschaft an Frauen und die Offiziere an jungen Männern. Außerdem war es erforderlich geworden, ein paar der Gefangenen abzusetzen, da deren Anzahl bald die der Besatzung übertraf. Sie ankerten außerhalb des Riffs und begaben sich in ihren Booten an Land.

Im Laufe der Nacht schlug der Wind in Richtung Norden um. Eine Flutwelle erhob sich und schleuderte den Vollrigger gegen das Riff. Ehe der Morgen graute, lag die »Seeadler« auf dem Grund des Meeres, gefällt von Korallen.

Auf der Insel fanden sie indessen, was sie gesucht hatten, und sie lebten mit den Eingeborenen in gegenseitiger Freude, die deutsche Besatzung, Engländer und Franzosen in Frieden und Eintracht – unberührt von dem Krieg, der draußen in der Welt tobte. Wie ein richtiger Seeräuberkapitän versteckte von Lückner einen größeren Schatz auf der Insel, der aus dem baren Geld der gekaperten Schiffe bestand.

Mopelia gehörte zu den unter französischer Hoheit stehenden Gesellschaftsinseln. Als die Kriegsschiffe schließlich kamen, um die Gefangenen zu befreien und die Besatzung festzunehmen, war von Lückner mit einer kleineren Gruppe von Offizieren in einer der Jollen der »Seeadler«, die sie mit Mast und Segel aufgetakelt hatten, geflohen. Zuvor hatte er den Schatz in eine Latrine auf der Insel geschüttet.

»Aus Dreck bist du gekommen«, sagte er bei der Gelegenheit, »und zu Dreck sollst du werden!«

Aber der Mythos hatte Bestand. Schätze und Inseln sind untrennbar miteinander verbunden, sie vergolden die Zukunft mit Träumen.

Nach einer abenteuerlichen Segeltour endete er auf Neuseeland in Kriegsgefangenschaft. Eine der Kanonen der »Seeadler« war als Trophäe nach Tahiti gebracht und im Ehrenpark für die gefallenen Helden aufgestellt worden, wo man sie noch heute besichtigen kann.

Das Ende vom Lied ist, daß von Lückner zurückblieb, als der Krieg zu Ende war. Er war nur einer von vielen, den die Südsee in ihren Bann geschlagen hatte. Auf den Marquesas-Inseln traf er O'Brien, der damals nach Hiva Oa gekommen war, um nach Gauguins damals verschollenem Grab zu suchen. Als dessen Ruhm wuchs, tauchte auch das Grab wieder auf. Und O'Brien blieb dort während der Kriegsjahre bei denen hängen, die bislang überlebt hatten.

Gemeinsam segelten sie um die Welt. Von Lückner war überall. Er ließ sich vor Papeete nieder, wo er sich mit Nordhoff und Hall befreundete, die das Buch ›Die Meuterei auf der Bounty‹ schrieben und es auf dem Titelblatt den beiden Südseekapitänen in ihrem Kreis widmeten – der eine von ihnen war Viggo Rasmussen.

Aber Kilroy ist mit dem Glas in der Hand eingeschlafen. Kognak, Schnaps und Bier sind nur zum Teil schuld daran. Die durchlebte Anspannung hat ihm den Rest gegeben. Von Lückner ist wieder allein mit seinen Erinnerungen und betrachtet ihn lange. Das Monokel hält er in Brusthöhe; es ähnelt einer Medaille ohne Rückseite. Vorsichtig nimmt er Kilroy das Kognakglas ab. Er streckt dessen Hand und weckt ihn erst, als sich der Kapitän nebenan geräuschvoll im Bett herumwälzt. Dann schickt er ihn hinaus, bevor Papa Viggo richtig wach wird.

Spät in der Nacht erwacht Kilroy in einem inneren Chaos. Lolangi ist gekommen, und er stößt sie wild, so daß sie Feuer fängt und mehr will. Nie ist ihr Schoß so feucht und so voll starker Düfte gewesen. Er wendet sich von ihr ab und träumt Dinge, die ihn stärker erregen als alles andere.

Schon am nächsten Tag wird Kilroy zur Zwangsarbeit einberufen. Von Lückner protestiert, aber der Kapitän bleibt hart. Kilroy ist Kriegsgefangener – basta! Es gibt keinen Grund, ihn einzusperren; er kann in dem verlassenen Haus wohnen bleiben. Aber von diesem Tag an intensiviert von Lückner in aller Stille die Nachforschungen über Kilroys Identität. Er beginnt damit, Moana, Tini und Aluea zu befragen. Wann haben sie den verunglückten Mann aus dem Meer gefischt? Wie hat sein Fallschirm ausgesehen? Ob sie sich erinnern können, was er für Kleidung trug?

Moana weiß noch, daß es zu der Zeit war, da der *Hapuku* in großen Schwärmen in das Riff kommt, um zu laichen. Außer mit den sieben Wochentagen rechnen die Maori mit Mondnächten, von denen jede ihren Namen hat – 28 in allem. Einen für jede kleine Mondphase! Aluea zählt: »Maitu, Hotu ...«, bis sie den genauen Zeitpunkt eingekreist haben. Von Lückner kann schließlich im Kalender ein bestimmtes Datum ankreuzen, über das er lange grübelt, ehe er eine Meldung an das Hauptquartier schickt.

In der folgenden Zeit geht eine Erweckungsbewegung über Penrhyn Island. Der neue Geistliche hat eine charismatische Ausstrahlung auf die Gemeinde. Um ihn predigen zu hören, kommen sie sogar aus dem Dorf auf der anderen Seite der Lagune. Da ist die ganze Zeit über Blitz und Donner und Schwefel. Allzu lange hatte hier das reine Sodom und Gomorrha geherrscht, und die Maori haben im Pfuhl der Sünde gelebt. Papa Beer und seine ganze Sippe werden mit Haß verfolgt. Es gibt noch andere Gründe dafür, daß dies den zerstrittenen Clans gut zupaß kommt. Die Pfingstbewegung bläst in die Glut der Streitigkeiten, die lange geschwelt hat. Nun lodern die Flammen hell auf.

Die kleine Welt fällt auseinander in Sünder und Erlöste. Damit haben alle etwas zu reden. Der frühere Geistliche war die Sanftheit in Person; sie hatten beinahe vergessen, wie es ist, wenn in jemandem der Heilige Geist wohnt. Telolos Augen brennen stärker als die anderer Menschen. Die bekehrten Eingeborenen sind die schlimmsten.

Nachts sehen die Gläubigen den Vulkan in der Mitte der Lagune rot unter dem Wasserspiegel glühen. Das ist das Feuer der Hölle, das ihnen nahe gekommen ist ...

Als sich die ersten Symptome einer Fischvergiftung zeigen, können alle Gottes Finger über der Insel sehen. Der wilde Tangi, der seine Füße nie in die Kirche setzt und sein Haar nach Sitte der Vorväter lang trägt, ist der erste, der ein Prickeln um den Mund fühlt. Es flammt bis unter die Haarwurzeln. Auf seiner Schlafmatte siecht er Tag für Tag dahin, mit Erstickungsanfällen und Fieber, bis sein Atem plötzlich aussetzt.

Seine Kinder folgen ihm nach langanhaltenden Brechdurchfällen in den Tod. Laka, Isidor und Kulalele sind die nächsten Opfer. Sie sterben unter Magenkrämpfen und mit brandwundenähnlichem Ausschlag, obwohl sie nur mit dem Feuer in Berührung gekommen sind, das im Innern des Geistlichen brennt. Viele von den jungen Mädchen haben nach dem Kämmen die Hände voller Haare. An ihren Körpern sind plötzlich Blutergüsse. Im Tod sehen sie mit ihren kahlen Stellen und den geschwollenen Lippen wie Teufel aus. In der Kirche liest Telolo jeden Sonntag mit einer Stimme wie beim Jüngsten Gericht die Namen der Verstorbenen vor.

Es ist nichts zu bemerken. Der Fisch ist wie immer, die Kokosnüsse schwellen. Unter der Erde wachsen *Taro* und *Yams*, und über ihnen hängen schwer die Brotfrüchte und prächtige Bananen. Die mehr Verhärteten unter den streitbaren Gemütern geben den Muscheln die Schuld und meiden von nun an Schalentiere und Krebse, während andere wieder darauf schwören, daß der Hummer die Wurzel des Übels ist. In Wahrheit kann es jeden treffen. Niemand weiß, wer der Nächste ist. Die Fastenden sterben Seite an Seite mit denen, die sich dumm und dämlich essen und sich um den Verstand saufen. Die kleinen, bewohnten Inseln in der Lagune werden allmählich entvölkert. Die Zahl der Lebenden nimmt ständig ab. Nur das Verhältnis zwischen Sündern und Heiligen der letzten Tage verändert sich nicht. Im großen und ganzen bleiben es gleich viele auf jeder Seite.

Die Sanften beugen das Haupt im Gebet. Die Eifernden folgen Telolo auf seinem Kreuzzug, der mit der Zeit noch mehr Tote bringt. Die erste ist Tangis schwangere Frau, Atu, die aus dem Bett gezerrt, mit Benzin übergossen und bei lebendigem Leib in einem Traktorreifen verbrannt wird. Die Gerechten wollen, daß sie die letzte in einer Familie von Befleckten ist, die die Strafe des Himmels auf ihrer aller Häupter herabgerufen hat. Zwar verurteilen sowohl der Pastor als auch die Verwaltungsbehörde diese Tat, aber bei der kollektiven Hysterie, die ihre Opfer fordert, ist es schwierig, die Schuldigen zu finden.

Als auch der Orkan, benannt nach der Gottesmutter, die Insel heimsucht und Hausdächer, Trennwände und Boote hoch in den Himmel wirbelt, kann niemand länger an den Worten des Geistlichen zweifeln. Der alte Banyan-Baum kippt seine Wurzeln und das Innere der Erde nach außen. Palmen werden aus dem Boden gerissen. Ein Bombenregen von grünen Nüssen, jede mehrere

Kilo schwer, geht auf dem Stützpunkt nieder und beschädigt die verlassenen Gebäude. Personen werden nicht verletzt.

Die Menschen drängen sich unter dem Kirchendach zusammen. Die Kirche hält stand! Ihre Gebete sind erhört worden, und der wilde Gesang der Maori verstummt wieder. Die »Tiare Taporo« ist weit hinein in die Lagune gebracht worden, wo sie an mehreren Notankern mit daumenstarken Ketten vertäut ist. Die ganze Verwaltung, mit dem Kapitän an der Spitze, befindet sich an Bord. Hier wollen sie bleiben, bis der Orkan abgeflaut ist. Wenn man alles in Betracht zieht, ist das Meer der sicherste Ort, vorausgesetzt, die Trossen halten.

Nur Kilroy hat in einem Bunker auf dem Stützpunkt Schutz gesucht. Die Strafe, die ihm dafür droht, wird wenigstens nicht von Gott kommen – einem Gott, den er bereits hassen gelernt hat. Durch Gucklöcher in der Betonwand kann er die Säule des Zyklons beobachten, wie sie Dinge und Geräte, die der Erde gehören, hoch hinauf in die Wolken dreht. Atemlos betrachtet er die Flutwelle, die mit einer Mauer aus brüllendem Schaum über die Landebahn schlägt. Das Wrack des Bombenflugzeugs wird über die Insel geschleudert. Einige Sekunden lang hat er es wieder fliegen sehen.

Dann eine plötzliche, langanhaltende Stille, in der erneut Dinge vom Himmel fallen und zwischen die Palmen krachen. Die heulenden Windstöße kommen zurück, aber ihre Kraft hat nachgelassen. Mit Fahnen aus abgerissenen Schaumköpfen verschwindet der Zyklon über dem Meer.

Es wird still. Wie Salzsäulen stehen die Inselmenschen da und betrachten die Zerstörungen. Durch ein Wunder hat der Orkan keine weiteren Menschenleben gefordert. Das ist ein herrliches Zeichen, und der Wiederaufbau kann in einer geläuterten Atmosphäre beginnen. Die Luft über der Insel ist klar, die Wolken sind wieder leicht wie Federn. Es ist, als wäre das Übel mit der Wurzel ausgerottet worden, und die Krankheiten bekommen wieder natürliche Ursachen. Bei einigen, die ihr Haar verloren haben, beginnt es wieder zu wachsen, und sie erholen sich – aus Gründen, die nicht erklärbar sind, wenn man sich nicht zu den Gläubigen zählt, aber das tun die meisten.

Diejenigen, die jetzt noch auf der Insel leben, haben reichlich Platz in den beiden Dörfern. Omoka und auf der anderen Seite Tetautua. Auf den Holmen und den kleineren fruchtbaren Inseln oder *Motus* sind nur die Fundamente der Häuser übriggeblieben. Die Tempelplätze verfallen, und die Ruinen wachsen zu. Es ist niemand mehr da, um die Steine der Vorväter zu ehren.

Telolo ist so stark wie nie zuvor. Insgeheim schreiben sie ihm das Wunder zu, und wehe dem, der an einem Sonntag fischt oder nicht zur Kirche geht. Die sind sichere Beute für die Haie.

Kilroy ist wieder Außenseiter, wie schon zuvor. Nur von Lückner blinzelt ihm wie einem Mitverschworenen zu, beschäftigt mit seinen eigenen, geheimnisvollen Angelegenheiten. Lolangi schläft weiterhin mit Kilroy, vor Angst aber fast wahnsinnig, nachdem ihre Schwester verbrannt worden ist, weil sie unverheiratet mit Tangi zusammengelebt und seine Kinder geboren hat. Niemand darf je etwas erfahren. Den größten Teil der Zeit ist er einsam, und eine einzige nächtliche Stunde, geschützt durch Dunkelheit und tiefen Schlaf der anderen, kann daran nichts ändern.

Meistens arbeitet er für den Kapitän. Er bewundert ihn, was für Aufgaben der ihm auch überträgt. Er überholt die Segeljolle vom Kiel bis zur Mastspitze. Jätet die Gartenwege mit einem Teelöffel. Versucht sich an einem englischen Rasen, aber jeder Grashalm muß einzeln gepflegt werden und welkt trotzdem dahin. Er ist die rechte Hand des Kapitäns und gehorcht seinem kleinsten Wink, macht sich tausendfach nützlich.

Den Launen des Kapitäns unterworfen zu sein, ist eine Art Balanceakt. Man weiß nie, aus welcher Ecke der Wind gerade weht. Poltrig jovial den einen Augenblick, bauernschlau, wenn es um die Arbeit geht, im nächsten, und immer bereit, jeden zu kränken, ohne einen anderen Grund als seine eigenen wechselnden Launen. Niemand – außer von Lückner – kann sich da sicher fühlen. Der Kapitän bewegt sich ständig am Rand des nächsten Schlaganfalls. Er ist ein mächtiger Mann, der tut, was er will, und sich Grenzen zu setzen, das ist nicht seine Sache. Eine Vatergestalt für die Leute auf der Insel und ein Abenteurer für andere.

Es ist der Herbst des Patriarchen. Angerührt wird er nur von den Briefen, die ihm seine Schwester aus dem fernen Dänemark schickt. Er hat ein besonderes Kästchen für sie, und sie werden wieder und wieder gelesen, bis sie im Laufe der Jahre vergilben. Das ist seine Andacht, seine stille Zeit, und die birgt all seine Sehnsucht.

Es sind goldene Stunden, die Kilroy zusammen mit der Hausfrau unter dem Halbdach der Küche zubringt. In die Stube läßt man ihn nicht mehr. Er holt Brennholz, macht Feuer mit Hilfe von Kokosfasern und reibt auf einem kleinen Schemel Nüsse für sie. Sie reden leicht und ungezwungen miteinander, während sie die Kokossahne in einem Tuch auspressen. Nach und nach hat er gelernt, fließend Maori zu sprechen.

Mama Longo ist nach ihrer älteren Schwester zur Frau Rasmussen geworden. Die Schwester ist im Kindbett gestorben, und jetzt liegt sie unter Goldbuchstaben auf dem Friedhof. Viggo hat ihr ein vornehmes Denkmal aus Marmor gesetzt, umgeben von einem schmiedeeisernen Gitter. Goldene Flammen ziehen sich an den Stäben entlang. Es steht fest, daß Viggo neben ihr beerdigt werden soll. Mama Longo ist ganz einfach die aus der Familie ausgewählte Stellvertreterin und kümmert sich um den heranwachsenden Jungen. Zwischen ihr und dem Kapitän ist keine Liebe. Seine Gefühle sind um so stärker an seine Ehefrau gebunden, die ihn so früh verlassen hat.

Der kleine Peter ist ein Schelm, ein Dreikäsehoch mit dänischen Segelohren und großer Nase. Aber mit dunkler Hautfarbe und polynesischen Augen. Mama Longo ist sehr zufrieden. Sie kommt von Tahiti, und sie liebt Tanz und Feste in feinen Häusern.

Eine schönere Frau hat Kilroy nie gesehen. Er wünschte, sie wäre seine Mutter, aber sie haben eher dasselbe Alter. Unter dem geblümten Kleid ist sie lebendig wie Wasser, sie streichelt seine Wange und drückt ihn an sich. Hüllt ihn ein in ihren Duft aus Kokosöl und Sandelholz. Heimlich versorgt sie ihn mit guten Happen aus dem Proviantlager.

Sein heißester Wunsch – hinauszukommen und das Schiff zu sehen – bleibt unerfüllt.

An diesem Tag sitzt er da und schaut aus der Vogelperspektive auf die Erde. Unter ihm liegen schräg abfallende, gepflegte Wege mit weißgekalkten Steinen, ein blühendes Beet mit Rosen und Tulpen, die – in Kisten voller Erde hierhergebracht – der ganze Stolz des Kapitäns sind. Der Alte hat ihm gezeigt, wie man einen Bootsmannsstuhl auftakelt. Er sitzt ganz oben am Fahnenmast, und vom Brett hängt ein Eimer mit weißer Farbe. Er bewundert das goldene Glas im Flaggenknopf, streicht die Stange mit zähen Bewegungen, läßt sich Zeit zum Träumen. Er liebt die Welt von hier oben aus, mag es, wenn er den festen Erdboden schwingen lassen kann. Unter ihm schwebt, den Rücken im Licht, ein großer Fregattvogel. Weit entfernt pfeift eine Maschine. Es ist nur der Diskant, der ihn erreicht, ein dünnes Kreischen.

Plötzlich ein Knallen am Himmel, und er blickt hoch. Das Geräusch kommt aus einer großen Kumuluswolke, weiß und an den Kanten grau. Die äußerste Schicht der Wolke löst sich in Büschel auf; er fixiert sie, kneift die Augen zusammen, denn das Licht ist grell. In dem flüchtigen Grau kommt etwas zum Vorschein und wird wieder ausgelöscht. Er hört den Knall eines Motors, der startet und geräuschvoll wieder aussetzt. Ein Pfeifen aus der Wolke, die Kante löst sich auf. Der Rauch wird zu dünnen Tarnmustern, wirbelt über eine Kontur und verzieht sich. Es ist ein Jagdflugzeug, und jetzt hebt es sich silbern vom offenen Himmel ab. Sein einziger Motor hustet noch einmal – und setzt dann ganz aus. Als das Flugzeug zu kreisen beginnt, pfeift es von der Vorderkante der Tragflächen.

Deutlich sieht er die rote Sonne auf der Seite. Der Pilot steuert immer größere Kreise, aber er verliert an Höhe. Er nimmt Kurs auf die Landebahn.

Behende wie ein Affe klettert Kilroy die Fahnenstange hinunter und rennt los. Er läuft den ganzen Weg bis zum Südende, und ab und zu fängt er zwischen den Lamellen der Palmenkronen einen Schimmer vom Flieger ein. Der Kiesweg wirbelt unter seinen Füßen davon. Er fliegt selbst, und die Erde zieht sich unter ihm in die Länge. Er springt über die Absperrung des Stützpunktes, ohne den Stacheldraht zu beachten – der Jagdflieger ist aus seinem Rundflug ausgebrochen und setzt wie ein Segelflugzeug zur Landung an. Stumm senken sich die Hoheitszeichen unter den ausgebreiteten Flügeln. Es sind zwei Sonnen, die über ihm untergehen.

Jetzt trommeln seine Fußsohlen auf Asphalt, aber er beachtet den harten Belag nicht. Das Herz allein hämmert ihn vorwärts, hinaus auf die Landebahn, wo er ein paar mit Zahlen beschriftete Pyramiden umstößt. Weiter vorn haben die Räder den Boden berührt. Das Flugzeug tanzt ihm entgegen. Daunenleicht. Noch hat es nicht völlig den Kontakt mit dem Element Luft verloren. Dann setzt es auf und rollt durch Wärmewellen vorwärts, während der Wind ringsum flüstert und die Fahrt abbremst.

Er rennt nicht mehr; er geht. Die langen Tragflächen ragen in einem eleganten Winkel auf und verdecken so den hinteren Teil des Jägers. Wie durch geschmolzenes Glas sieht man die Bombe schwer unter dem Bug hängen. Direkt zwischen den Propellerblättern liegt das Cockpit mit der Kanzelhaube und den Alu-Rippen – und mitten in dem Muster: die dunkle Lederkappe des Piloten.

Zur gleichen Zeit erreichen sie den Punkt, da alle Bewegungen aufgehört haben. Nur Kilroys Lunge sticht, und der Brustkasten hebt und senkt sich hitzig über dem flatternden Herz. Noch einmal packt ihn die Ehrfurcht, und seine Hand erhebt sich wie von selbst zur Ehrenbezeigung. Ein wenig Dampf steigt aus dem Flugzeugrumpf. Hinter dem Glas ruhen die schräggeschnittenen Augen des Piloten auf ihm.

Lange Minuten verrinnen, ehe sich etwas im Cockpit bewegt und die Kanzelhaube zurückgeschoben wird. Ein Mann in Fliegerkombination kommt zum Vorschein und steht plötzlich aufgerichtet auf der einen Tragfläche, die Hände vor sich auf einem langschaftigen, geschwungenen Schwert, bereit, es aus der Scheide zu ziehen. Um den Lederhelm trägt er ein weißes Band mit Schriftzeichen, die um den Strahlenfächer der aufgehenden Sonne angeordnet sind. Auf dem Bauch kreuzen sich die Fallschirmgurte, die von einer großen, runden Schnalle zusammengehalten werden. Um die Taille ist eine Schärpe aus weißer Seide gewickelt. Die Fliegerbrille baumelt um den Hals, sein Overall bauscht sich um ihn. Er hat das Gesicht eines Kindes.

Es ist Kilroy, der die Spannung durchbricht, indem er die Hände sinken läßt und die Handflächen nach vorn streckt. Er lächelt und findet keine anderen Worte als: »Hano mai ...«

»Willkommen!«

Auf Maori bedeutet das ganz einfach: »Du bist gekommen.« Der japanische Pilot antwortet mit einem zeremoniellen Gruß in seiner eigenen Sprache, der in Kilroys Ohren wie eine kleine Salve klingt. Steif verbeugt sich der Japaner mehrmals und steckt das Schwert in die Schärpe, bevor er absteigt und vor Kilroy, der jetzt doppelt so groß wirkt, die Hacken zusammenknallt.

»Nakamura Matsuo!« Die runden Wangen glänzen, und die Augen verschwinden ganz in ihren Falten. Er zeigt eifrig auf sich selbst. Es dauert eine Weile, ehe Kilroy begreift, daß dies der Name des knabenhaften Piloten ist. Sein fragender Gesichtsausdruck weicht einem breiten Grinsen, und auch er stellt sich vor. Im Gebüsch quaken die Frösche, und die Zikaden schrillen auf.

»Domo arigato, Kilroy-san!«

Der Japaner verbeugt sich wieder. Es entsteht eine lange Pause, in der niemand ahnt, worin der nächste Zug bestehen wird. Kilroy fühlt Verlegenheit angesichts der Verbeugungen des anderen; niemals hat ihn jemand mit einem derartigen Respekt behandelt, und er strafft den Rücken. Das Leben, das vom Himmel gefallen ist, ist ihm schon jetzt kostbar. Zum erstenmal fühlt er sich als Beschützer, und das läßt ihn noch ein paar Zentimeter wachsen. Bis zu diesem Tag sind es immer andere gewesen, die sich seiner angenommen haben – oder auch nicht. Nun dreht sich das Roulett endlich, und die Kugel tanzt wieder zwischen Chance und Gewinn. Die Kraft, die den Leerraum in seinem Inneren ausfüllt, malt ihm Tigerstreifen ins Gesicht.

Der Pilot zeigt auf sein Flugzeug: »*Zero-Zen.* Kamikaze!«

Dann lacht er: »Puff, puff!«

Und er klopft auf den Treibstofftank. Ein leichter Wind wirbelt das Laub im Dickicht auf.

In Kilroy ist keine Spur von Unschlüssigkeit. Er zieht Nakamura mit sich ins Dickicht, bevor die anderen angelaufen kommen. Er hört schon ihre Rufe. Es gilt, Zeit zu gewinnen, bis er weiß, ob von Lückner dabei ist. Als sie sicher im Gebüsch sind, veranlaßt er den Japaner, sich flach auf den Bauch zu legen und deckt ihn mit welkem Palmenlaub zu. Dann hält er vorsichtig Ausschau.

Es ist nur eine kleine Schar. Aber sie haben Jagdgewehre, Fischharpunen und Keulen dabei. Er kann weder den Kapitän noch von Lückner unter ihnen sehen. Es sind Leute aus dem anderen Dorf, die nach dem Orkan hierher geflüchtet sind und die er nicht kennt. Sie nähern sich dem Flugzeug mit den Gewehren im Anschlag, jeder Schritt so, als könnte es ihr letzter sein.

Während sich die anderen mit ihren Waffen in Bereitschaft halten, schwingt sich der Mutigste auf die Tragfläche. Hebt mit akrobatischer Langsamkeit den Oberkörper und schaut in die Kabine. Er sagt etwas, und das löst die Stimmen der anderen. Sie stehen vor dem Flugzeug und palavern. Dann knackt es im Dickicht auf der anderen Seite der Landebahn. Sie zucken zusammen, auch Kilroy. Man hört einen Schuß – und noch einen.

Der Ton zwischen den Männern wechselt jäh. Kilroy sieht einen langgestreckten schwarzen Keiler durch das Gestrüpp stürzen und weiter im Dickicht da drüben verschwinden. Die Männer setzen ihm mit lauten Schreien nach.

Kilroy atmet erleichtert auf und bekommt Nakamura wieder auf die Beine, hilft ihm, sich vom Fallschirm zu befreien, den sie sorgfältig unter losen Korallenblöcken verstecken. Nakamura nimmt das Schwert und bietet es ihm auf den Handflächen dar. Kilroy schüttelt verlegen den Kopf und winkt abwehrend. Aber der Japaner besteht darauf, und schließlich nimmt Kilroy das Schwert, indem er Nakamuras Höflichkeit mit einer unbeholfenen Verbeugung nachahmt. Dann winkt er ihm, und sie gehen gebückt durch das Gestrüpp. Sie sind, an den versteckten Fährten der Wildschweine vorbei, weit in die entgegengesetzte Richtung gegangen, ehe sie erneut Schüsse hören, danach herrscht Stille.

Draußen auf dem Weg erblicken sie eine weitere Schar, die in Laufschritt fällt und in unmittelbarer Nähe an ihnen vorbeitrampelt. Unter ihnen ist Aluea.

Sie warten noch eine Weile, ehe sie weitergehen. Zu ihrer Verständigung bedarf es keiner Worte; sie bewegen sich zwischen den Baumstämmen wie auf Tierpfoten, lautlos und alle Sinne angespannt. Die Häuser von Omoka liegen vor ihnen auf der Lichtung, die Pfade teilen sich.

Das ganze Dorf ist auf den Beinen. Trampelnde Füße und vor Aufregung näselnde Stimmen verbreiten die Nachricht, in der die Ankunft Nakamuras fast schon nach einer Invasion klingt: »Die Japaner kommen!«

Kilroy bleibt stehen, um ihre nächsten Schritte zu überlegen. Sie stehen im tiefen Schatten der Laubbäume, und zwischen ihnen ist nur das Geräusch ihres Atems. Zerstreut hebt Kilroy eine reife Nuß auf. Er öffnet sie mit dem Schwert, ehe er sie Nakamura reicht. Danach sieht er die Klinge verblüfft an. Sie hat die Fasern wie Butter durchschnitten. Ein Lichtstrahl wird vom Stahl der Schneide reflektiert und beginnt die lange Reise zurück. Mit einer anerkennenden Geste läßt er das Schwert in die Scheide gleiten, und Nakamura strahlt über das ganze Gesicht.

Durch den Palmenhain, über Stege, wo Kinder spielen, wenn sie nicht in der Schule sind, vorbei an den Küchengärten der Leute, während ihre Blicke hin und her huschen, erreichen sie den Ort, an dem sich die Dorfbevölkerung sammelt. Auf dem Platz vor dem Postgebäude ist der Kapitän gerade dabei, eine Gruppe zu formieren.

In der Hand hält er eine Pistole mit dünnem Lauf und einem viereckigen Magazin, was Kilroy vorher noch nicht gesehen hat. Papa Viggo trägt keine richtige Uniform – nur eine aufgeknöpfte Jacke mit Goldtressen und den Pareo von zu Hause. Von Lückner steht hinter ihm, unbewaffnet und tadellos gekleidet wie immer. Er sieht aus, als würde er sich amüsieren – über die hektischen Gesichter und den Zug, der sich nicht richtig formieren kann, um hinaus zur Landebahn zu marschieren.

Kilroy faßt einen Entschluß. Er handelt mit traumwandlerischer Sicherheit und winkt Nakamura zu sich. Sie verlassen den Schatten und treten hinaus in die Sonne. Ganz ungeschützt gehen sie über den Platz. Alles Gerede verstummt, die Leute treten mit angespannten Gesichtern zur Seite und blicken zum Kapitän. In diesem Augenblick hört man nur ihre knirschenden

Schritte auf dem Kies. Viggo Rasmussen starrt sie an, als wären sie vom Mars gefallen. Dann hebt er die Pistole.

»Halt! Im Namen des Königs und des Gesetzes!«

Von Lückner ist einige Schritte vorgetreten.

Kilroy bleibt stehen, so daß er den Piloten deckt.

»Da siehst du es! Er hält zum Feind!« sagt der Kapitän mit zurückgehaltenem Zorn. Blutwellen schießen ihm ins Gesicht.

»Du hast ihn einmal zum Gefangenen gemacht«, antwortet von Lückner kalt und fährt fort: »Ich werde dolmetschen. Fang an!«

»Name.«

»Dienstgrad.«

»Alter.«

Er ist zu jung, um Leutnant zu sein, aber er wirkt älter als seine achtzehn Jahre.

»Stützpunkt?«

»Kampfeinheit?«

»Staffel?«

Auf die letzten drei Fragen verweigert der Japaner die Antwort. Kapitän Rasmussen erklärt Nakamura, welche Befugnisse er auf der Insel hat, und macht ihn darauf aufmerksam, daß dies hier als ein Kriegsgericht betrachtet werden muß. Der Japaner spricht ruhig und blickt geradeaus. Dann schweigt er und senkt den Kopf.

»Er sagt, daß er sich Mr. Kilroy ergeben und unter seinen Schutz begeben habe. Er weist darauf hin, daß er Uniform trage und hinter den feindlichen Linien notgelandet sei, mit dem Recht, als Kriegsgefangener inhaftiert zu werden. Sonst würde er sein Schwert zurückverlangen und auf der Stelle *Harakiri* begehen ...«, übersetzt von Lückner.

»Ja, das ist gut – der eine Gefangene ergibt sich dem andern! Sollen wir uns vor diesen Affen eigentlich vollkommen lächerlich machen?«

»Was willst du tun? Ihn foltern lassen? Ihm einen Genickschuß verabreichen? Mit *der* Erbsenbüchse? Willst du dir meine Parabellum leihen?«

Kilroy ist vorgesprungen.

Der Kapitän – mit einem bösen Blick auf seine Waffe, Kaliber 22, schnauzt: »Du bist ein Teufel, von Lückner, und, wenn es drauf ankommt, ein Deutscher. Ich bin doch nicht dein Lakai, und der Japs soll seine Eingeweide für sich behalten. Genickschuß ...«

Er schüttelt sich wie ein Hund in der Sonne.

»Da sei Gott vor. Ich bin eine Christenseele, was man von dir nicht behaupten kann.«

Nakamura spricht erneut. Er hat den Kopf erhoben, und das Jungengesicht leuchtet.

»Was sagt er da?« brüllt der Kapitän.

»Daß er allein sei und dem sehr geehrten Kilroy sein Offiziersehrenwort gegeben habe ...«

»Kilroy ist verdammt noch mal kein Offizier!«

»Bist du sicher?«

Je lauter der Kapitän schreit, desto leiser wird von Lückner. Er fährt fort: »Halt sie unter demselben Dach! Wie du selbst gesagt hast: Die laufen nicht weg. Wenn du willst, mach ein Schild, schreib ›Gefängnis‹ darauf, und häng es an Kilroys Hütte! Oder vielleicht ziehst du ›KZ‹ – oder ›Arbeitslager‹ vor?«

»Nimm dich in acht, von Lückner!«

Der Kapitän dreht sich blitzschnell auf dem Absatz um und verschwindet in seinem Büro. Kurz darauf glühen die Radioröhren, und in beiden Richtungen werden mit atmosphärischem Getöse Nachrichten ausgetauscht.

Dank Kilroys Instinkt und von Lückners Dolmetscherei einigten sie sich schließlich: Man brachte den Japaner mit Kilroy in demselben Haus unter, sie arbeiteten zusammen und konnten sich ansonsten frei bewegen. Selbstverständlich mußten sie sich von allen militärischen Anlagen fernhalten. Sicherheitshalber hatte man das Kamikazeflugzeug in den Hangar geschoben und aufgebockt.

Die todbringende Bombe montierte man ab, und die Kabine wurde anschließend nach Material durchsucht, das weitere Informationen geben könnte. Eine Tafel aus Plexiglas mit Navigationsvermerken legte man Kapitän Rasmussen vor. Die

Ausgangsposition befand sich im offenen Meer – ein Flugzeugträger, selbstverständlich. Das Ziel war nicht klar angegeben, aber nach dem angenommenen Kurs des Piloten zu urteilen, könnte es eines von Kapitän Nimitz' Schlachtschiffen gewesen sein, die in dem Gebiet operierten. Um völlig sicher zu sein, postierte er Tag und Nacht eine Wache vor dem abgeschlossenen Hangar. Um den Rest sollten sich die Amerikaner selbst kümmern.

# O

Für Kilroy begann eine ganz neue Zeit auf der Insel.

Es zeigte sich, daß Nakamura der ideale Partner zum Umherstreifen war. Wenn sie ihre Pflichten erfüllt hatten – was sie, in der Erkenntnis ihres Status als Kriegsgefangene auf der Insel, mit fast zeremoniellem Eifer taten –, suchten sie jene Orte auf, die Kilroy entdeckt hatte, als er noch allein war.

Nakamura ähnelte in vielen Dingen den Inselmenschen, aber er hatte in allem seinen eigenen Stil, unerschütterlich begründet in Begriffen von Ehre, die kein fremder Glaube verändern konnte. Er war der geborene Taucher und Perlenfischer. Gemeinsam glitten sie hinaus über die Bänke mit den Pipi-Muscheln und sammelten Haufen kleiner Schalen, die sie öffneten – allein um der Überraschung willen. In jeder hundertsten etwa war *eine* Perle: rauh oder glatt, schief, tropfenförmig oder – ganz selten – rund. Sie waren golden, rosa, mondweiß – manchmal schwarz. In der Größe von Erbsen und Sandkörnern. Eine hatte die graublaue Zeichnung des Erdballs – Länder, Kontinente und Meere –, eine andere war eine vollkommene Kugel mit solch tiefem Glanz, als berge sie alles Licht der Welt in sich. Sie hatten volle Beutel und nichts, wofür sie den Inhalt hätten verwenden können.

Für Nakamura war die Schönheit das Wesentliche. Mit einfachen Mitteln verwandelte er ihr baufälliges Haus. Er scheuerte die Planken mit Sand weiß, flocht Matten – was er ebensogut konnte wie die Frauen auf der Insel – und breitete sie auf dem Fußboden aus. Leitete mit Hilfe eines einfachen Schwinghebels aus gespaltenem Bambus Wasser aus dem Tank ins Haus. Mit wenigen großen Steinen konnte er einen Raum verändern und ihn mit Papier in mehr Räume aufteilen, als sie benötigten. Anstatt das Loch im Dach zu schließen, öffnete er es für die Sterne der Nacht, so daß sie einen Innengarten mit Phoenixpalmen und einem Bassin bekamen. Hier konnte der Regen plätschern und seine Kühle an die Luft abgeben. Nakamura eignete alles den vier Elementen zu. Ihr Haus war ein Meereshaus, und draußen rollte die Brandung. Nach dem Sonnenuntergang brannten sie Öl in den gewellten Schalen der Riesenmuscheln, und Kilroy schmeckte die neuen Wörter, die Nakamura mitgebracht hatte.

Sie richteten vor dem Haus eine Feuerstelle ein, lebten wieder vom Fischen, und Kilroy zeigte ihm seine besten Fangplätze. Nakamura aß den Fisch am liebsten roh. Er filetierte ihn virtuos. Mit tanzenden Fingern faltete und schnitt er das frische Fleisch wie Scherenschnitte. Blumen wuchsen hervor, Sterne und Boote. Das Ganze wurde auf Palmenblätter gelegt, um die Mittelrippe arrangiert, wie ein Spiegelbild, so daß Kilroy sich anfangs weigerte, diese Kunstwerke zu zerstören. Mama Longo versorgte sie mit Reis, aber das geschah mit einem Schweigen gebietenden Finger auf der Lippe.

Kilroy selbst trug zu ihrer gemeinsamen Küche bei, indem er Fischfleisch nach polynesischem Brauch in Kokossahne und Zitrone marinierte. Nakamuras lautes Schmatzen beim Verzehren dieses Gerichts war Musik in Kilroys Herzen.

Sie bauten eine Badestube, eine ganz kleine, torfverkleidete Hütte, wo sie Wasser auf erhitzte Steine kippten und nackt zusammen schwitzten. Ohne sein tägliches Bad fühlte sich Nakamura so unwohl wie ein Fisch auf dem Land.

Das Beste war, daß von Lückner begann, sie im Meerhaus zu besuchen. Er kam mit Kognak und schwarzen Fischeiern in Gläsern, die sie von der Messerspitze aßen. Er war die Ursache dafür, daß die Gespräche zuweilen bis weit in die Nacht dauerten, und Kilroy konnte schon bald mithalten. Seine Ohren hatten ihren Hunger bewahrt, und von Lückner wies ihm den kurzen Weg in die Sprache, während sich Nakamura um deren Wohllaut kümmerte. In Kilroy gab es noch immer massenhaft leere Räume für neue Welten.

Nakamura war ein Nachkomme der Samurai, und ihr wildes Blut rollte in seinen Adern. Für ihn war der Krieg ein Lebensstil, und darin ähnelte er dem jungen von Lückner, der dem Adel seines Geschlechts treu geblieben war bis zu dem Tag, da er die »Seeadler« auf einem Korallenriff einbüßte. Nun brachten sie ihr *Skål* für den Kaiser auf Japanisch aus: »Tennoheika Banzai!«, und das Lächeln setzte sich wie ein kleiner Fächer in von Lückners Augenwinkel, wenn er sah, wie feierlich die Jünglinge dort vor ihm auf der Matte saßen.

In Stunden, die auf den Flügeln des Nachtraben dahinflogen, hörte Kilroy von dem fernen, kaiserlichen Japan. Von der Kunst des Krieges und vom Ehrenkodex des Kriegers – Buschido – der Weg, dem er mit äußerster Konsequenz folgt.

Nakamura zeigt ihm das handbemalte Band, das der Kamikazepilot um die Stirn bindet. Rings um die rote Sonne steht in seiner eigenen Schönschrift das Todesgedicht. Von Lückner liest:

> *»In der Südsee werde ich fallen / wie eine Blüte /*
> *von einem leuchtenden Kirschbaum!«*

Kilroy steht da mit einem Kloß im Hals.

Nakamuras Stimme ist ein wenig schrill vor Begeisterung. Von dem Augenblick an, da sie für Tokkotai – die Selbstmordbrigade – ausgewählt werden, behandelt man sie wie junge Sonnengötter. Sie bekommen Sonderrationen, alle wollen mit ihnen anstoßen, Schmetterlingsfrauen tanzen und spielen auf Saiteninstrumenten.

Admiral Onishi hat gesagt: »Ihr seid schon Götter ohne irdisches Begehren!«

Überall sind sie Helden. Sie sind die Ritter und die Mechaniker ihre Knappen, die die Flugzeuge trimmen – bis sie wie polierte Särge dastehen und auf den letzten Start warten. Wenn dann der Tag gekommen ist, die letzten Hochrufe auf den Kaiser ausgebracht sind und sie das Samuraischwert und die weiße Schärpe zusammen mit ihren Befehlen entgegengenommen haben, stürmen sie zu den Flugzeugen. Nakamura erzählt, daß sein Mechaniker, eine Hand auf der Tragfläche, den ganzen Weg – über die Startrampe hinaus – mitgelaufen ist, bis er loslassen mußte. Das Letzte, was er von ihm sah, war sein nach oben gewandtes Gesichtsoval auf dem Stahldeck.

Wenn das Ziel in Sicht ist und sie senkrecht auf ein feindliches Schiff zurasen, das sich unten auf dem Meer zunächst klein wie Sesamsamen ausnimmt, schieben sie die Kanzelhaube zurück und lassen die weiße Schärpe hinter sich her flattern. Banzai! Wahrhaftig – sie sind der Wind der Götter!

Aber das Training ist hart. Beispiellose Manneszucht. Neun von seinen Kameraden haben Selbstmord begangen, bevor sie überhaupt in die Luft gekommen sind. Einen hatte er gefunden – erhängt im Klosett. Ein anderer hatte sich die Zunge abgebissen und war verblutet. Nakamura demonstriert es vor Kilroys verblüfftem Gesicht. Die Zunge heraus, das Kinn vorgestreckt und die Hände fest über dem Kopf geschlossen. Dann bang! – mit voller Kraft hinunter auf einen Stein oder eine Tischkante. Nakamura grinst. Kilroy weiß nicht, was er glauben soll.

Nakamura schließt: »Die Ehre ist schwerer als ein Berg, der Tod leichter als eine Feder« – jetzt klingt er wie eine eingespielte Schellackplatte.

Von Lückner denkt sich das Seine. Japans Luftherrschaft ist gebrochen, und dem Generalstab fehlen erfahrene Piloten. Die Zeit, als der Mitsubishi-Jäger, die legendäre »Zero-Zen«, jederzeit die amerikanischen Kampfflugzeuge ausschaltete, ist vorbei. Jetzt gehen sie in der Welle von »Mustang P-51«, »Hellcat« und »Corsair« unter. Saipan und Guam sind gefallen. Das nächste Ziel ist Okinawa – Japans Vorposten im Pazifikkrieg.

Nach der See-Luftschlacht in der Leyte-Bucht hat General MacArthur die Philippinen zurückerobert, und das japanische Inselreich ist in die Reichweite seiner B-29-Bomber gelangt. Tag und Nacht werfen die »Superfestungen« ihre Bombenlast über Zielen im Herzen der japanischen Kriegsindustrie ab. Es vergeht kein Tag ohne das Heulen der Luftschutzsirenen. Tokio ist zerbombt, die Flugzeugfabriken sind lahmgelegt, Brennstoff und Öl knapp geworden. Aufgrund des Aluminiummangels haben die japanischen Flugzeugkonstrukteure begonnen, mit Konstruktionen aus Holz zu experimentieren. Der Bambusjäger ist eine Realität. Der Krieg nähert sich seinem Ende.

Die heutigen Samurai sind Kinder zwischen fünfzehn und sechzehn Jahren. Sie haben kaum Fliegen gelernt, wenn der Befehl kommt und sie in einem ausrangierten Flugzeug, bestückt mit einer 550-Pfund-Bombe, auf ihren letzten Flug geschickt werden. In den allerletzten Minuten werden sie – um der Ehre willen – befördert. Einige schneiden sich einen Finger ab, andere eine Haarlocke, oder sie kürzen ihre Nägel, so daß etwas von ihnen zurückbleibt und auf dem Boden der Väter eingeäschert werden kann, vor der Beisetzung in Yasukuni – der »Gedächtnishalle der toten Märtyrer«.

Es ist ein Kinderkreuzzug. Hervorgebracht von alternden Kriegsherren im kaiserlichen Hauptquartier. Vizeadmiral Onishi, der Vater der Selbstmordbrigade, hat in diesem Krieg ein Gespenst ausgespielt.

Sie bekommen die Erlaubnis, ihren Offizieren mit Sake zuzutrinken, sie erhalten eine Extraportion Reis und gegorene Bohnen, sie rasieren sich den Kopf und binden das Stirnband um. Dann knallen sie die Hacken zusammen und laufen in ihren Tod, einige singend, andere in stummer Furcht. Erfahrene Jagdpiloten eskortieren sie, bis das Ziel in Sicht ist, und versuchen die Flugzeuge des Feindes auf Abstand zu halten, bis die Selbstmordpiloten die Nase in das Sperrfeuer drehen und sich in »leuchtende Kirschblüten« verwandeln – eine Sekunde bevor sie zu Asche werden.

Von Lückner verbirgt seine Gedanken in einem Lächeln über Kilroys übereifrige Fragen. Nakamura antwortet bereitwillig auf alles, bewahrt aber Schweigen über seine eigene Mission. Sie respektieren das als einen selbstverständlichen Teil seines *Buschido* und berühren dieses Thema nie.

In der Freizeit, über die sie selbst verfügen, durchstreifen sie gemeinsam die Insel. Wenn sie zwischen den Haien jagen, ist Kilroy der Anführer, und Nakamura folgt ihm – in der ersten Zeit stumm vor Bewunderung, später mit einer immer größer werdenden Selbständigkeit. Kilroy zeigt ihm die Stelle, an der er den Gesang der Fische gehört hat; jetzt ist es still. Die Hirnkoralle glänzt, die weiße Totemanns-Hand winkt mit Polypen aus lebendem Glas. Von der Riesenmuschel, die tief in einer Koralle liegt, ist nur der kräftige Farbstreifen des pulsierenden Mundes sichtbar, der Plankton und Sonnenstrahlen in zartes Fleisch umsetzt. Sie atmet unmerklich, schmeckt die Langsamkeit, die sie nach allen Seiten umgibt.

Kilroy zeigt ihm, daß man sie aufbricht, indem man eine Eisenspitze in den Wellenmund jagt, so daß sie die Schalen zusammenklappt und sich an ihren Tod klammert. Ein Abguß bleibt von ihr zurück, voll von Geflimmer. Kleinere Fische kommen herbei und beginnen die Reste der Haftfäden zu verspeisen, die mit Streifen von weißem Palmenmark in der Höhlung leuchten. Von den Muscheln über ihren Köpfen wehen Seegrasfahnen, als sie mit gestreßten Lungen wieder an die Oberfläche schwimmen. Sie töten die Beute, sobald die kräftigen Schalen mit einem Schnitt an der richtigen Stelle geöffnet sind. Pahua ist das Geschlecht des Meeres, und die Maori sagen, wenn man mehrere von den Muscheln ißt, sieht man am hellen Tag die Träume des Meeres, und die Sinne werden von großer Liebe entflammt.

Bald sind sie unter der Wasseroberfläche nur noch *ein* Wesen; und sie befinden sich in einer Welt, in der nur der gemeinsame Gedanke herrscht. Sie geraten in einen Schwarm *Ruhi* – der sich auf einmal umdreht und in derselben Sekunde einen gleißenden Blitz ausschickt, mit einem Geräusch wie zerreißende Seide. Sie schwimmen an grünen Riesen vorbei, deren Augen mit aquamarinfarbenen Strichen betont sind. Das Auge selbst ist wie gelber Bernstein und blauer Opal. Das ist der Napoleonsfisch mit seinen Buckeln auf dem Kopf, die ihn in den Wellen lesen lassen.

Kilroy macht eine abwehrende Bewegung mit dem Speer: Sie sind zu groß und ziehen dich hinunter. Er hat es einmal zuviel versucht. Er deutet nach vorn: Dort ist Beute. Marmorierter *Hapuku*, der in einer Koralle lauert, Königsmakrelen und eine ganze Schar von Einhornfischen, die im Meeresleuchten hängen.

Sie sind beide wunderbar eingespielt, ein richtiges Ballett. Einer spießt den Fisch auf – der andere gleitet hinzu und gibt ihm Deckung, bis der Fisch im Boot geborgen ist. Kilroy und Nakamura schweben in Formation herbei und schalten die grauen und silbrigen Haie aus. Jeder weiß die ganze Zeit über, wo der andere ist. Keiner kann ihnen in den Rücken fallen – es ist ein Spiel. Jede Reaktion von Nakamura ist von einem inneren Kraftstrom beherrscht. Das Hirn liegt wie eine Linse über seinen Handlungen und vergrößert diese mit glasklarer Ruhe.

Erstaunt sieht er, wie Kilroy auf die Haie losgeht, während er selbst ihn mit einem Griff um die Harpune wie ein Kendo-Fechter deckt. Nakamura verwandelt alles in Kunst. Kommen die Haie zu nahe oder schnappen sie nach seinem Fisch, hält er sie beinahe nur mit einem Fingerschnipsen auf – als hätte er Zugang zu einem verborgenen Kontakt, der ihr Nervensystem ausschaltet. Immer wieder sieht Kilroy, wie die Haie – in Fleisch und Blut – vor Nakamura verharren und zu Silberkörpern werden. In ihren kleinen Augen findet sich kein Impuls mehr. Da ist Kilroy an der Reihe, sich zu wundern. Es ist doch unglaublich, wie schnell Nakamura die Kniffe gelernt hat.

Sie fangen etwa die gleiche Menge Fische. Kilroy hitzig – Nakamura mit einem Traumschleier über allen Bewegungen. Nakamura schafft sich einen Weg, den er vor sich ausbreitet und von innen betrachtet. Kilroy ist Geschwindigkeit und wütender Mut. Es gehört zu diesem Sport, daß sie einander mit der Beute necken. Wer den größten Fisch gefangen und wer am besten getroffen hat. Kilroy trifft eine beliebige Stelle, fängt die größten Fische und zieht die Haie an. Nakamura dagegen trifft sie an der richtigen Stelle. Meistens sind sie sofort tot, und er kann sie an Land holen, ohne daß sie noch zappeln. Er harpuniert den Fisch nach der Qualität des Fleisches und weiß genau, was er sucht.

Sie haben schon mehr als genug, liegen mit dem Oberkörper über dem Ausleger und keuchen. Der Boden des Bootes ist voll von blutenden Fischen. Die beiden krabbeln wieder an Bord, und Kilroy inspiziert seine Wunden. In der Hitze des Gefechts hat er sich an einer Koralle die Haut abgeschürft. Nakamura sieht ihn an und schüttelt seinen Glatzkopf:

»Du bist *Kichigai*! So haben wir die verrückten Piloten genannt, die bei ihrem Angriff singen oder schreien.«

Er selbst hatte nicht eine Schramme abbekommen. Nie hat Kilroy ihn bluten sehen. Ein wenig gekränkt fragt er:

»Und was bist dann du?«

»*Sukebai!* Wir summen nur...«

Sie treiben mit warmen und sonnengetrockneten Gliedern in dem leichten Boot. Die Dünung schleckt mit verchromtem Glanz. Auf dem Boden des Bootes zappeln die Fische, in denen noch Leben ist. Die großen Königsmakrelen werden dunkler; der braunmarmorierte Wolfsbarsch wechselt die Farbe und wird weiß, ehe er stirbt und seine Farbe mit dunklen Flecken zurückkehrt.

Fasziniert betrachtet Nakamura die Verwandlungen des Fisches, während sie langsam an Land paddeln. Auf dem Südholm springen sie aus dem Boot, tragen den Ausleger hinauf und lassen ihn am Strand zurück.

Sie haben ein farbiges Muster um den Mund, und ihre Herzen singen, nachdem sie Pahua gegessen haben. Die Bäume sind blau, und die Brotfrüchte leuchten wie Lampions. Sie gehen hinauf zu der Grotte, die Kilroy entdeckt hat. Ein Ort, an den nie jemand kommt. Die Grotte ist aufregend, denn das Meer reicht in sie hinein und bildet unter der Klippe dröhnende Bassins. Im Riff befindet sich eine versteckte Passage: Wenn man unter Wasser schwimmt, kommt man in eine innere Kammer, wo der Fels ausgehöhlt ist und hoch wie eine Kirche; an ihren Wänden fällt von oben durch Spalten Licht ein.

Sie bleiben draußen in einem Sonnenfleck. Die Körper scheuen die Steinkälte, die weiter drinnen herrscht. Sie riechen nach Tang und sandiger Haut. Nakamura hat die Augen geschlossen. Auf seinem Gesicht liegt ein zitterndes Lächeln. Seine Wangen sind mit Karamel glasiert und glänzen wie Perlen. Kilroy schaut auf Nakamuras Glied, das sich inmitten der spärlichen Behaarung aufgerichtet hat, und Nakamura dreht sich auf den Bauch.

Als er sich wieder erhebt, glänzt die Haut an seinem Bauch, und ein kleiner, grauer Seestern ist an ihr hängengeblieben. Sie schlendern zum Strand zurück, in knisterndem Palmenlicht und ohne ein Wort. Am Außenrand des Stützpunktes passieren sie die an Land gespülte Pilotenkabine des Bomberwracks. Zum ersten und einzigen Mal erlebt Kilroy, wie der Freund die Fassung verliert. Er tritt in das grau verfärbte Metall, während er ruft: »Amerikanische *Chikusyo!*«

Kilroy zeigt neckend auf ihn: »Du bist Kichigai!« ruft er und beginnt zu laufen, ehe Nakamura nach ihm greift. Sie erreichen das Boot, halberstickt, hustend und mit tränenden Augen.

Es ist später Nachmittag, als sie nach Hause kommen.

Am Abend kommt von Lückner vorbei. Er zieht ihre Gesellschaft dem Abendbrottisch des Kapitäns vor. Inzwischen nennt er sie »die japanischen Zwillinge«, denn ihre Welten sind zusammengewachsen, und seit Nakamura vom Himmel gefallen ist, sind sie unzertrennlich. Im übrigen schmeckt ihm das Essen hier besser: Kilroy und Nakamura leben vom Fang des Tages wie Grafen und Barone.

Der Kapitän ist auf der Hut, ahnt aber im großen und ganzen nicht, was vorgeht. Von Lückner hat Champagner dabei. Flaschen, auf deren Glas Kirschblüten gemalt sind, und Nakamuras Augen rollen schon beim bloßen Anschauen im Kopf herum. Kilroy zuckt zusammen, als der Korken knallt. Die Flasche kann nicht schnell genug leer werden, damit Nakamura einen Zweig der schwarzen Koralle, die sie vom Meeresgrund heraufgeholt haben, in ihren Hals stecken kann. Sie stoßen mit hohen Gläsern an, die von Lückner mitgebracht hat.

Kilroy säubert Fische. Nakamura brät die geleeartige Fischbrut, die sie im Netz gehabt haben, scharf an. Von Lückner hat Soja im Proviant gefunden – sicherlich chinesischer Herkunft –, das er zusammen mit Eiern schaumig schlägt, um die rohen Fischscheiben einzutauchen. Zwischendurch stoßen sie mit dem perlenden Getränk an, das ihnen das Lachen so leicht über die Zunge rollen läßt.

»Über Funk ist eine Meldung eingegangen«, sagt von Lückner plötzlich und zwinkert Kilroy heftig zu, »daß die ›Manuvai‹ auf dem Weg hierher ist. Sie kann im Laufe der nächsten Woche hier eintreffen!«

Die »Manuvai« ist das Forschungsschiff der »Silk & Boyd-Kompanie« auf Rarotonga. Immer wenn ein Schiff erwartet wird, gerät die Insel in Aufregung, und in jedem der Bewohner kommt Feststimmung auf.

Er fährt fort: »Der Kapitän hat Dosenfleisch bestellt, genug für eine längere Belagerung. Übrigens sieht er sich gezwungen, euch während dieser Zeit einzusperren!«

Aus irgendeinem Grund brechen sie lachend zusammen. Von Lückner muß sich die Augen mit dem Handrücken trocknen.

»Mama Longo und ich werden schon für euch sorgen.«

Er zwinkert Kilroy erneut zu. Dann kann er sich nicht mehr zurückhalten: »Was dich betrifft, so denke ich, daß bald etwas geschehen wird!«

Er sieht Kilroy gespannt in die Augen. Kilroy weicht seinem Blick aus. Er wagt nicht zu glauben, was er hört, und sie sprechen nie mehr über die fehlenden Puzzleteilchen in seinem Leben.

Nakamura scheint verwirrt, weil der letzte Teil des Gesprächs auf Englisch stattgefunden hat. Von Lückner macht den Eindruck, als würde er sich am liebsten die Zunge abbeißen. Im nachhinein bereut er, daß er in Sektlaune die Kontrolle verloren hat, und er versucht das Gesagte in einem merkwürdig brummenden Tonfall wegzuwischen:

»Wir werden sehen. Wir werden sehen! Man kann nie wissen, ob die mit der Sprache herausrücken, wenn es soweit ist!«

Wer »die« sind, erfährt niemand. Er lockert eilig den Korken der nächsten Flasche. Der geht direkt hoch und fährt durch die Dachöffnung ins Freie, wo sich die ersten Sterne zeigen. Der Schaum strömt über seine Hand, die sich um den Flaschenhals geschlossen hat, und Kilroy errötet wie eine Jungfrau. Es ist hoch bis zum Dach über ihren Köpfen. Später, als die Dunkelheit tiefer geworden ist, tauchen die Magellan'schen Wolken am Himmel auf, deutlich sichtbar in der nach Süden gehenden Öffnung – leuchtender Schaum. Alles läuft ineinander. Sie feiern, bis die letzten Sterne mit den Bläschen aufsteigen und im Morgengrauen davontanzen.

Wie lange war Kilroy im Paradies?

Noch ein paar Tage. Dann kam Lolangi, in Tränen aufgelöst, und erzählte, daß sie schwanger sei. Sie hatte Angst. Angst vor den Folgen des religiösen Wahnsinns der Inneren Mission, der schon beim ersten Aufflackern Lolangis nächsten Angehörigen mitgerissen hatte. Sie zitterte an Händen und Füßen, und auf der Oberlippe saß der Angstschweiß in stechenden Tropfen.

Die ganze Zeit über sah sie es vor sich: Die Schwester in dem brennenden Traktorreifen, wie sie sich in einem Schrei zusammenkrümmte, der nicht aus dem Flammenkreis hinausdrang. Die rotglühenden fanatischen Gesichter ringsum, deren Farbe mit der blutigen Selbstgerechtigkeit, die sie im Namen Jesu handeln ließ, noch dunkler wurden. Jetzt würde alles an den Tag kommen; sie war untröstlich und fürchtete den Haß in den einzelnen Nebenlinien der Familie – sie fühlte sich schwanger mit Zwietracht und etwas Mißgestaltetem.

Vergebens versuchte Kilroy sie zu beruhigen. Ein Abgrund von bodenloser innerer Unruhe hatte sich in ihm geöffnet, aber äußerlich war er soweit gefaßt, wie es die Umstände zuließen. Er nahm ihre Hände und versuchte sie festzuhalten. Sie brauchten nur zu heiraten, dann könnte niemand sagen, daß sie in Sünde miteinander gelebt hätten.

Lolangi schluchzte – dann müsse sie zum Geistlichen, und wie könne sie das, da sie zu der Gruppe gehöre, die mit Haß verfolgt werde? Papa Beer war durch die tägliche Trinkerei zu einem lallenden Wrack geworden. Als der Alkoholstrom auf der Insel versiegt war, hatte er sich sein eigenes Kokoswasser mit Zucker vergoren, was seine Eingeweide zerstörte und ihn noch mehr aufschwemmte. Er hatte seit langem die Privilegien des Clans verspielt, und die Familie hatte die schützende Hand von ihm abgezogen. In der letzten Zeit war sie mit seinen Anfällen von plötzlicher unbeherrschter Gewalt allein gewesen, denn die Mutter hatte zu den ersten gehört, die mit dem Teufelszeichen auf ihrem Körper gestorben waren.

Heiraten! Mit plötzlicher Klarheit blickte sie Kilroy durch Tränen an. Heiraten – einen Ausgestoßenen, einen Gefangenen auf der Insel, der als das schlimmste schwarze Schaf galt und der immer noch fischte, obwohl der Sonntagsgott seinen Zorn gezeigt und ihnen Blutregen, Pest und Beulen geschickt hatte! Er, über den geflüstert wurde, daß er, solange er lebe, Strafe auf ihre Köpfe herabbeschwören werde.

Jetzt brach es zusammen mit den Tränen aus Lolangi heraus: Mehr als einmal war Kilroy Hauptthema gewesen, wenn ernsthafte Menschen heimlich Rat hielten. Es war sogar die Rede davon gewesen, ihn mit der Galle des schwarzgefleckten *Huéhue*-Fisches zu vergiften. Aber er war trotz allem ein *Papa* und stand unter dem Schutz von wenigstens *einem* der Mächtigen. Er war im Pakt mit dem Bösen selbst – war nicht der Orkan über seinen Kopf hinweggefegt, ohne ihm ein Haar zu krümmen? Sie hatten gesehen, wie es selbst Papa Viggo erwischt hatte. Satan hatte ihm einen seiner eigenen Soldaten geschickt, um auf ihn aufzupassen. Von Lückners Ruf als hartgesottener Sünder und Hurenbock war ebenso alt wie sein Aufenthalt in der Karibik.

In Kilroys Augen stand Erstaunen. Fragmente einer Welt, die er von außen gesehen, ohne daß sie ihn persönlich betroffen hatte. Seine Einsamkeit hatte er nahezu als selbstgewählt empfunden; nun stand sie in einem völlig anderen Licht da.

Aber im Gespräch mit Lolangi hielt er an der neuen Autorität fest, die er seit jenem Tag ausstrahlte, an dem er sich Nakamuras angenommen hatte. Es gab keine andere Lösung. Sie mußten heiraten. Nur auf diese Weise konnten sie die glühenden Fanatiker daran hindern, ihren Wahnwitz zu rechtfertigen. Er wollte selbst zum Geistlichen gehen. Es gab keinen Grund, es aufzuschieben, bis Lolangis Zustand für jeden offensichtlich und allein aus diesem Grund alles zu spät sein würde.

Lolangi verließ ihn mit einem neuen Licht in den Augen. Alles könnte sich vielleicht noch zum Guten wenden – ein Leben im Schoß der Familie, mit Kindern um sich herum, und ein Alltag mit Kilroy unter offenem Himmel – wovon sie bislang nicht zu träumen gewagt hatte. Alles würde sich fügen. Das Weinen versiegte und wurde – im Namen ihres Mannes – zu einem selbstsicheren Lächeln gegenüber den anderen Frauen. Er würde alles in Ordnung bringen. Er war trotz allem ein *Papa*!

Kilroy hingegen war mit einem finsteren, brütenden Blick zurückgeblieben. Dann schob er alles von sich und ging zum Geistlichen.

Telolo hörte ihn an. Seine Steinkohlenaugen ruhten auf Kilroy, ganz ohne die Glut, aus der so leicht Flammen loderten, wenn er in der Kirche auftrat. Hinter seinem weißen Kragen war er kalt wie ein Fisch: Um verheiratet zu werden, brauche man einen Namen. Wie sollte er sonst einen Trauschein ausstellen? In Kilroy flammte Wut auf, aber er beherrschte sie mit Hilfe der Tugend, die Nakamura ihm beim Fischen demonstriert hatte. Saß er nicht hier – Fleisch und Blut, mit klopfendem Herzen und geballten Fäusten? Was war ein Stück Papier im Vergleich zu seiner nackten Existenz?

Lange war Kilroy im Paradies gewesen. So lange, wie er nicht gewußt hatte, welche Mengen von Papier es auf der Welt gab und daß die Menschen deshalb Namen trugen.

Der Geistliche rutschte mit wachsender Unruhe auf seinem Stuhl hin und her. Er schob einen Finger unter den Kragen und stellte fest, daß sich seine innere Kälte in kalten Schweiß verwandelt hatte. Er hatte einen Widerschein von sich selbst in Kilroys Augen gesehen. Vor ihm saß ein Mann mit einem Willen, ein Mann, der jeden Augenblick explodieren konnte. Er griff zu seinem letzten Ausweg, legte das Gesicht in wohlwollende Falten und versprach, er wolle die Angelegenheit mit dem Kapitän besprechen, denn ohne dessen Zustimmung …

Er reichte ihm eine Hand, die sich wie lauwarmer Teig anfühlte, und begleitete ihn mit einem Strom gemurmelter Versprechungen zur Tür.

Am Tag darauf wurden Nakamura und Kilroy in ein eilig improvisiertes Gefängnis überführt. Mit richtigem Schloß vor der Tür und fensterlosen Wänden aus grauem Beton. Ein bewaffneter Wachposten nahm draußen Aufstellung, und das Essen wurde ihnen ohne persönlichen Kontakt in die Zelle geschoben. Kilroy sah nicht einmal den Rücken des Kapitäns oder einen Zipfel von Telolos Amtskleid. Die »Manuvai« lief ein, und man lud große Stapel von Dosen auf dem Kai ab, Tonnen mit Benzin, Büchsen mit Tee und Zucker, Keksen und anderen nützlichen Dingen – all die Fracht, von der die Insel bislang nur hatte träumen können und die deshalb einen solchen Zauber ausstrahlte.

Erst als die »Manuvai« in See gestochen war, wurden sie wieder auf freien Fuß gesetzt. Inzwischen war Lolangi einem unbekannten Schicksal auf Rarotonga überantwortet worden. Dort sollte sie ihr Kind zur Welt bringen, unter erfundenen und weniger skandalösen Umständen. Das war das Werk des Geistlichen, aber Lolangis Familie und der Kapitän hatten ihr Einverständnis gegeben.

Nach seiner Befreiung war Kilroy von einem unversöhnlichen Haß auf jenen Mann erfüllt, dessen Autorität er immer bewundert hatte. Seitdem rührte er keinen Finger mehr für Papa Viggo, der es für das klügste hielt, ihn in Ruhe zu lassen. Die Insel hatte jetzt an anderes zu denken. Trupps von Arbeitskräften wurden auf den Stützpunkt entsandt. Sie sollten die Schäden ausbessern, die das Bombardement der Kokosnüsse angerichtet hatte, als der Orkan über die Insel gerast war. Nun war es offiziell, daß man die Amerikaner jeden Tag zurückerwarten konnte. Der Kapitän traf seine Maßnahmen und schärfte den Penrhyn-Bewohnern noch einmal ein, daß ihnen der Umgang mit den amerikanischen GIs, die innerhalb weniger Stunden auf der Insel eintreffen würden, verboten war.

»Die Wahrheit über Kilroy ist eine politische Angelegenheit!«

Von Lückners Worte erreichen Kilroy durch das offenstehende Bürofenster des Residenten. Er verharrt wie vom Blitz aus heiterem Himmel getroffen und bleibt im Schatten. Das Geräusch des Funkgerätes ätzt sich in die beiden Stimmen, von denen die eine die des Kapitäns ist. Das Radio steht auf Stand-by – sie erwarten offensichtlich eine Nachricht. Da hört er wieder von Lückner: »Jetzt wissen wir jedenfalls, daß er ein GI ist!«

»Wieso wissen ›wir‹ das?«

»Weil ich eine *Missing-in-action*-Nachfrage ausgelöst habe, und sie haben geantwortet. Endlich ...«

»Entspricht er der Beschreibung?«

»Ja, aufs I-Tüpfelchen. Und auch der Zeitpunkt paßt.«

»Dann gib mir Namen, Nationalität, Nummer usw., so daß wir ihn einordnen können, bevor sie kommen. Bist du fertig mit dem Rapport?«

»Nein. Es soll kein Rapport gemacht werden. Das ist das Problem!«

»Warum in aller ...«

»Security von erster Priorität! Mit anderen Worten, sie wollen nicht mit der Sprache heraus.«

»Soll das bedeuten, daß wir keine Auskünfte zu seiner ID bekommen?«

Die Antwort ertrinkt im Lärm des Empfängers. Kilroys Ohren kriechen an der Mauer entlang bis ganz hinauf zum Fensterbrett, aber je mehr er sich anstrengt, um so weniger hört er. Verdammt, verdammt noch mal, er schafft es nicht, das innere Tosen des Blutes zu dämpfen. Der Lärm wird plötzlich wieder zu einem Rauschen.

»... irgend etwas Größeres. Jedesmal, wenn ich zu diesem Punkt komme, ziehen sie sich zurück. Die ganze Sache ist irgendwie nicht geheuer. Aber warte ein bißchen – das Spiel ist längst nicht verloren. Ich habe noch etwas in der Hand. Vielleicht machen wir einen Handel?«

»Und womit?«

»Mit Informationen, mein Lieber. Mit Informationen!«

Eine Geisterstimme dringt durch den Äther, von ganz weit her. Plötzliche Aktivität im Büro. Ein Stuhl fällt um. Es heult und pfeift im Funkgerät, dann ertrinkt die Stimme in Geknatter. Sie suchen auf der Skala – immer wieder über derselben Stelle, horchen. Ein metallisch verzerrtes Echo füllt den Raum mit etwas, das am anderen Ende der Trägerwelle eine menschliche Stimme ist. Sie klingt wie ein näselnder Stahlzwerg. Die Tür wird mit einem Knall aufgeschlagen. Kilroy schafft es gerade noch, um die Ecke zu verschwinden, ehe die Stimme des Kapitäns über den Platz schallt, ganz ohne Megaphonverstärkung: »Sie kommen! Tini Lau, Maté – das Knabenkorps soll sich aufstellen!«

Zum zweitenmal in seinem neuen Leben rennt Kilroy auf nackten Füßen in Richtung Landebahn, denn –

Ein tiefes Brummen wächst aus dem Horizont.

Sie sehen sie schon in der Ferne. Fliegende Festungen in Reih und Glied. Zuerst schwarz, dann silbern. Mit weißen Sternen auf blauem Untergrund und einem weißen Flügelfeld, umrahmt von der Grundfarbe. Es ist, als würde der Himmel von Wärme zittern und triefen. Um sie herum schwärmen die Jagdfliegerhornissen in V-Formationen. Ein Anblick, der den Männern die Tränen in die Augen treibt. Der Kapitän macht ein paar Schritte um seine eigene Achse, während er den Kopf dreht und wendet: »Aluea, nimm dir ein paar Männer und bring mir Kilroy und den Japs – aber zackig!«

Alles stürzt sich in hektische Aktivität. Kreise und Muster, die an den Tanz der Bienen erinnern. Halbnackte Körper stoßen aneinander, ein Gewimmel von großgeblümten Pareos und von jungen Männern, die auf einem Bein herumhüpfen, während sie das andere in die Uniformhose zwängen, die sie seit ihrer Pfadfinderzeit nicht mehr getragen haben.

Die Jungen werden beinahe von ihren Hörnern erstickt, und die Trommeln wollen auf ihren Bäuchen nicht die rechte Position einnehmen. Die weißen Riemen springen auf, und die Schlegel fallen zu Boden, weil es in den Händen plötzlich prickelt, als wären sie eingeschlafen. Papa Viggo kommandiert jeden herum, schwitzt heftig und hat krebsrote Wangen. Ihm fehlt der Atem für seine Befehle, so daß die Anweisungen wie kurzatmiges Bellen klingen: »Hißt die Flagge – zum Teufel, seht zu, daß ihr den Fetzen nach oben kriegt ...«

Es ist der Danebrog, der am Mast hochgezogen wird. Man hatte mit Leinen und Knoten herumfummeln müssen, und es war eine kleine Verzögerung eingetreten, weil ein Eimer mit eingetrockneter weißer Farbe und harten Pinseln, den alle übersehen hatten, vorher von der Flaggenschnur befreit werden mußte. Papa Viggo schafft es nicht, statt der dänischen Flagge die »Stars and Stripes« zu hissen. Und Schande über denjenigen, der es nicht wagt, seine Fahne den aufgeblasenen Amerikanern zu präsentieren!

Aluea meldet sich mit seiner Patrouille. Er ähnelt jemandem, der gerade eine Maus gefangen hat. Aus Anlaß dieses besonderen Tages hat er sich einen Baden-Powell-Hut von dunkler australischer Herkunft auf den Kopf gedrückt. Die anderen Mitglieder der Patrouille tragen Schiffchen und blaue Arbeitskombinationen. Zwischen sich haben sie Nakamura, der seine Fliegeruniform angezogen hat. Er hat seinen Kopf rasiert und sich sein *Hachimaki* um die Stirn gebunden. Die rote Sonne mit den wasserflimmernden Zeichen strahlt in frischem Glanz.

»Papa Viggo, ich melde« – Aluea ist ganz außer Atem –, »Kilroy ist verschwunden!«

Der Kapitän flucht auf gut Dänisch.

Der Krach ist ohrenbetäubend. »Hellcat« und »Corsair« schneiden den Himmel auf. Weiter draußen am Horizont ruhen die großen Flugzeugträger mit gestoppten Maschinen. Man sieht nicht den Rumpf, nur die Rauchstreifen, die aus den Schornsteinen in die Luft steigen. Das Meer rollt – wie zuvor – mit dem Licht von der Insel weg.

Als die ersten dickbäuchigen Transportflugzeuge mit ihren ausklappbaren Fahrwerken den Boden berühren, bebt die Insel auf ihrem Sockel. Es ist, als würde von dem Vulkan in der Mitte der Lagune ein Erdbeben ausgehen. Die »Fliegenden Festungen« verursachen bei der Landung ein noch größeres Getöse. Die Kronen der Palmen werden wie beim Orkan zu Streifen gepeitscht; die kleineren Sturzkampfflugzeuge kommen pfeifend herunter. Die Jagdfliegereskorte bleibt in der Luft. Ein V folgt dem anderen im Tiefflug über die Häuser von Omaka, so daß sich das Wasser in den Tanks kräuselt. Dann kehren sie zum Mutterschiff zurück. Wie Bumerangs steigen sie auf und verschwinden mit silbrigen Vorderteilen am Horizont.

Ein riesengroßes Transportflugzeug öffnet die Klappe in seinem Bug, und lange, torpedoförmige Gegenstände fallen erdrutschartig schräg nach unten – bis sich die Blumen der Fallschirme mit einem Knall über ihnen öffnen und sie zur Erde gleiten lassen: Container, gefüllt mit Lucky Strikes, Kaugummi, Dosenmilch und Schokoladentafeln. Cargo, Cargo ..., die Inselbevölkerung stürzt johlend herbei. Es ist das Paradies, das auf die Erde gefallen ist. Ein Container kracht auf das Kirchendach, rollt herunter und zerstört ein paar Gräber ...

Der Behälter, der ins Meer gefallen ist, wird ganz gewiß geborgen. Kinder, Frauen und Männer sind bereits in einem einzigen Schwarm auf dem Weg zu ihm hinaus; sie benutzen große Kokosnüsse als Schwimmkörper. Der letzte Container fällt auf

Kilroys Hütte und zerstört sie zur Hälfte. Besser hätte er nicht fallen können.

Vielleicht um der Demonstration willen, vielleicht weil kein Paradies ohne Engel sein soll, springt schließlich eine Abteilung Luftlandetruppen ab. Zwischen Himmel und Erde hängen die Männer mit ihrem breiten Grinsen und hochgeschlagenen Lederkragen. Minutenlang segeln sie über das Laub und steuern, die Arme nach oben gestreckt, mit einem Gurt die Leinen des Fallschirms. Sie stürzen direkt zwischen die Palmen.

Einer, der hängengeblieben ist, kann mit seinen Zehen fast die Erde berühren. Er zappelt, und mit dem Gräusch von zerreißender Seide gleitet die Baumkrone durch den Schirm und entfaltet sich wie ein grüner Pilz über der Seidenhülle. Als der Mann endlich festen Boden unter die Füße bekommt, hagelt es Nüsse, so daß er froh über seinen Stahlhelm sein kann. Er taucht aus dem Dickicht auf mit einem Ausdruck wie der Wolf im Zeichentrickfilm mit dem Hasen, gleich nachdem er – zum 117. Mal – die Nase in etwas gesteckt hat, das explodiert ist.

Die Luft weicht aus den gelben Blumen. Sie legen sich über das Gebüsch, wogen sanft am Uferrand, hüllen die Hütten ein und schaffen mitten am Tag Dunkelheit im Haus des Kapitäns. Ein einziger fällt draußen in die Lagune, aber man ist schon auf dem Weg zu ihm.

Nachdem sich die Männer von ihren Gurten befreit haben, verwandeln sie sich von Kindern der Luft in Strampelanzügen zu richtigen Infanteristen. Klick, knallen die Magazine wie auf Kommando in ihre MP. Klick, und die Bajonette sind auf die Sturmgewehre aufgepflanzt. Den Eisenhut in die Stirn gedrückt, stürmen sie vornübergebeugt im Laufschritt vor. Blaue Sonne blitzt von den gefällten Klingen.

Eine Abteilung Marinesoldaten, angeführt von einem Unteroffizier, hat Kapitän Rasmussen mitten auf dem Platz umringt. Viggo sieht sie ungläubig an, ein paar Jungen haben angefangen, Hornsignale zu blasen, verstummen aber erschrocken, als der Sergeant mit seiner Maschinenpistole auf ihren Kapitän zeigt und schreit: »Ergeben Sie sich! Wir haben Befehl, das Hauptquartier einzunehmen!«

Viggo zeigt mit zitterndem Arm auf das Postgebäude. Er bringt keinen Ton über seine Lippen.

Der Sergeant ruft seinen Männern zu: »Holt die verdammte Nazifahne runter!« – wobei ihm ein Speichelfetzen über die linke Schulter zischt.

Sie schneiden die Leine mit einem Bajonett durch. Zum zweitenmal fällt der Danebrog vom Himmel. Einige der Marinesoldaten heben die Zipfel auf und wischen sich damit den Hintern.

»Yippiee!« rufen sie nacheinander.

Der Kerl mit den Winkeln auf den Ärmeln ergreift wieder das Wort und wendet sich an den Kapitän mit einem Knurren, das dem Alten das Blut aus dem Gesicht treibt:

»Ich bin Sergeant Kilroy! Sie sind erledigt, Mann ...«

Er reißt Rasmussens Salonpistole aus dem Gürtel und schleudert sie weit über den Kies. Der Kapitän bekommt den Mund nicht mehr zu. Seine Augen jagen hin und her wie verirrte Fliegen. Ob es der Name oder das gerade über ihn verhängte Todesurteil ist – er zählt bis zehn und ringt nach Luft, um seine Sprache zurückzugewinnen.

Vergeblich versucht er das harte, vom Soldatenhelm beschattete Gesicht zu ergründen. Stille hat sich, gepaart mit einem Unheil verkündenden Knistern, über den Platz gesenkt. Da schreit eine Frau ein gellendes »Nein!« und stürzt sich auf die Männer in Tarnkleidung. Ein Marinesoldat dreht den Gewehrkolben um und stößt sie auf die Erde. Es ist Mama Longo. Lange hört man nur ihren keuchenden Atem.

Die GIs sind zurückgekommen. Nach dem großen Kalender, der draußen in der Welt gilt, ist es der 5. Mai 1945.

Draußen an dem einen Hangar steht ein Bretterzaun. In den rotierenden Schatten der Palmenkronen taucht ein Gesicht auf. Es hebt sich langsam über die Hände, die um den obersten Rand gegriffen haben, und schaut hinunter. Direkt zwischen den Händen, die vom Gewicht des Körpers weiß geworden sind, kommen die Nase und ein spähendes Augenpaar zum Vorschein.

Der Flugplatz liegt in heißgeschliffener Luft da; abebbendes Pfeifen von den großen Maschinen, die in Reihen hereinrollen und sich unter gedämpftem Nachklingen plazieren. Blaff, blaff – die Propeller werden sichtbar. Männer in Arbeitsanzügen schieben Bremsklötze unter die Doppelräder. Sie winken mit Schildern und kommen mit Schläuchen angelaufen, die sie von großen Trommeln abwickeln. Die Monster haben Nasen aus Glas und schwenkbare Kanonentürme. Jedesmal, wenn ein neues Fahrwerk den Asphalt berührt, steigert sich das Brüllen wieder zu einem Tornado, und die Erde bebt, bis die Maschine ausgerollt ist und die Luft mit Sirenengesang erfüllt. Die Rümpfe der »Fliegenden Festungen« sind bienenkorbartig ausgebeult und haben abstehende Kanonenrohre. Sie heißen *Betty und Judy, Texas Doll, Abner, Nighthawk* und *Geisha Gertie*. Und diejenigen, die nicht mit leichtbekleideten Damen bemalt sind, tragen Zeichnungen von schwarzen Mäusen, von einem Elefanten mit einem Pappbecher im Rüssel, einer Ente im Matrosenanzug: Es ist eine Staffel von Sturzkampfflugzeugen mit schwarzen und gelben Hornissen auf den Nasen. Unter den Tragflächen haben sie Zusatztanks für Extrareichweiten.

Langsam füllt sich der Platz mit Piloten, Bombenschützen, Navigatoren und Mechanikern. Den Heckkanonieren mit ihren um den Hals baumelnden Sauerstoffmasken hilft man von ihrem Platz hinter dem kugelsicheren Glas unter dem Leitwerk. Sie sehen aus, als hätten sie sehr gefroren, und die tropische Luft klatscht ihnen nun wie ein nasser Lappen ins Gesicht. Jetzt finden sie sich in kleinen Gruppen zusammen, rauchen Zigaretten, schlagen die Kragen herunter und öffnen die Lederjacken. Die Gruppen werden von einem Gefühl großer Fröhlichkeit beherrscht; die Männer schlagen sich gegenseitig zwischen die Schulterblätter. Einer von ihnen erblickt den Kopf des Eingeborenen, der auf dem Plankenzaun unmittelbar über ihrem eigenen Graffito sichtbar geworden ist, zeigt auf ihn und schlägt sich auf die Brust: »Du Kilroy – ich Tarzan!«

Eine Lachkaskade schließt sich an die Worte, denen eine Einladung folgt: »Hey, du da, komm hierher! Bring eine Kokosnuß mit!«

Der Eingeborene schwingt die Beine über den Zaun und springt hinunter auf die andere Seite. Sein Lendentuch ist im

Schritt wie eine Windel hochgebunden, was unter den Männern neue Fröhlichkeit hervorruft. Sie betrachten ihn wie ein Maskottchen.

Seine Augen hängen an den kleinen Metallscheiben, die sie zu ihrer Identifikation um den Hals tragen. Er greift sich an den Hals, und plötzlich werden seine Augen ganz ratlos. Er wollte sie nach etwas fragen, aber er merkt, daß er es schon wieder vergessen hat; er verharrt mitten in einem Schritt und bleibt mit offenem Mund stehen, während seine Finger über den Brustkorb tasten.

MacArthurs Jungs reichen ihm Schokolade und werfen ihm ein Päckchen Zigaretten zu, das er vergißt zu fangen. Mehrere von ihnen tragen Blechabzeichen mit dem Porträt des Generals und den Worten »Ich kehre zurück«, in Regenbogenfarben auf das scharfgeschnittene Profil geschrieben. Auf anderen steht unter gekreuzten Flaggen »Befreit die Philippinen«, aber das ist schon geschehen, und die Männer von Admiral Nimitz sind voll und ganz von Okinawa in Anspruch genommen, wo Kamikazepiloten wellenartig die Flotte erschüttern, während auf der Insel um jeden Zoll Land gekämpft wird. Die Samurais, General Ushijima und sein Stabschef Cho haben sich in dem alten Shuri-Fort verschanzt und gerade in diesen Tagen die Gegenoffensive eingeleitet. Wenn Okinawa fällt, ist das Ende des Krieges abzusehen. Die bevorzugten Bombenziele sind die großen Industriestädte auf der Hauptinsel, Tokio und der Flottenstützpunkt Yokohama.

Der Eingeborene scheint die Sprache zurückzugewinnen; er verneigt sich mit steifem Oberkörper, die Arme seitlich am Körper. Er beachtet nicht die Zigaretten und die Schokolade, die sie ihm anbieten, sondern sagt in einem seltsam steifen, veralteten Englisch:

»Melde mich zum Dienst, verehrter GI-Joe!«

Seine Augen ruhen voll Entzücken auf dem Größten von ihnen; er ist kohlrabenschwarz, hat krauses, kurzgeschnittenes Haar und die Mütze ganz in den Nacken geschoben. Es ist klar, daß der Insulaner in dem Schwarzen den Führer sieht; sein eigenes Wesen vibriert in dessen Richtung, und er sieht gerade so aus, als wäre ihm eben ein Licht aufgegangen. Die Hautfarbe ist das einzige Rangabzeichen des Mannes. Es gibt keine anderen Schwarzen in der Gruppe.

Der Kerl, der Mechaniker ist, dreht irgend etwas im Mund herum, macht zum Spaß eine Ehrenbezeigung und blickt sich anschließend im Kreis der fröhlichen Gesichter um, wobei er seine ganze Zahnreihe zeigt. Sie explodieren alle auf einmal wie ein einziger großer Mund. Mit großem Ernst hat die »Kokosnuß« den Gruß von GI-Joe beantwortet.

Als eins von den großen Tranportflugzeugen die Laderampe am Heck auf die Landebahn absenkt, haben sie plötzlich an anderes zu denken. Aus dem schwarzen, polternden Inneren rollen ein Jeep, ein Bulldozer und ein Kontingent Infanteristen mit leichter Artillerie und Fliegerabwehrgeschützen.

Stahlgiraffen mit zusammengeklappten Hälsen folgen, mehrere Maschinen auf Raupenketten und neue Reihen von Männern. Was da aus dem scheinbar unerschöpflichen Inneren des Flugzeugs strömt, erinnert an eine Völkerwanderung.

Ganz oben auf der Rampe stehen zwei Männer mit Sternenmützen, Sonnenbrillen und in leichten, hellen Khakihemden; sie nehmen den Gruß der Vorübermarschierenden mit militärischer Würde entgegen. Die Kolonnen defilieren über den Platz, gesteuert von einigen wenigen präzisen Kommandos, und nehmen Kurs auf die Baracken, die so lange leergestanden haben – wie verlassene Sommerhäuser, wo einen die alten Gerüche wie vertraute Gemälde empfangen.

Mit rauchenden Gummireifen macht der Jeep eine Kurve um sie herum, und mehrere aus der Gruppe springen auf. Im letzten Augenblick streckt der Mechaniker die Hand aus, »willst du mitfahren, Kumpel?«, und er zieht ihn auf das Auto, das bereits unter dem Gewicht der laut rufenden, Mützen schwingenden Männer umzukippen droht. Wie grüne Trauben hängen sie an den Wänden und drücken sich auf den Trittbrettern. Mitten in der Schar leuchtet stolz die Kokosnuß in ihrem geblümten Lendentuch.

Er dirigiert sie zur Ausfahrt und den Pfad hinunter, der nach Omaka führt.

Der Kies spritzt von den Reifen in die totenähnliche Stille des Dorfes, und ihr Lärmen fällt wie erstarrt zu Boden, als sie den Ernst der Szene begreifen. Im Außenkreis der Versammelten summt es leise auf Maori: »Sie wollen Papa Viggo erschießen, sie wollen Papa Viggo erschießen!«

Er springt vom Jeep, bohrt sich in den Kreis und dringt direkt zum Schauplatz vor. Mama Longo windet sich auf der Erde. Aus irgendeinem Grund ist der Arm des Kapitäns in der Luft hängengeblieben und zeigt unablässig auf das Büro, wo sich in demselben Augenblick die Tür öffnet und von Lückner erscheint.

Das Monokel blitzt in der Sonne. Er trägt seinen weißen Tropenanzug und geht mit langen Schritten auf die Marinesoldaten zu, deren Gewehre, Maschinenpistolen und Bajonette sich kampfbereit spreizen.

»Idiot!« ruft er dem Sergeanten zu, »Sie müssen doch den Unterschied zwischen der dänischen und der deutschen Flagge kennen, Mann! Kapitän Rasmussen ist von den Alliierten als höchste Amtsperson auf der Insel eingesetzt – wir müssen auf einem Gespräch mit ihrem obersten Befehlshaber bestehen, und das, bevor Sie noch mehr Unglück anrichten. Wenn Sie unbedingt schießen müssen, dann bin ich der Deutsche ...«

Im Gehen deutet er eine leichte Verbeugung an: »Felix Graf von Lückner –«

Das waren seine letzten Worte. Er fiel in seinem eigenen Namen. Im selben Augenblick feuerte der Sergeant eine Salve ab, indem er die Maschinenpistole vom Körper des Kapitäns wegschwang; Flecken von rotem Hibiskus sprangen aus von Lückners tadellos weißem Revers. Er stürzte ohne einen Ton. Das Glas im Auge zersprang zu einem Stern und folgte ihm im Fallen als Kristallsplitter. Er war tot, ehe er den Boden erreicht hatte, ins Herz getroffen, aber sein Körper zitterte noch lange danach, und eine Blutpfütze mit Fangarmen breitete sich von seinem Rücken aus. Das Gesicht war weiß wie Porzellan, die offenen Augen direkt in die Sonne gerichtet, und die Scherben des zerbrochenen Monokels klebten an der Wange.

»Das Spiel ist aus«, schreit der Sergeant in den wie gelähmt wirkenden Raum, den er durch seine Handlung vor sich aufgetan hat, »das deutsche Schwein«, sagt er und spuckt nach der Leiche, aber die Stimme bricht, und er hat trockene Lippen. Unsicher kehrt sein Blick zu dem Kapitän zurück, der wie verwandelt ist. Viggo hat sich gerade gemacht. Er sieht den Sergeanten, der sich Kilroy nennt, kalt und lange an:

»Gratuliere! Sie haben eben einen hochkarätigen Meisterspion unserer alliierten Truppen erschossen. Mit Spezialauftrag nach Penrhyn Island versetzt. Als oberste Amtsperson am Ort verlange ich, mit Ihrem Vorgesetzten zu sprechen. Er trifft mich im Kontor an.«

Der Sergeant ist leichenblaß geworden. Jetzt sieht er aus wie ein gehetztes Gespenst. Andere GIs sind vom Jeep dazugekommen, und die Verwirrung nimmt babylonische Ausmaße an, als Nakamura vortritt und lange Japanisch spricht, ohne daß jemand dolmetscht. Als eine Abordnung kurz darauf in einem Jeep zum Stützpunkt fährt, sitzt er mit einem Gesicht dazwischen, das zum erstenmal völlig ausdruckslos ist.

Ihr eingeborenes Maskottchen ist dagegen wie vom Erdboden verschluckt.

Bevor die nächste Stunde vergangen ist, hat Viggo Rasmussen sein Treffen mit dem neuen Kommandanten des Stützpunktes gehabt, der durch eine Fügung des Schicksals den Namen Jansson trägt und skandinavische Vorfahren hat. Major Jansson ist ein ganz und gar geradliniger Mann. Glattgebügeltes Khakihemd, kurze Ärmel und die Schwingen der Luftwaffe auf der Tasche. Er duftet nach »Ice Blue«, und so sind auch seine Augen, die denen des Kapitäns ohne eine Spur von Sympathie begegnen. Er bedauert den Zwischenfall und gibt – mit den Händen eine Pyramide formend – eine äußerst korrekte Entschuldigung ab. Der Sergeant befinde sich im Arrest, aber so was könne geschehen; Kriegszeiten, wissen Sie ...

»Arrest!« schnaubt der Kapitän, »er müßte vor ein Kriegsgericht gestellt werden!«

Jansson ignoriert die Unterbrechung.

»Der Japaner gehört uns. Er weigert sich, gegenüber dem Dolmetscher irgendeine Aussage über seinen Dienstgrad, sein Alter und seine Nummer zu machen. Als wir ihm mitgeteilt haben, daß Okinawa von unseren Truppen am Geburtstag des Kaisers Hirohito eingenommen worden ist, hat er völlig die Fassung verloren. Seitdem verfolgt ihn ein einziger Gedanke: Harakiri. Wir halten ihn Tag und Nacht unter Aufsicht. Es ist das erste Mal, daß wir einen von den verdammten Selbstmordpiloten in den Händen haben, und es ist entscheidend für uns, daß er spricht ...«

Er zuckt mit den Schultern und beugt sich vor.

»Apropos, ich habe erfahren, daß der Mann auf der Insel, der sich Kilroy nennt, verschwunden ist. Er muß gefunden werden. Um jeden Preis!«

»Ist das ein Befehl?«

»Wir respektieren natürlich Ihre Autorität in den Angelegenheiten der Insel. Dies aber ist unsere Sache! Meine Leute sind dabei, das Atoll zu durchkämmen. Jeder Stein wird umgedreht. Wir sähen es sehr gern, wenn die örtliche Bevölkerung, die die Schlupflöcher kennt, mit uns zusammenarbeiten würde!«

»Ich habe es so verstanden, daß Ihr schießwütiger Sergeant auf höheren Befehl gehandelt hat. Ich muß – im Namen meiner Regierung und der Alliierten – um eine Erklärung bitten.«

Major Janssons Augen sind auf einen ganz anderen Punkt im Raum gerichtet. Der Mund über dem glattrasierten Kinn ist ein Strich; er verzieht nicht eine Miene, auch nicht, als der Kapitän fast drohend hinzufügt: »Das war vielleicht kein Unglücksfall – abgesehen davon, daß es mich fast das Leben gekostet hätte. Das Hauptquartier ist sehr genau über von Lückners Existenz informiert.«

»Ich bedauere! Mehr kann ich nicht sagen.«

Eisblau fallen die Worte aus seinem Gesicht, das aus lauter Vierecken besteht. Papa Viggo schlägt auf den Tisch.

»Nicht nur, daß ihr hierherkommt und auf meiner Insel Räuber und Gendarm spielt, meinen besten Freund vor meinen Augen wie einen Hund niederschießt, ihr seid, verdammt noch mal, auch voller Lügen!«

»Bedauere, Kapitän Rasmussen (er spricht den Namen perfekt aus), aber es ist Krieg. Ich ersuche um Mithilfe bei der Suche nach unserem Mann, der, wie ich verstanden habe, mit Gedächtnisverlust aus dem Meer gefischt worden ist. Das ist eine Angelegenheit von einer gewissen militärischen Priorität.«

»Ich werde sehen, was ich tun kann. Und im übrigen verbiete ich Ihren GIs den Umgang mit den Maori – ist das klar? Das gilt sowohl für die Männer als auch für die Frauen! Abgesehen von allen dienstlichen Angelegenheiten, haben sich die GIs lediglich auf dem Gelände des Stützpunktes aufzuhalten, und ich will ebenfalls keinen von meinen Leuten dort bei Ihnen sehen.«

»Wie Sie meinen, Kapitän Rasmussen. Ich glaube, damit wäre alles geklärt!«

Er erhebt sich und marschiert aus dem Kontor, nachdem er die Hacken der leichten, blankgeputzten Schuhe zusammengeknallt hat. Der Kapitän bleibt mit dem frustrierenden Gefühl, daß eigentlich er das Gespräch hätte beenden müssen, und mit wachsendem Zorn zurück. Schlagartig sind seiner Einsamkeit mehrere Ellen hinzugefügt worden. Die Freundschaft mit einem Mann wie von Lückner war für ihn wichtiger gewesen, als er sich eingestanden hatte. Es ist eine ganze Epoche, die mit ihm stirbt.

Kurz danach läuft über Funk eine Meldung ein. Sie ist für von Lückner. Er reißt den Streifen ab und blickt lange forschend darauf. Es beginnt mit dem Codewort »Kilroy«, aber dann kommen nur Ziffern, für die er keinen Schlüssel hat. Nun wird von Lückner das Geheimnis um Kilroy mit ins Grab nehmen. Wieder fühlt er Ohnmacht. Er faltet den Streifen sogfältig zu einer Harmonika und steckt ihn in die Tasche. Brütet lange mit blutunterlaufenen Augen über der Schreibtischunterlage – er hat einen Menschen verloren. Nun, da er allein im Raum ist, beginnen seine Schultern zu beben, er nimmt die Flasche mit dem glasklaren Inhalt aus dem Schrank und schenkt sich ein; wie immer, wenn er die Fassung verloren hat, spielt er mit seinem Schlüsselbund. Als er, das Glas an den Lippen, den Kopf zurücklegt, laufen seine Augen über. Er schaudert, als sich die Tür zu von Lückners Zimmer öffnet; es ist die Zugluft, die den Weg zum offenen Fenster sucht.

Kilroy ist in seiner Höhle. Seine Gedanken sind ebenso fern wie die Spalten oben im Felsengewölbe. Leere. Dröhnende Leere. Die Grotte ist mit blauem Licht gefüttert. Das Wasser im Boden wirft sein Spiegelbild nicht zurück. Es ist schwarz. Es liegt nur da und schluckt Licht. Er sitzt auf einem Sims und spielt mit kleinen Steinen. Langsam rollt er sie zwischen den Fingern, ohne sie anzusehen. Die kleinsten wirft er in gleichmäßigen Abständen ins Wasser. Die Ringe breiten sich stumm und konzentrisch von ihnen aus wie unter einer Haut. Nicht ein Laut dringt in sein Dunkel. Schwarz. Ganz schwarz. Null. Er hat schon immer hier gesessen.

Nichts. Nichts zu vergessen, nichts zu erinnern. Steine.

Nachdem Tag und Nacht vergangen sind, spürt er den Durst. Mit Bewegungen, die in absolute Stille gehüllt sind, gleitet er hinaus ins Wasser, taucht und tastet sich an den Kanten der Korallen vorwärts. Er kommt im äußeren Bassin wieder nach oben, steht wie ein lauschender Seehund vor dem Eingang der Höhle im Wasser. Draußen ist Nacht. Er gleitet auf dem Bauch vor, in gleicher Höhe mit dem Land, und findet Trinkwasser, das er in sich hineinschlürft. Der Himmel ist bewölkt; es hat stark geregnet, und nur der Stützpunkt leuchtet zwischen den Baumstämmen. Scheinwerferkegel mit Nebelrändern, die leicht dampfen. Vor dem Eingang der Höhle ist die Erde voller Spuren; er hat ihre Schritte nicht einmal gehört. Er trägt Brotfrüchte und durstlöschende Kokosnüsse in die Grotte und versteckt dort seine Vorräte; danach benutzt er die Passage unter dem Wasser und taucht wieder in der inneren Steinkammer auf, wo die Luft seit Jahrtausenden steht und tröpfelt. Selbstleuchtendes Moos wächst über den maskenartigen Gesichtern in der Felswand. In diesem Dunkel schlägt kein anderes Herz.

Nach dreimal vierundzwanzig Stunden hört er Geräusche und fährt zusammen. Kreisende Bewegungen im Wasser, durch die sich Schlick an den Rändern absetzt. Er umfaßt mit beiden Händen ein großes Felsstück und rollt sich ganz fest zusammen, während seine Augen die geringste Bewegung im Wasser beobachten.

In dem schwarzen Loch wird ein Kopf sichtbar, blankes, öliges Haar, und jemand schnappt nach Luft, während die Hände auf der Steinkante entlangtasten. Er hebt das Felsstück hoch; die Spitze zeigt nach unten. Ohne Angst wartet er in seinem Dunkel.

Es ist Moana, der auf den Absatz hinaufkrabbelt, und Kilroy senkt ungläubig das Felsstück, als die Gestalt von dem Licht, das durch eine Spalte dringt, getroffen wird. Sie stehen einander gegenüber, beide ein Bild von Ohnmacht und Kraft, mit hängenden Armen und nach vorn gebeugtem Körper, geprägt von einer gemeinsamen Steinzeit, lange bevor die Welt ihren Namen bekam.

»Du warst einmal mein Bruder«, sagt Moana, nachdem das Schweigen länger gedauert hat, als es zu dem Bild paßt; »ich habe dich Mahi-mahi genannt, und das tue ich jetzt wieder!«

»Woher wußtest du ...«

Moana lächelt ihn beinahe nachsichtig an.

»Was das Meer weiß, das weiß ich. Du kannst ruhig sein – dein Geheimnis bleibt hier.«

Er hat eine flache Hand auf die Brust gelegt.

»Tapairo ist tot«, sagt er lakonisch, »zum Schluß blutete sie an den Zähnen. Mit ihr starb auch mein Haß. Sie suchen überall nach dir. Sie haben Hunde.«

Er löst ein Paket, das in Palmenblätter gewickelt ist, von der Hüfte.

»Hier hast du Fische. Ich habe draußen eine Harpune für dich hingelegt. Ich wollte nicht mit etwas Scharfem in der Hand zu dir kommen.«

»Nakamura ...?«

»Ich weiß nicht – sie haben Strom benutzt, um ihn zum Sprechen zu bringen. Er sitzt hinter Eisenstangen, und sie bewachen ihn die ganze Zeit. Ich kann den Ort für dich aufzeichnen.«

Er ritzt mit einem Bambussplitter ein Palmenblatt. Nakamura sitzt in dem Bunker, den Kilroy von seinem Aufenthalt während des Orkans kennt.

»Sie haben sein Flugzeug aus dem Schuppen geschleppt, und

sie haben es aufgetankt. Eine Runde sind sie mit ihm geflogen. Es steht hier.«

»Der Sergeant ...?«

»Er paßt jetzt auf Nakamura auf. Hat selbst drei Tage da drinnen gehockt. Jetzt stolziert er wie ein Gockel herum und prahlt damit, daß er mit dem Deutschen kurzen Prozeß gemacht hat. Er sagt, daß er dem Mann, der wie wir Perlenfischer ist, bestimmt die Zunge lösen wird.«

»Moana, kommst du wieder?«

»Ja. Ich komme. Nachdem Tapairo gestorben war, las der Geistliche ihren Namen in der Kirche vor. Nun weiß Mama Hina, daß der Geistliche böse ist. Denn das war Tapairo nicht! Das wollte ich nur sagen. Sie bereut nicht mehr, daß sie dich gesundgemacht hat. Du bist kein *Tupapau* – kein Geist. Du bist ein Mensch, wie wir.«

Alle Sinne in Kilroy erwachen mit neuer Kraft.

»Moana, willst du ins Gartenhaus gehen und das Schwert holen, das Nakamura mir gegeben hat?«

»Das will ich. Das Gartenhaus ist eingestürzt, aber ich finde es.«

»Wann kommst du?«

»Bevor es dunkel ist. Wir dürfen jetzt nicht draußen sein, nachdem die Sonne ins Meer gegangen ist. Papa Viggo kann sie auch nicht leiden. Mama Longo hat ein Kind verloren.«

»Moana ...«

»Ja?«

»Du sollst keinen Fisch mitbringen. Moana ...«

»Ja?«

»Hano tato sisi!«

Sie lachen, obwohl dies wohl eines ihrer letzten Treffen ist. Dann gleitet Moana hinab, so behutsam in das Wasser eintauchend, daß man es nur erahnen kann.

Stunden später ist er wieder da.

»Hano mai!«

Er hat das Schwert in wasserabweisende Blätter gewickelt, und der Mann, der mehrere Namen trägt, weil er alles vergessen hat, nimmt es mit offenen Händen entgegen, legt es dann ab, ohne die Lianen aufzubinden. Moana ist älter geworden. Er, der so gern gelacht hat, läßt ein Lächeln nur bis in die Mundwinkel dringen. Sie sitzen schweigend und in einem seltsamen Glücksgefühl beieinander, bis sich das Licht in den Spalten rot färbt und Moana in sein Element zurückkehrt, wie in einer alten Erzählung.

»Hale la!«

Wieder allein, spürt er die Steine – scharf wie Messer unter seinen Füßen, die ihre Schwere zurückgewonnen haben.

Er wartet, bis die Dunkelheit total ist. Dann läßt er sich hinuntergleiten – und schwimmt hinaus.

Draußen auf dem Stützpunkt ist es still zwischen den Wachwechseln; Schritte nähern sich und verhallen nach Stunden in der tiefen Nacht. Die Scheinwerferkegel fegen ihre Runden. Im Waldesdickicht quaken die Frösche wie zuvor. Die Sterne glänzen durch Nebelfetzen. Am Ende der Landebahn stehen die Magellan'schen Wolken in einem diffusen Schleier – wie zwei große Tropfen, die die Milchstraße verschüttet hat.

Der Sergeant, der sich Kilroy nennt, um unter den Krieg seine Signatur zu setzen, stützt sich in dem Bewußtsein, daß er nicht der einzige Kilroy ist, auf sein Gewehr. Er fühlt die Unsterblichkeit, die ihm dadurch in einem Krieg zuteil wird, in dem alle in Vergessenheit sterben und zu unbekannten Soldaten werden, wenn das Wasser sich über ihnen schließt, das Feuer sie frißt oder ihr strömendes Blut das Leben aus ihnen herauspumpt. Das gibt ihm ein Gefühl tiefer Zufriedenheit, und gerade jetzt dämpft es den Ärger über den verdammten Japsen, der sich weigert, den Mund aufzumachen ...

Er hört hinter sich ein Geräusch, dreht sich auf dem Absatz um und leuchtet mit der Stabtaschenlampe. Niemand. Niemand da.

Er schaudert in der Nacht, die kurz vor dem Morgengrauen am kühlsten ist. Da ist ein Lichtstreifen am östlichen Horizont, nicht mehr lange bis zu seiner Ablösung, die mit dem Sonnenaufgang kommt. Eine Eingebung läßt ihn die Taschenlampe wieder einschalten; er will kontrollieren, ob bei dem Gefangenen alles in Ordnung ist, öffnet das Guckloch und leuchtet in das Innere des Bunkers –

Dann dreht er sich um, totenweiß, und das leise Knacken, das er vorher gehört hatte, ist zu einem vollständigen Menschen geworden, der vor ihm aufragt – dunkel, halbnackt, naß und mit einem blauschimmernden Schwert in der Hand.

Das Grauen steht schon in den Gesichtszügen des Sergeanten, als er sich umdreht, er spürt den Stahl wie durch weiche Butter in den Magen dringen, Übelkeit steigt ihm in den Mund und bricht sich mit einem metallischen Geschmack Bahn.

Kilroy ist jetzt direkt an der Wirbelsäule des Sergeanten. Es ist, als tötete er einen Fisch. Er dreht die Hand, die Klinge dringt zwischen die Wirbelscheiben und schneidet weiter. Jäh in einem Brüllen unterbrochen, knickt der Sergeant zusammen wie eine Marionette, deren Schnüre gekappt worden sind. Nicht ein Laut kommt über seine Lippen, nur Schaum und Reste des Mageninhalts. Das ganze Gesicht spiegelt ein Gespenst, das er gerade erblickt hat, und erstarrt mit dem Stearin des Todes zu einer Maske.

Kilroy legt das Gewehr vorsichtig neben den toten Mann, nimmt ihm die Stabtaschenlampe aus der Hand, die sich geöffnet hat, und sucht nach den Schlüsseln zur Stahltür des Bunkers. Er findet sie und steckt einen von ihnen probeweise ins Schloß. Die Tür öffnet sich, eine Eisenarmierung verschwindet im Dunkeln. Er leuchtet hinein und erstarrt noch auf der Türschwelle.

Nakamura liegt über einem einfachen Tisch. Das Stirnband ist vor ihm auf die Platte gefallen. Kilroy weiß sofort, was geschehen ist. Sie haben ihm den Selbstmord verweigert, und er hat seinen eigenen Weg gefunden. Er hat die letzte Möglichkeit, die er Kilroy so anschaulich beschrieben hatte, gewählt: Er hat sich die Zunge abgebissen, indem er das Kinn auf den Tisch gehämmert hat, und danach ist er an seinem eigenen Blut erstickt. Überall an seinem Körper sind Spuren der Folter zu sehen.

Als Kilroy die Schritte der Wachablösung hört, ist er jenseits von Haß und Furcht. Als eine letzte Geste legt er das Samuraischwert auf den Tisch neben Nakamuras Kopf, der überall Kirschenblüten verspritzt hat.

»Sayonara!« flüstert er zärtlich.

Er geht direkt auf die offene Tür zu. Mit einem Tigersprung hat er die Wache passiert und ist auf dem Weg hinaus in das erste Tageslicht. Ein donnerndes: »Stehenbleiben! Oder ich schieße!«

Alles in ihm weiß genau, was zu tun ist. Er läuft gebückt und beachtet nicht die Projektile, die ihm um die Ohren pfeifen und vom Asphalt in alle Richtungen prallen. Er hört nicht die Schüsse hinter sich, sondern nimmt direkt Kurs auf Nakamuras »Zero«, deren Hoheitskennzeichen rot in der Morgensonne glühen. Er ist im Cockpit und hat es geschlossen, lange bevor der einzige Wachposten Verstärkung angefordert hat.

Von diesem Augenblick an arbeiten seine Hände wie von selbst. Alles, was er tut, ist etwas, das er längst weiß. Es kommt von ganz innen – ein blitzschnelles Wiedererkennen von Knöpfen, Hebeln, Schaltern und Pedalen. Er braucht nicht einmal auf die Anzeigegeräte mit den japanischen Skalen und auf die gewöhnlichen Zahlen zu sehen. Die Finger fliegen schon. Handbremse anziehen. Kontrollblick: Voller Tank. Primer. Motor starten, Öldruck checken. Umdrehung des Propellers steigern, Trimmrad auf Neutral. Alle Ruder frei. Klappen. Beide Brennstoffpumpen in Betrieb. Der Propeller heult auf und zieht am Rumpf. Er löst die Bremse und gibt Gas.

Das Ganze geschieht in einem Traum von wachsendem Wiedererkennen. In ihm braust eine Sinfonie. Etwas, was er kann! Die Bahn verschwindet polternd unter ihm, er steuert mit den Fußpedalen und zieht den Steuerknüppel ein wenig zurück. Die Räder heben ab. Die Projektile ringsum werden zu einer leuchtenden Spur, aber sie verschwinden nach hinten. Nakamuras »Zero« tanzt, und er spornt sie mit lauten Begeisterungsrufen an. Als sie vom Boden abhebt, hat er sie ganz in seinen Händen. Das feierliche Staunen in seinem Gesicht ist längst einer Sicherheit gewichen. Er findet ganz von selbst den Griff, der das Fahrwerk mit einem Sauggeräusch einklappt.

Er ist über der Sonne: Da unten auf der schiefen Ebene liegt der Stützpunkt mit den langen Baracken, wie die Tasten eines

Klaviers – und in diesem Konzert spielt er jetzt die Solopartie. Der Lichtwinkel ändert sich; er geht in eine Kurve von 45 Grad, stößt hinunter und bestreicht mit einer Garbe Gebäude, Männer und Flugzeuge, indem er den Kampfknopf für die Bordkanonen bis an den Anschlag drückt.

Sie springen wie Kakerlaken auf einem heißen Herd, und nur er ist groß hier auf der Welt. Die Perspektive bestimmt er allein – ein Ruck, und die Gebäude sind wieder klein, die Menschen kleiner als Flöhe. Ein Sturzflug, und die Hangars und großen Maschinen sind so verletzlich und nahe wie Fische, die einem die Seite zugekehrt haben. Von hier oben aus kann er alles erreichen.

Ein B-29-Bomber hat Feuer gefangen. Es ertönt ein gedämpftes Dröhnen, und Rauchwolken dringen aus dem Rumpf. Kilroy wendet in einem steilen Winkel, so daß das Blut in Wellen in den unteren Bereich seines Körpers gesaugt wird und sich schwarze Punkte hinter seiner Stirn bilden, während der Druck in der Kabine zunimmt.

»Banzai!« schreit er und nimmt den Flugpark von vorn mit raspelnden Projektilen, die Erde und Material in Brand setzen. Nakamura ist bei ihm, und er grinst dessen Spiegelbild im Glas an.

Tragflächen- und Wrackteile fliegen unten auf der Bahn in Schlangen von Feuer und Rauch herum. Er ist der größte Feuerwerker, und von seinen Fingern springen Feuersonnen. Noch eine »Fliegende Festung« legt den Bug in einen qualmenden Wattebausch und sprüht aus den Düsen der Motorgondeln Feuer.

Ein Sturzkampfflugzeug ist im Begriff abzuheben. Er erblickt es aus dem Augenwinkel und greift wieder an. Er kennt das Gefühl, als er den Horizont umschlagen und sein Inneres vereisen läßt. Die Sonne kreist glühend am Himmel: Er ist über dem Jäger und leert die Kanonen direkt in den einen Zusatztank. Das Flugzeug explodiert ein paar Meter über der Erde und schleudert brennendes Metall über die Startbahn. Sekunden später detoniert die Bombe und hinterläßt einen rauchenden Krater im Asphalt. Er hört nicht die Sirenen und die Schaumlöschgeräte, als sein Schatten hastig über die Palmenkronen flüchtet.

Dann nimmt er Kurs auf das Meer und steigt steil nach oben.

Das Korallenriff, das die Insel umgibt, leuchtet unter der Wasseroberfläche in zitterndem Türkis und entschwindet unter ihm. Hastig zieht sich das Atoll in einem Umfeld von weißen Wellenkämmen zusammen. In dem unendlichen Ozean schrumpft es zu einer Ringelflechte.

Vom Südende steigt eine Rauchfahne auf, die sich weiter oben zu Federwischen ausdünnt. Die Insel ist verblaßt wie eine geheilte Narbe; er ist frei, und eine einzige kleine Wolke ist genug, um sie ganz auszuwischen.

Vor sich sieht er die Haischnauze, blank und schnurrend in einem Feld fliegender Wolkenfetzen. Erst auf der maximalen Höhe flacht er den Flug ab, reguliert die Treibstoffzufuhr und lehnt sich im Sitz vor. Er gerät in eine kleine Turbulenz, gibt mehr Gas, dreht das Trimmrad, bis der Jäger auf jeden Druck am Knüppel reagiert und seinem kleinsten Wink gehorcht. Die Kälte der höheren Luftschichten breitet sich in der Kabine aus.

Erst da läßt er die Spannung aus den Muskeln gleiten und taut das Eis in seinem Magen mit ein paar tiefen Atemzügen auf. Mit einem seligen Lächeln legt er den Kopf an eine der Streben des Cockpits und spürt, wie sich die Vibrationen mit den dazugehörenden Geräuschen in seinen singenden Schädel verpflanzen. Vor ihm der Himmel. Unter ihm das Meer. Über ihm niemand.

# 1

Staubige Sonne über Kunming, als ich aus dem Bus taumele.

Die Blässe der Rückkehr ruht schon über der Stadt.

Der Helfer reicht mir vom Dach des Busses das Gepäck, das grau vom Staub des Weges ist. Ich nehme es auf und gehe vom Hof auf die Straße, wo die Händler auf Teppichen aus glänzendem Kunststoff Gewürzsträuße und Tigerknochen ausgebreitet haben. Die alten Knochen werden in einem Steinmörser zu Pulver gestoßen und teuer verkauft, um den Beschwerden des Alters mit der Sprungkraft fossiler Tiger vorzubeugen. Ein altbekannter Geruch nach an der Luft trocknender Kohle schlägt mir vom Gehweg entgegen und mischt sich mit dem der Mangoschalen, die im Rinnstein vorbeifließen.

Ich gerate sofort in einen Auflauf, und ehe ich mir dessen bewußt bin, hat man mich ganz in die vorderste Reihe gedrängt; ich befinde mich in Brusthöhe mit dem von ölartigem Schweiß bedeckten Oberkörper eines Straßengauklers. Stehe mit einem Besenstil im Rücken da und bin jedesmal, wenn die kleine Volksmenge nach vorn drängt, im Begriff, gegen ihn zu fallen.

Der Gaukler hat ein dunkelfleckiges Handtuch um den Hals. In der einen Hand hält er ein Messer, in der anderen ein Bund Fahrradspeichen.

Plötzlich gähnt er, und das hellbraune Gesicht ähnelt einem mit Pergamenthaut überzogenen Totenkopf. Blitzschnell schlägt er nacheinander drei Fahrradspeichen in die eine Wange und lächelt in die Runde.

Er geht ganz dicht an die Leute heran und läßt sie die Speichen berühren. Als er vor mir stehenbleibt, weiche ich nach hinten aus und hebe abwehrend eine Hand, während die Chinesen lauthals lachen. Er nimmt wieder seinen zentralen Platz ein, legt den Kopf in einer Kunstpause zurück, während der wir für ihn atmen. Dann stößt er die Speichen durch die Wange hindurch, eine nach der anderen – zieht sie auf der anderen Seite wieder heraus. Danach verneigt er sich und nimmt das laute Gemurmel entgegen, das sich unter den Leuten erhebt.

Noch einmal bittet er um die Aufmerksamkeit der Anwesenden. Er stellt sich mit gespreizten Beinen hin und reibt mit der einen Hand den Bauch. Mit wachsender Unruhe bemerke ich eine Reihe von Narben, die wie knotige, ausgefranste weiße Tauenden um den Nabel hervorstehen. Jetzt hebt er das Messer mit beiden Händen, knickt blitzschnell zusammen und richtet sich wieder auf, indem er die leeren Hände nach oben schleudert. Das Messer sitzt im Bauch, Blut tropft um den Schaft herum, der mit selbstklebendem, schwarzem Isolierband umwickelt ist. Zur unverhohlenen Freude der Zuschauer spaziert er ein wenig herum, den Bauch vorgeschoben, das Lächeln schmerzverzerrt.

Dann zieht er das Messer wieder heraus und stopft das schmutzige Handtuch in die Wunde. Während er es gegen den Unterleib drückt – wobei er sich leicht nach der einen Seite neigt –, sammelt er mit seiner Mao-Mütze Geld ein. Ich werfe ein dickeres Bündel Scheine hinein, und er quittiert das mit einem Grinsen, das alle seine vom Rauch verfärbten Zahnstummel zeigt.

Die Zuschauer reden lebhaft über das Erlebnis, das sie alle miteinander zu Bekannten gemacht und ihren Augen Glanz verliehen hat. Ich schlucke heftig, und es gelingt mir, mich aus der Menge zurückzuziehen. Diese überwältigende Mittagshitze hat etwas Stickiges.

Nur ein paar Häuserblöcke weiter vorn liegt das »Kunhuhotel«. Mit einem Stich im Herzen denke ich an das große »Touristhotel« oder das Gästehaus »Grüner See«, das eine Oase von gedämpftem Luxus ist. Aber an solchen Orten spuken Bill und jetzt auch Kim. »Kunhu« ist ein volkstümliches, anonymes Gewimmel, wo ich mich als Fremde aus natürlichen Gründen überwacht fühlen kann. Und last, but not least: Es ist ganz in der Nähe, und ich bin es leid, meinen ganzen Kram herumzuschleppen!

Ich stürze an die Rezeption und hinauf in die fünfte Etage. Eine erbärmliche Kammer mit einer dünnen Wand hinaus zum Flur – eine Membrane für vielerlei Stimmen und vorbeigehende, dröhnende Schritte. In regelmäßigen Abständen hört man ein Husten aus den Rohren in dem gefliesten Raum, wo die Hähne eiskalte Rostplättchen auf die badenden Gäste spucken und man über einem Kloloch hockt und den Tag fürchtet, an dem man selbst hineingleitet – wie ein Stück Seife, das sich körnig auflöst. Meine Menstruation hat sich mit Eisengeschmack angemeldet, verstärkt durch die Kälte der Fliesen.

Zurück in meinem Zimmer, wechsele ich die Kleidung und begebe mich eilig wieder hinaus.

In der Handtasche habe ich den Zeitungsausschnitt und einen Zettel mit Eileens Adresse in ihrer zierlichen Handschrift. Ich frage zunächst an der Rezeption, und eine lachende Frau mit rundem Gesicht zeigt mir die Straße zuerst auf einem Stadtplan, zieht mich dann mit hinaus vor das Hotel und weist auf ein großes Wohnviertel, ein paar Blöcke entfernt, mit grünen Balkonkästen.

Wie einfach das plötzlich ist. Mit um Entschuldigung bittenden Blicken nach rechts und links marschiere ich los, durch einen Park mit Betonsandkisten und Schaukeln für spielende Kinder. Die Blicke der chinesischen Mütter folgen mir mit schlecht verborgenem Erstaunen zu der Haustür, die Eileens Nummer trägt.

Eine Treppe aus grünmarmoriertem Zement und mit grellrotem Geländer führt mich hinauf in die vierte Etage; mit atemlosem Herzen stehe ich vor der Tür und klingele.

Eine zierliche Frau öffnet. Ein kleiner Junge hängt an ihrem Hosenbein.

Ich frage nach Eileen, indem ich ihr den Zettel zeige. Typisch Eileen: Sie hat ihn mit einem parallelen Satz chinesischer Schriftzeichen versehen. Die Frau schüttelt mit einem energischen Zug um den kleinen Mund den Kopf – nach den grauen Streifen im

Haar zu urteilen, muß sie, gemessen an dem Alter des Kindes, dessen Großmutter sein.

Die Gerüche aus der Wohnung deuten darauf hin, daß sie hier schon lange wohnt, ihr Geruch und ihre Farben strömen mir aus dem Halbdunkel der Stube entgegen. Das Herz rutscht ein paar Zoll nach unten, und ich zeige fragend auf die anderen Türen in der Etage, und sie schüttelt stumm den Kopf und zieht sich zurück, begleitet von einem leisen Klicken des Schlosses.

So versuche ich es an mehreren Türen. Hinter den meisten höre ich Schritte und spüre lauschend, daß da ein anderer ist, der ebenfalls lauscht; die wenigsten öffnen. Endlich ist da ein junger Mann mit Brille, der mir auf englisch Hilfe anbietet. Lange dreht und wendet er den Zettel. Mit gerunzelten Augenbrauen zeigt er nach oben, wo ich gerade gewesen bin. Die Adresse ist korrekt, aber der Name sagt ihm offenbar nichts. Eine Zeitlang schieben wir denselben Satz zwischen uns hin und her, und ich begreife – wie schon so oft zuvor –, daß die auswendig gelernten Wörter fast keine Bedeutung für mein Gegenüber haben. Ich spreche mit einem unendlich höflichen Papagei hinter blinkenden Brillengläsern.

Es gibt auf der Welt drei Labyrinthe: Eins ist aus Stein und hat etwas so Handfestes in seiner Mitte wie ein Fabelungeheuer. Ein anderes ist aus Sand, wo sich deine Spuren in demselben Augenblick verwischen, da du sie gesetzt hast. Das dritte besteht aus Menschen, und in diesem befinde ich mich, und das Resultat – sich zu verirren – ist in allen das gleiche. Als ich von dort weggehe, erproben meine Schritte ganz von selbst alle möglichen Richtungen, während ich überlege, welchen Zug ich *nun* als nächstes tun soll.

Die Nachtigall singt: die Trolle des Birnengartens! Ich werde unsere Freunde unter den Schauspielern des Pagodentheaters aufsuchen. Ich finde den Weg dahin durch ein Kunming, das nach der Siesta wieder erwacht, durch das erneute Getöse von gellenden Fahrradklingeln, vorbei an Plätzen mit Kreisverkehr, wo der Dieselgestank in dicken Schwaden lagert und die Ampeln nicht funktionieren. Die Straße der Papierhändler und dann wieder die der Schneider entlang, weiter hinter dem grünen Fluß, wo die Buden stehen und auf Kohlenbecken warme Nudeln zum Verkauf zubereitet werden, bis zur Garagenanlage, in der die Wiedereröffnung des Pagodentheaters angekündigt wird.

Dort steht es mit seinen blaugestrichenen Mauern und den feuerwerksroten Schriftzeichen. Ein gruftähnliches Dunkel strömt aus dem Fenster des Kassenhäuschens, wo die Eintrittskartenverkäuferin gesessen hat. Die Türen zum Saal sind mit kreuzweise über die Türfüllung genagelten Brettern verschlossen, und die Fassungen, aus denen die Glühbirnen herausgeschraubt sind, gähnen schwarz. Grünes Moos sickert aus den Spalten der Wände, und jeder meiner Schritte klingt, als wären hundert Jahre vergangen, seitdem jemand zum letztenmal hier war.

Die Verlassenheit dieses Ortes ähnelt meiner eigenen. Ergriffen von einer tiefen, strömenden Melancholie, nehme ich an einer der Buden meine Nudelsuppe ein und starre vor mich hin, während die Gedanken weiter an einem Nichts sticken. Ich habe es von vornherein aufgegeben, mich in dem Viertel durchzufragen.

Den restlichen Nachmittag hänge ich an Orten herum, wo Eileen zu verkehren pflegte. Im Vestibül des »Touristhotels«. Im einzigen Kaffeehaus der Stadt, wo sie Weißbrot backen, der Inhaber schwarz Geld tauscht und Verbindungen bis weit hinein nach Burma hat, von wo er auch die Bohnen für den in China seltenen Kaffee importiert. Hier hat Eileen die meisten ihrer fremden Freunde getroffen, hier verkehrte sie täglich, was der Chef mir über dem Bündel von frischgetauschten Valutaschecks für Touristen bestätigt, die die Einheimischen selbst in Freundschaftsgeschäften für begehrte Importwaren umsetzen. Er gibt mir fast doppelt soviel in abgenutztem Volksgeld zurück. Schließlich entnehme ich seinen Worten – nachdem die üblichen einleitenden Mißverständnisse einander aufgewogen haben –, daß es eine Weile her ist, seit er Eileen zum letztenmal gesehen hat.

Die Hoffnung höhlt mich aus. Ich versuche an etwas anderes zu denken, während mein Blick jedesmal, wenn jemand die

Wendeltreppe heraufkommt, dorthin gezogen wird. Ich schreibe ein paar Postkarten – wenn es doch Briefe wären, in die ich mich vertiefen könnte, aber das geht nicht. In meinem Kopf kreisen andere Dinge.

Im Hotelzimmer flattert ein Nachtfalter um eine mit Fliegendreck gesprenkelte Glühbirne an der Decke, und ein Gecko sitzt in seinem bleichgrünen Schimmer da wie ein Stückchen festgeklebter Fruchtgummi. Der Katafalk des Holzbettes ist mit einem Moskitonetz drapiert; ich lösche das Licht und krieche mit Bauchschmerzen hinein. Die Beleuchtung, die von draußen hereindringt, fügt dem Raum ihre Dimensionen hinzu – Schatten, die ihn strecken oder schrumpfen lassen. Als das Moskitonetz mit dem endgültigen Dunkel herabfällt, fühle ich mich in seiner künstlichen Nacht gefangen wie ein Vogel, drehe mich auf den Bauch.

Die Matratze breitet sich feucht unter meiner Stirn aus und setzt alte Gärung auf der Innenseite meiner Schädelnaht ab. Ich will weg – von dem aufgepumpten Ball in meinem Unterleib, der Traurigkeit der Gedanken und dem ewigen Kreislauf.

Ich erwache zu einer tieferen Nacht, in kaltem Schweiß – wissend, daß meine Hände das Moskitonetz abgerissen haben und ich aufrecht im Bett sitze. Es ist meine eigene Stimme, die mich geweckt hat. Sie vibriert noch in den Membranen der dünnen Wände. Draußen auf dem Korridor ist es still. Ich sammele die Reste des Tages und des Traumes und versuche mich zu erinnern:

Bill war da, aber er hatte zwei Gesichter, und wenn er mir den Rücken zuwandte, sah man das andere.

Wir gehen im Steinwald spazieren, und er erzählt mir, daß dieser Wald von den Unsterblichen geschaffen worden ist, die mit gewaltiger Faust in die Berge geschlagen und sie zu einem Labyrinth zerschmettert haben, in dem sich Liebende verbergen. Wir sitzen in einem kleinen Aussichtspavillon, und er hat eine Hand auf mein Knie gelegt und vibriert sich mit jungenhaftem Charme auf dem Grund seiner braunen Augen in mich hinein. Er macht mir den Hof, und es ist die Kurtisane in mir, die ihn herausgefordert hat. Ich lasse meine Fingerspitzen das graugesprenkelte, knisternde Haar bewundern und streiche leicht über seine glattrasierte Mundpartie. Später, flüstere ich ...

Nein, das habe ich nicht geträumt. Das ist etwas, an das ich mich erinnere. Wir taten es in seinem Hotelzimmer – mit einem chinesischen Brautpaar auf der anderen Seite der Wand, das in seinen Flitterwochen hierhergereist war, um dasselbe zu tun. Tatsächlich wallfahren die Chinesen in den Steinwald, um die Labyrinthe der Liebe aufzusuchen, damit der Einsatz der Unsterblichen nicht vergeblich gewesen sei. Eine Frau kann tausend Nächte erzählen, ohne alles zu sagen. Deshalb heißt es Märchen aus Tausendundeiner Nacht, und nach der letzten muß sie sterben. Das ist das Programm des Märchens.

Aber anschließend sind wir im Restaurant, und der Traum entwickelt sich zum Alptraum. Aus seinem Rücken kommt eine Ente. Es entsteht ein Tumult; alle Leute ringsum an den Tischen drehen sich zu ihm um, aber über ihre Gesichter ist ein Strumpf aus dünner Haut gezogen.

Wieder sticht das Messer zu. Als sie den Mann dieses Mal hinaustragen, blinzelt er mir zu, und ich sehe, daß er das Gesicht des Gauklers hat.

Sie dringen in mich ein. Um sie herum sind Wolken aus Gaze, es riecht durchdringend nach Krankenhaus. Ich fuchtele in der Luft herum, und sie rollen Binden aus, mit denen meine Arme festgezurrt werden sollen. Ich rufe, bevor die Haut meinen Mund versiegelt: »Laßt mich in Ruhe! Geht weg!«

Und ich sitze hier und fummele an den Maschen des Moskitonetzes. Bis zum Morgengrauen sind es noch Stunden. Ich nehme mir das Päckchen und das Feuerzeug. Meine Zigarette glüht ein Loch in das Dunkel. Umgibt mich mit warmem, unsichtbarem Rauch. Ich werde mich hinlegen, ohne das Netz aufzutakeln. Lieber zerstochen aufwachen, als selbst den Raum um sich herum einengen, solange er von den Gesichten des Tages unsichtbar bevölkert ist. Der letzte Gedanke, bevor ich erneut einschlafe.

Um sechs Uhr wird hart an die Tür geklopft, und der ganze Korridor hallt von den aufmarschierenden Eimern wider. Resolut dreht jemand einen Schlüssel in meinem Schloß um. Ein junges Mädchen mit blauem Turban und Mundschutz marschiert herein und beginnt mit einem Scheuerlappen nach rechts und links zu schlagen. Noch bevor ich die Augen richtig geöffnet habe, hat sie das Laken unter mir weggerissen. Das ist das Morgenpersonal vom »Kunhuhotel«. Nun weiß ich, daß ich hier nicht Gast, sondern Patient bin! Ich stehe zitternd in einer Ecke und halte mein größtes T-Shirt vor mich, während meine Füße auf dem Zementfußboden von Schmierseife und Schmutz umspült werden. Die Tür schlägt wieder zu. Für sie habe ich überhaupt nicht existiert.

Fröstelnd kippe ich den letzten lauwarmen Rest aus der Thermoskanne in mein Pulverkaffeeglas, schüttele die Flüssigkeit in der Hoffnung, daß der Satz im Glas ausreicht, um mich in Gang zu bringen. Die nächste Stunde kriecht mit summenden Gliedern zwischen Wachsein und Dösen dahin, zwingt mich über den metallischen Geschmack hinweg und schließlich – nach draußen.

Ich stürze mich kopfüber in einen Tag mit noch kalten Fahrrädern und begebe mich direkt hinunter zur Polizeiwache. Dort treffe ich mit dem großen atemlosen Wunsch ein, mit jemandem reden zu dürfen, der Englisch kann.

Während ich warte, lasse ich mich in einen ihrer taubenblauen Sessel fallen; die Sitzfläche federt unter mir. Mein Blick heftet sich gleichgültig an einen vor mir stehenden Spucknapf, in dem ein paar hart zusammengekniffte Filterkippen liegen. Zwischen den kühlen Bürowänden gewinnen die Gedanken ihre Klarheit zurück. Ich weiß, was ich will – alle Furcht in Gewißheit verwandeln. Jetzt.

Ein hochgewachsener Mongole, glatt wie ein Aal, tritt ein und setzt sich an seinen Tisch. Er fragt nach meinem Anliegen. Seine Sprache klingt gedämpft. Daran merke ich sofort, daß er das Englische beherrscht. Den Eifer, der alle Wörter wie in Bausteine zerfallen läßt, die man nicht verändern kann, habe ich zur Genüge erlebt. Ich lege Eileens Zettel und den Zeitungsausschnitt vor ihn hin und gehe direkt zur Sache:

»Der Mann – wir waren zusammen mit ihm im Restaurant, als der Mord geschah …«

»Wie bitte? Was für ein Mord?«

»Ihr Chef – Li Ning, glaube ich, ist sein Name – wurde niedergestochen.«

»Entschuldigen Sie, ich weiß nicht, wovon Sie reden. Mein Chef heißt nicht Li Ning.«

»Aber Sie müssen doch ..., aber ..., ich habe es doch selbst gesehen!«

»Ich fürchte, Sie irren sich, Fräu ..., Frau? Niemand ist hier ermordet worden, das kann ich Ihnen versichern.«

Das Gesicht vor mir hat nichts von dem Ausdruck aufmerksamen Lauschens verloren. Die Hände liegen ruhig auf dem Tisch, die Augen sehen mich an, ohne zu blinzeln, und mitten in der Kohlrabenschwärze ist ein bläulicher Glanz, der mich fasziniert. Er strahlt nur eins aus: Sympathie.

Ich schließe besser meinen Mund und wechsele das Thema.

»Ich kann leider kein Chinesisch. Aber ich mache mir Sorgen, was mit Bill geschehen sein könnte, und dann habe ich dieses hier in der Zeitung gesehen. Vielleicht können Sie ...«

Er nimmt den Ausschnitt und liest ihn.

»Herr Boyington ist verschwunden. Das ist eine Suchmeldung. Der Artikel berichtet über das Jubiläum der amerikanischen Flieger und über die große Hilfe, die sie uns während des Krieges geleistet haben, als die japanischen Aggressoren Lashio eingenommen hatten und dadurch Kunming von der Versorgung abgeschnitten war. Die Piloten waren sehr tapfer. Sie flogen über Tibet und durch feindliches Gebiet, um uns Waffen und Nahrung zu bringen. Die Amerikaner sind unsere Freunde. Wir werden alles tun, um ihn zu finden. Wann haben Sie ihn zuletzt gesehen?«

»An jenem Abend. Vor ein paar Tagen. Ich verstehe gar nichts mehr!«

»*Wo* haben Sie ihn gesehen?«

»Im Restaurant ›Olympic‹. Wir haben zusammen gegessen ...«

Der Mann hat begonnen, sich auf einem vor ihm liegenden Block Notizen zu machen.

»... und am nächsten Morgen war der Jeep weg.«

»Sind Sie mit ihm verwandt?«

»Nein, aber wir sind gute Freunde. Ich muß wissen, was mit ihm geschehen sein könnte. Wie kann ein fremder Gast mitten in Yunnan verschwinden?«

»Wir fürchten leider, daß er umgekommen sein könnte, da er sich trotz der Suchanzeige nicht gemeldet hat. Unsere anderen amerikanischen Gäste sind wieder nach Hause gefahren. Das Jubiläum ist abgesagt worden. Wir haben den Zwischenfall offiziell bedauert und setzen die Nachforschungen fort.«

»Versuchen Sie mir weiter zuzuhören! Da war noch ein anderer. Mit Blut an den Armen. Er rannte aus dem Restaurant. Bill – Herr Boying ...?«

»...ton!«

»... lief hinter ihm her. Es gibt noch andere Zeugen, und Eileen hat uns erzählt ... «

»Eileen?«

»Ja, das auf dem Zettel ist ihre Adresse. Ich habe versucht, sie zu finden.«

Er schlägt in einem Register nach.

»Sie müssen sich irren. Unter dieser Adresse wohnt eine Familie.«

»Ja, aber ...«

»Sie sagten ›wir‹ – gibt es weitere Zeugen?«

»Ja, Kim also, aber ...«

»Wo ist Ihr Begleiter?«

»Mein Begleiter?«

»Herr – Kim.«

»Er ..., woher wissen Sie, daß er mein Begleiter ist?«

»Sie sagen, Sie hätten einen Mord gesehen, aber wir haben keine Berichte über Derartiges. Sie sagen, es gäbe Zeugen, und ich frage nach ihnen – ist das so seltsam?«

»Also gut. Kim – Kim ist abgereist.«

»Wohin?«

»Nach – nach Chengdu. Mit dem Zug. Wir haben geplant, daß ich nachkomme.«

»Aha. Wann ist er gefahren?«

»Heute.«

»Der Zug geht erst heute abend!«

Er sieht mich lange an, ich kann seinem Blick standhalten. Schließlich sehe ich doch weg.

»Sind Sie sicher, daß Sie gesund sind, gnädige Frau? Sie sehen blaß aus. Es gibt viele Ausländer, die das Klima hier nicht vertragen. Wir haben ein ausgezeichnetes Krankenhaus für Fremde!«

Ich hole tief Luft. Sehr tief. Als ich die Séance wieder aufnehme, sitzt er da wie zuvor und hat anscheinend alle Zeit der Welt für mich.

»Könnte man mir den Artikel übersetzen?«

Er erhebt sich. Ein nervenzerfetzendes Geräusch von Stahl auf Beton, als der Stuhl zurückgeschoben wird.

»Würden Sie so freundlich sein, mir zu folgen?«

Das war keine Frage. Plötzlich hämmert mir das Herz im Leib.

Durch den resedagrünen Korridor gelangen wir in einen größeren Raum ohne Fenster. Dort herrscht ein Summen von Ventilatoren und Diskettenlaufwerken, und die in langen Reihen installierten Leuchtstoffröhren geben unseren Gesichtszügen Leichenblässe. Die Wände riechen frischverputzt, streng und nach gelöschtem Kalk, und unsere Schritte hallen wie in einem Keller.

Das ist eine Datenstation. Die Chinesen haben einen größeren Computer nach dem Muster von IBM gebaut – sein Name *Galaxi* erinnert an den Krieg der Sterne – sowie einige kleinere PC, genannt *The Great Wall 1000*. Ich lächele, aber die Ausrüstung, die ringsum im Raum auf den Pulten steht und von schon halb durchsichtigen Frauen bedient wird, ist in Ordnung. Kim hatte mir davon erzählt, und unterwegs haben wir verschiedene ausländische Experten mit Know-how in der Branche getroffen. Trotzdem überrascht es mich. Ich war auf alles vorbereitet – angefangen bei chinesischer Wassertortur bis zu kettenrauchenden Untersuchungsbeamten mit Schlitzaugen und Mao-Jacken. Nicht auf eine Station aus Plastik und Glas.

Der Polizist in Zivil setzt sich an seine Tastatur, und ich nehme innerlich unbewußt Haltung an, während ich auf das Unvermeidliche warte:

»Name?«

Aber – es geschieht etwas völlig anderes. Er schiebt den Zeitungsausschnitt in einen speziellen Scanner, und auf dem Schirm erscheint das Bild. Seine Finger drücken zielbewußt die Tasten. Das Bild von Bill füllt den ganzen Schirm aus. Er entfernt den weißen Kreis. Dabei erklärt er, freundlich wie ein Arzt: »Wir haben sein Porträt rekonstruiert, weil wir nur dieses Bild aus der Kriegszeit haben. Vielleicht können Sie uns helfen. Sie kennen ihn, und Sie sind diejenige, die ihn als letzte lebend gesehen hat.«

Ein Druck auf die Tasten. Die Linien beginnen sich zu verändern. Die Schiffchenmütze wird entfernt. Mit einer Maus retuschiert er das Bild. Die Schläfen werden höher, das Haar wird dünner. Er spielt mit Schraffuren, Schatten und Details. Und es entsteht ein Gesicht, zerfurcht, füllig – um vierzig Jahre reifer. Fasziniert folge ich der Verwandlung im Zeitraffer. Und er beendet die Arbeit mit einem Blick auf mich, stolz wie ein Klassenprimus.

»Was sagen Sie? Hat es Ähnlichkeit mit ihm?«

Ich nicke, protestiere aber gegen die allzu fleischige Kieferpartie. Bill hatte kein Doppelkinn. Und das Haar war trotz seiner grauen Farbe dichter . . .«

Er korrigiert mit erneuten fotografischen Einschnitten und Abstufungen. Macht das Grobkörnige, das bei der Vergrößerung hervortritt, weicher, schneidet mit chirurgischer Fernsteuerung. Schließlich bricht es aus mir heraus: »Das ist perfekt!«

Er lehnt sich im Stuhl zurück.

»Es sieht ihm ähnlich? Sie sind zufrieden?«

Ich bestätige das – vielleicht eine Spur stärker beeindruckt, als ich sein müßte. Er drückt auf einen Knopf, und das Bild kommt gedruckt heraus: das *ist* Bill, so wie ich ihn kenne, ohne Abstriche.

»Wir werden die Nachforschungen erneut aufnehmen und das korrigierte Bild an die Presse geben und auch als Plakat veröffentlichen. Wir danken Ihnen für Ihre freundliche Hilfe.«

Er reicht mir den Zeitungsausschnitt, der inzwischen auf eine Ablage gespuckt worden ist. Auf die alte Fotografie ist ein neues Licht gefallen. Ich habe eine Intuition. Mein Finger bewegt sich –

als würde er geführt – zu der Person neben Bill, einem strahlenden, fröhlichen Jüngling in Fliegeruniform –

»Einen Augenblick noch, bitte ...«

»Ach ja, Sie wollten gern den Text haben.«

»Ich ...«

Er arbeitet schnell. Der Ausschnitt mit den chinesischen Schriftzeichen schrumpft zu einem Viereck in der obersten Ecke des Bildschirms. Ein Text in englischer Sprache strömt hervor, projiziert von seinen fliegenden Fingern. Das, was sie können, das können sie virtuos. Ich bin endgültig sprachlos. Ein Druck auf den Knopf, und der Text kommt heraus, übersetzt. Er faltet ihn zusammen und überreicht ihn mir mit der Miene eines Zauberkünstlers. Vorerst stecke ich ihn nur ein, denn ich habe andere Pläne. Er wird freudig sein Können demonstrieren.

»Ich – ich möchte Sie bitten, das gleiche mit dem Mann hier zu tun!«

Der junge Pilot verschwindet ganz unter meinem Zeigefinger.

Der Polizist sieht mich schief an. Seine Konzentration ist noch nicht gewichen, ihr besonderer Schimmer vergoldet ihn mit einer gewissen Abgeklärtheit. Mit einem nahezu mitwisserischen Nicken beugt er sich über die Maschine. Noch einmal schiebt er den Ausschnitt in die breite Spalte.

Als erstes entfernt er das strahlende Lächeln vom Gesicht. Nichts verzerre die Gesichtszüge mehr als ein Lächeln, erklärt er, indem er sich zu mir umdreht und es gleichzeitig mit einer seitlichen Bewegung der Maus entfernt. Fort mit dem Lederhelm und die Pilotenbrille in die Stirn geschoben. So. Nun können wir anfangen. Das Gesicht ist eine nahezu leere Tafel.

Kontur für Kontur wird verstärkt. Der Mund taucht faltig wieder auf, die Augen öffnen sich mit einem tieferen Ernst. Das Gesicht des Menschen ist eine biologische Uhr; nur daß die Jahre hier auf dem Bildschirm viel schneller vergehen und die Gesichtszüge sich dabei ebenso schnell verändern. Zuerst verschwindet die Seide, diese unbestimmbare Ausstrahlung, die der Jugend Festigkeit und Glanz verleiht. Die Wangenknochen zeichnen sich ab, als wäre der Schädel unter der Haut gewachsen. Dann bilden sich lange Furchen in dem Bezug, lauter zugewachsene Pfade von Erfahrung, Bitterkeit oder Erfolg. Krähenfüße und tiefere Kreuzwege auf der Stirn. Jetzt sind es Mund und Augen, die den gesamten Ausdruck tragen.

Ich bin weit in seine Konzentration eingetaucht und habe begonnen, den Prozeß mit den Fingern und einzelnen Worten zu steuern. Das Gesicht wird jetzt deutlicher.

Es sieht völlig verkehrt aus. Anonym und schön wie bei einem Mann, der in einem Büro gelebt hat. Für einen Augenblick fasziniert mich der Gedanke, daß der Computer einen anderen Lebenslauf in konstanter Verkürzung aufgezeichnet hat und daß wir diesen durch unser Eingreifen einfach wieder ändern und dem Mann so ein neues Leben geben.

Wir sind *ein* Körper hinter dem Bild. Ich pflanze eine Narbe über den Nasenrücken und verzeichne die eine Augenbraue. Das ist besser. Er bekommt Ähnlichkeit mit einem Comic-Helden. Aber der Ausdruck ist immer noch falsch. Zu kantig. Wir ziehen die Schläfen mit leicht konkaven Bögen nach innen, als herrschte in seinem Schädel ein Unterdruck. So ist es besser, aber der Mund stimmt noch nicht. Wir öffnen ihn ein wenig, machen ihn voller. Er strahlt Melancholie aus. Aber die Augen. Sie hängen allmählich wie Dreiecke im unterschwellig Manischen. Wie ratlose Scheinwerfer, die pausenlos über die Teilchen eines langen Lebens fegen, ohne sie jemals zusammenfügen zu können. So. Das *ist* er. Ich erstarre beim Wiedererkennen. Der Mann von dem Nachmittag im Steinwald. Er, den ich immer wieder auf meinem Weg treffe und der jedesmal verschwindet, wenn ich die Hand nach ihm ausstrecke ...

Ich nicke wortlos, und er gibt den Druckbefehl. Das Porträt kommt mit einem mechanischen Zischeln heraus und fällt auf die Ablage. Er schiebt den Stuhl zurück und sieht mich abwartend an.

»Das ist er«, kommt es tonlos über meine Lippen, »der Mann vom ›Olympic‹. Er ist draußen in der Nacht verschwunden, und wir haben ihn am Tag darauf im alten Stadtteil wiedergesehen; da war seine Kleidung lehmverschmiert –«

Er sieht mich nachdenklich an. Seine Augen nehmen wieder ihren alten Ausdruck an, blicken mit forschender Intensität.

Wieder notiert er in seiner fließenden Krakelschrift etwas auf seinem Block. Er legt das Porträt neben das von Bill. Was mich betrifft, so brauche ich es nicht. Es steht mit leuchtenden Druckbuchstaben in allen meinen Nervenenden.

Er räuspert sich wieder. Ich sehe, wie sich der Muskelpanzer unter dem weißen Hemd strafft, und weiß, daß das Spiel zu Ende ist. Eine Haut legt sich über seinen Blick, und er antwortet mir wieder mit der alten monotonen Stimme: »Wir danken Ihnen nochmals für Ihren freundlichen Besuch. Jetzt werde ich Sie hinausbegleiten!«

Aber vorher blättert er noch in meinem grünen Heft mit Genehmigungen und chinesischen Stempeln. Er sieht auf: »Lhasa, aha, Sie wollen nach Lhasa. Ich empfehle Ihnen dringendst, daß Sie von Chengdu aus mit ›Chinese Airways‹ fliegen. Die Tour im Auto über die Hochlandebene ist nichts für Freunde aus dem Ausland – solange Sie sich an die Route halten, können Sie ungehindert reisen.«

Seine Stimme ist auf eine beängstigende Weise ohne jede Drohung.

Ich habe nichts mehr zu sagen. Ich folge ihm stumm. Am Ende des Korridors, auf der Schwelle zur letzten Tür, bleibt er stehen und notiert eilig etwas auf einem Stück Papier, das er von einem Block abreißt und mir gibt.

»Falls Sie ärztliche Hilfe brauchen ...«

Dann stehe ich wieder auf der Straße, und die Fahrräder bimmeln. Busse und Lastautos lassen ihre Hupen aufheulen, Passanten starren mich an wie jemanden, der an den Pforten der Hölle abgewiesen worden ist. Ich gehe langsam nach Hause, um ein paar Sachen zu waschen und es mir ein wenig gemütlich zu machen. In meinem Kopf dreht sich alles. Li Ning ist plötzlich ein Unbekannter geworden. Meine Träume sind wahrer als die Wirklichkeit. Der Tod hatte am Ende das Gesicht des Gauklers. Den Mord, den ich gesehen habe, hat es nie gegeben.

Sobald ich die Kleidungsstücke eingeweicht habe, angele ich die Übersetzung aus meiner Tasche und überfliege sie. Kim hatte recht. Zuerst ein wenig einleitende Rhetorik über amerikanische Freunde und japanische Aggressoren. Die Invasion in China

1937, bei der Chiang Kai-shek und die chinesischen Kommunisten eine zeitweilige Allianz eingegangen waren, bis 1941, als Pearl Harbor angegriffen und die USA ernstlich in den Krieg einbezogen worden war. Das war am 7. Dezember, so daß die Zahl zwölf einfach für den 12. Monat steht, damit ist das klar.

Der Einsatz der »Fliegenden Tiger« wird in den Himmel gehoben. Es ist eine große Ehre für Kunming, daß sie diese Stadt für ihr 40jähriges Jubiläum ausgesucht haben sowie für eine Flugschau mit den P-40-Veteranjägern, die seinerzeit den Grundstamm der »Fliegenden Tiger« bildeten. Dann kommt die Suchmeldung, und jeder wird gebeten, sich an die nächste Polizeibehörde zu wenden.

Staffelkapitän William Gregory »Pappy« Boyington, von Mao persönlich für seinen Einsatz während des Krieges ausgezeichnet, blieb unter mysteriösen Umständen der Kranzniederlegung auf dem »Friedhof der gefallenen Helden« fern. Dann folgt eine kurze Zusammenfassung seines Lebens.

Nach dem Einsatz mit den »Fliegenden Tigern« wurden er und seine besten Piloten für besondere Aufgaben der Pazifikpatrouille »Die Schwarzen Schafe« überstellt – eine Marinestaffel, die die »Corsair« flog. Nach und nach näherte er sich der Rekordzahl für abgeschossene japanische Flugzeuge, als er – im Januar 1944 – selbst getroffen wurde. Er konnte mit dem Fallschirm abspringen, wurde von einem feindlichen U-Boot aufgefischt und mußte den Rest des Krieges in einem Gefangenenlager außerhalb von Schanghai zubringen, das von den Japanern besetzt war.

Nach dem Krieg und der Befreiung blieb die Freundschaft mit dem chinesischen Volk bestehen, und der Artikel stuft ihn etwa auf der gleichen Ebene ein wie Edgar Snow, der als erster die Führer der Roten Armee aufsuchte und porträtierte und der Welt einen Einblick in das gab, was während des Langen Marsches bis zur Verkündung der Volksrepublik 1949 vorgegangen war. Bis dahin hatte »Pappy« Boyington weiter an der Seite der Roten gekämpft; für ihn hatte der Krieg nicht aufgehört, als die USA über den noch schwelenden Trümmern von Nagasaki mit dem japanischen Kaiser Frieden schloß.

Der Artikel endet mit dem nochmaligen Aufruf, einen großen Freund des chinesischen Volkes zu finden und zu beschützen.

Nach abgeschlossener Lektüre wasche ich meine Sachen. Die Gedanken werden so alltäglich, daß sie wieder Platz in meinem Kopf haben. Eine kleine Erleichterung nach den letzten vierundzwanzig Stunden. Wenn nur Kim nicht ...

Ich ziehe Schnüre durch meinen Raum und hänge die Wäsche auf. Dabei entschließe ich mich, bereits morgen nach Chengdu weiterzureisen.

Später esse ich im »Touristhotel« und verbringe den restlichen Abend bei belangloser Konversation mit anderen Reisenden.

»›Wir studieren Blumen vom Pferderücken aus‹«, sagt ein Korrespondent der ›Washington Post‹ mit einem alten chinesischen Sprichwort, gefolgt von dem unvermeidlichen: »Nach einer Woche in China will man ein Buch schreiben – nach vierzehn Tagen hat man Stoff für einen Artikel, und nach einem Jahr weiß man weder aus noch ein!«

Aber das ist schon in Ordnung. All das mindert die Einsamkeit. Ich bin offenbar schneller als die meisten, denn ich befinde mich nach nur ein paar Monaten schon mitten im letzten Stadium. Die Korrespondentenworte sind eine Replik, die unter Journalisten weitergegeben wird, und sie soll stets so klingen, als wäre sie dem Betreffenden gerade eben eingefallen. Ich besuche mit ihm anschließend die Bar, bis sie spät in der Nacht schließt. Ich bin stockbetrunken. Er legt die Hand auf meinen Schenkel, und ich nehme sie weg wie einen Gecko, wobei ich einen leichten Sog von Hautwärme spüre, tanze durch das Karussell der Schwingtür – einmal zuviel – auf die Straße hinaus und nehme mir eine Fahrradrikscha nach Haus – allein.

In dieser Nacht schlafe ich wie ein Stein. Wache auf von wütenden Stichen, als läge ich mitten in einem Ameisenhaufen, und springe hoch, ehe mich das Personal mit der Schmierseife hinausspült. Die Stiche haben mein Blut mit glasklaren Adrenalinstrahlen angereichert, so daß ich keinen Kaffee brauche, um meine Augen dem Tageslicht aussetzen zu können.

Ich checke aus und stelle das Gepäck in die Rezeption. Bevor der Zug fährt, habe ich den ganzen Tag vor mir.

Ich schlendere langsam die Beijing Lu hinunter und bummle durch Geschäfte, liebkose Ballen von Seide und Brokat – ich liebe den Glanz und das leichte Knistern auf der Haut. Drapiere mich tänzelnd mit Drachen und langschwänzigen Phönixen. Kaufe von dem Grünen und Pinkfarbenen und folge in meinen Gedanken dem Faden ganz zurück bis zu dem Kokon, den eine koreanische Prinzessin einst, versteckt in ihrer aufgesteckten Frisur, außer Landes geschmuggelt hat. Damals war die Seidenraupe Chinas bestbewahrtes Geheimnis.

Spaziere im Laubschatten der Pappeln in der breiten Donfeng-Allee, schlecke an großen Ananasstücken am Stiel und Mangofrüchten. Mache eine Runde durch den nach hinten liegenden Garten des »Touristhotels«, um meinen Freund, den stets traurigen Pandabären, zu besuchen.

Er steht da wie immer – mit seinem großen Muttermal um das eine Auge und seinen langsamen Tatzen an den Stäben. Ich kitzele ihn ein wenig unter den Ballen, und er zieht die Pfoten nicht zurück. Heute wirkt er ganz zufrieden und schleckt ein paarmal um sein Maul. Es ist gut, Kamerad, halt den Fang feucht. So bin ich selbst auch – Sekunden zwischen Glück und Abgrund. Ich spreche gedämpft zu ihm, und die Ohren fangen aufmerksam vibrierend die Laute ein. Heute weckt er in mir die Kindheit, das Schlaftier und die Schmusekissen. Die Furcht davor, daß das Deckbett wegrutscht und ich den Nachtgespenstern ausgeliefert bin …

Als ich wieder in die Allee komme, ist die Luft immer noch klar, und eine Brise zählt die Blätter über meinem Kopf.

Weiter entfernt von Dongfeng Lu höre ich eine Stimme, die sich mit einem Lautsprecherwagen nähert. Es scheint die gleiche Stimme zu sein, die ich aus den Lautsprechern in der Verbotenen Stadt und von Maos Mausoleum am Tienanmen-Platz kenne, wo er auf einer Achse mit den Kaisern in der Kaiserstadt liegt und sein Porträt – als einziges – immer noch das Eingangsportal schmückt. Ständig diese leicht näselnde Stimme im auf- und absteigenden Singsang, die mit leidenschaftsloser Musikalität Propaganda und Sehenswürdigkeiten herunterleiert, als wären es Fischpreise.

Jetzt wird der Wagen zwischen Pappeln sichtbar. Es ist ein grünes Lastauto, und ich kann eine Gruppe von Personen ausmachen, die mit gesenkten Köpfen auf der Ladefläche sitzen. Die Leute auf der Straße sind stehengeblieben; ihre Augen hängen an dem Militärfahrzeug. Zigaretten werden langsam an die Lippen geführt und die Augen im Rauch zusammengekniffen. Heute hat die Stimme etwas besonders Genüßliches, so als würde sie für ein neues Shampoo werben. Ein metallisches Echo irrt zwischen den Baumstämmen.

Den Personen auf der Ladefläche hat man die Hände auf den Rücken gefesselt, und um den Hals tragen sie Schilder mit großer Schrift. Das erinnert an eine Szene aus der Zeit der Kulturrevolution.

Ich schiele zu meinem Nebenmann. Meine unausgesprochene Frage beantwortet er, indem er mit einer vielsagenden Geste die Hand über die Kehle führt, mir verständnisvoll zunickt und breit grinst.

Das Blut gefriert mir in den Adern – dies ist also ihre letzte Reise. Die Stimme zählt ihre Verbrechen auf, die sie auf einem Stück Pappe zur Schau tragen. Ehe die Sonne im Zenit steht, werden sie mit Nackenschuß auf dem Hinrichtungsplatz liegen – noch immer mit dem Schild um den Hals.

Nur eine hat den Kopf erhoben. Ihr Nacken, der mir zugewandt ist, leuchtet trotzig durch den von Silbersträhnen durchzogenen Pagenkopf. Sie trägt graue Gefangenenkleidung, und mein Herz pocht, während sich der Mund von selbst öffnet –

»Eileen!« schreit alles in mir. Sie dreht sich in diesem Augenblick um, reagiert auf einen Ultralaut aus meinem Inneren, und ihre Augen begegnen den meinen. Sie sind groß und rund wie bei einem aufgeschreckten Damtier. *Unternimm nichts!* betteln sie, und ich gehe in die Knie. Die Straße stellt sich hoch.

In der Überblendung verschwinden Eileen, das Militärauto und die Menschen. Die Baumkronen sinken in den Himmel, und hoch über dem Ganzen kreiselt mein Magen auf einer kleinen Spitze aus Sonne. Als sie sich über mich beugen, sind sie weit entfernt am Ende einer Röhre, und aus ihren Mündern kommen Schriftzeichen –

Der starke Sog in meinem Kreislauf wird wieder zum Pochen, und ich lande auf den Füßen, gestützt von fremden Händen. Der Konvoi ist weg, nur ein fernes Echo hüpft zwischen Vogelgezwitscher und Fahrradklingeln. Die Straße erzittert, als Polizisten die Absperrung aufheben und die Welle des Verkehrs zurückflutet.

Ich irre umher, außer mir. Überall sehe ich sie. Die Schatten, die Verfolger – schemenhaft im Spiegelbild der Fensterscheiben. Gleichgültig, wohin ich mich wende: nur ihre Spiegelbilder. Ich warte darauf, daß es Abend wird, daß ich wegkommen kann, aber unerbittlich strahlt der Tag über mir.

Erst spät beginnt es zu dämmern. Mit einem wachsenden Gefühl der Verzweiflung kaue ich auf den Fingernägeln, denn es ist allzu lange hell. Wie im Sommer zu Hause. Die Zeiger der Bahnhofsuhr bewegen sich ruckweise. Der Abstand zwischen den Zahlen ist weiß – und sehr groß.

Ich bin die Straße hinauf- und hinuntergetrabt und habe die Tigerteppiche abgetreten, mein Gepäck zwölfmal auf den Bahnhof getragen, bevor die Abfahrtszeit annähernd erreicht ist und der Zug dampfend und mit langem Tuten am Bahnsteig einläuft. Als erstes tausche ich meine Fahrkarte gegen eine beträchtliche Extrasumme in ein Schlafwagenbillett, um auf einem stillen Gang mit Kabinen und gepolsterten Liegeplätzen zu reisen. Bis Chengdu dauert es über vierundzwanzig Stunden; dann wechsele ich zur Lanzhou-Xining-Golmud-Linie. Nur der Rhythmus der Reise kann mich jetzt aufrechthalten. Das weiß ich von früher. Ich denke nicht mehr an das, was geschehen ist.

*Plötzlich bin ich zurück auf dem Felsen des Himmelsbegräbnisses. Eine Korona hat den obersten Rand der Berge erhellt; das Licht umspielt die Zinnen, aber darüber ist der Himmel immer noch tief dunkelrosa. Zwei der Geier haben abgehoben und halten sich schwebend in der Luft. Ganz bis nach hier unten kann ich die gespreizten Federn der Schwingen nachempfinden, durch die der Wind seine Flötentöne preßt. Das Geräusch wird durch eine Schale verstärkt.*

*Die Helfer in den weißen Schlachterkitteln sind lange damit beschäftigt gewesen, die blauschimmernden Knochen, die sie aus dem Fleisch geschält hatten, zu zerkleinern. Schenkelhals, Knie und Hüftpfanne. Sie benutzen Lattbeil und Stein, arbeiten methodisch, bis das Knochenmark zum Vorschein kommt und den Haufen in demselben Ton färbt wie den Rest von dem, was sich im Zentrum ihrer Anstrengungen aufgehäuft hat. In gleichmäßigen Abständen streuen sie aus einem Sack Sägemehl über das Ganze. Sie pudern das Fleisch leicht, dämpfen die krassen Nuancen und tarnen die Details, die der Seele am besten erspart bleiben ...*

*Alles ist von den bernsteingelben Blicken der Geier eingekreist. Die Wärme, die vom Fels aufsteigt, setzt sich zitternd in ihre Schwungfedern. Der Himmel über uns ist aufgewühlt.*

*Der Körper ist jetzt zu einem Torso reduziert. Der Brustkorb mit einem holzfällerartigen Schlag bis zu dem Knorpel gespalten, der die Rippen zusammenhält. Der Leichenschneider hat die Leber vom Herzen getrennt und hält die Organe nacheinander hoch, während er den Helfern und uns anderen gestikulierend ihren Zustand demonstriert. Die Organe sind von Regenbogenhäuten umgeben, oder trügen mich meine Augen, die von der Kälte der Bergluft feucht sind? Mir schlägt das Herz im Hals, aber ich verstehe, daß er im Begriff ist, den Toten von den Ursachen für diesen einen Tod unter vielen zu befreien, und ich sehe, daß die Vögel ihm Schwingen für die erste Himmelsflucht leihen.*

*Derart zerrissen zwischen Grauen und Erkenntnis, muß ich immer wieder erleben, wie er das Messer an den Hals setzt und sich bis auf den nackten Stein durchsäbelt. Mit einem raschen Griff in den Haarschopf reißt er den Kopf vom Boden in die Höhe, und ich werde mit hochgerissen, schwerelos schwindlig ohne meinen Körper. Der Himmel stürmt mit seiner Leere in mich hinein, ich baumele bluttropfend unter einem Stern, den der Horizont mit dem Licht auslöscht, das von der anderen Seite aufsteigt.*

*Die Schwingen pressen hart den Herzschlag, als mich der Mönch mit dem Klang einer Schenkeltrompete, deren silbernes*

*Mundstück er an die Lippen gesetzt hat, von Kopf bis Fuß aufschlitzt.*

*Der Leichenschneider ist nun von einer großen Kunstpause umgeben. Den abgetrennten Kopf hat er hingelegt, während er die Messer nachschärft, Klinge gegen Klinge. Sensenklänge knirschen mit hastigen Flügelschlägen zwischen den Felsen davon.*

*Als es still ist, nimmt er den Kopf wieder auf, hebt ihn mit einem Griff um das Kinn in der einen Hand hoch, während er die Schneide des Messers hinter dem Ohr plaziert. Ruckweise dreht er den Kopf herum, drückt das Messerblatt an den Knochen und hält uns andere mit seinem hart herausfordernden Blick fest. Ich kann die Augen nicht abwenden von dem, was da geschieht. Zäh und glatt kriecht die Gesichtshaut unter der Messerklinge wie eine zusammenhängende Schale. Er macht es betont langsam – bei einer Drehung ist es Bills Gesicht, bei einer anderen Eileens. Nie mein eigenes. Ich bin dort drinnen, gleich dahinter. Auf dem Sprung, während die Hinrichtung vollendet wird.*

*Die Augen kleben wie Fliegen an dem Fleisch. Ein langer Hautlappen fällt ab und entblößt das weiße Licht des Schädels. Es ist nichts darunter. Alle Züge sind abgeschält – die Nase fällt mit einem harten Schnitt, nur etwas von der Augenpartie bleibt auf der Knochenspule zurück, die wie Magermilch schimmert. Das Haar fällt in Spiralen ab, rot auf der Unterseite. Es ist so, wie ich schon gesagt habe – und jetzt sind hier keine Eileen, kein Bill und keine anderen Gesichter, angefangen bei der unerschöpflichen Kindheit bis heute …*

*Nur Kilroys grobe Züge an meiner anderen Schulter, die halbgeschlossenen Augen und die Luft, die mit einem trägen Zischen über seine Lippen kommt.*

*Der Schädel ist freigelegt und der oberste Schopf abgeschnitten, als meine Beine nachgeben und der Kopf zwischen meine Knie sinkt, hinab zu den Resten von Körperwärme. Ich wiege mich hin und her, und es sind meine eigenen Laute, die von meinen Lippen strömen, um mich zu beruhigen. Am liebsten will ich von jetzt an schlafen, bis das Vergessen total ist, aber vorn auf dem Felsen knirscht es laut, und Kilroy hat sich ekstatisch erhoben.*

*Der Leichenschneider hat das Oberste vom Schädel mit einem Schnitt durch die Augenbrauen abgetrennt und ist dabei, den Rest des Kopfes zu zerschmettern, indem er ein großes Felsstück kraftvoll auf ihn herabsausen läßt. Er nimmt das abgetrennte Schädelstück auf und wippt den Inhalt mit dem Messerblatt hinaus. Das alles wirbelt heftig um ihn herum. Er reinigt nach, indem er mit dem Finger an der Schädelinnenseite entlangwischt.*

*Direkt hinter mir höre ich einen Kehllaut; er kommt von der Frau in dem langen, weiten Mantel. Sie hat sich abgewandt, und der ganze Körper bis zu dem schwarzen Kopftuch, das auf dem Rücken und den Schultern zittert, wird von Stößen geschüttelt. Kilroy dagegen steht uns gegenüber und ist so hingerissen wie ein Aficionado beim Stierkampf –*

*Der Augenblick der Wahrheit stellt sich ein, als der Leichenschneider Bier aus einem Fäßchen in die Hirnschale gießt und Kilroy zuprostet, der seinen Gruß beantwortet, indem er die Hände an die Stirn führt. Der Schlachter ruft etwas auf Tibetisch, das wie ein Schlag klingt, und Kilroy antwortet ihm. In der Luft zwischen ihnen ist ein großes Lachen, und als der Schlachter die Hirnschale erhebt, um daraus zu trinken, wird seine Hand in dem Augenblick von dem ersten Lichtstrahl getroffen, der sich über den Rand der Berge drängt.*

*Verwirrt sucht mein Blick den von Kilroy. In diesem Augenblick beginnt unsere Zusammengehörigkeit. Plötzlich fällt es mir wie Schuppen von den Augen. Es ist, als wäre nun vollkommen klar, daß er dieses morgendliche Begräbnis bestellt hatte!*

# 0

Das Glitzern des Meeres unter ihm verändert sich. Die Sonnenscheibe steht mitten am Himmel, und einzelne Wolken werfen dunklere Töne auf den fliegenden Teppich des Planeten. Im Glasei des Cockpits haben sich die Zeiger aller Instrumente eingependelt und vibrieren um einen Punkt; nur der Kraftstoffanzeiger fällt langsam zurück auf Null ...

Über das leichte metallische Summen hinaus wird er auf ein anderes Geräusch in der Kabine aufmerksam; außerdem krabbelt etwas auf seinen Lippen. Mit der Zunge dirigiert er einen Luftstrom nach oben, stößt ihn aus und jagt so die letzte Fliege von Penrhyn auf, die in all dem Vibrieren dort Ruhe finden wollte. Jedesmal, wenn sie versucht, sich niederzulassen, bewegen sich unaufhörlich ihre Flügel. Sie findet weder Rast noch Ruh, und es ist etwas Gekränktes in ihrem Suchen, das ihm ein Lächeln entlockt. In gewisser Weise ist die Fliege sein Kompaß in einer orientierungslosen Welt. Er hält einen Kurs, aber er weiß nicht, wohin der ihn führen wird, da Nakamuras Karten und Skizzen entfernt worden sind.

Die Fliege hat sich auf seine Nase gesetzt. Sie sucht Körperwärme, und er läßt sie einen Augenblick dort verweilen. Er schielt, um die Flügelbewegungen zu beobachten, die mit den fließenden Ringen des Propellers am Rande des Sichtbaren verschmelzen.

Die Kälte hat mit der Höhe zugenommen. Er entdeckt plötzlich, daß er mit den Zähnen klappert. Oberkörper und Arme sind von einer Gänsehaut überzogen. Er ist nur mit seinem Lendentuch bekleidet, das ihn wie ein naßkalter Umschlag umhüllt. Die Hand tastet wie von selbst unter dem Sitz herum und greift um einen kleinen Wulst. Es ist Nakamuras Lederjacke, und er zwängt sich in sie hinein, auch wenn ihre Ärmel ihm nur bis zu den Ellenbogen reichen und sie über seinen Schultern spannt.

Die Einsamkeit in der Luft kennt er und die sanfte Langeweile während des Fluges. Die Umgebung hat ihm mit der Kraft der Auferstehung ein Wissen zurückgegeben. Ob der Rest folgen wird, ist ungewiß, aber die Welt hat ihn wieder.

Er registriert Signale: den Lichtreflex von einem Wellenkamm weit unten, den Dunst am Horizont – zuerst Wolke, dann Insel, dann wieder Wolke und das stundenlange betäubende Spinnen der Sonne, während er selbst in der Luft Meilen verschlingt. Formen bekannter und ewig wechselnder Grafik, eine Turbulenz von Mustern, die herumwirbeln und sich überall in den Rändern der Wolken neu schaffen.

Das Lied, das ihn wild und verrückt gemacht hat, ist zu einem kehligen Brummen verebbt. Er fliegt gleichmäßig, Nakamuras »Zero« liegt sicher in seiner Hand. Mit ihm brummt die Maschine. Kein Gedanke an ein Morgen kann ihn glücklicher machen als dieses Jetzt.

Stunden später sitzt er da und dämmert vor sich hin. Die Einförmigkeit des Meeres und der Wolken, das Wogen im Magen und die permanente Vibration im Rückgrat lösen vom Nacken bis zum Stirnbein Schlafwellen aus. Er blüht auf und stirbt, während der Kreisel der Kabine ihn weiter durch die endlose Wüste des Luftmeeres trägt. Aus dem Nichts lösen sich Erscheinungen. Karawanen und Wolkenkamele, und wiederholte Male fliegt er in ein Haus, wo dieselben Personen um denselben Tisch sitzen und jedesmal mit demselben Erschrecken aufblicken, wenn er das Dach über ihren Köpfen abreißt ...

Er wickelt eine Stadt in gelbe Fallschirme. Lange sargähnliche Kisten segeln durch die Luft nach unten. Die Seide legt sich über die aus Holz und Papier bestehenden Häuser. Eine rote Laterne leuchtet weiter durch den Stoff, bis ihre Kanten plötzlich schwarz werden und sich aufrollen. Sie brennt hinunter bis auf einen Stern und verschwindet dann im Nichts. Die Fallschirme verwandeln sich in Blumen aus Feuer, durch die Funken sprühen. Rauchkränze und Schlangen und kleine Menschen, die da unten, von wo man nichts hört, mit offenen Mündern herumlaufen und die Hände vor die Ohren halten, weil sie das Feuer nicht von ihren Körpern bekommen.

Das Motorengeräusch kehrt zurück, und er nimmt wieder seine Umgebung wahr. Er weiß nicht, wie lange er geflogen ist, aber der Kraftstoffvorrat sinkt konstant. Unter ihm die ewige Wüste mit Wellen, die gleichsam stillzustehen scheinen. Nur das Glitzern ist in Bewegung. Er rechnet nicht mehr im Vierundzwanzig-Stunden-Takt. Er hält sich an den Rand der Sonne, die den untersten Horizont in lange blau und rot gefärbte Leinenbänder verwandelt. Er ist auf dem Weg in einen unterseeischen Himmel –

Plötzlich wird er auf ein tieferes Brummen und ein lauteres Dröhnen als das seiner eigenen Maschine aufmerksam: den Bomber »Nine-Baker-Able« mit Stratuswolken unter sich und einer Eskorte von »Hellcat« und »Corsair« über seinem Kopf – noch in der Größe von Spielzeugflugzeugen. Unwillkürlich sieht er auf das Meer hinunter: ein Melonenkern, umgeben von zwei Sesamsamen. Das Ziel für das Flugzeug des Feindes. Auf dem Flugzeugträger prangt der rote Punkt des Sonnenzeichens, und an der Langseite der beiden Zerstörer sind weiße Fahnen befestigt.

Er weiß es, ehe das Blinklicht da unten die Reise zurückgelegt hat, und er ist kampfbereit, noch bevor der Reflex die vorderste Strebe des Cockpits getroffen hat.

Mit der linken Hand gibt er Vollgas, während die rechte den Steuerknüppel ganz bis an den Bauch zieht und der Daumen sich über den Abzugsknopf schiebt. Das Motorgeräusch wird plötzlich zu einem Aufheulen, und er erhält im Sitz einen Stoß.

Es ist, als stürzte der Himmel mit all seiner Schwere auf ihn herunter, während er sich in ihn hinaufbohrt. Die Flugzeuge über ihm – er zählt sie nicht, aber sie liegen zu fünft geschichtet über ihm – wiederholen in ihren Tragflächensymbolen die blauen und roten Bänder des Horizonts. Sie haben ihn noch nicht entdeckt. Er kommt direkt aus der Sonne und trifft sie von unten hinter einer Spur leuchtender Projektile. Er konzentriert sich auf den Bug des Monsters mit der Bombenklappe und erkennt deutlich den Schacht, der noch nicht begonnen hat zu speien. Da er gesehen hat, wie seine eigenen Projektile das Ziel getroffen haben, vollführt er eine Reihe von Rollen, bei vollem Fußkontakt mit beiden Pedalen, und treibt die Jägerformationen mit seinem Korkenzieher aus grünblinkendem Stahl auseinander.

Der Überraschungsangriff ist total. Die Jagdflugzeuge stoßen in der Luft zusammen und reißen einander im Sturz mit. Die ersten Fallschirme sind schon am Himmel, und aus den Tragflächen lösen sich die Zusatztanks, tropfend von Nässe, das Benzin in glitzernden Fahnen hinter sich herziehend.

Innerer Looping zurück und hinauf, ein Sturzflug, und im Vorbeifliegen schneidet er einer »Corsair« die Tragfläche ab. Er sieht sie wie einen schief abgebrochenen Bumerang in die Tiefe fallen, während Rauch nach außen dringt und hinter ihr in der Luft stehenbleibt.

Es strömt aus dem Rumpf des B-29-Bombers, aus Rauchschlangen werden Gewitterwolken mit vereinzelten Blitzen, bevor sich ein gewaltiger Kreis um das Flugzeug bildet und der Himmel einen Augenblick erbebt. Er wird von brennenden Metallstückchen getroffen und dreht sich im Sitz um, früh genug, um über sich eine »Hellcat« zu entdecken, die im Begriff ist, sich hinabzustürzen, während es aus den Kanonenmündungen blitzt.

Die Blitze werden zu schweren Schlägen gegen die Kabine, und das Glas spritzt vom Instrumentenbrett, bevor er sich freimanövrieren kann; Sekunden hat er in einem Cockpit gesessen, in dem ihm glühendes Blei um die Ohren geflogen ist. Er hat sich gewaltsam zur Ruhe gezwungen, aber es tropft von Hals und Schulter, und erstaunt sieht er Blut an der Hand, die ganz automatisch nachgefühlt hat. Nakamuras Jacke ist zerfetzt und fällt wie eine Haut von ihm ab. Öl spritzt und mischt sich auf seinem Gesicht schwarz mit blutigem Rot, die Windschutzscheibe ist übersprüht, und die ganze Farbmischung fließt an ihr herunter –

Er hört den Tod über sich als ein hohes Pfeifen. Im Sturzflug kommt von den »Corsair«-Tragflächen mit dem V-Knick ein Teufelsgeheul, und er duckt sich unwillkürlich im Sitz wie unter ansteigendem Sirenengeheul – dann dreht er eine scharfe Kurve und hängt sich hinten an ihr Höhenruder wie ein feuerspeiender Schmetterling – bis die »Corsair« abstürzt.

Seine Maschine ist intakt! Er kann manövrieren! Nakamuras »Zero« tanzt wie eine Stahlspitze in seinen Händen. Er weiß, was er tut – er jagt Haie aus dem Himmel und schlitzt sie auf! Die Bilder verschmelzen. Sein Gefühl schweißt ihn mit einer Gasflamme an die Beute: die unbändige Wut, die seine Wunden heilen soll. Und doch reicht seine Erinnerung nur bis zu einem Gestern zurück, als die Haie mit langen Schatten durch seine Tage zogen …

Die spitzen Silberprofile gleiten in bläulichem Licht um ihn herum, und er attackiert sie mit Kunstflugserien. Es ist eine reine Show – und hundert Prozent selbstmörderisch –, als er sie mit sich in das Sperrfeuer vom Flugzeugträger und den Zerstörern hineinzieht und ihre Verwandlung in Windsäcke aus Rauch durch das Flakgeschütz registriert, während er selbst mit heiler Haut davonkommt.

Die letzten Maschinen der Formation flüchten. Er sieht ihre Hecks in der Wolke blinken, die das Dunkel in sich trägt. Auf dem Meer breitet sich von der »Fliegenden Festung« ein Ölfleck aus. Einer der Piloten, der tot in seinem Fallschirm treibt, rührt wie mit brennenden Fäden an seine Erinnerung. Ihn schwindelt. Er ist im Begriff, alles mit umgekehrtem Vorzeichen zu wiederholen – das Früher und Jetzt strömen mit epileptischem Knistern durch sein Hirn, und der Körper spannt sich unter kälteschauernden Krämpfen im Sitz. Dann erblickt er die Fliege und lächelt angestrengt. Noch ist sie auf seiner Hand lebendig – ein gutes Vorzeichen.

Das Sperrfeuer ist verstummt. Er ist unten, wo die Sonne das Meer berührt, wippt mit den Tragflächen und setzt zur Landung auf dem Deck des Flugzeugträgers an. Etwas strömt aus seiner einen Tragfläche, Schwaden von kohlschwarzem Qualm, die nach hinten wegtreiben und bei ihm im Cockpit einen kratzenden Husten auslösen. Er drosselt die Kraftstoffzufuhr, öffnet den Gasschieber, stellt die Magnet- und den Hauptschalter ab. Klick, klick: Wieder arbeiten die Hände in unmittelbarer Verbindung mit dem Rückenmark.

Er sieht, wie der Flugzeugträger unter ihm 45 Grad backbord dreht, so daß er mit dem Gegenwind landen kann. Kleine Männer stehen auf Deck mit Schaumlöschern in Bereitschaft, und sie haben die Trosse ausgespannt, um ihn damit aufzufangen. Er blockiert den Propeller und schwebt im Gleitflug ein.

Die Eisenkante mit dem weißen, aufgemalten Muster kommt näher. Sie geben ihm Signale. Das Fahrwerk ist nicht ausgefahren. Er drückt mehrmals auf den Knopf, aber die Verbindung muß unterbrochen sein. Mit aller Kraft reißt er an dem kräftigen Handgriff, aber der scheint zu blockieren. Schweiß tritt ihm auf die Stirn, bevor der Griff nachgibt und die Räder ausklappen.

Jetzt die Feinregulierung der Geschwindigkeit, indem er die Flugzeugnase hebt und senkt. Die Maschine gleitet ein wenig nach vorn, um nicht abzurutschen – dann ist die hintere Kante des Stahldecks in Reichweite, er zieht den Steuerknüppel an sich. Hebt die Nase in den pfeifenden Luftwiderstand und fällt die letzten Zoll aus der Luft, während die gemalten Muster auf ihn zustürzen und die Räder anfangen zu rumpeln. Er tritt hart auf die Bremsen, daß der ganze Rumpf bebt und in die elastischen Fangseile rollt. Dann steht er still; das Flugzeug klingt wie ein fauchender Dampfkessel.

Das nächste, was er wahrnimmt, ist Schaum zu allen Seiten; er treibt im Innern der Kabine und läßt ihn in einem milchigen Halbdunkel herumtappen, bis er das Cockpit geöffnet hat und wie der schaumgeborene Teufel selbst auf die Tragfläche hinaustritt, triefend von Blut und Öl –

Zu einem Chor japanischer Stimmen, die ihn mit taktfesten Rufen feiern und einem Wald von Händen, die wie auf Kommando in die Luft fliegen.

Für einen Augenblick ist es Kilroy, als hätte er die Wolken vom Himmel heruntergebracht. Dann sieht er, wie sie daliegen und in einer anderen Welt ausbluten, und er springt in den Schaum und kämpft sich aus den losen, zerfallenden Flocken.

Sie stehen Spalier für ihn. Laute Rufe und kleine, straff sitzende Uniformen, Mützen mit kurzem Schirm. Ganz außen die Marinesoldaten. Sie applaudieren ihm, und Kilroy applaudiert sich selbst. Schaumfetzen fliegen von seinen Händen.

Ein Kommando – und die Samuraischwerter fliegen hoch und bilden ein blitzendes Portal, durch das er feierlich mit einem inneren Prickeln schreitet; es läßt ihn glauben, daß die Schaumblasen aus ihm selbst kommen. Erfüllt von seinem neuen Wissen, nickt er nach allen Seiten; es schaukelt unter seinen Füßen, und er schreitet aus – die Zunge gerade im Mund und den Bauch eingezogen, während das Blut immer noch von Hals und Schulter tropft und sich erste Anzeichen von Ohnmacht und Schwindel bemerkbar machen.

Ihm ist, als ginge er unter Rasiermessern, und er zwinkert, versucht das Gesicht zu wahren, während der Schaum nach und nach verschwindet und ihn in seiner nackten, zerschnittenen Haut zurückläßt. Es brennt in der frisch aufgeschürften Wunde, und er empfindet das, als hätte er sein Gesicht verloren. Aller Jubel um ihn herum stoppt jäh, als sie – im letzten Tageslicht – einen fremden Teufel im großgeblümten Lendentuch vor sich sehen.

Die Klatschsalven verstummen. Verebben im luftleeren Raum um ihn herum. Weiß verschwindet er in seiner Wolke. Als letztes sieht er die Frontseite einer Riesenblase, die mit Regenbogenschimmer auf ihn zurollt. Sie berührt ihn mit einem kleinen elektrischen Schlag, der sich eine Sekunde feucht anfühlt. Dann ist er da drinnen, und die Scheiben werden schwarz. Das Licht ist erloschen –

Lange.

Auf einer weißen Pritsche zwischen Steinwänden und Schirmen aus durchleuchtetem Papier kommt er wieder zu sich. Zwei bewaffnete Wachsoldaten sind im Raum postiert und blicken, ohne zu zwinkern, ins Licht. Er registriert einen durchdringenden Geruch nach Äther und Verbänden, seine gesamte Schulter und der eine Arm sind eingegipst. Um seinen Hals ist ein Kragen gelegt; wie eine Mumie ruht er eingetrocknet in Schalen aus Gips, während alles juckt und das Licht infernalisch in seinen Augen singt. Auf seine Stirn hat man einen dicken Frotteelappen gelegt, der Wellen von milden Dämpfen und Kräuterdüften in sein Gehirn schickt.

Er schließt die Augen wieder.

Ein wenig später flattern Hände wie Schmetterlinge über seiner Puppe, ziehen das Laken glatt und sorgen für neue, kühle Brisen auf seinem Gesicht. Eine leise, höfliche Stimme besteht darauf, daß er aus dem Meer des Schlafes auftaucht, sie zählt seinen Pulsschlag und führt kalte Salbenschnäbel über seinen Körper. Dann gibt er auf. Er weiß, daß der Tag zurückgekehrt ist, um zu bleiben.

Sie trägt eine runde, weiße Mütze, einen Mundschutz, und die Augen sitzen tief eingefaltet über der Herzform der Wangen. Das läßt einen Namen über seine Lippen kommen, der nicht der ihre ist, aber sie lächelt unter dem Mundschutz, als er ihr mit Nakamuras Stimme zuflüstert: »Wo bin ich?«

Sie antwortet – sanft und überrascht darüber, daß er sie in ihrer eigenen Sprache anredet: »Im Shuri-Fort. Auf Okinawa! Als verehrter Gefangener des Fregattenkapitäns Yoshida.«

Er sinkt auf die Pritsche zurück, betrachtet sie mit einem Finger an der Nase; es ist, als bildete das Licht einen Schleier in ihren Augen. Im Flur ertönen Schritte. Ein Arzt mit randloser Brille und zurückgekämmtem Haar tritt ein, gefolgt von einem Mann in dunkler Marineuniform.

»Dr. Shimada – der Patient ist aufgewacht. Er spricht unsere Sprache.«

Nachdem sie Zahlen und Temperaturkurven mit dem Arzt besprochen hat, zieht sie sich zurück. Der Fregattenkapitän ist ganz dicht an die Pritsche herangetreten. Er ist kahlgeschoren und der Kragen mit den Sternemblemen aufgeknöpft.

Viele Fragen später ist Kilroys Schicksal noch immer ungewiß. Den Namen haben sie ohne weiteres akzeptiert, aber was soll mit ihm geschehen, wenn er aus den Verbänden heraus ist? Der Arzt, der ihm gegenüber kurz angebunden ist, hat ihn informiert. Nur wenige Millimeter haben ihn vom Tod getrennt, so nahe an der Halsschlagader hat ihn das Geschoß getroffen. Jetzt ist er außer Lebensgefahr, und weitere Bluttransfusionen sind nicht erforderlich.

Fregattenkapitän Yoshida kneift die ganze Zeit über die Augen zusammen, als würde diese Muskelkontraktion, wenn man sie oft genug wiederholte, am Ende klarstellen, wer der Mann ist. Sein Interesse an dem Gefangenen hat etwas Kurzsichtiges. Es steht fest, daß er wie ein Krieger des Kaisers gekämpft hat. Ganz allein hat er einen Luftangriff abgewehrt und vielleicht das Leben seines Vorgesetzten – Admiral Onishi – gerettet, da sich der Oberbefehlshaber der Selbstmordbrigaden bei Beginn des Angriffs auf dem Flugzeugträger aufgehalten hatte.

Er spricht ihre Sprache, aber Japaner ist er nicht. Er fliegt wie ein Teufel, aber er trägt weder Uniform noch Erkennungmarke. In der Luft ist er souverän. Auf der Erde verliert er das Gesicht und führt sich wie ein Idiot auf.

Die Verteidigung von Okinawa ist auf dem Weg in ihre letzte Phase. Sie wollen die dritte und bislang größte Kamikaze-Welle realisieren und setzen im übrigen auf die neuen »Einmann-Chrysanthemum-Bomber«, die von größeren Flugzeugen abgeworfen und von den Piloten sicher bis zu ihrem Tod gesteuert werden. Das spart kostbare Flugzeuge. Die Flotte des Feindes hat einen Eisenring um Okinawa gelegt, und auf der Insel hat sich die Infanterie festgebissen. Wenn Okinawa fällt, ist der Weg zum blutenden Herzen des Landes frei.

Sie brauchen, mit anderen Worten, erfahrene Piloten, und es gibt keinen Zweifel daran, daß der Mann mit einem Jagdflugzeug Wunder vollbringen kann. Aber ist er überhaupt Soldat?

Die Geschichte, die er gerade erzählt hat – befördert durch die Fragen des Fregattenkapitäns und begleitet von der tiefen Skepsis des Arztes –, wirkt eher phantastisch als glaubwürdig. Und er hat gesehen, daß Dr. Shimada das Wort »verwirrt« in die Diagnose eingefügt hat.

Auf der anderen Seite: Nakamura Matsuos Identität kann überprüft, sein Auftrag kontrolliert und das ausrangierte Mitsubishi-Jagdflugzeug untersucht werden. Faktisch spricht die Staffelnummer des Mannes dafür, daß die Geschichte wahr sein könnte. In Zeiten wie diesen ist es besser, das Phantastische zu glauben als überhaupt nichts. Yoshida lächelt bitter vor sich hin.

Er hat beinahe den dünnen, gewachsten Schnurrbart von der Oberlippe gerieben, während er das Für und Wider abwägt. Endlich beschließt er zwei Dinge: Er will seine Vorgesetzten entscheiden lassen, und er will eine Untersuchung in Gang setzen, um die Auskünfte des Mannes zu überprüfen, die ihre Wurzeln in der Wirklichkeit haben müßten.

Kilroy hat sich halb auf der Pritsche erhoben und den freien linken Arm zu einem »Tennoheika Banzai!« erhoben.

Dr. Shimada betrachtet ihn voller Entsetzen, Yoshida mit einer Mischung aus Ernst und Irritation.

Als der Patient mit schwacher Stimme und stahlhartem, wildem Blick erneut seine Bitte vorträgt, in Nakamuras Namen für den Kaiser zu fliegen, gibt sich der Fregattenkapitän selbst mit seinen blanken Absätzen einen Tritt, dreht sich um und verläßt den Raum mit einem Knallen, das im Flur noch lange danach hitzig nachhallt. Dr. Shimada fügt ein paar Zeilen zu seiner Diagnose hinzu, setzt ein Fragezeichen dahinter und schüttelt den Kopf. Mit einem Seufzer sinkt Kilroy zurück in seine Verpuppung.

»Ihr habt selbst mein Blut ausgetauscht«, sagt er bebend wie ein Kind, »ich bin jetzt Japaner!«

Der Arzt geht eilig hinaus.

Kurze Zeit darauf hat Kilroy das Bett verlassen, die Verbände sind entfernt, und er befindet sich im Arrest, wo er jeden Tag dampfende, weiße Frotteetücher zu seiner persönlichen Pflege bekommt – in die Zelle gereicht auf einem Stück weißgescheuertem Holz, gerade so, als wären es Mitteilungen von allergrößter Wichtigkeit.

Als alle seine Auskünfte kreuz und quer kontrolliert worden und im wesentlichen zu seinen Gunsten ausgefallen sind, wird er auf freien Fuß gesetzt. Sie halten ihn in einer Art Hausarrest in dem schönen, alten Schloß, das so zerbrechlich wirkt mit seinen Wänden aus Papier, Strohmatten und hohen geschwungenen Holzsäulen, zwischen denen Samurais anderer Zeiten geherrscht haben. Abends sieht er die Offiziere in leichten weißen *Monpei* oder Kriegskimonos, und sie führen lange Gespräche über die Ästhetik der Ehre. Ihr tieferer Sinn bleibt ihm verschlossen, aber sie wecken Erinnerungen an die Zeit mit von Lückner und Nakamura.

In einer der Hallen des Shuri-Forts pflegen die Offiziere das Bogenschießen. Entzückt sieht er dem Tanz der weißen Kraniche zu – die hoch erhobenen Beine, die tiefe Verbeugung vor der Strohmatte, bevor die Pfeile abgeschossen werden, die Harmonie des Bogenspannens und die Schönheit der Bewegung, wenn die behandschuhten Finger die Sehne loslassen.

Er ist zu einer Art Maskottchen für die hohen Kriegsherren, die *Daihonei,* geworden, die im Kaiserlichen Hauptquartier ein und aus gehen. Im Baderaum, wo der Dampf von heißen Steinen aufsteigt, hat der Kommandant des Forts, Marschall Ushijima, seine klugen Augen über den Rand des Fächers auf ihn geworfen und ihm nach einem berühmten, herrenlosen Samurai, einem wandernden *Ronin*, den Spitznamen Yasbei gegeben. Er ist jetzt genauso stolz über seine neue Identität wie damals, als der Name Kilroy auf der Insel verbreitet wurde. Inoffiziell bekommt er den Dienstgrad eines Adjutanten und hilft Stabschef Cho bei den täglichen Angelegenheiten.

Nachts hallt der Korridor vom Klappern der Holzsandalen. Draußen donnern die Kanonen der USA.

Es kommt der Tag, an dem Admiral Onishi ihm einen Besuch abstattet, begleitet sowohl vom Marschall als auch vom Stabschef, der mit seiner runden Hornbrille und dem explosiven Lachen an einen lebhaften Terrier erinnert. Der Marschall ist unter seinen schwimmenden Augenlidern wie ein ruhiges Wasser. Er hat lange Handbewegungen; der Fächer sitzt ihm in den Fingern, selbst wenn er keinen bei sich trägt.

Der Admiral dagegen wirkt gehetzt – durch seine Träume marschieren Gespensterkompanien mit immer lauter werdenden Rufen, und die toten Piloten schlagen mit vergilbtem Laub einen Wirbel auf seiner Fensterscheibe. Derjenige, den die Geschichte freisprechen wird, verurteilt sich vor allem selbst. Onishi ist ein vom Tode gezeichneter Mann.

Nun dankt er für sein Leben. Seine Stimme ist wie ein Seidenfaden, der seine Worte strafft. Er erwähnt Kilroys Einsatz in erlesenen Formulierungen und verspricht ihm, daß Nakamura einen Schrein in Yasukuni, der »Gedächtnishalle der toten Märtyrer« bekommen soll.

Und nicht lange danach geht Kilroys bislang heißester Wunsch in Erfüllung: Nach einer ehrenvollen Zeremonie, bei der ihm Ushijima das Samuraischwert, Schärpe und Stirnband überreicht, wird er in die Kaiserliche Luftwaffe aufgenommen. Zunächst ist er Yoshidas Kommando unterstellt, und er bekommt seinen »Hayabusa-Jäger«, der jetzt – unmittelbar vor Kriegsabschluß – das beste unter den japanischen Vollblutflugzeugen ist. Das ist der größte Tag in dem Teil von Kilroys Leben, in dem seine Erinnerung noch immer intakt ist.

Er fliegt Eskorte für Kamikaze-Piloten und zeichnet sich – wie zuvor – im Kampf aus. Mit mehr abgeschossenen B-29ern auf seinem fehlenden Gewissen als jeder andere ist er allzu kostbar, um selbst geopfert zu werden. Er gewinnt Freunde unter den Piloten, aber niemand wird ihm so vertraut wie Nakamura. Der Tod erntet sie vorher.

Er genießt ihren Respekt. In seinem Cockpit wirkt er unverwundbar – wie ein Insekt, das in Bernstein eingeschlossen ist. Krieg hat es in seiner Welt von dem Tag an gegeben, als er wieder zu Bewußtsein gekommen ist, und er stellt ihn nicht in Frage. Er ist immer noch am glücklichsten in der Hitze des Kampfes – außerhalb des gläsernen Eis der Kabine ist er rastlos und betäubt die Sinne mit Extra-Rationen von Sake und Suntory.

Mit großem und kindlichem Erstaunen sieht er, wie die Männer in ihren Schrittbinden, die die Gesäßbacken anheben, miteinander schlafen. Als er vom Stützpunkt Urlaub hat, kommt er zum Schloß zurück und versucht mit der Krankenschwester ins Bett zu gehen. Aber als es beim erstenmal nicht klappt, zieht er sich ganz aus dem Spiel zurück und weint im verborgenen über alles, was er verloren hat.

Als Ende Juni die Großoffensive der GI-Truppen auf Okinawa einsetzt und sich die Frontlinie vom Shuri-Fort immer weiter zur Südspitze der Insel verschiebt, wo sich Soldaten und Zivilbevölkerung in Korallenhöhlen verschanzen, ist er zu einem Luftstützpunkt auf der Hauptinsel überführt worden. Direkt vor einer Stadt, die Hiroshima heißt.

Aus der Ferne und anhand von Nachrichtenbulletins verfolgt er den Verlauf der Schlacht. Die Amerikaner haben mit etwas Neuem begonnen: Flammenwerfer auf Tanks spucken Drachenzungen von Napalm und brennen die Japaner und die eingeborene, in lange Kittel gekleidete Fischerbevölkerung aus ihren Stellungen. Unerbittlich rollt der Feuerteppich über Okinawa, verschlingt die Luftstützpunkte, Benzindepots, Ushijimas Stellungen und Schützengräben. Hinterläßt rauchende Korallenhöhlen und verbrannte Hügelkämme. Er sieht Körper, angeschwollen von der brüllenden Hitze, Haut und Kleidung atmen noch den Dunst des Brandes.

Marschall Ushijima und sein Stab halten noch auf der Südspitze stand; das Shuri-Fort ist gefallen. Als die Schlacht verloren ist, wählen sie die Ehre, statt in die Hände des Feindes zu fallen. In der Nacht zum 22. Juni nehmen Ushijima und General Cho eine Mahlzeit ein, die aus Reis, rohen Lachsröllchen und Tang, Miso-Suppe, Ananas und Herzen aus Thunfischfilet besteht, dazu trinken sie dreijährigen Tee und Sake. Die Konversation ist leicht und berührt nur alltägliche Themen. Sie stoßen ein paarmal mit schottischem Whisky an, den der Stabschef vom Schloß mitgebracht hat. In der Korallenhöhle, in der sie ihr neues Hauptquartier aufgeschlagen haben, brennen die Fackeln mit unterseeischem Schimmer. Der Mond draußen ist auf dem Weg hinunter in die westlichen Gewässer.

Um vier Uhr morgens erheben sie sich. Ushijima ist in voller Uniform, mit Fächer und Adjutanten. Cho trägt einen weißen Prachtkimono mit dem Emblem eines vierblättrigen Kleeblattes. Er geht als erster, indem er sagt: »Wenn der Weg im Dunkel liegt, ist es besser, der Herr folgt mir. Mein Kimono wird wie die Flecken hinter den Ohren des Tigers leuchten!«

»Sehr wohl«, antwortet Ushijima, »da will ich nur meinen Fächer mitnehmen, denn es verspricht, ein warmer Tag zu werden.«

Die Adjutanten folgen ihnen mit scharfgeschliffenen Schwertern.

Sie tauchen in der Öffnung der Höhle auf, wo sie vom Feind gesehen werden können. In der ersten Morgendämmerung gleichen sie Unsterblichen, und für eine Weile verstummt das Granatfeuer. Zum erstenmal seit langer Zeit kann man die Zikaden hören. Eine singende Stille senkt sich über die Landschaft, und alles geschieht wie unter Wasser. Ein großes, weißes Tuch wird über den Felsabsatz gebreitet, und zwei Bambushocker werden bereitgestellt, bedeckt von weißer Seide, einer Serviette und einem Messer. Ushijima und Cho setzen sich jeder vor einen, die Adjutanten nehmen hinter ihnen ihre Plätze ein. Lange sitzen sie so und starren vor sich hin, der Ausdruck in ihren Augen ist von der Meditation ausgelöscht.

Weiter unten steht ein GI, der den Finger nicht vom Abzug fernhalten kann, und mit einem Hexengeheul kommt eine Granate gefahren, die am Felsen hinter ihnen explodiert. Niemand von ihnen zwinkert. Minuten vor ihrem Tod sind sie unverwundbar. Sie warten, bis es still wird. Beschämt schweigen die Waffen wieder.

Dann stürzt sich Cho in das Unvermeidliche. Auf der Matte mit gekreuzten Beinen sitzend, zieht er einen blutigen Strich über seinen Unterleib, bis er nach vorn sinkt, und der Adjutant schwingt das Schwert so präzise, daß der Kopf gerade noch an einem Hautlappen hängenbleibt. Erst da schlägt Ushijima seinen Fächer zusammen, faßt sein Leben in siebzehn perfekten Silben zusammen und folgt ihm eilig auf dem Geisterweg, wo zwei weiße Flecken schaukelnd im Dunkel verschwinden.

Okinawa ist gefallen. Der Weg nach Japan liegt offen. Die Sonne über dem Meer brennt nun mit ihrer ganzen Kraft.

Der Anfang des Monats August bringt ihm die höchste kaiserliche Auszeichnung. Unter dem Spitznamen »Der herrenlose Teufel«, bei dem Ushijima seinerzeit Pate gestanden hatte, ist er unter den Piloten bereits zur Legende geworden. Der größte *Kichigai*. Es wird gesagt, daß *er* dem Tod auf den Fersen sei und nicht umgekehrt. So viele von seinen Freunden sind in das Land der Schatten gegangen, und er ist bereit, sie zurückzuholen. In der Luft, so sagt man, kann ihn niemand antasten, und seine Tragflächen schwingen in den höchsten Tönen der Shaguhachi-Flöte.

Kilroy wird in das zerbombte Tokio auf Urlaub geschickt. Mit dem Orden ist ein fünftägiger bezahlter Aufenthalt in einer Suite von einem der noch erhaltenen Hotels verbunden. Er trinkt sich schwindlig an glasklarem Suntory-Aquavit, schlägt sich den Magen allzu voll mit rohen Fischgerichten, die ihn vage an eine Insel aus der Vergangenheit erinnern. Es ist das Jetzt, das zählt – jeder einzige Augenblick, als wäre er der letzte. Tag und Nacht hämmern die Flakgeschütze. Die Monster, »B-san« oder »Herr B« genannt, lassen den Tod über Tokio regnen, und die Luftschutzsirenen bewegen die Leute nicht mehr zum Hochblicken, bevor sie Schutz suchen.

Am dritten Abend, als er im Badekimono dasitzt, noch frisch von der Feuchtigkeit des Körpers, klopft es an die Tür. Ehe er antworten kann, gleitet ein vollendeter Schatten in den Raum, trippelnd und seideraschelnd, die Luft zwischen den Wandschirmen ist elektrisch aufgeladen.

Kimiko sei ihr Name. Sie verbeugt sich tief vor ihm, und wie aus allen Wolken gefallen, betrachtet er ihr Gesicht. Eine zarte, bewegliche Maske aus Porzellan zwischen dem Kirschmund und den schwarzgeschminkten Augenbrauen. Das Haar ist mit Schuhlöffeln hochgesteckt, und die Schleife auf dem Rükken macht sie zu einem Geschenk, das er selbst auspacken darf.

Mit einem Lackschirm und einem Kohlenbecken verwandelt sie den Raum in Rot und Schwarz. Sie macht Feuer an, setzt kleine Kegelspitzen in die Glut, und bald breitet sich im Raum der Duft von Sandelholz aus. Im Feuerschein setzt sie sich hin und spielt auf einem Saiteninstrument mit hohen Stegen. Mit einer Stimme, kühl wie die Meeresbrise und trainiert in klassischer Unbetontheit, singt sie ›Kojo-no-suki‹ – ein altes Lied, dessen Sinn er nicht erfaßt, denn ihr Parfüm schwebt durch den Raum, als würde es von kleinen Vögeln getragen.

Er hat keine Ahnung, was sie in seiner Suite zu suchen hat, und als sie nach dem Lied einen Fuß von ihm nimmt und erst den und dann das ganze Bein küßt, ist er im Begriff, sein Bein erschreckt an sich zu ziehen. Und endlich wird ihm klar, daß ihm ein Wunder zuteil wird.

Die große Liebe ist über seine Schwelle getreten wie ein Gast, von dessen Existenz er vor dieser Nacht, da sich das Universum in Fleisch und Blut öffnet, nichts gewußt hat. Ihm wird schwindlig von ihrer Art zu reden. Von Anfang an herrscht eine tiefe Vertrautheit zwischen ihnen. Wie aus einer gemeinsamen Vergangenheit, in der sie einander längst kannten. Alles, was sie sagt, ist eine vollkommene Ergänzung zu den Gedanken, die er bislang für sich allein zu haben glaubte.

Mit der größten Feierlichkeit entfernt er die Seide von ihrem Körper. Ihr Venusberg ist weiß geschminkt und niemals behaart gewesen; er ist glatt wie ein Delphin und dick von Feuchtigkeit. Als er sie weiter öffnet, sieht er, daß die Schamlippen dieselbe kirschrote Farbe wie ihr Mund haben, und er trinkt aus ihnen. Die Schminke schmeckt nach Puder; die kleinen Brüste berührt er nur ehrerbietig mit der äußersten Zungenspitze, um nicht ihre feine Farbpalette zu zerstören.

Sie reitet ihn, bis der Mond verblaßt. Wieder und wieder wächst er in ihren Händen, und er weint vor Glück und kann nicht glauben, was seine Sinne ihm da erzählen. *Sie* ist da. Seine Liebe, die Haut seiner Träume. Sie ist bei ihm! Er fragt nicht mehr, wie sie seine Tür gefunden hat, denn die Liebe ist die Selbstverständlichkeit an sich. Er hat tausend Klöße im Hals, und er streichelt seine Liebste, bis sie golden ist. Der Feuerschein hinter ihr vertieft sich in dem schwarzen Lack wie ungeborene Sternennebel am Nachthimmel.

»Kimiko, Kimiko ...«

Immer wieder kommt der Name aus ihm, voller Wildheit und Zärtlichkeit.

Am nächsten Tag, nachdem sie gegangen ist, fühlt er sich in seinem Schlaf vollkommen selig. Endlich weiß er, was es heißt zu lieben. Und er kann nicht warten, bis sie zurückkommt. Er kauft den ganzen Tag über Geschenke, will alles, was er an Dingen besitzt, geben, ohne zu wissen, ob sie es haben will. Denn so stark denkt er an sie, und nur in der Erwartung kann er Ruhe finden. Nachdem die halbe Nacht vergangen ist, ohne daß sie zurückgekommen ist, läßt ihn sein Erstaunen aktiv werden, und er sucht sie überall in Tokios Nachtleben.

Als sie ihm endlich hinter einem Vorhang gegenübersteht und alle Verwunderung auf ihrer Seite ist, muß sie mit einer Glocke klingeln, um ihn aus dieser Nacht, für die niemand bezahlt hat, entfernen zu lassen – während er immer noch nicht versteht. Er ist nur außer sich über eine Liebe, die so kurz war und alles erfüllt hat.

# 0

Früh am Morgen des 6. August geht Kilroy die Koi-Landstraße entlang, die nach Hiroshima führt, um sich im militärischen Hauptquartier in der Nähe des Stadtzentrums zu melden. Am Himmel zeichnet sich ein leichter Wolkendunst ab, die Insekten schwärmen und ziehen die Vögel in langen Kurven hinter sich her. Alles deutet darauf hin, daß es ein warmer Tag wird.

Auf dem Rücken trägt er den Tornister mit seinen wenigen Habseligkeiten. Es gibt keine Flugzeuge mehr, kein Benzin, und der Hiro-Stützpunkt liegt verödet da mit großen Löchern in den Startbahnen.

Er geht am Ufer entlang und schlägt mit einem Stock in das Bambusgestrüpp. Die Berge vor ihm sind hell geworden, und die Pinien wogen über den dunklen Abhängen. Es ist ein Geräusch in der Luft wie von einem Zwirnsfaden, der sich durch die Kronen von Ahorn- und Lorbeerbäumen fädelt, und ein Kranich fliegt auf und zieht mit einem erschreckten Knirschen in den Flügeln davon. Er ist ebenso vergnügt wie jeder andere Vagabund.

Die Stadt breitet ihren Fächer in einem Delta von sieben Flüssen aus. In den südlichen Zweigen befinden sich die Docks, wo rostzerfressene Schiffe Seite an Seite mit den Mattensegeln der Sampen liegen. Mitten in der Stadt das Industriegebiet und etwas außerhalb der Flugplatz, wo es ganz still ist. Nur der Radarschirm überwacht den Himmel Tag und Nacht.

Kilroy hat einen Geruch von frischgemähtem Gras in der

Nase. Ein Frosch springt über seinen Fuß ins Wasser. Über dem gewellten Reisfeld liegt zitternd der feinste Schleier –

Plötzlich wird dieser Schleier von einem Laut zerrissen. Es sind die Luftschutzsirenen, die aber nach einer Weile mit dem Signal »Gefahr vorüber« verstummen, und er droht der einsamen »B-san«, die den Luftraum über ihm erkundet, mit der Faust.

Auf der Brücke über die Ota bleibt er stehen und legt den Kopf in den Nacken, um zu sehen, ob sie eine Jägereskorte hat. Der Ton hat eine Interferenz, die auf ein Geräusch in größerer Höhe über ihr schließen läßt, aber es ist nichts zu sehen. Säße er jetzt nur hinter dem Knüppel in seiner »Hayabusa 2« ..., wieder ballt er die Fäuste.

Er bleibt stehen und sieht nach oben. Es ist etwas Merkwürdiges an dem Geräusch, ein besonders tiefes und langsames Dröhnen. Das Bombenflugzeug fliegt ganz langsam – wesentlich unter der üblichen Geschwindigkeit, und der Drehzahlabfall läßt es schwer in der Luft hängen. Das schärft seine rein instinktive Aufmerksamkeit: Was hat der da oben vor? Der Alarm ist nun schon seit einigen Minuten abgeblasen.

Es ist ein ziemlich kleiner Silberfisch, der da am Himmel entlangkriecht. Der sieht nicht so aus, als wollte er zu einer Bombardierung hinabtauchen.

Der B-29-Bomber gibt Gas und geht in eine scharfe Rechtskurve – allzu scharf, kann er gerade noch denken –, als wollte der Pilot in einem höllischen Tempo von etwas weg. Er fliegt das Monster, als wäre es ein Jäger!

Etwas kommt von dort heruntergewirbelt – in der Größe eines Ausrufezeichens. Es sieht so aus, als wäre es gut einen halben Kilometer über der Stadt –

Dann wird der Horizont von Ost nach West lautlos von einem Blitz aufgerissen, und seine Augen fügen alle Farben des Regenbogens in Punkten hinzu. Es ist, als würde einem der Blitz direkt ins Gesicht gedrückt. Besonders unheimlich, daß alles ohne ein Geräusch vor sich geht. Er spürt die Druckwelle von etwas, das existiert, aber nicht von dieser Welt sein kann.

Das nächste, was er wahrnimmt, liegt außerhalb der Zeit. Er hängt in der Luft und gleitet ganz langsam, der Ranzen zerrt an seinen Schultern wie ein Fallschirmgurt. Er gleitet hinunter, und es ist, als wäre die Stadt aus dem Himmel gestürzt worden und fiele nun als Schnee aus weißen Holzsplittern, Ziegeln, Holz und Mauerbrocken wieder herunter.

Blitzartig erinnert er sich an alles, was vorher war – der B-29-Bomber ist weg, er hängt einsam in seinem Fallschirm, und drei Wellen gehen über den Himmel: eine blaue, eine gelbe und eine weiße. Eine Detonation aus einer anderen Welt, begleitet von einem verschmorten, elektrischen Geruch, der die Luft austrocknet. Er fühlt sich schwerer als je zuvor, und sein Gesicht fliegt einem Meer aus aufbrechendem, brennendem Schaum entgegen. Er wird von Tropfen getroffen, die so groß sind wie Hände, und er öffnet den Mund, um den Druck von innen zu mildern. Ein Gefühl, als würden die Kiefer auseinandergesprengt. Dann entzündet sich die Erde unter seinen Füßen, und der Feuersturm brüllt durch das Straßennetz der Stadt.

Er schwebt noch immer, befindet sich über der bebenden Erde. Voller Staunen sieht er, wie sich Schatten von dem Licht in die Dächer eingebrannt haben. Die Hypothekenbank trägt einen Abdruck vom viereckigen Turm des Elektrizitätswerkes. In einem Steingarten sind Lichtschauer in Negativen blitzgefroren, und die Grabsteine um den Gokogutempel sind als schräge Silhouetten auf eine Hausmauer projiziert worden – wie in Mauerwerk eingebrannte Fotografien. An einem anderen Platz ist der Handgriff von einer Benzinpumpe auf das gegenüberliegende Warenhaus geschleudert worden, wo er wie ein langhalsiger Vogel liegt, den gebrochenen Hals über dem Dachfirst.

Eine Windhose erhebt sich vor ihm. Sie trägt Wellblech und Papier, Streifen von Tantami-Matten, Türen und Teile eines abgerissenen Schirms. Er krängt in einem langsamen Wirbel mit dem Dach einer Straßenbahn, ein Fahrrad fliegt vorbei, auf dem sich niemand über den Lenker beugt.

Dann ist er unten und rollt schwer, aber unverletzt in einer Lawine aus Schlamm. Er ist von oben bis unten voll zähem Schleim, als er auf die Beine kommt und sich am Flußufer wiederfindet. Die Brücke über seinem Kopf ist verbrannt.

Ohne einen Gedanken schlüpft er aus den Gurten des Ranzens und beginnt zu gehen. Heftige Windstöße schlagen die Flammen nieder und verbreiten sie mit einem Geräusch wie von Schweißgeräten zu den Wohnvierteln. Abgerissene Gewitterwolken klatschen noch immer vom Himmel, heiß und naß auf den Wangen wie frischgebrühte Frotteetücher. Weiter drinnen im Zentrum haben sich die Menschen trotz allem die wattierten Baumwollhelme aufgesetzt, die während der Luftangriffe getragen werden. Rings um die Luftschutzräume herrscht Chaos.

Eine Flutwelle von Menschen wälzt sich den entgegengesetzten Weg entlang. Das Feuer in der Luft läßt sie nach Wasser stöhnen.

Plötzlich hört man es überall: »Mizu, mizu!« – flüsternd und rufend in allen Tonarten der Welt. Einige stehen da in gähnendem Schweigen – vom Durst zu Salzsäulen verwandelt.

Andere haben sich an den Fluß geworfen und trinken aus ihm direkt von einem seiner Ufer aus; einzelne liegen da und erbrechen und winden sich in Krämpfen. Eine Gruppe steht auf einer Sandbank, die Hände zum Himmel erhoben. Die Flut kommt, und das Wasser strömt vom Meer zurück, mit Salz für ihre Brandwunden.

Er sieht eine Kompanie Soldaten, noch immer mit nach oben gewandten Gesichtern. Ihre Augäpfel hängen aus den Höhlen, gebraten wie Eiweiß in Öl. Blind mischen sie sich in den Chor der Bettler um Wasser. Die Münder sind Blasen und Pusteln, selbst die Dunkelheit ist ihnen verwehrt, denn die Gehirne senden noch immer Licht aus ...

Für die Sehenden ist der Tag dagegen dunkel geworden. Rauchzungen sickern aus der nackten Erde, und es knirscht unter den Füßen von Holzkohle, die kurz vorher noch die Form von Häusern hatte.

Die Telefonmasten und -leitungen an der Straße sind umgekippt, und er tritt in ein Wirrwarr von verfilzten Drähten. Als er die Porzellanglocken berührt, zerfallen sie zu Asche. Er betrachtet dieses Detail mit größerem Entsetzen als alles Vorausgegangene zusammengenommen. Selbst, als ein junges Mädchen in knallrotem Kimono auf ihn zukommt. Von ihren Händen, Armen und Ellenbogen spreizen sich Bündel von nadeldünnem

Glas; es blitzt in einem Kamm über den Wangenknochen, und das Gesicht scheint an ein Lächeln genagelt zu sein, damit sich die Splitter nicht bewegen. Die Schmetterlingsschleife auf dem Rücken ist aufgegangen, und sie schaukelt dahin in den Hitzewellen der Luft und hält den Kopf bis zum Schluß hoch erhoben, während das Seidenband ausläuft; lange hält sich der Gedanke, daß sie aus der Ferne einem Skorpionfisch auf einem unterseeischen Riff ähnelt –

Er sieht Menschen an sich herunterstarren, weil ihre Kleidung verbrannt ist und ihre Haut die helleren Blumen des Kimonos trägt; sie wirken wie die Negative ihres eigenen Erscheinungsbildes, als ihre Kleidung noch nicht dem blendenden Licht am Horizont ausgesetzt worden war. Das Dunkle des Stoffes hat die Wärmestrahlung in ihre Haut geleitet; das Helle hat sie reflektiert. Ein Mann, der einem Sumo-Ringer ähnelt, fummelt abwesend an seiner Gürtelschnalle, die sich tief in seinen Bauch geglüht hat, und sie löst sich mit Stücken von grauem, gekochtem Darm.

Niemand weiß, was geschehen ist. Ein Gerücht lautet, daß die Amerikaner Benzin über alles gesprüht haben; ein anderes geht davon aus, daß sie Magnesiumpulver elektrisch gezündet haben oder Trauben von Bomben, die sich selbst zersplittern. Im Militärlazarett entdeckt einer der verletzten Ärzte, daß alle Röntgenplatten belichtet sind und den Abdruck eines Menschen tragen, den niemand kennt.

Immer noch fahren Orkanstöße mit Scherben durch die Straßen. Metall spreizt und dreht sich, während Wasserstrahlen den Kalkstaub wieder in Schlamm verwandeln oder auf schwelende Reste treffen, die zu stinken beginnen. Die Ahornbäume im Asano-Park sind umgestürzt; sie haben den Milchsaft aus dem Boden gebrochen, und es lindert nur die Wunden der Luft, als die Asche fällt. Auf einer längeren Strecke sind die Straßenbahnschienen herausgerissen und zittern, wie von lebhaften Fingern gezupft, Windharfenoktaven in das Dunkel. Der Asphalt saugt seine Füße an sich wie ein heißer Sumpf.

Nicht die Toten, nur die Lebenden wandern …

Schließlich kniet er neben einem ausgebrannten Straßenbahnwagen nieder, der auf einen Friedhof geschleudert worden ist. Der Glimmer ist aus dem Granit der Grabsteine herausgeschmolzen und klebt als Salzschollen auf den zubehauenen Steinen. Ein altes Mütterchen mit einem Quittengesicht sitzt untröstlich vor der Urne ihres Sohnes, die eine ganz neue Glasur aus Zinnober und Gold bekommen hat, und sie weint herzzerreißend, weil sie glaubt, daß es seine Asche ist, die vom Himmel fällt.

»Oba-san«, sagt er und will ihre Hände nehmen, aber die Haut gleitet herunter wie Handschuhe; da nimmt er diesen Tag in die eigenen Hände und verbirgt seinen Kopf vor dem Rest.

# 1

Der Regen in Chengdu riecht nach Ziegen.

Vor dem Bahnhof standen Karren mit aufgeschichteten Zwiebeln und Kürbissen, und die ganze Marktstraße hinunter sah ich Reihen von braunen, geräucherten Enten. Aufgehängt an ihren Hälsen, erinnerten sie an Präparate, die auf dem Drachenskelett ihrer Knochen ausgespannt sind. Irgendwo in meiner Seele werde ich für immer das Abbild von Chengdus Enten bewahren. Wenn unsere Reise hier auf der Erde auch noch so kurz ist, so bleibt doch Zeit, um Nase und Augen aufzusperren.

Ich blätterte mich durch Mäntel mit nassen Schaffellkragen, zunehmend immun gegen die Blicke der Menge. Mit einem Schaumlöffel fischten sie in Öl ausgebackenen Teig aus Eisentöpfen, taten ihn in Tüten aus Fettpapier und reichten das Gebäck hinaus an die Vorübergehenden. Die kalten Enten packten sie in Zeitungspapier. Hier gab es auch die aufgekrempelten Säcke mit Gewürzen und Tee, brennenden, roten Chilifrüchten und Erdnüssen. Und das ist im großen und ganzen alles, was von Chengdu zwischen zwei Zügen bei mir hängengeblieben ist.

Von der weiteren Reise erinnere ich mich an das langanhaltende Heulen der Lokomotive in der Nacht; Schlaf, unterbrochen von kreischenden Bremsen; Lautsprecherdurchsagen auf namenlosen Stationen. Lange Tage am Fenster, die Augen auf Reisfelder gerichtet, ertrunken in Spiegeln und Terrassen. Tunneldunkel, jedesmal, wenn wir mit donnernden Rädern in den Berg eindrangen –

Nach den Marihuanafeldern von Lanzhou, die ich nur auf Abstand und durch Glas wahrnehmen konnte, verbrachte ich die nächsten vierundzwanzig Stunden auf den harten Sitzen der Einheitsklasse, wo jeder Platz von der Größe einer Briefmarke durch eine Völkerwanderung belagert wurde.

Von Zeit zu Zeit fällt ein Arm aus dem Gepäcknetz auf meinen Kopf. Ich halte dann auch die andere Wange hin. Alles Ruhen ist begrenzt auf ein nickendes Dösen; die Wirbelsäule wird zu Dominosteinen zerhämmert, und der Kopf sendet in immer kürzeren Abständen Signale in den Schlaf.

Das China der Zikaden hat begonnen. Sie kommen mit ihnen in kleinen Käfigen aus geflochtenem Bambus, und wenn die Zikade plötzlich einen Laut von sich gibt, wächst im Zugabteil ein Waldesdickicht, während die Landschaft draußen flach vorbeifährt.

Kahle Flecken lösen das Grün ab. Zu beiden Seiten erstreckt sich eine rotgesprenkelte Sandebene mit losen Felsstücken. Wir donnern an zerzausten Grasbüscheln und silbergrauem Dornengebüsch vorbei, während wir uns in die Hochebene hineinfressen. Weit entfernt am Horizont heben sich die Berge als blauer Rand mit eisglitzernden Gipfeln. Da draußen sehe ich Kamele und Moslems mit weißen Mützen.

Einen Augenblick hat es ganz hinten am Horizont aus Richtung der Wüste Gobi geblitzt, wo sie ihre Probesprengungen durchführen. Ein blendendes Licht – lautlos durch die große Entfernung. Sekunden später riecht die Luft um uns verbrannt.

Nur wenige Kilometer weiter wird der Zug mitten auf der Strecke von einem Militärkonvoi gestoppt; Türen knallen, und ein Gewimmel von grünen Uniformen bahnt sich den Weg durch die Wagen, während sie nach rechts und links Befehle bellen und schützende Mundbinden verteilen, die die meisten Chinesen erstaunt entgegennehmen. Mir wird ein Ellenbogen in die Seite gestoßen. Einen Augenblick lang wendet sich der Soldat fragend einem Vorgesetzten zu, der mich ansieht und nickt. Dann bekomme auch ich einen Mundschutz, den ich lange in den Händen baumeln lasse, während die Gedanken ihre eigenen Wege gehen.

Ich starre dumm auf die Maske mit den weißen Bändern, die im Nacken zu schließen sind. Um mich herum sitzen alle schon mit bedecktem Mund, die Augen schräg über der Binde, und nicken mir auffordernd zu. Schließlich habe ich das Gefühl, daß ich allein den Zug aufhalte, und binde resigniert die Maske um. Kurz darauf rückt der Wagenstamm an, die Soldaten springen ab, und der Zug setzt sich wieder in Bewegung. Mein Atem bleibt unter der Nase wie eine Blase aus Hitze und Feuchtigkeit hängen. Es ist nichts Beunruhigendes in den vielen schwarzen Augenpaaren um mich herum.

Auf dem Bahnhof in Xining vermischen sich die Reisenden mit anderen, die keine Gazemasken tragen. Ich entferne meine mit einem Ruck und lasse die mentholdünne Luft des Hochlands in meine Lungen strömen. Ich habe Pflastersteine unter den Füßen, die Straßen machen einen Buckel, und der Wind läßt die Wangen kalt werden. Das ist Bergluft, und ich fühle mich sofort besser. Es sind Tibeter in der Stadt; sie stehen in kleinen Gruppen an den chinesischen Warenhäusern herum.

Kurz darauf hänge ich zwischen Himmel und Erde – in einem Paar riesiger Fäuste, die nach Dung riechen. Schwindelnd über einem Lachen mit Goldzähnen und Türkisen. In der Gewißheit, wiedererkannt worden zu sein – von einem Unbekannten –, gehe ich weiter, und das wärmt mich und macht mich gleichzeitig ein wenig perplex. Wieder etwas später, nachdem ich mir für meine weitere Reise über die Hochebene nach Tibet eine Mütze und eine wattierte Jacke gekauft habe, fange ich den Schimmer von einem Gesicht hinter mir ein – widergespiegelt in der Fensterscheibe.

Ich bin in das Kloster gegangen. In Taer – nur eine Stunde Fahrt von Xining. Es ist altes tibetisches Gebiet. Amdo oder »Das Zwiebelland« wird es genannt, und der letzte in der Reihe der tibetischen Gottkönige – Der Vierzehnte – stammt von hier.

Das Lama-Kloster, das vor mehr als fünfhundert Jahren gegründet worden ist, bildet den Hintergrund für diese Aufzeichnungen. Von meiner Zelle habe ich einen Blick auf goldene Dächer, türkisfarbene Kacheln und ockerrote Tempelmauern, in die Sonnenscheiben aus Messing eingelassen sind. Hier steht ein kleines Pult, an dem ich schreiben kann, und ein hohes Bett mit kühlen Laken. Die Wände atmen Ruhe. Eine wahre Wohltat nach den Ereignissen der letzten vierundzwanzig Stunden.

Meine Tür öffnet sich zu einer umlaufenden Veranda mit Holzschnitzereien rings um das Geländer. Die Bemalung ist zu einem feinen Pastellton ausgeblichen, und überall, wo das Holz zusammengefügt ist, blättert die Farbe ab und fühlt sich sandig an. Von hier oben sieht man in einen Hof mit viereckigen Säulen, deren Farben der Regen abgewaschen und deren Risse die Sonne verursacht hat.

Jeden Abend bei Sonnenuntergang tönen die Hörner der Mönche über die Dächer. Wenn ich die Augen schließe, sind es Wale, die Tiefwasserbomben zum Gehirn schicken, und die Schalmeien sprengen sich ihren Weg, schießen ihre Triebe durch die Knochen. Wenn hier der Regen strömt, ist es das Himmelsvieh, das herunterpißt, und über den Dächern steht ein Meeresstier und brüllt, wobei blauer Dampf aus seinem Rachen steigt.

Die Wölbung der Golddächer und die Kreisel auf den Stupas bringen die Gebäude zum Tanzen. Chinesische Drachenschuppen stieben von den Ecken der Pagoden, wo Glocken im Wind hängen. Ganz oben sind die Dächer von einem Lebensrad gekrönt, das von einer goldenen Hirschkuh bewacht wird.

Die Landschaft rings um die Tempel hebt sich zunächst als Grashügel mit hellen Birken ab, deren Rinde ich in jeder Faser meines Herzens trage. Hinter den Hängen und den gewellten, gelben Rapsfeldern ragen die Berge auf, um mich daran zu erinnern, daß ich auch hier nicht zu Hause bin. Zuweilen glaube ich, daß ich weder meine Wiege noch mein Grab in dieser Welt finden werde.

Der ursprüngliche tibetische Name des Klosters ist Kumbum oder »Stupa der tausend Bilder«, die die Versuchungen der Erde und der anderen Himmelskörper darstellen. Diese Bilder von der Welt und den ebenso vielen Illusionen, aus denen sie zusammengesetzt ist, hat man mit kleinen, aus Yak-Butter modellierten Figuren, die in einem besonderen Tempel aufgestellt sind, nachgestaltet. In dem bernsteingelben Licht der Butterlampen wellen sich die Landschaften, und ein blaugefärbter Weiser beugt sich über seinen Stock. Da sind Hirten und Tierherden, alle Spielarten von Dämonen und Tänzern, und über dem Ganzen ruht Buddhas seliges Lächeln. Die Hüte der Mönche, die sich wie Mohikanerkämme auf den Schädeln erheben, haben die gleiche gelbe Farbe wie die Rapsfelder.

Gerade in diesen Tagen wallfahren Pilger aus ganz Tibet hierher. Sie tragen Wolljacken, lange Röcke aus grüner Seide oder pinkfarbene Brokatmäntel, mit Schaffell gefüttert. Die Trachten und Kopfbedeckungen zeigen, woher die verschiedenen Stämme kommen. Je nach ihrem Heimatort haben sie Mützen mit flatternden Krempen und Silberborten auf oder große Hüte mit runden Köpfen – oft mehrere übereinander.

Ihr Schritt ist durch die weichen Filzstiefel gedämpft. Die Frauen tragen ihre Zöpfe in den unglaublichsten Futteralen oder Frisuren, die weit den Rücken hinunterreichen. Rabenschwarz glänzt das Haar mit Klumpen von Erdbernstein, grünem Malachit und Koralle. Sie hängen sich große Schmuckstücke an Wollschnüren um den Hals, Reliquienschreine aus Silber. Und sie haben Lederbeutel mit Salz aus den Bergen sowie Flint, um damit Feuer zu schlagen.

Die Männer tragen Cowboyhüte, oder sie haben das Haar mit roten Turbanen umschlungen. Die meisten von ihnen sind groß, und sie bewegen sich mit wiegenden Schultern und Siebenmeilenschritten. Wenn die Sonne scheint, wird die Jacke über den Ledergürtel geschlagen und vom Messerschaft festgehalten. Ihre Ringe sitzen wie Silbersattel auf den Fingern, das Haar glänzt blank von Lederfett, und überallhin schleppen sie Klumpen von Mist. Die Luft knistert von ihrem Räuberlachen. Es breitet sich aus zwischen ihnen und mir wie Ringe im Wasser. Einige der älteren Mongolen wirken dünnhäutig unter dem Netz der Lachfältchen, und etliche tragen runde Brillen mit Schildpattfassung. Die meisten sind Nomaden, und allein die Abwesenheit ihrer Tiere läßt sie die Ferne des Hochlandes ausstrahlen.

Sie sind gekommen, um an den religiösen Festlichkeiten teilzunehmen, in deren Verlauf Kumbum zu seinen tausend Bildern zurückkehrt.

In der blauen Stunde, da sich der Tag neigt, und angelockt

von den Tönen aus den längsten Hörnern, suche ich den Tempel auf, aus dem die Musik kommt. Als ich näher trete, erfüllen die von den Mönchen gemurmelten Litaneien meinen Körper mit einer fremden Sicherheit. Im innersten Tempelhof erhebt sich eine Galerie aus Holzsäulen in zwei Etagen; hier stehen Tiere, denen man gelbe und weiße Seidentücher um die Hörner gebunden hat. Plötzlich erscheint es mir, als kämen das Brüllen der Tempeltrompeten und die Schreie der Schalmeien von den Tieren.

Es sind ausgestopfte Yak-Ochsen und -Kühe, die aus der zweiten Etage auf mich herunterschauen – die Zungen ausgestreckt, die Augenhöhlen eingefallen im gegerbten Fell, ihr Pelz hängt in zottigen Büscheln herab.

Vom Bogengang guckt mich ein ebenso ausgestopfter Bergpuma mit blinden Augen an und über den Hof hinweg, von seiner anderen Ecke, ein Tiger, dessen Streifen sich allmählich auflösen. Ein Bär rundet die Galerie ab. Seine Traurigkeit darüber, daß die Zeit des Tanzes vorbei ist, greift mir ans Herz.

Plötzlich spüre ich, daß ein Blick auf mir ruht. Es ist ein alter Mönch, der aus den Schatten des Halbdunkels hervorgetreten ist und mich begrüßt, die Handflächen aneinandergelegt.

Seine Augen verschwinden ganz in den Laufgängen der Lidspalten, mit einem Glanz wie gebräunte Butter. Aus der Halle, die die große Musik einschließt, strömt der Schein von den Schwimmdochten der Lampen. Als die Becken plötzlich in einem Crescendo zusammenschlagen, gluckst es in ihm herzlich über mein Zusammenschrecken, das beinahe meine Füße vom Boden gerissen hätte und den Bären für einen Augenblick wieder tanzen läßt.

Mit langen Bewegungen streichelt er meine Hand, und jedes Streicheln entfernt etwas von den Ablagerungen der letzten vierundzwanzig Stunden aus meinem Blut. Er drückt seine Stirn gegen meine, und der Abdruck des Vergessens breitet sich kegelförmig tief im Gewebe meines Gehirns aus. Dann hält er mich an den Schultern ein Stück von sich weg, und seine Wangen strahlen vom Lachen. Er schaukelt hin und her und ist von einer Wärme, die längst die Tiere um uns herum wieder zum Leben erweckt hat. Im Laufe eines Augenblicks habe ich das Leben auf wogenden Grasebenen erfahren, und der Magen des Yak-Ochsens hat einen langen und glücklichen Laut von sich gegeben, während der Tiger die Seide seiner Streifen wiedergefunden hat und durch das Flimmern von Schatten und Bambuslaub zu seinem nächsten Sprung ansetzt.

Der Abend läßt einen Kreis in den Hof fallen, einen Tierkreis, und es ist nur das Rad der Zeit, das sich zu den Flammen der Butterlampen dreht ...

Der Mönch brummt irgendwo tief in seiner Kehle, und ich kehre errötend zum Abendhimmel zurück.

Von diesem Augenblick an ist unsere Vertrautheit gewachsen. Lhosang bringt mir jeden Morgen Joghurt. Kräftigen Joghurt von Yaks, gesäuert unter einer gelben Sahneschicht. Die Haut seiner Hand, die die meine hält, ist von einer Trockenheit, die mich weit hineinzieht in Alter und Vergänglichkeit.

Er ist die Inkarnation von allem Mitgefühl der Welt, und wir sprechen miteinander in einem fremd klingenden Englisch, während er sich über die Stoppeln auf dem Kopf streicht und in einem Anfall plötzlicher Jungenhaftigkeit strahlt. Keine Form von Lehre wird jemals zwischen uns erwähnt, denn es gibt nichts, was wir nicht wissen. Da sind seine Hände. Und seine Erzählungen von einem unsteten Leben, in die er mich einhüllt – in meiner inneren Stummheit, die wieder in mir gewachsen ist.

Als das »Zwiebelland« in Jubel ausbrach, weil Der Vierzehnte aus der Reihe der Goldenen hier gefunden worden war, ließ er sich als junger Mann die Tonsur schneiden und ging ins Kloster. Damals war Kumbum Schule, Krankenhaus, Kornkammer sowie Asyl für Arme und Elternlose. Während des Krieges wurde es von den Japanern zum erstenmal seit Jahrhunderten zerstört, und sie quartierten ihre Truppen in den alten Gebäuden ein und regierten Mönche und Bauern nach Gutdünken. Dann kam die Rote Armee und befreite sie, setzte die Besatzungsmacht vor die Tür und verkündete eine neue Zeit, in der die Bauern frei und die Mönche Sklaven sein sollten ...

Die Chinesen kamen zurück.

Und im Jahr nach dem Sieg der Revolution marschierten sie in Tibet ein. Das Ganze hieß noch immer Befreiung. Sie ritten auf dem Rücken eines roten Tigers. Die alte Ordnung sollte umgestoßen und die Tibeter sollten ihrer vielen Himmel beraubt werden. Statt dessen wollte man ihnen eine neue Erde und einen Himmel geben, der ihnen fremd war. Die Tibeter lehnten sich auf, und sie kämpfen noch immer. Der Vierzehnte Dalai-Lama ging mit seiner Regierung ins Exil.

Das Kloster wurde geschlossen und Lhosang zur Zwangsarbeit nach Quinghai geschickt, das man auch das Sibirien Chinas nennt. Er wurde im Straßenbau eingesetzt und mußte die Strecke nach Tibet ausbessern, auf der grüne Lastwagen Zementsäcke und Truppenkontingente transportierten. Ganz schlimm wurde es während der Kulturrevolution, als Rotgardisten mit erhobenen Armen auf die leeren Gebäude losgingen und das Gold der Buddha-Statuen mit einer Gier plünderten, die das Ziel ihres eigenen Kampfes verriet. Sie rissen sich die Finger an Masken und Statuen blutig, die sich eigentlich – vor dem inneren Blick in einem goldenen Licht – ganz von selbst auflösen sollten. Die alten Bücher zerrten sie aus den Regalen und warfen sie auf den Scheiterhaufen, während sie ›Das Kleine Rote‹ erhoben, das als einziges im Schein der Flammen übrigblieb.

Lhosang wurde ins Gefängnis gesteckt, angeklagt unter einem ihm unbekannten Wort, dessen Silben er bis zu diesem Tag nicht über seine Lippen bringen konnte. In den folgenden Jahren zwangen sie ihn, Mäuse totzuschlagen, eine pro Tag, um ihn mit dem Karma zu quälen, das weit in seine künftigen Inkarnationen wirken würde. Nie zuvor hat ein Mönch so gelitten – vor Lhosangs Augen verwandelte sich jede Maus in eines der vielen Leben, die in jedem von uns wohnen. Aus den kleinen graupelzigen Wesen sprang bald ein Fürst, ein Bettler, ein Kind, ein blankäugiges Tier –

Am Ende war er am Rande des Wahnsinns, aber dann bliesen neue Winde von den Gipfeln. Das Kloster wurde wieder geöffnet, einige Mönche als Kustoden eingesetzt – unter ihnen auch er selbst. Touristen kamen hierher. Die Stätten wurden restauriert und um der Einnahmen willen zur Besichtigung freigegeben, die alten Mysterienspiele entstaubt, um Leute von nah und fern anzuziehen.

»Aber das ist nicht schlimm«, sagt Lhosang lächelnd, müde um die Augen, die schon so viel gesehen haben. »Ganz wunderbar dagegen ist, daß unsere eigenen Leute vom Mutterland hierher wallfahren ...«

»Hör nur«, sagt er plötzlich und legt eine Hand auf meinen Arm. Über das große Meer der Tempelmusik erhebt sich jetzt eine Stimme in chinesischer Sprache, insistierend und näselnd dringt sie aus den Lautsprechern, die man überall aufgetakelt hat. Aus den »elektrischen Trompeten«, wie Lhosang die Lautsprecher nennt, mahlt monoton die chinesische Propaganda. Erstickt die Musik durch ihre bloße Anwesenheit im Universum. Und ich würde bei meiner Seele schwören, daß es dieselbe Stimme ist, die ich zuletzt gehört habe, als man die Verurteilten zum Hinrichtungsplatz in Kunming fuhr.

Am Abend zeigen sie auf der Mauer des Haupttempels Propagandafilme. Fröhliche chinesische Kinder in der Schule, gute Ärzte, Volksgesundheit und Landwirtschaftsmaschinen. Eine Familie mit einem Farbfernsehgerät, ein junges Paar, beide mit der chinesischen Imitation der »Ray-Ban«-Sonnenbrille. Es flimmert über die weißgekalkte Wand. Mehr als hunderttausend Bilder pro Film!

Lhosang spaziert mit mir durch die Handwerkerstadt, die an das Lama-Kloster grenzt. Wir gehen einen Weg mit aufgeweichten, schlammigen Rändern entlang – machen einen Bogen um die großen Pfützen, durch die nach dem Regen die Wolken schweben – und kommen zu einer Ansammlung von lehmverputzten Fachwerkhäusern. Sie scheinen direkt aus der Erde gewachsen zu sein – wie eine Pilzkolonie; man hat sie mit kleinen Öffnungen für Türen und Fenster versehen.

Wir schauen hinein in das schummrige Tageslicht. Die meisten Handwerker sind kleinwüchsig und scheinen einer ganz anderen Rasse anzugehören als die Mönche. Schurzfell, Schildpattbrille, Hände, die ein Menschenleben lang Material bearbeitet haben. In ihren Wohnungen, mit Fußböden aus gestampftem

Lehm, befinden sich Feuerstellen, Holzpritschen, Werkzeug und Drehbänke. Von einer Schmiedeesse, die mit Kohlen gefüttert wird, sprühen Funken. Hier gibt es Meister, Lehrlinge und Hobelspäne.

Sie schneiden Schalmeien aus dunklem Holz für die Musik der Mönche und schmücken sie mit Silberbändern, Türkisen und Korallen. Hier werden die langen Kupfertrompeten handgeschmiedet, mit Gliedern, die man ineinanderschieben kann, und Messingverzierungen für die »Knie« und das Klangstück. Sie erledigen die Schmiedearbeiten zur Ausschmückung der Tempel: die Vergoldungen an den zwiebelförmigen Spitzen der Stupas. Hier unten auf der Erde sehen die Figuren der Dachreiter und Räder so aus, als würden sie Riesen gehören.

Man serviert uns Buttertee – in der Milch rollen gelb die Fettkugeln, der Geschmack ist ranzig und rauchig zugleich. Ein Herzstärker im Hochland. Oder wir bekommen *Tsang*, ein berauschendes Getränk aus vergorener Gerste. Wir tauchen ein in die Häuser und wieder aus ihnen auf, und Lhosang kommentiert unterwegs die Arbeit oder diskutiert eingehend ein Detail auf einem Tangka-Gemälde, wobei er selbst in der Farbe rührt und die Nuance Blau hinzufügt, die den Himmel leuchten läßt.

Er nimmt aus dem Lager des Zeltmachers Stoffproben mit, schnuppert an dem frischgegerbten Leder. Beim Messerschmied bewundere ich lange ein paar kleine Messer in einer Doppelscheide aus Messing, die er mir schließlich in die Hand drückt, nachdem er Worte und Münzen mit dem Künstler gewechselt hat. Die Schönheit strahlt direkt von dem Gegenstand in mein Gemüt. Lhosang wirkt bei dem Handel am glücklichsten, und er dankt mir, weil er mir ein Geschenk machen durfte. Mir fehlen mittlerweile für alles die Worte.

Nachts träume ich, daß sich der Himmel mit Zelten füllt, die im Schein der Butterlampen schweben. Sie kommen angeflogen und sammeln sich, so daß das Fest beginnen kann. Im Gleitflug haben sie die Grashügel überquert und sind weich auf dem Felsgrund gelandet, oder sie haben sich in Wolken von Pollen auf dem Rapsfeld niedergelassen.

In den Zelten befinden sich schlafende Kinder, Felle und Erwachsene, die mit gedämpften Stimmen den morgigen Tag vorbereiten.

Schließlich werden die Lichter ausgepustet, und Zelt für Zelt wird eins mit der Dunkelheit.

Früh am Morgen erwache ich von einer gellenden Kinderstimme auf dem Hof, der ein tiefes Lachen folgt. Leicht zitternd in der Morgenkälte, schlüpfe ich in einen kurzen Kimono und schlage die Tür weit auf. Mit Reflexen vom Dachgold strömt die Sonne herein. Es ist wie ein kühler Sommermorgen zu Hause, und die Luft läßt mich erschauern.

Unten im Hof tummelt sich ein etwa siebenjähriges Kind mit einem Drachen, den es an einer kurzen Schnur hinter sich herzieht. Es trägt eine gelbe Seidenjacke.

An einer der Holzsäulen lehnt der große Khampa, der mich in Xining hochgehoben hatte und mich seitdem schweben läßt. Er hält die Arme gekreuzt und folgt dem Kind mit Augen, die ganz in den Lidspalten verschwinden.

Der Drachen ähnelt einem wütenden Vogel, der nach dem Jungen hackt. Und jedesmal, wenn er zuschnappen will, kreischt das Kind entzückt auf, und von der Ecke kommt das Lachen angerollt. Ich schicke dem Fremden ein strahlendes Lächeln, und er winkt zu mir hinauf. Einen Augenblick haben seine Augen meine nackten Schenkel gestreift. Ich ziehe den Kimono nach unten und presse mich gegen das Geländer.

Den ganzen Tag über treffen Pilger aus Tibet ein. Die Zelte, von denen ich geträumt habe, erheben sich mit Gebetsfahnen und Wimpeln auf den Hügeln. Sie sind mit regenbogenfarbenen Borten umrandet, und der Wind schwellt sie aus Anlaß dieses Tages mit liebevollem Streicheln.

Pilger auf Pilger – Männer und Frauen passieren die Reihe der Stupas und lehnen die Stirn für einen Augenblick an den goldenen Zapfen. Zum Tempel kommen sie, um dort die riesengroßen Gebetsmühlen zu drehen; und im Dunkel hinter den Lampen verwandelt sich der Tempel in ein Raumschiff, das von den Betenden in Fahrt gehalten wird. Die Mönche mit den nackten Armen sind glänzende Maschinenmeister, und die Vielfältigkeit der erdfarbenen Menge hält die Maschine flott.

Die ersten Prozessionen ziehen durch die Landschaft. Die Schalmeien und die tiefklingenden Hörner hallen von den Bergen wider. Jedes Horn ruht auf den Schultern von zwei Mönchen, und ganz hinten geht der Bläser mit ausgebeulten Wangen. Stangentrommeln mit grünem Fell werden hoch in die Luft gehalten und mit krummen Schlegeln gerührt. Muscheln, verziert mit silbernen Totenköpfen, fügen mit dumpfen Tönen die Brandung des Meeres hinzu. Und die Becken lassen die brechende Welle brausend verebben. Sie tragen Stative mit Wimpeln, die vor den Augen knattern. Bögen aus Horn und Pfeilbündel, um an Krieger und Könige zu erinnern, die zu ihrer Zeit das chinesische Kaiserreich erschütterten.

Auf all das lassen die Rapsblüten ihr Gelb regnen, und die Prozession schlängelt sich den Weg zu den Hügeln entlang, wo er von Birken gesäumt wird. Sie führen einen ellenlangen, zusammengerollten Bildteppich mit sich, der bei jeder Wegkrümmung einen Buckel macht.

Mit dem Weg verschwinden sie hinter dem höchsten der Hügel und kommen erst wieder auf dem Gipfel zum Vorschein. Gut zwanzig Mönche, die den großen Bildteppich zwischen sich halten, senken ihn nun langsam zur Erde. Meter für Meter rollen sie ihn den Grashügel hinunter. Das Bild ist von Seide mit Windbuckeln bedeckt, unter der die Mönche herumkrabbeln. Vielleicht finden sie den Buddha zuerst im Dunkel – dann wird die Seide von den Lamas aufgerollt, und das Bild erscheint.

Das Gesicht Des Goldenen ist von Tänzern umgeben, die kreisförmig angeordnet sind. Jede der Bewegungen ist ein Zeichen im Alphabet der Stummheit; Buddha hat die Hand erhoben und einen gebeugten Finger in die Handfläche gesetzt. In den Wolken werden alle Wiederholungen der Welt mit neuen Mustern aufgerollt. Die Farben sind so, als würde man mit geschlossenen Augen in die Sonne gucken. Die Tibeter bilden murmelnd einen Kreis um den großen Seligen.

Mit der Hochlandluft unter den Füßen bewege ich mich langsam zurück zur Klosteranlage. Am Tor steht Lhosang auf dem Sprung und winkt mich in den Hof des Haupttempels, wo das Spiel beginnen soll. Der Eifer in seinen geschlitzten Augen ist nicht zu übersehen.

Über die Dächer ragen die längsten Hörner, die ich je gesehen habe, wie Kanonenmündungen, und ihr Ton trifft mich brüllend ins Zwerchfell. Trommeln und Becken stimmen rhythmisch ein, und die ersten Tänzer, die ausschwärmen, sind Kinder mit Totenmasken.

Ein größerer Kreis tritt mit langsamen Schritten und hochgezogenen Knien hinaus. Sie haben Hirschgeweihe an die Masken gebunden, und in den Händen schütteln sie die Klappern der Geisterbeschwörer mit Knochenstückchen und Federschmuck. Unter der Tracht tragen sie Jacke und Filzstiefel der Senior-Mönche.

Eine andere Gruppe erscheint mit Stierhörnern, die mit farbigen Bändern geschmückt sind. Dann folgt mit verzerrten Gesichtern, die Lippen zwischen Tier und Mensch, eine unbekannte Zahl von Dämonen – in grellen Nuancen und mit hochgezogenen Augenbrauen. Die Musik ist Donner und Feuerblitz, die Sonne steht im Zenit, und die Mittagshitze hämmert ihren wärmeflimmernden Schacht in das Quadrat des geschlossenen Hofes.

Ich drücke mich ganz dicht an die Pilger. Ein Geruch nach Erde und Mineralien strömt von ihrer sonnenwarmen Kleidung. Mehrere haben den Kopf mit einem Tuch bedeckt, um das Hämmern des Lichts auf die Stelle zu vermeiden, an der die Seele einmal den Körper verlassen wird. Langsam schließen sich die Kreise und gehen ineinander über, steigern sich mit der Ekstase zu derwischartigen Wirbeln. Die Seide der Kostüme flimmert.

Erst spät im Spiel kommt Buddha ins Bild. Er hat sich draußen auf dem Hügelkamm erhoben und tritt mit grüßender Hand in den Kreis.

Die Maske wölbt sich golden mit tonsuriertem Schädel, und die Mandel des Stirnauges ist eingeschmolzen in die Leere, die unter der Schale herrscht. Das Gesicht ruht in Rundungen, die die Augen verbergen. Nur das dritte Auge blickt im Kreis herum und läßt viele von den Pilgern mit einem tiefen Kehllaut in die

Musik einstimmen. Schließlich nimmt Buddha selbst einen Platz als Zuschauer ein; er sitzt auf einer Erhöhung, während Dämonen und Tiere vorüberkreisen.

Er ist unverwundbar, und die Tänzer des Todes kehren zurück.

Aber jetzt sind es nicht mehr Kinder. Die großen Toten haben die kleinen abgelöst. In der Maskerade tragen sie Fahnen, die Menschenhäute darstellen sollen, und die Mönche blasen Oberschenkeltrompeten und schlagen die Affentrommeln. Die unnatürlich großen Schädelmasken nicken und wiederholen aus dem Hohlraum des Dunkels den Laut, der sich von Zuschauer zu Zuschauer verbreitet hat. Plötzlich höre ich ihn aus meiner eigenen Kehle wie ein Brummen, das seine falsche Seite herauskehrt – als käme es ganz unten von den Fußsohlen herauf und wollte die Schädeldecke öffnen.

Das Gesicht eines Mannes, der nach Ziege riecht, reißt zu einem Grinsen voller Zahnstümpfe auf. Er hat den Räuberhut zusammengeklappt und ihn flach auf den Kopf gelegt, so daß die Quaste in die Stirn hängt. Im nächsten Augenblick sehe ich, wie er seinen Kopf so schnell herumdreht, daß der Hut abfällt.

Unter den Tibetern entsteht Unruhe. Einer der Totentänzer hat sich aus der Menge gelöst und läuft auf uns zu. Wir stehen noch immer direkt vor dem Haupttor, dessen schwere, dunkelrote Flügeltüren inzwischen geschlossen worden sind. Flüchtig sehe ich, daß in der entgegengesetzten Ecke des Tempelhofes ein paar grüne chinesische Polizeisoldaten auf etwas zeigen und sich von einer Schar Khampas losreißen, die versuchen, sie an Jacken und Ärmeln festzuhalten.

Hinter meinem Rücken schiebt Lhosang den Riegel zurück. Das Tor knarrt in seinen Angeln, öffnet sich nur einen Spaltbreit. Dann wirbelt der Mann mit der Totenmaske an mir vorbei, und ich werde von der Geschwindigkeit mitgerissen und auf die andere Seite geschoben, worauf das Tor dröhnend hinter mir zuschlägt.

Einen Augenblick steht der Mann still, um sich zu orientieren. Hinter der Maske höre ich ihn heftig atmen. Dann läuft er weiter in Richtung der Prozession, die mit Trommeln und Schalmeien vom Hügel zurückkommt. Einige Sekunden stehe ich unentschlossen da, ehe ich ihm folge – zuerst immer schneller gehend, dann im Laufschritt.

Der Mann vor mir kreuzt zwischen den singenden Mönchen. Nur hin und wieder sehe ich seinen Rücken aufblitzen, der sich von einer Seite zur anderen wirft und Chaos in die Prozession bringt. Er peitscht durch die hohen Rapspflanzen, die den Hohlweg umkränzen.

Ich hänge mich an ihn, presse mich in seiner Spur vorwärts, die sich vor mir schließt mit verblüfften Gesichtsovalen, Hörnern, die in der Luft hängen, nachdem die Lippen sie losgelassen haben, und Köpfen, die sich nach dem Flüchtenden umdrehen. Eine Muschel rollt unter meinen Füßen weg. Ich kollidiere mit einem Schrein voller Silberreliquien und Knochen, falle auf den Kopf, die Arme ausgestreckt in einem Konfetti von Gebetsstreifen mit tibetischen Zeichen.

Die Bluse hat sich an einem Bogen festgehakt und zerreißt, ehe ein Bündel Pfeile fällt und sich nach allen Seiten mit dem Geräusch von Mikadostäbchen ausbreitet. Ein paar von den langen Hörnern kommen in die Quere. Dort, wo wir gerade gewesen sind, schieben sich gelbe Hüte zusammen und blockieren den Weg hinter uns. Das gleicht einem Tanz von wütenden Wespen, während der Chor zu einem Summen ansteigt, das versucht, die Ordnung wiederherzustellen.

Plötzlich bin ich frei von der Prozession und auf dem Weg über das Feld, wo ich den Schädel des Totentänzers zwischen den mannshohen, senfähnlichen Pflanzen hüpfen sehe. Er entwischt mir kurz und taucht weiter vorn wieder auf.

Ich entdecke etwas: eine Jacke aus Seidenbrokat, die er abgeworfen hat. Sie liegt mit ausgebreiteten Ärmeln da und wiegt sich wie eine Rettungsweste auf dem gelben Meer, in das der Wind Wellen flicht. Jetzt kann ich ihn nicht mehr sehen. Ich bleibe stehen, um zu lauschen, höre aber nur meinen eigenen Atem und den Wind über den Hügeln.

Zögernd bewege ich mich weiter. Bleibe immer wieder stehen, um zu horchen und Ausschau zu halten. Nichts. Soweit das Auge reicht, erstrecken sich die Wellen des Feldes. Ich mache wieder ein paar Schritte. Höre ein Geräusch und beginne zu laufen. Bis es unter meinen Füßen knirscht und ich nach vorn falle.

Das ist die Totenmaske, die er weggeworfen hat. Am Schienbein merke ich die scharfen Kanten von zerbrochenem Pappmaché. Tränen steigen auf, und mir wird schwarz vor Augen, während es in der Brust sticht und die Lungen nach der dünnen Hochlandluft ringen. Ich komme mühsam wieder auf die Füße – und erstarre!

Das Geräusch durchdringt alles. Ein Heulen, das nirgendwo in dieser Welt der Lamas und Tempelriten zu Hause ist. Wenige Meter vor mir beugt sich der Raps wie gepeitscht zur Erde, und eine Maschine wird sichtbar.

Ich traue meinen eigenen Augen nicht mehr, denn da steht ein Flugzeug aus der Kriegszeit, und es sieht genauso aus wie das auf dem Foto mit Bill! Derselbe aufgemalte Hairachen mit der gefletschten Zahnreihe. Aber es wirkt ganz neu – wie die Oldtimer, die man in den USA überall aufmöbelt. Funkelnagelneu in den gelbbräunlichen Tarnfarben. Es könnte gestern aus der Fabrik gekommen sein. Und was die Blondine im Badeanzug angeht – auch sie ist dabei – direkt hinter der Reihe verchromter Auspuffrohre.

Der Luftstrom vom Propeller hat die Pflanzen niedergedrückt und Wolken von gelben Pollen aufgewirbelt.

Im Cockpit sehe ich die dunkle Silhouette des Mannes, geduckt unter Glas und Metallrippen. Einen Augenblick lang kommt es mir so vor, als sähe ich noch ein anderes Gesicht, das Mund und Nase gegen die mehr und mehr beschlagende Frontscheibe drückt – einen runden Kinderkopf, aber ich bin mir nicht sicher. Dann schießt das Flugzeug plötzlich vor und dreht in einem scharfen Winkel von mir weg. Das Motorengeräusch nimmt zu und lähmt mich total.

Schneller und schneller rollt die Maschine über das Feld, während sie hinter sich Pflanzenteile und Erdklumpen aufwirbelt, die mich heftig und schmerzend treffen. Entweder zittert die Erde unter meinen Beinen oder die Beine zittern unter mir.

Das Flugzeug hebt ab. Das Motorengeräusch wird in der Ferne zu einem nasalen Singen. Die Maschine steigt steil auf und verschwindet in Richtung Koko-nor. An dem wolkenlosen Himmel wird es zu einem Punkt und einem weißen Reflex, ehe es ganz fort ist.

Lange stehe ich da, als hätte ich nicht gesehen, was ich gerade gesehen habe.

Die ganze Zeit über habe ich kaum geatmet. Nun kehrt der Atem zurück und wogt so wild wie die Böen, die durch das Rapsfeld gehen.

Auf dem Platz vor dem Haupttempel wimmelt es von chinesischem Militär. Die Soldaten tragen Maschinenpistolen. Mehrere von den Offizieren haben immer noch das Fernglas auf den Himmel gerichtet. Einer Gruppe von Khampa-Männern hat man Handschellen angelegt und sie an die Tempelmauer gestellt. Unter ihnen ist mein spezieller Freund, der immer mit dem Jungen herumspaziert ist, den ich zuletzt heute morgen mit dem Drachen spielen sah. Jetzt ist der übrigens nirgendwo zu sehen.

Im Staub vor einer hohen Fahnenstange, die nach tibetischem Brauch mit Bändern und Pferdehaar dekoriert ist, liegt eine Art Banner, das ich zuerst für eine Gebetsfahne gehalten hatte. Aber es ist keine. Auf dem Banner ist das Abbild von ein paar Berglöwen. Es ist die tibetische Unabhängigkeitsflagge. In der Nähe befindet sich eine hochstehende chinesische Militärperson und schreit vor Lhosang herum, der ganz unberührt wirkt und die Arme über der Mönchsweste, die eine Schulter frei läßt, gekreuzt hat.

Ich gleite unbemerkt in die Ansammlung stummer Pilger. Die Musik im Hof des Haupttempels ist verstummt.

Ein Lastauto kommt auf den Platz gefahren. Die festgenommenen Khampas werden auf die Ladefläche getrieben, wo man sie mit Gewehrkolben zu Boden stößt. Ein unheilverkündendes Murmeln steigt aus dem Kreis um mich herum auf. Dann bellt es von den Lautsprechertürmen zurück, und eine angespannte, künstliche Ruhe senkt sich über den Platz.

Es sind noch weitere Fahrzeuge dazugekommen. Die Offiziere

sammeln sich zu einer Gruppe und reden eine Weile miteinander. Dann ertönen Befehle, und sofort gehen die Mannschaften zu den Autos, die sich zu einem Konvoi formieren. Als ein Jeep direkt an mir vorbeifährt, bleibt mir ein lauter Freudenschrei im Hals stecken –

Denn neben dem Chauffeur sitzt ein Mann, den ich für so gut wie tot gehalten hatte. Und er hält eine Karte in der Hand und weist gestikulierend in Richtung Koko-nor.

Das ist der Mann, den ich als Bill kenne!

# 0

Ein Internierungslager am Rande von Tokio gleich nach der Kapitulation. Hier werden die noch lebenden Opfer von Hiroshima und Nagasaki untergebracht, um sie in aller Heimlichkeit von amerikanischen Ärzten untersuchen zu lassen. Ein frischgebakkener Korrespondent, der selbst in der US-Air-Force als Bombenschütze am Krieg teilgenommen hat, bekommt hier die Geschichte seines Lebens, die er indessen niemals erzählen wird. Denn alle Informationen über die Wirkungen der Bombe auf den Menschen stehen unter strenger militärischer Zensur und werden von MacArthur persönlich zurückgehalten; der hat sein Hauptquartier im Kaiserpalast eingerichtet und herrscht jetzt uneingeschränkt über Japan, wie einst die *Shogune*. Statt der Geschichte seines Lebens schreibt der energiegeladene, schwarzgelockte Korrespondent nun den Roman seines Lebens über die Widersinnigkeit des Krieges. Und dies ist die Geschichte, die er niemals erzählen durfte.

Es geschieht an einem der späten Augusttage, an denen sich die Wolken in Erdhöhe dahinschleppen und der Wind draußen von der Tokio-Bucht nach Fisch riecht. Die zerbombten Wohnviertel auf dem Weg hierher rufen nur noch schwaches Unbehagen hervor. All das ist zur Routine geworden, und das erste Gebot des Krieges lautet, sich selbst am Leben zu erhalten. Er hat Dinge gesehen, die schlimmer waren als die zerbombten Häuser: den Tod der Kameraden in glühendem Metall, die Glaskuppeln der Schützentürme, innen mit ihrem Blut bespritzt. Männer, die unversehrt abgeflogen waren und ohne Beine nach Hause gekommen sind.

Aber er hat kaum das Lager betreten, als sich Übelkeit meldet. Die sichtbaren Schäden und grauenerweckenden Verbrennungen sind *eine* Sache. Doch das schlimmste ist der Ausdruck in den Augen der Opfer: In jeder einzelnen Pupille sieht er einen Abdruck dessen, was sie gesehen haben, als Negativ. Den Blitz der Explosion, verwandelt in ein brütendes Dunkel. Er sieht verbrannte Gehirne in Erinnerungsfetzen blättern, die nie mehr einen Zusammenhang bekommen werden. Junge Greise mit Kopfhaar, das am ehesten an Pusteblumenschirmchen erinnert und mit einem Windstoß davonfliegt. Haut und sichtbare Schleimhäute sind von *Petechien* bedeckt, ein Wort, das der Lagerarzt freundlicherweise für ihn buchstabiert, Hautblutungen, so groß wie Reiskörner oder Bohnen. Um über Langzeitwirkungen zu sprechen, ist es noch zu früh.

Er ist gründlich bei seinen Recherchen. Vor ein paar Tagen war er in Hiroshima, um sich Notizen zu dem Artikel zu machen, den er schreiben will. Das, was den größten Eindruck auf ihn gemacht hatte, waren weder die seltsamen, eingebrannten Schatten noch die rötliche Färbung des Betons, die die Bombe überall hinterlassen hatte. Nein – über den Mauerbrocken, auf ausgebrannten Grundstücken, in langen Labyrinthen über den Ruinen, am Flußufer entlang und in den Rinnsteinen war ein Teppich von lebenden, hellen Schimmelpilzen entstanden, der ihn plötzlich an das Feenhaar auf den Köpfen mancher Opfer denken ließ. Voller Entsetzen war ihm klargeworden, daß dieses ganze Gebiet abgesperrt werden mußte.

Das – und dann die hexenringähnlichen Kreise, die im Gras zwischen den Ruinen hochgeschossen waren: durchbrochene Ringe von Senfpflanzen, Glockenblumen, Blutwurz und Gänseblümchen. Kreise von Ringelblumen und Lilien, weiß wie der Tod in Japan. Um nicht zu reden von dem ewigen Teppich aus Treiberameisen, die anscheinend damit begonnen hatten, alles wieder aufzubauen. Und noch eine Sache gibt es, die ihm die kalten Schauer über den Rücken treibt: Die Japaner hatten schon den Kosenamen der Bombe »Little Boy« in »Genshi Bakudan« übersetzt, was so etwas wie »einzigartige Kinderbombe« bedeutet – ansonsten sind sie zu höflich, um jemals gegenüber den Amerikanern zu erwähnen, was geschehen ist.

Er schluckt und fragt – in Hinblick auf das Interview –, ob es unter ihnen jemanden gebe, der Englisch spreche. Der Arzt wirft ihm einen beunruhigten Blick zu. Aber die Stimme ist so schwach, daß niemand ihn gehört hat. Er räuspert sich und wiederholt die Frage in einer Lautstärke, die jetzt alle zusammenzucken läßt.

Ein Mann tritt aus der Reihe. Er schreckt auf, denn trotz der zerlumpten, staubigen und stellenweise verbrannten Uniform der kaiserlichen japanischen Luftwaffe ist der Mann Europäer.

Es ist ein junges Gesicht, dunkelhäutig und mit einem scharfgeschnittenen Habichtprofil. Er nimmt an, daß er ungefähr in seinem Alter ist. Aber die Augen sind alt, braun mit goldenen Flecken – wie bei einem Raubvogel. Sie huschen hin und her, außerstande, etwas anderes festzuhalten als das Ticken der Sekunden von einem Augenblick zum anderen. Es ist, als sähen sie durch flimmerndes Wasser. Sein Haar ist ganz weiß und zottelig – ein schreiender Kontrast zu seiner dunklen Hautfarbe. Unaufhörlich betrachtet er seine Hände. Mit einer Art erneutem Entsetzen, als hätte er vergessen, daß es sie gibt, oder als sähe er etwas, das kein anderer sehen kann.

Anscheinend ist mit denen alles in Ordnung. In diesem Augenblick aber zieht sich sein Gesicht zu einem Netz von Runzeln zusammen – kleine, scharfe Schnitte –, und er murmelt etwas auf Japanisch und ähnelt plötzlich einem alten Mütterchen, das einen unendlichen Faden spinnt, der für alle anderen unsichtbar ist.

Der junge Journalist ist sofort fasziniert. Wie ist *der* überhaupt hier gelandet? Um seinen Hosenschlitz zusammenzuhalten, benutzt er nichts Geringeres als die höchste kaiserliche Auszeichnung für Tapferkeit.

Am Anfang geht alles ganz langsam. Der Mann vergißt ständig, was gerade gesagt worden ist. Auch wenn er selbst gesprochen hat. Aber in einem ist der Journalist sehr gut: Er kann zuhören – intensiv und ausdauernd –, Fragen stellen, die weiterführen, und er ist es gewohnt, die Übersicht über die Fäden seiner eigenen auseinanderdriftenden Assoziationen zu behalten.

Im Gedächtnis des Mannes gibt es große Lücken. Die ganze Zeit über kehrt er in die Gegenwart zurück, als wäre da vorher nichts gewesen. Jeder zweite Satz ist von einem unfreiwilligen Räuspern begleitet, das heißt, das, was er sagen will, verschwindet in langen Pausen der Abwesenheit.

Man hat ihnen einen Raum zugewiesen, der dem Besucherraum in Gefängnissen ähnelt, wo man beim Reden einen nackten Tisch zwischen sich hat. Als der Journalist einen Augenblick auf der Toilette gewesen ist und zurückkommt, erhebt sich der Mann, begrüßt ihn, und die ganze Prozedur beginnt von neuem – jede Erinnerung daran, daß er den anderen vorher schon einmal gesehen hat, ist ausgelöscht. Und dieses Mal stellt er sich selbst vor, ebenso sinnlos wie beschwörend: »Kilroy!«

Der Korrespondent weiß nicht, ob er lachen oder weinen soll. Nie zuvor hat er einem lebendigen Marsmenschen gegenübergestanden. Es ist überdeutlich, daß der Mann, der sich Kilroy nennt, an allen anderen Orten ist – nur nicht gerade *hier*.

Doch in dem Maße, wie die Stunden vergehen, läßt sich die Geschichte zusammenstückeln. Da ist der Journalist längst Feuer und Flamme und hat zum Teil schon vergessen, weshalb er gekommen war.

In all seiner Unsicherheit hat Kilroy ihm direkt ins Herz gesprochen, zu dem kleinen, grünen Mann mit den Antennen, den er bisher bekämpft hat, um das Ganze ertragen zu können. Zum erstenmal spürt er, wie eine Erzählung in ihm selbst lebendig wird. Eine Geschichte, die – ohne die Grenzen der Wahrscheinlichkeit zu überschreiten – präzise etwas darüber aussagt, *wie* wenig man über einen anderen Menschen wissen kann.

Die Geschichte vom GI-Piloten, der vergessen hatte, wer er einmal war und der auf den unergründlichen Wegen, die wohl nur dem Herrn vorbehalten sind, als hochdekorierter Kampfpilot und Kriegsheld in der Luftwaffe des Feindes gelandet war – bis zu dem Tag, an dem die Bombe fiel und er alles zum zweitenmal vergaß. Kilroy hat sein Gedächtnis zweimal verloren – und seine Augen sind mindestens doppelt so alt wie die aller anderen Menschen.

Als der Arzt das Gespräch beendet und die Wärter Kilroy einen langen Gang mit grünen Türen aus Sperrholz oder Eisen entlangführen, ist es draußen dunkel geworden. Nur das Lager liegt in Scheinwerferlicht gebadet da.

Der Journalist hat mit dem Arzt ein langes, eindringliches Gespräch, in dem er darauf beharrt, daß die Sache auf höherer Ebene behandelt werden müsse. Außer der Geschichte, die er erzählen möchte, will er ein Memorandum für das Hauptquartier schreiben. Der Mann muß nach Hause geschickt und in geschützter Umgebung behandelt werden.

»Wir wissen nicht, wer er ist«, wendet der Arzt ein, »wir haben keine Ahnung, wohin wir ihn entlassen sollen.«

Die Geschichte, die *ihn* gefesselt hat, gehört für den Arzt unter die Rubrik »redet konfus« und »halluziniert fortwährend«. Er erklärt, daß der Mann durch einen Schock, über die Amnesie hinaus, ein gestörtes Kurzzeitgedächtnis habe. Es sei möglich, daß sich das wieder normalisiere. Es sei auch möglich, daß er seine ursprüngliche Haarfarbe zurückbekomme. Zweifelhaft bleibe dagegen, ob er jemals sein volles Gedächtnis wiedererlange. Er könne an der Strahlenkrankheit sterben oder sich wieder erholen. Für beides gebe es Beispiele. Im Augenblick könnten sie nichts anderes tun, als ihn unter Beobachtung zu halten.

Als der Journalist das Lager verläßt, ist er dennoch fest entschlossen, etwas für den »Fall Kilroy« zu tun. Und wenn er zu MacArthur persönlich gehen müßte. Kilroy ist trotz allem einer *seiner* Jungs, und der General ist für sein impulsives Wesen bekannt. Es müssen nur die richtigen Knöpfe gedrückt werden. Er verfaßt ein stark gefühlsbetontes Memorandum, voll von patriotischen Wendungen, und anschließend schreibt er den Artikel, der nur bis zur ersten Instanz der Zensur gelangt.

Dann beginnen seine Gedanken um einen Punkt zu kreisen, der ihm immer absurd erschienen war.

Nicht lange danach – gemessen mit der Elle militärischer Bürokratie – holte ein Adjutant Kilroy ab und nahm ihn mit in seinem

Jeep. Überraschenderweise wurde er direkt in General MacArthurs Hauptquartier im Kaiserpalast gebracht, das auf einer kleinen Insel mitten in Tokio liegt. Hier stellte man ihn dem General persönlich vor, der unter »Stars and Stripes« hinter einem riesigen Schreibtisch saß, sich behaglich in einem Sessel mit Rädern zurücklehnte und eine Maiskolbenpfeife rauchte.

Kilroy hatte sich in den Tagen nach dem Besuch erstaunlich gut erholt. Egal, ob das nun an dem besonderen Interesse des Korrespondenten für ihn lag oder an den Steinchen, die er bei dieser Gelegenheit in das Puzzle einfügen konnte, das niemals aufgehen wollte. Er hatte ein Chamäleon in sich, das sich völlig der Umgebung anpaßte, wenn sie nur neu war. In seiner zackigsten Haltung stand er vor dem General, so wie er es in den kaiserlichen Truppen gelernt hatte. Der ließ ihn lange in dieser Stellung verharren, bis er schließlich von seinen Papieren aufsah.

Mit einem déjà-vu-artigen Gefühl begegnete Kilroy den eisblauen Punkten im Blick des Generals und spürte, wie ihm kalter Schweiß auf die Stirn trat.

MacArthur sah ihn lange an, saugte an seiner Pfeife und lehnte sich schräg im Stuhl zurück. Die Augen wurden schmal in dem scharfen Vormittagslicht, das den Pfeifenrauch blau durchleuchtete. Das waren Augen, die über in Reih und Glied formierte Soldaten geglitten waren, und in ihnen lag ein konzentriertes Bemühen um Wiedererkennen. Noch einmal konsultierte er eine Mappe auf dem Tisch vor sich, blickte wieder auf und schüttelte lange den Kopf. Im Licht schimmerte die Kopfhaut durch Kilroys kreideweiße Mähne. Endlich sprach MacArthur mit deutlich vernehmbarem Südstaatenakzent: »Ich habe das Gefühl, daß wir einander schon früher begegnet sind, Soldat!«

Er blickt Kilroy auffordernd an. Die Pause füllt er mit Rauchringen. Dann schüttelt er wieder den Kopf.

»Was zum Teufel haben die mit Ihnen gemacht, Soldat?«

Stockend bricht es aus Kilroy heraus: »Was zum Teufel – habt ihr mit mir – gemacht?«

MacArthur erstarrt.

»Was meinen Sie damit?«

»Ich meine ... die ›Kinderbombe‹. Ich war dort!«

»Darüber sind wir natürlich im Bilde. Sonst wären Sie nicht hier, sondern wir hätten Sie vor ein Kriegsgericht gestellt – wegen Landesverrat. Und wenn Sie nicht mit einer verdammt guten Erklärung gekommen wären, hätte man Sie hingerichtet, Soldat!«

Er unterstreicht seine Worte, indem er die Handkante über den Adamsapfel führt.

Dann fährt er fort: »Es ist ein Wunder, daß wir Sie in dieser Apokalypse überhaupt gefunden haben. In den letzten beiden Monaten haben Sie mich mehr abgeschossene ›Festungen‹ gekostet als jeder andere Pilot in der kaiserlichen Luftwaffe. Was ist los mit Ihnen, Mann! Was haben die Japse mit Ihnen gemacht? Gehirnwäsche?«

Tränen stehen in Kilroys Augen. Er muß an Nakamura denken. MacArthur mißversteht ihn und lehnt sich väterlich vor, die Pfeifenspitze auf ihn gerichtet.

»Ich bin bereit, einen Strich unter das Ganze zu ziehen und die ... Dienste außer acht zu lassen, die Sie einer fremden Kriegsmacht erwiesen haben. Wir haben in die Papiere eingetragen, daß Sie im Augenblick der Tat unzurechnungsfähig, möglicherweise durch den Feind manipuliert waren und unter Zwang handelten. Aber ...«

MacArthur läßt plötzlich den Stuhl an die hintere Wand krachen; Kilroy zuckt zusammen. Er wäre nie auf die Idee gekommen, daß ein Stuhl Räder haben könnte. Der General erhebt sich, er hat die Pfeife abgelegt. Mit einer energischen Miene strafft er die Lippen, macht einen Schritt nach vorn und stützt die geballten Fäuste auf die Schreibtischkante. Die vornehme Nase zeigt schräg nach unten auf Kilroy.

»Als Gegenleistung erwarten wir, daß nichts davon durchsickert. Verstehen Sie? Es ist ein enormes Risiko, das wir mit Ihnen eingehen, aber wir haben unsere Gründe. Können Sie sich wirklich an nichts aus der Zeit erinnern, bevor sie auf der Insel gerettet wurden?«

Kilroys Augen sprechen für sich. Wenn diese Dinge nur erwähnt werden, spulen sie zurück zu dem Punkt, an dem alles aufhört. Sein Kopfschütteln wirkt fast verspätet.

MacArthur seufzt und setzt sich wieder. Er zündet seine Pfeife an und raucht eine Weile schweigend. Als Ergebnis eines tosenden inneren Chaos läuft Schweiß über Kilroys Stirn. Der General verzieht sein Gesicht zu einem gnädigen Lächeln.

»Was zum Teufel bist du nur für einer! Wir bilden dich in der besten und stärksten Luftwaffe der Welt aus – und als Dank dafür machst du meinen Jungs Dampf unter den Hintern und bereitest uns die Hölle. Wir hätten dich gut selbst brauchen können. Zu wem, zum Teufel, hältst du eigentlich?«

»Zu den Verrückten«, bricht es aus Kilroy hervor. »*Kichigai!* Ich halte immer zu den Verrückten.«

MacArthur lacht.

»Dann hältst du auch zu mir, mein Junge. Aber das kannst du natürlich nicht wissen!«

Er rechnet nicht damit, verstanden zu werden. Er nimmt an, das sei ein Ausdruck von Größe. Er hat es nach Roosevelts Tod und nach der Übernahme des Amtes durch Truman auf den Posten des Präsidenten abgesehen. Niemand ist populärer als Douglas MacArthur. Aber es sieht so aus, als könnte Eisenhower, sein alter Sekretär und Stabschef ..., zum Teufel auch, daß er nicht die Klappe halten konnte, sonst hätten sie ganz China eingenommen, als sie nun schon einmal dabei waren. Die müssen doch – verdammt noch mal – sehen können, daß der ganze Mist am Ende den Roten in die Hände fallen wird. Besonders jetzt, da sie aus den Japanern Brennholz gemacht haben und Chiang Kai-shek, der korrupte Wurm, allein mit den Kommunisten zurückgeblieben ist. Dann kann man es ebensogut auf einen Schlag überstehen – bevor es zu spät ist. Aber das können diese Pappköpfe von Politikern nicht verstehen. Es gibt andere Weiße Häuser als das in Washington. Plötzlich sehnt er sich zurück in den Süden.

Kilroy räuspert sich. Der General hat eine Weile den gleichen Ausdruck in den Augen gehabt wie er selbst. Und der gerade empfangene Schulterschlag hat ihm Mut gemacht.

»Was passiert jetzt mit mir?«

MacArthur blickt ihn forschend an, klopft die Pfeife im Aschenbecher aus und faltet die Hände über dem gestärkten Hemd mit den Ordensbändern.

»Du wirst nach Hause geschickt. Wir haben einen Ort gefunden, wo du dich erholen kannst. Du fährst mit dem nächsten Truppentransport. Gibt es etwas, das du gern mitnehmen möchtest?«

Kilroy schüttelt eilig den Kopf.

»Gut. Es ist für alles gesorgt. Der Rest liegt bei dir.«

Der General wirft ihm einen vielsagenden Blick zu. Kilroy versucht seiner zunehmenden Verwirrung Herr zu werden. Es fällt ihm schwer, seinen Gesichtsausdruck unter Kontrolle zu halten. Er wünscht sich, er möge ein wenig würdevoll wirken, aber er ist kurz davor, vor Glück zu weinen und sich dem General in die Arme zu werfen.

MacArthur ruft in den Raum, und der Adjutant ist zur Stelle.

»Nehmen Sie sich unseres Freundes hier an. Viel Glück, Soldat!«

Kilroy grüßt militärisch und »rührt« sich – als der Blick des Generals auf Kilroys Hosenschlitz fällt, und er brüllt: »Was in aller Welt ist *das*?«

»Der Orden des Kaisers«, stottert Kilroy, sicher, daß nun alles verloren ist.

Aber MacArthur brüllt weiter – vor Lachen. Wieder fährt der Stuhl an die hintere Wand, und der General ringt nach Luft für seinen letzten Salut.

»Das muß ich heute abend auf dem Bankett Hiro erzählen! Tennoheika Banzai!«

Kilroys Arm fährt in die Luft. Blitzschnell antwortet er mit dem kaiserlichen Gruß. Er begreift, daß der General ein Mann ist, für den er hätte kämpfen können. Dann knallen die Türen, und er ist allein mit dem zusammengekniffenen Mund und den schmalen Augen des Adjutanten.

Und so kehrte Kilroy in sein Heimatland zurück, wo sich sein Ursprung in ebenso vielen Möglichkeiten verlor, wie es Autobahnen, Nationalitäten und Sprachen in Gottes eigenem Land gibt. Der Ort, an dem er sich »erholen« sollte, erwies sich als ein Asyl in Phoenix, Arizona – ein Sanatorium für schwer hirngeschädigte Kriegsopfer. Von den »Rednecks«, den ungebildeten Landarbeitern der Gegend, wurde es »Das Kuckucksnest« genannt. Hier sollte Kilroy die vielen kommenden Jahre in abgrundtiefer Fassungslosigkeit und Verzweiflung über das System verbringen, das sich nun seiner angenommen hatte.

Seine ursprüngliche Haarfarbe – aber das war auch das einzige – war zurückgekehrt. Er zeigte auch keine weiteren Symptome der Strahlenkrankheit. Sonst mußte er alles über sich ergehen lassen, in erster Linie Elektroschocks. Er erinnerte sich und vergaß, vergaß und erinnerte sich.

Sie schalteten ihn nach Gutdünken ein und aus. Schütteten Medizin und Pillen in allen Farben des Regenbogens in ihn hinein. Zeichneten und erzählten und zeigten ihm Flecken, die ihn an die Wolken erinnerten, die Tintenfische unter Wasser ausstoßen. Er gab ihnen die polynesischen Namen aller möglichen Einhörner des Meeres, und sie schrieben das Ganze nieder und versuchten einen Sinn in seine Verrücktheit zu bringen.

War er aufsässig, wurde er »fixiert«: mit Riemen an eine Pritsche geschnallt, auf der er zwölf bis vierundzwanzig Stunden zubringen mußte. Seine einzige Gesellschaft waren Halluzinationen von Orten und Menschen, über die er nicht wußte, ob er sie jemals zuvor wirklich gesehen hatte. Das wäßrige Geflimmer der Tage, Wochen und Monate stieg ihm zu Kopf und verursachte nervöse Zuckungen, und ruhelos schritt er seine Vierecke aus und spazierte vor den Stühlen auf und ab. Manchmal lag er apathisch da, versteckt in der Sprache, die er mit sich in den Schlaf nahm.

Als es eines Tages Fernsehen gab, saß er gierig vor der Bildröhre, die ihn flimmernd mit den Ikonen aus der Welt da draußen bombardierte. In seinem Zimmer hatte er zwei Bilder: das eine stellte Kaiser Hirohito dar, das andere war das farbige Titelbild aus einem Magazin und zeigte MacArthur. Wenn er den General zuweilen flüchtig im Fernsehen sah, in straffer Haltung und mit frischen Bügelfalten aus einem Autokonvoi heraus die Menge grüßend oder in einem Konfettiwirbel, erhob er sich aus dem tiefen Lehnstuhl und stand stramm. Innerlich erschien es ihm zwar eigenartig dümmlich und peinlich, aber irgendwie war er davon überzeugt, daß MacArthur der Kaiser der USA sei.

Hinter all dem lag ein Tiger auf dem Sprung. Doch jedesmal, wenn ihn der Strom der Elektroden traf, fiel er zurück in seinen Dämmerzustand, und weitere hundert Jahre vergingen, in denen er sich nur unruhig in seinen Träumen bewegte.

Er war umgeben von halben Männern, von Pflegern, Ärzten und Krankenschwestern, die wie steife, weiße Vögel sein Bett umflatterten. Den halben Männern fehlten Gesichter, Gehirne, Hände und Arme. Oder sie saßen als Torso ohne Beine im Rollstuhl, den sie selbst nicht bedienen konnten. Sie waren direkt vom Himmel in die weiße Welt der Verbände geflogen.

Die Intakteren unter ihnen zählten die Knöpfe an ihrem Krankenhaushemd – immer wieder von vorn, als wartete die Entlassung nach Hause auf der anderen Seite einer unendlichen Zahlenreihe. Sie gingen mit Beuteln herum, in denen sie selbst die Flüssigkeiten und Absonderungen ihres Körpers tragen durften. Es waren Schläuche, die in ihre zerstörten Nieren, und Tropfinfusionen, die in ihre Adern führten; etliche hatten rasierte Stellen auf dem Kopf, wo die Elektroden angeschlossen wurden.

Da war niemand, der mit einem anderen sprach. Das Personal bewahrte ihrer aller Seelen in einem verschlossenen Stahlschrank auf. Kilroy hatte gesehen, wie sie diese Seelen von Zeit zu Zeit herausnahmen und mit ihnen raschelten. Sie leuchteten fast genauso wie mattierte Plastikoberflächen.

Eines Tages gab es bei ihm dann den Kurzschluß – ganz ohne Hilfe ihrer Apparate. Er hatte die Nase voll. Er schleppte einen Kanister Benzin aus dem Geräteschuppen, schlug eine Scheibe vom Glaskäfig der Oberin ein, wo all die Stahlschränke standen, und goß das Benzin über Papiere, Kopien, Schreibtisch und Krankengeschichten.

Dann machte er Feuer. Als das Asyl in Phoenix brannte, nahm man ihn zum erstenmal ernst – als gefährlichen Psychopathen. Doch da war er bereits über alle Berge; das Feuer hatte ihm seine Flügel zurückgegeben. Die heulenden Sirenen und das entstandene Chaos waren genau die Atmosphäre, die er brauchte, um fortzukommen.

Der Tiger richtete sich auf und ging selbstzufrieden schnurrend neben ihm.

Vor einem Motel am Stadtrand von Phoenix stieß er auf ein flammenfarbenes Buick-Cabriolet. Er drückte die Seitenscheibe ein und öffnete die Tür. Wieder arbeiteten seine Hände mit schlafwandlerischer Sicherheit. Er schloß ein paar Leitungen kurz, legte den Gang ein, während die Füße wie früher über die Pedale tanzten. Mit einem Heulen des Motors bäumte sich die verchromte Vorderfront auf, und der Wagen raste die Landstraße entlang. Die ersten langen Meilen packte Kilroy mit den Handflächen, die euphorisch auf dem Lenkrad trommelten. Er schaltete das Autoradio ein und raste summend zu den weichen Klängen der Countrymusik durch die Landschaft, die zwischen Wüste und roten Bergen wechselte.

Mitten am Tag flimmerte die Wärme wie eine Flüssigkeit über die Windschutzscheibe. Zu allen Seiten sah er nur stiebenden Sand, der sich in langen weißen Fächern auf den Asphalt legte. Der Highway lief wie ein Strich direkt auf den Horizont zu, Felsformationen mit ihrem vielschichtigen Ocker und flach abgeschlagenen Gipfeln ragten vor ihm auf.

Der Tag ging über in die Nacht. Die Straßen unter ihm vibrierten wie das Fell von Bongotrommeln. Benzin stahl er, wo er konnte: aus nachtschwarzen Trucks, vor abgelegenen Motels, mit dem Schlauch aus fremden Tanks in den eigenen. Geld hatte er keins, aber das wußte er noch nicht. Der Körper arbeitete mit seinem eigenen Brennstoff – von Asche zu Feuer, von Feuer zu Asche. Die Schlacken der Medizin, die sie ihm verabreicht hatten, verdünnten sich im Blut zu Ringen. Zum erstenmal nach all den Jahren roch er nicht nach blauer Krankenhauswäsche.

Tag und Nacht, Nacht und Tag – er richtete sich nach dem Stand der Sonne. Zwischendurch fuhr er an den Straßenrand und ließ die Stirn auf das Lenkrad sinken. Doch stets flammte nach kurzer Zeit das Hirn wieder auf, und vor ihm lockte die Straße mit ihren endlosen Fortsetzungen und Verzweigungen.

Irgendwo mußte er anhalten, um ein Rad zu wechseln. All das geschah mit routinierten Handgriffen. Nur nach dem Werkzeug mußte er lange suchen. Als er sich aufrichtete, sah er jemanden mit einem Hund auf sich zukommen. Er riß die Stange vom Wagenheber hoch und stellte sich in Position, angespannt und leicht nach vorn gebeugt. Als sein Blick wieder klar war, erblickte er ein junges Indianermädchen, das mit seinem Schaf über den Mesa gekommen war.

Dann geschah etwas Merkwürdiges. Als sie dicht bei ihm war, blieb sie, wie vom Blitz getroffen, stehen. Dann warf sie sich ihm an den Hals und stieß einige seltsame Laute aus. Sie zeigte alle Gesten des Wiedererkennens. Er hielt sie von sich weg, fragte sie, bis an die Grenze der Geduld, in allen Sprachen, die er kannte. Aber sie zitterte nur am ganzen Körper und drückte sich wie ein sonnengetrocknetes, sandiges Vogeljunges an seine Brust.

»Kennst du mich?« schrie Kilroy außer sich, »dann sag es doch!«

Aber sie schüttelte nur den Kopf und zeigte – zuerst auf ihre Ohren, dann auf ihren Mund. Das Mädchen war taubstumm. In ihren Augen war der Abgrund einer Welt ohne Stimmen.

Sie hatte das Haar an den Ohren zu Schnecken gesteckt, und um die Stirn trug sie ein dunkelrotes Band. Er strich ihr sanft über die Wange und schob sie zurück. Mit dumpfer Verzweiflung sammelte er das Werkzeug zusammen und warf das kaputte Rad in den Kofferraum. Ohne überflüssige Abschiedsworte setzte er sich hinter das Steuer und fuhr fort. Im Rückspiegel sah er, wie sie die Hand in einer ohnmächtigen Geste hob und ihm langsam nachwinkte. Die aufkommende Frustration, die ihm die Kehle zuschnürte, ließ ihn das Gaspedal völlig durchtreten.

Erst Stunden später, als das Herz wieder zur Ruhe gekommen war, bekam er Lust, umzudrehen und die Gegend näher zu erkunden. Aber da war es zu spät. Kreuzung für Kreuzung hatte er passiert – hinter ihm lag ein völlig unüberschaubares Labyrinth. Die eine öde Strecke sah aus wie die andere. Er würde nie zu dem Ort zurückfinden, und so beschränkte er sich darauf, die Geschwindigkeit zu reduzieren.

Als er an einen Wegweiser kam, auf dem *Los Angeles* oder *Die Engel* stand – in einer weiteren Fremdsprache –, bog er ab. Nun wußte er, wohin er wollte. Zu den Engeln.

Er hatte keine Ahnung, wie lange er gefahren war, als sich das Land grün färbte. Er war in Kalifornien, war dem Zeigefinger dieses einen Wegweisers unter so vielen anderen gefolgt, und das hatte ihn durch Berge, Städte und hinaus auf die singenden Highways geführt, wo andere Wagen an ihm vorbeigezischt waren. Er wurde ein Blitz im Rückspiegel, ein Reflex im Strom aus fließendem Lack und Chrom. Er grüßte und winkte, benutzte die Fanfarenhupe und ließ sich auf hitzige Jagden ein. Er genoß das in vollen Zügen: die flimmernde Nähe anderer Menschen hinter Glas. Staffel mit Tragflächenkontakt. Er war wieder Mitglied einer Gesellschaft. Einer Gesellschaft, in der nichts breiter lacht als Autos und Geld.

Am Ende einer gleichmäßig ansteigenden Kurve, als die Motorhaube hinuntertauchte, fuhr er in den Himmel. Hinter der Windschutzscheibe blinkte wieder blau das Meer, und die Straße folgte ihm. Instinktiv wußte er, daß es dasselbe Meer war, das ihn geboren hatte. Er fuhr auf den Grünstreifen und stand lange stumm davor. Wieder traf ihn der Wind mit Möwengeschrei.

Es war Abend, als er in die Vorstädte kam. Das Panorama der flachen Häuser mit den briefmarkengroßen Vorgärten drehte sich an ihm vorbei. Erschrocken fuhr er zusammen, als ihm die erste große Mickymaus zuzwinkerte. Sahen so die Engel aus?

Eine dampfende Hühnchenkeule, präsentiert von dem eiergelben Hühnchen selbst, erweckte sein Unbehagen. Eiswaffeln in der Größe der Häuser hoben sich von den Fassaden ab. Ein Becher, groß wie ein Silo und mit dem Trinkröhrchen in der Höhe der dritten Etage, stand da mit seiner unergründlichen Beschriftung, rot und weiß in einer verschlungenen Zeichnung. Er empfand so etwas wie Andacht. Da waren Männer, die Zigaretten rauchten, so lang wie sie selbst, üppige Frauen, auf Schildern hingegossen und glänzend von Creme. Verlorene Horizonte, die erneut zu ihm zurückkehrten.

Im Zentrum erreichten die Häuser eine Höhe, wie er sie noch

nie gesehen zu haben glaubte. Türme aus Glas und Beton raubten ihm völlig den Atem. Das Dunkel zwischen den Gebäuden war erhellt. Die Fenster in dem Steinwald, der wie ein Korallenriff unter dem Meer zusammenzuhängen schien, öffneten sich zu stummen Aquarien aus Licht und Dunkel.

Er war verzaubert. Das war das Schönste, was er je gesehen hatte. Leuchtende Körbe winkten ihn mit Grün weiter und stoppten ihn mit Rot. Er war stolz wie ein König, als er das System durchschaut hatte.

So sehr war er davon beeindruckt, daß ihn erst der aussetzende Motor an seinen leeren Tank denken ließ. Die letzten Meter rollte er einen langen Boulevard entlang. Er lenkte den Wagen an den Gehweg und stand gleich darauf vor einem Lokal, das auf Tellern im Fenster Essen aus Plastik angerichtet hatte.

Sein Blut wollte überhaupt nicht aufhören zu singen, als er aus dem Auto stieg. Er bemerkte, wie ausgehungert er war, und ging hinein. All die Kilos, die er während der Asyljahre zugenommen hatte und noch ein paar mehr, hatte er inzwischen wieder verloren. So entschloß er sich, alles zu probieren.

Das war leicht genug: Er mußte nur auf die Gerichte zeigen, dann wurden sie gebracht. Zuerst bekam er ein Eis mit Schokoladensoße. Dann brachte man ihm Fisch in einer knusprigen Hülle und mit einem Berg gelber Marmelade auf dem Teller; Bohnen mit Spiegelei und Pommes frites; Fleisch in Bohnen und eine rote Tunke, die ihn zum Husten brachte. Und er zeigte auf Becher mit schäumendem Bier, das ihm zu Kopf stieg.

Er saß da und lachte über das ganze Gesicht. Bei einem großen Stück Fleisch an einem T-förmigen Knochen hörte er plötzlich auf. Er ließ den Knochen sinken, warf sich auf dem Plastiksitz zurück und schickte einen Rülpser von der Größe eines Fallschirms durch das Lokal.

Ein glockenklares Lachen ließ ihn aufhorchen, gefolgt von einer Stimme, die sagte: »Du hattest aber Hunger, Honey!«

Erst jetzt wurde er auf diese Person aufmerksam – die einzige im Lokal, außer ihm selbst und dem stummen Kellner. Sie saß da, das Gesicht hinter einer Sonnenbrille versteckt, obwohl Nacht war, und den Körper anmutig von einer Federboa umschlungen. Er war sich seiner Sache fast sicher, als er sie fragte: »Bist du ein Engel?«

Sie spitzte den Mund zu einer Cocktailbeere, auf der sie mit leisem Geräusch eine Weile saugte. Er wunderte sich darüber, was das bedeuten sollte, denn sie hatte offenbar nicht vor zu antworten.

Er blieb mit einer gewissen militärischen Haltung an ihrem Tisch stehen, und er konnte die Augen nicht abwenden von ihrem Engelshaar, der perlmuttartigen Haut und der kleinen Nase, die zwischen den Sonnengläsern hervorlugte. Im selben Augenblick begriff er, daß sie die Göttin über alle Blondinen war, die er als Bemalung auf Flugzeugen oder als Hochglanz-Wandschmuck in Mannschaftskabinen gesehen hatte. Sie war ihr Fleisch und Blut. Und um den Hals trug sie echte Diamanten. Ein üppiger Schmuck, der Tränen über ihren schneeweißen Busen regnen ließ.

Sie wurde ein wenig unsicher und stellte Kilroy die Frage: »Kennst du mich?«

Plötzlich war da ein Vorbehalt in der Stimme, und sie raffte die Federn, die ihr über die Schultern geglitten waren, vorn zusammen. Es sah aus, als wollte sie gehen.

Er schüttelte den Kopf, sekundenlang stumm.

»Bist du Ausländer?«

Er nickte. Sie entspannte sich wieder und ließ sich auf dem Sitz zurückfallen. Das eine Bein glitt mit einem schwachen, elektrischen Knistern unter ihrem Kleid vor.

»Darf ich mich hierhersetzen?« brachte er schließlich heraus. Sie zuckte mit den Schultern. Kurz darauf winkte sie dem Kellner mit einem feuerroten Fingernagel.

»Dom Perignon!« Seinetwegen hätte sie ebensogut »Abrakadabra« sagen können, aber der Kellner klappte in der Taille zusammen und huschte zufrieden in seine Bar.

Er kam mit einer Flasche im Eiskühler und einem weißen Tuch zurück, das über den Flaschenhals geschlagen war. Darauf schenkte er in ein hohes Glas ein und blickte fragend von ihr zu Kilroy. Als sie nickte, zog er noch ein Glas – halb in der Serviette versteckt – hervor und schenkte auch Kilroy ein.

»Prost, Fremder«, sagte sie und hob ihr Glas. »Ich liebe Fremde«, fügte sie hinzu, mehr für sich selbst.

Bevor sich der Kellner entfernte, legte er diskret einen Zettel vor Kilroy, der mit Zahlen vollgeschrieben war. Fragend sah Kilroy zu ihm auf.

»Was ist das?«

»Die Rechnung!« antwortete der Kellner trocken, »für das, was der Herr verzehrt haben!«

Sie kicherte bei dem Gedanken an all das Essen, das er gerade verdrückt hatte. In der Ecke gegenüber flimmerte die Wochenschau über den Fernseher. Plötzlich erfüllte sie das ganze Lokal. Einen Augenblick war Kilroy total abwesend. Auf dem Schirm wimmelte es von GIs, die vorwärtsstürmten und unter kleinen Soldaten, die wie Japaner aussahen, Gefangene machten. Dann kehrte er in die Wirklichkeit zurück.

»Was macht man damit?« fragte er, indem er sich ihr zuwandte.

»Bezahlen!« sagte sie lachend, »hast du kein Geld?«

Mit einer Mischung aus Entsetzen und Hoffnung blickte er auf den Kellner.

»Ich ... bin einer von MacArthurs Jungs!«

Die Worte klangen hohl. Die Frau bewegte den Kopf von einer zur anderen Seite und schmatzte mit den Lippen eine Serie schneller Küsse.

Der Kellner räusperte sich: »Aber das geht nicht! Hier wird mit Dollars bezahlt!«

Kilroy wurde rot. Durch Tränen sah er eine Handvoll grüner Scheine, mit denen sie den Kellner wegwedelte. Er hatte einen Kloß im Hals und konnte nichts sagen. So lange war Kilroy im Paradies gewesen.

Sie hatte die Sonnenbrille hinuntergeschoben und ließ sie auf dem Kinn ruhen. Er sah, daß sie geweint hatte: Auf der perlmuttartigen Haut waren Streifen. Sie betrachtete ihn mit einer ganz neuen Form von Interesse.

»Wer bist du eigentlich?« fragte sie mit plötzlichem Ernst in der Stimme.

»Ich weiß es nicht«, antwortete Kilroy ganz wahrheitsgemäß.

Sie war der erste Mensch, der nicht einen Augenblick an seinen Worten zweifelte.

Vom Fernseher hörte man ein dumpfes Brüllen der Flammenwerfer. Rauch verdunkelte das Bild. Kilroy ließ sich ablenken.

»Ich hatte geglaubt, der Krieg sei vorbei!«

»Welcher Krieg«, gähnte sie, »gibt es nicht immer irgendeinen?«

»Ja, aber wir haben doch einmal die Japaner geschlagen ...«

Ihr Lachen schallte erneut durch das Lokal. Es klang wie Eiswürfel gegen Glas.

»Das heißt jetzt Korea. He! – du bist ja wirklich vom Mond gefallen!«

Kilroy entspannte sich. Der Champagner perlte wie vorher, er plauderte drauflos, und sie legte die Hand auf seinen Arm, aufkreischend oder mit anderen Temperamentsausbrüchen – je nachdem, welchen Sprung seine Gedanken gerade vollführten. Sie lachte so, daß die Tränen kullerten, aber das war nicht die Art Tränen, die Streifen in ihr schönes Gesicht gegraben hatten. Als die Flasche leer war, bestellte sie eine neue.

Noch einen Augenblick war sie ernst und fragte: »Und es ist wahr? Du weißt wirklich nicht, wer ich bin?«

Wieder ließ sie sich von einem Gesicht überzeugen, das ihr ausdrucksvoller erschien als jedes andere, das sie bisher gesehen hatte. Sein Blick war wie verklärt. Endlich einmal keine Fragen.

»Ich bin so froh, daß ich dich getroffen habe! Ich hätte nicht geglaubt, daß es dich gibt!«

Sie seufzte.

»Alle treffen mich. Ich treffe niemanden.«

Das verstand er nicht. Aber da hatten sie längst ein Stadium erreicht, in dem sie auf alles anstießen, also stießen sie auch darauf an. Wenn sie lachte, ähnelte sie einem ganz kleinen Mädchen; der üppige Körper unter ihr wurde backfischhaft und albern, und sie trat ihn mit der Spitze ihres hochhackigen Schuhs gegen das Schienbein.

Gegen Morgen bestellte sie ein Taxi. Mit Schalk in den Augen wandte sie sich ihm zu: »Hast du einen Platz, wo du schlafen kannst? Sonst darfst du gern bei mir schlafen!«

»Ja, danke«, sagte Kilroy und setzte sich in die Limousine, deren Sitzbank unter ihm federte. Sie duftete so betäubend nach Pelz, Puder und kirschroter Farbe, und sie drückte einen Kuß auf seine Wange. Er lehnte sich zurück und schloß halb die Augen. Draußen sausten die Bäume des Boulevards vorbei.

Nach einer Einfahrt, die ihm länger erschien als die ganze Tour, schwenkten sie zu einem Palais ein. Die Treppenstufen davor waren fächerförmig angeordnet, berechnet für wandernde Nerze und Stolen. Mehrreihige Geländer glänzten zu ihnen hinunter. Plötzlich war es ihm sonnenklar: Hier endeten alle Hauptstraßen.

Das Haus war wie dafür geschaffen, nachts von Festfeuerwerken illuminiert zu werden. Im harten Morgenlicht glich es am ehesten einer Torte mit Rissen in der Glasur. Auf den hohen Absätzen schwankend, bezahlte der Engel den Chauffeur, und sie gingen die Haupttreppe hinauf, zusammengekrümmt von einem Lachen, das keine andere Ursache hatte als das Lachen selbst.

Als sie die Halle betreten hatten, standen sie eine Weile da, ganz eingeschüchtert von ihren Stimmen, die für den neuen Raum allzu laut waren. Sie zerrte ihn schließlich an einem ellenbogenlangen Handschuh, den sie um seinen Finger gewunden hatte, ins Kaminzimmer.

Der Fußboden war vollständig mit dicken Bärenfellen bedeckt. Überall in den Ecken lagen Plüschtiere herum. Sie zog ihn zu sich herunter, schmuste mit einem alten Teddybären, dem ein Ohr fehlte, und sagte mit abgewandtem Gesicht: »Du darfst gern mit mir schlafen!«

»Nein, danke«, antwortete Kilroy. »Trotzdem vielen Dank«, fügte er eilig hinzu, »aber ich habe ein Mädchen in Tokio ...«

Dann fiel er in einen totenähnlichen Schlaf, tief eingegraben in das Fell und mit einem Arm um den Hals des Eisbären. Sie beugte sich über ihn und berührte seinen Nacken mit einem daunenleichten Kuß.

»Wer du auch bist«, flüsterte sie zärtlich, »bleib so!«

Sie warf sich in einen Lehnstuhl und verbarg das Gesicht in

den Händen. Als ihre Schultern zu zittern begannen, glitt die Boa wie eine gefiederte Schlange unter immer heftigeren Bewegungen auf den Fußboden.

Vierundzwanzig Stunden verbrachte er in der Tiefe, und einen Tag brauchte er für den langsamen Aufstieg. Dann erwachte er – und fand sich in einem Bett wieder, das wie eine riesengroße, rosa Muschel geformt war.

Ein Flügel aus Daunen ruhte über ihm. Ihr Duft war in den Laken, und er trug einen Seidenpyjama mit goldenen, ineinanderverschlungenen Initialen. Erstaunt berührte er sie und versuchte die verschnörkelten Buchstaben mit dem Finger zu lesen. Vielleicht waren sie der Anfang seines neuen Namens – die Vereinigung von seinem mit ihrem Namen.

Er setzte sich auf und strich über seinen Körper mit Händen, die eine Seifenblase hätten berühren können, ohne daß diese zerplatzt wäre.

Die Ablagerungen der letzten vierundzwanzig Stunden bedeckten seinen Körper mit einem Film. Er sah ihren Abdruck neben sich. Und er dachte, falls sie wie er in den Augen ein Sandkörnchen gehabt hätte und nur ein einziges auf den Laken zurückgeblieben wäre, würde er da, wo es gelegen hatte, eine Perle finden.

Das Zimmer strömte über von Sonne und einer Musik, die aus einem im Bettgiebel verborgenen Radio kam. Er schwang die Beine über den Bettrand und grub die Füße so vorsichtig in den dicken Hirtenteppich, als könnte der Fußboden jeden Augenblick unter ihm brechen.

Staubpartikel wirbelten in den Sonnenstrahlen; ein Fenster stand offen, und der Vogelgesang aus dem Park floß mit der Musik zusammen.

Vor der Frisiertoilette mit der nierenförmigen Glasplatte – und Reihen von Fläschchen, Bürsten und Kämmen mit Goldrücken – blieb er stehen. Auf den Spiegel hatte sie einen Gruß geschrieben. Mit großen, lippenstiftroten Buchstaben in kindlicher Handschrift: *Honey, das Haus gehört dir. Auf bald!* Kein Name, nur der Abdruck ihrer Lippen.

Er war gerührt und konnte sich keine schönere Art vorstellen, ein Haus übertragen zu bekommen.

Überall fand er Spuren von ihr: abgestreifte, hochhackige Schuhe, halb versteckt zwischen den Teppichen. Im Kaminzimmer war die Federboa bis zur Schwelle gelangt, und von einer Stuhllehne starrte ihn ein Fuchs mit braunen Glasaugen an. Auf der Matte in der Halle lag ein Pelzcape aus zusammengenähten Schwänzen und erinnerte an zehn Waschbären, die auf dem Weg nach draußen von der Tür durchtrennt worden waren. Nur an dem Geruch konnte er erkennen, daß die Sachen ihr gehörten.

Im Badezimmer fand er Spuren eines Mannes: Rasierapparat und -pinsel und breitschultrige Flaschen. Einen Bademantel, der größer war als er selbst und ein Paar Pantoffeln mit den gleichen Initialen, die er auf seinem Pyjama hatte. Nicht einen Augenblick lang ließ er sich von diesen Zeichen beunruhigen. Er sah sich nur im Spiegel an und hatte das Gefühl, daß er hier schon länger wohnte, als ihm in Erinnerung war.

Er kam in einen großen Wohnraum, in dem ein weißer Flügel stand; doppelte Fenstertüren gingen hinaus auf eine Veranda, von der eine Treppe in den Garten führte. Er setzte sich auf den Hocker und betrachtete lange die Tasten.

Zuerst probierte er, mit einem einzelnen Finger, den Unterschied zwischen Elfenbein und Ebenholz: das kleine Piepsen an dem einen Ende der Tastatur, das wie ein Vogelpfiff klang, und das tiefe Brummen an dem anderen Ende. Ohne zu wissen, was es war, tüpfelte er eine Tonleiter heraus. Spielte sie rauf und runter. Wechselte die Tonlage und schuf sie mit Hilfe anderer Kombinationen aus Elfenbein und Ebenholz aufs neue. Er legte die Hände auf die Tasten. Von den vereinzelten Klängen, die auf einem Klavier in einem anderen Haus vor langer Zeit ihren Anfang genommen hatten, breiteten sich neue aus. Das formlose Chaos fand über seine Hände einen Weg hinaus.

Er baute etwas auf, indem er nach beiden Seiten mit seinen Fingern suchte, fast wie ein Blinder. Brücken aus Akkorden strömten hervor. Er wußte nicht, was das war. Mit geschlossenen Augen stand er auf einem schwankenden Grund und wirbelte mit den Händen die Reihen der Vögel durcheinander. Es lief ihm kalt den Rücken herunter: Das war seine Sprache, ohne Worte, und in ihr konnte er alles erzählen. Hier gab es keine Grenzen. Er war wieder im flimmernden Wasser, und die Haie kamen mit einer Kraft, die aus der Tiefe heraufdröhnte. Zuerst langsam, dann in wirbelnden Pirouetten, die von den obersten Fingergliedern sprangen. Er war am Strand, und das Schildkrötenfett lief über seine Haut. Er stand an einer Lagune, die wie früher türkisblau war, und wartete auf die Schiffe aus seinen Träumen. Jede Kombination der Schlüssel vor ihm enthielt Episoden, die er lange nicht im Zusammenhang hatte erzählen können. Er lehnte sich zurück und erinnerte sich an von Lückner – an sein Lächeln und an den Sonnenschein. Fortwährend stiegen ganz unten vom Meeresboden Luftblasen auf, wurden zu Fallschirmen an einem silberklaren Tag. Kurz darauf stürmte er in Nakamuras Jäger über den Himmel und feierte Triumphe. Dann wurde die Musik aus seinem unbekannten Inneren wieder schwarz, leidenschaftlich und voller Trauer. Dies war die Sprache, in der er alles, was er je gesehen und erlebt hatte, erzählen konnte.

Aber er suchte nun nicht mehr die Vergangenheit. Er war im Jetzt und spielte nur für *sie*. Zärtlich und suchend zuerst. Dann entdeckte er den Rhythmus und schaukelte auf dem Klavierhocker davon – bis das Meer in Aufruhr kam und ihm den Atem raubte.

Als er sich Stunden später erhob, hatte er ein mattes Lächeln um die Lippen, und auf seiner Stirn stand Schweiß. Er hatte die Grundtöne seines Lebens gespielt und alle Sehnsucht zu fernen, singenden Nachklängen gedämpft.

Er bemerkte, daß er hungrig war, und begann im Haus nach Eßbarem zu suchen. In einem Raum, wo sich vor allem leere Tischplatten, Schränke und stählerne Waschbecken befanden, öffnete er den Kühlschrank. Er fand nur Behälter mit Eiswasser und reihenweise die Sorte Flaschen, die sie gestern nacht geleert hatten.

Da ging er hinaus in den Garten. Die Sonne hing tief am Himmel und verglühte am unteren Rand. Er fand einen Teich voller Fische, lief zurück zum Kaminzimmer und holte einen dreizackigen Feuerhaken, den er an einem Ständer hatte hängen sehen.

Bald war eine ganze Reihe von den roten, goldenen Fischen aufgespießt, die denen vom Riff ähnelten, nur daß sie schmaler waren; und er zündete ein Feuer an, steckte sie auf einen Stab und begann sie über dem Feuer zu braten. Es tropfte von ihnen in die Glut, die Schuppen richteten sich auf der flachen Haut auf, wurden matt und milchig, und er wußte, daß der Fisch gar war. Dann hörte er hinter sich einen halberstickten Schrei: »Was hast du mit meinen Goldfischen gemacht?«

Er wandte ihr das von der Wärme des Feuers glasierte Gesicht zu. Sie stand da in Goldschuhen und weißem Nerz und blickte ungläubig von ihm zur Feuerstelle. Eilig riß er den Stab hoch und hielt ihn ihr hin. Es tropfte ein wenig, und sie flüchtete schnell einen Schritt zurück. Eine Weile kämpften noch Zorn und Trauer auf ihrem Gesicht. Dann ergab sie sich seiner offensichtlichen Unschuld.

»Tu sie weg!«

Er zog den Stab an sich und nahm mit den Fingern den oberen Fisch, um ihn zum Mund zu führen. Ihr Nerz zitterte, und sie sprühte Funken: »Ich will nicht, daß du sie ißt! Ich will, daß du sie im Feuer verbrennst und die Asche anschließend bei den anderen verstreust. Komm!«

Sie zog ihn aus der Hocke hoch. Er tat, wie sie gesagt hatte; erfüllt von einem Staunen, das noch größer war als ihres. Sie ging voraus ins Haus. Müde hatte sie ausgesehen, mit hängenden Schultern.

Er fand sie in der Stube am weißen Flügel, die Augen auf einen fernen Punkt gerichtet. Sie hatte den Telefonhörer in der einen Hand und legte ihn wieder auf.

»Was ist?« fragte er: »Habe ich etwas Schlechtes getan?«

»Nein«, sagte sie seufzend, »das hat nichts mit dir zu tun!«

Sie kramte ein Pillenglas aus der Tasche und schraubte den Deckel ab. Wie ein Habicht war er über ihr und schlug auf die Hand, daß die Pillen durch die Gegend flogen.

»Das darfst du nicht. Die fressen Seelen!«

Dieses Mal lachte sie mit den Augen.

»Das sind Vitaminpillen, du Dummkopf. Schau her!«

Sie zeigte ihm das Glas, doch das sagte ihm nichts. Er haßte es trotzdem.

»Ich habe meinen Leuten freigegeben. Ich wollte allein sein. Dann ist der Mann vom Mond hier reingeplumpst. Und mir ist es ganz egal, wer du bist, wenn du nur nicht Joe heißt!«

Sie schnaubte ein wenig und trocknete die Augen am Kragen. Die glitzerten wieder, als sie fortfuhr: »Wir bestellen uns eine Pizza. Ich könnte sterben für eine Pizza.«

Eine halbe Stunde später empfing sie in der Tür einen Mann, der eine Mütze aus steifem Papier trug und auf der freien Hand einen Stapel Pappschachteln balancierte.

Draußen in der Küche riß sie die Deckel ab und begann mit einem großen Messer in den Schachteln zu schneiden. Champagner kam auf den Tisch. Kilroy befand sich in der gleichen Stimmung wie vorher, aber ihr Blick blieb abwesend, und sie hörte nicht auf die Worte, die er mit vollem Mund zwischen Krusten, Oliven und Anschovis einstreute. An der warmen Käsemasse verbrannte er sich den Gaumen, und sie schüttete noch mehr Champagner in ihn hinein.

Jede ihrer Bewegungen spiegelte ihre Zerstreutheit. Sie selbst aß fast nichts, leerte aber Glas um Glas, während sie nach dem Lachen suchte, das ihn zum Übersprudeln gebracht hatte. Er tat, was er konnte, um sie aufzumuntern.

»Die Liebe frißt die Seelen«, sagte sie irgendwann, »die Pillen tun das nicht.«

Sie ließ das Telefon klingeln, aber ihre Hände zitterten, und das Gesicht wurde starr unter der Maske von Puder und Mascara, die sich gelöst hatte und über ihre Wangen lief. Er hielt sie im Arm, machte keinen Versuch zu verstehen oder in die Musik einzubrechen, die ihr Gesicht verzerrte und ihre Schultern unter seinem Griff wild beben ließen. Schließlich legte er sie ins Bett und strich mit den Fingerkuppen über ihre Augenlider, bis sie aufhörten zu zittern und ihre Atemzüge tief wurden. Dann setzte er sich an den Flügel und spielte zu ihren Träumen – Wellen, die weit hineinwogten in ihren Schlaf.

Viel später sah sie aus, als ob sie tanzte.

Er hatte sie bei Wiener Walzer und Kognak gefunden, eine Hand an der Wange, tief in sich selbst versunken. Sie bewegte sich, faltete sich aus ihrer Schmerzensstellung, in der sie die Handflächen zwischen die Knie gepreßt hatte. Sie streckte die Arme aus und bewegte die Schultern im weißen Mondlicht auf und ab. Dann spitzte sie den Mund und begann – noch immer im Schlaf – den Walzer mitzusummen. Er hatte keine Ahnung, woher er kam.

Wieder zitterten ihre Augenlider; dann schlug sie sie auf: zwei Perlmuttschalen, die im Mondschein leuchteten.

»Komm!« rief sie ihm vom Bett aus zu.

Dieses Mal sagt er nicht nein.

Er erwachte am nächsten Morgen durch ein anhaltendes Klingeln an der Tür. Kilroy, der glaubte, daß das Frühstück gebracht würde, stürzte aus dem Bett und lief nackt die Treppe hinunter, um zu öffnen.

Draußen stand ein zwei Meter großer Baseballspieler. Mit Schulterkissen und einer furchteinflößenden Zahl auf der Brust. Kilroy zog sich rückwärts in die Halle zurück.

In demselben Augenblick ertönte ihre Stimme aus der ersten Etage: »Joe, wie kannst du es wagen!«

Sie war ganz bis an das Geländer getreten und raffte ihren Morgenmantel zusammen, der überwiegend aus Straußenfedern bestand. Dann glitt sie in einer S-förmigen Bewegung die Stufen hinunter, scheinbar gefaßt, wenn da nicht die kleinen Bisse in die Unterlippe gewesen wären.

Kilroy, der sich seiner Nacktheit nicht mehr bewußt war als Adam am ersten Tag im Paradies, schenkte ihr ein strahlendes Lächeln.

»Ist das die Liebe?«

Sie nickte. Schmollend, aber überzeugend.

»Willkommen!« sagte er mit derselben Überzeugung, wie es auf der Fußmatte geschrieben stand.

Joe, der nicht wußte, ob er den Ball annehmen oder ihn vorbeifliegen lassen sollte, blieb gleichsam in der Luft über der Schwelle hängen, bevor er sich hineinkantete. Es war unmöglich für Kilroy, seine Kehllaute zu deuten. In der einen Hand hatte er einen großen Strauß roter Rosen, die alle zusammen die Köpfe hängen ließen.

Das Schweigen, das sich zwischen ihnen ausgebreitet hatte, fiel wie regelmäßig abgemessene Wassertropfen – einer pro Sekunde – auf die Steinfliesen. Sie war es, die die Stille zuerst brach.

»Joe, ich hatte gesagt, daß du nicht kommen sollst ...«

In derselben Sekunde verschwand Kilroy aus ihrer Welt, und er spürte das selbst. Zwischen den beiden entstand ein Tunnel, der sie in eine Intimität hüllte, die niemand mitanhören konnte, ohne unruhig von einem Fuß auf den anderen zu treten. Ihm wurde heiß am Hals, und der Schweiß begann zu laufen. Der Ball war zu Ende.

Der große Joe ließ den Kopf hängen und reichte ihr die Blumen.

»Ich konnte nicht warten. Ich hab dich vermißt. Ich hab an nichts anderes gedacht. Ich wußte nicht, daß du Besuch hast ...«

Er warf Kilroy einen verletzten Blick zu.

Es fiel ihr schwer, den Sonnenschein zurückzuhalten, der in ihren Augen hervorbrach. Sie warf den Kopf in den Nacken.

Im nächsten Augenblick hing sie an seinem Hals, die Beine nach hinten durchgedrückt, und bedeckte sein Gesicht mit Küssen. Kilroy sah den Muskelberg dahinschmelzen, und die Röte auf dessen Hals stammte nicht nur vom Lippenstift.

Irgendwie war er ebenso gerührt wie die beiden. Da er nun aber nicht mehr dorthin gehörte, wußte er auch nicht, was er mit sich anfangen sollte. Er hätte hinaus in den Garten gehen und sich mit der Erinnerung an eine Nacht, die er ohnehin niemals vergessen würde, im Vogelgesang ertränken können. Rückwärts begann er sich durch die Tür zurückzuziehen.

Sie fing ihn auf der Haupttreppe ein.

»So kannst du nicht gehen ...«

Mit offenen Handflächen demonstrierte sie ihm die Nacktheit seines Körpers, während er einen letzten Schimmer von der ihren erhaschte. Er wurde rot.

»Komm!«

Sie führte ihn nach oben. Joe durfte unten warten. Der Liebe von Göttinnen kann man sich nur hingeben, ohne Fragen zu stellen. Das wußte Joe. Und das wußte Kilroy nun auch.

Die blaue Kleidung aus dem Asyl warf sie in einen Stahleimer, den sie benutzte, wenn sie sich abschminkte.

Das Bett duftete noch immer nach ihrer Liebe. Sie kicherte wie ein Schulmädchen und gab ihm einen Kuß auf den Mund. Mit kleinen Kreischern holte sie Hemden, Hosen, T-Shirts, eine dazu passende Windjacke und Schuhe aus den Schränken. Nichts von all dem entsprach seiner Größe, aber daran war er schon gewöhnt. Die breitrandige Mütze mit dem großen »J« lehnte er ab. Zum Schluß hakte sie das üppige Diamantkollier von ihrem Hals und reichte es ihm.

»Damit kommst du eine Weile zurecht, Fremder.«

Dann flüsterte sie ihm unter Küssen ins Ohr: »Du warst wunderbar. Von dem Augenblick an, als ich dich gesehen hatte, wußte ich das. Danke!«

Kilroy stotterte, während er mit dem Diamanthalsband, Schuhen und Schnürbändern herumstolperte. Der ganze Himmel fiel ihm auf den Kopf. Mit Engeln, Fliegern, Schäfchenwolken . . .; Flügel von geschmolzenem Wachs legten sich über seine Stimme, so daß er seine Liebe nicht mit Worten ausdrücken konnte. Sie verstand ihn auch so und umarmte ihn ein letztes Mal. Unten in der Halle hatte Joe begonnen, sich kräftig zu räuspern.

Kurz darauf blinzelte er heftig mit den Augen. Das war in dem Augenblick, als der Fremde in Kleidungsstücken, die ihm, dem Baseballspieler, gehörten, hinaus in den Sonnenschein marschierte – das Schmuckstück schwingend, das er seiner Liebsten als Morgengabe verehrt hatte.

# 0

Ganz unten fand er die Engel, die gefallenen. Mit versengten Flügeln und in allen Sprachen der Welt brabbelten sie. Ruhelos flogen sie von Straßenecke zu Straßenecke und pickten die Krumen der Großstadt. Sie durchsuchten die Mülltonnen, sammelten Flaschen ein, und ihr Brot war weich und schimmelig. Sie ernährten sich von Alkohol und schliefen in ihren fischgrätgemusterten Mänteln auf Bänken und in Treppenhäusern. Das waren die Ohnmächtigen. Die Sperlinge unter den Engeln.

Die Schnellsten unter ihnen hatten alle Farben. Amazonas-Papageien, Schreihälse und Raben – vor allem Raben –, blauschwarz und schnell mit dem Mundwerk, ebenso wie mit den Händen und auf den Füßen. Braun und sanft. Kilroy, der sich noch immer an den ersten Schwarzen in seinem Leben erinnerte, den er für den Oberbefehlshaber der GIs gehalten hatte, behandelte sie auch jetzt mit einem ganz besonderen Respekt.

In der Gesellschaft der Chicanos entspannte er beim *Lomber*, trank *Tequila* und sprach bald perfekt Spanisch. Die Indianer lebten in tristen Reservaten aus Pappe und Wellblech, und wenn sie in die Stadt kamen, konnte er sie nicht mehr wiedererkennen. Bei den Italienern aß er Pizza und stocherte in seinen Zähnen. Und mit den Griechen tanzte er die Nächte durch zu der wachsenden Brandung der *Busuki*-Klänge.

Er war ein Niemand – und mit allen gut Freund.

Nur die Asiaten blieben unter sich. Sie bildeten Triaden. Ihre Frauen lebten davon, daß sie Frauen waren – geschlitzte, schwarze Röcke und Porzellangesichter mit Mandelfalten, denen er noch immer nicht widerstehen konnte. Die Männer handelten mit harten, weißen Träumen ganz anderer Art, gewonnen aus Mohn. Hinter den verschlungenen Drachenmustern der Restaurantfassaden und in den hinteren Räumen der Wäschereien blitzten die Messer, und das Blut floß in einem endlosen Strom, der ihn erschauern ließ.

Einst war er einer von ihnen gewesen; das war nun vorbei. Ihre Gesichter hatten sich ihm wieder verschlossen. Von seinem Japanisch waren nur Rudimente geblieben.

Er lebte von Gelegenheitsjobs, als Tellerwäscher oder Telegrammbote. Sein jüngst entdecktes Talent nutzte er als Barpianist in den übelsten Kneipen. Nichts lag ihm ferner, als den funkelnden Diamantschmuck gegen die grünen Scheine einzutauschen, die in der ersten Nacht in der Stadt der Engel sein Herz so tief verletzt hatten.

Man kannte ihn als »den Mann, der überall nach seiner Sprache fragte«. Er strahlte eine seltsame Würde aus, und alle, die ihm näherkamen, fühlten sich bevorzugt behandelt. Er benahm sich wie jemand, der den König in sich selber wähnte.

Aber er hatte schließlich auch eine Nacht mit einer Göttin verbracht, das fand er bestätigt, als er sah, daß überall an den Kinofassaden ihr Bild im Riesenformat prangte. Wenn er konnte, suchte er die Dunkelheit der Tempel auf und sah wieder und wieder die Filme, in denen sie spielte. Nach Japan mußte dies das Land der lebenden Buddhas sein.

Er erwähnte niemals, daß er ihr nahe gewesen war. In seinem tiefsten Inneren wußte er, daß man das nicht tut. Sie war das Geheimnis hinter seiner geadelten Seele und einer neuen Menschenwürde. Daß die Filme immer wieder ihr Gesicht, den Körper und ihre Worte zeigten, bewies ihre Unsterblichkeit.

Die Weißen, die zwischen ihr und dem Ghetto standen, interessierten ihn im großen und ganzen nicht. In ihrer Jagd nach dem, was weniger wert war als seine Göttin, wirkten sie merkwürdig scheintot. Er konnte sie zur Not noch im Kinodunkel als Mitglieder derselben Gemeinde ertragen.

Der andere große Kult, der unter den Engeln herrschte, war der Rock 'n' Roll. An seiner Spitze stand ein schwarzhaariger

Prinz, der auf hochformatigen Plakaten stehend abgebildet war, während sie meistens im Querformat gezeigt wurde. Man sah ihn immer mit seiner Gitarre in Schritthöhe und vorgeschobener Hüfte. Kilroy war sich nicht ganz sicher, ob die Götter Familien bildeten oder ob sie – so wie er – geboren waren, um allein auf der Welt zu sein. Inzwischen glaubte er eher an letzteres. Anstatt sich auf dem Gipfel eines fernen Olymp zu Paaren zusammenzufinden, hatte jeder von ihnen seinen eigenen Palast – in den Namen seiner Villa »Graceland« war die »Gnade« ganz selbstverständlich eingeflossen.

So lebte Kilroy das Jahrzehnt zu Ende. In der Unterwelt war der Fluß zwischen den singenden Türmen aus Licht, wohin er nie kam, in Asphaltverzweigungen erstarrt. Er hing in den Jazztempeln herum, spielte hin und wieder in einer Band mit und bekam wegen seiner eigenartigen Akkorde, mit denen er stundenlang über die Musik meditieren konnte und die er unablässig staunend hin und her wendete, den Spitznamen »Der weiße Mönch«. Zusammen mit den anderen rauchte er *Reefers*, mied aber grundsätzlich alles, was nach Medizin roch.

Alles war wie ein endloser Ball, bei dem die Geldscheine knisternd von Hand zu Hand gingen, der Alkohol in Strömen floß und der Rhythmus des Tanzes die Körper zusammenführte und wieder trennte. Er schlief ringsum bei verschiedenen Frauen, ohne feste Bande zu knüpfen, er kämmte die Strände nach den Zufluchtsstätten ab, die der lange Sommer für wandernde Seelen bereithielt.

Bei ablandigem Wind sandte er die Gedanken über den Stillen Ozean zurück zu dem einzigen Ursprung, den er kannte.

Das nächste Jahrzehnt schickte Wellen von neuen Jugendlichen auf die Schlachtfelder. Wieder loderten die Flammenwerfer auf – wieder geschah all das, was auf Okinawa begonnen hatte. Jetzt hieß es Vietnam, und sie starben wie früher, die Körper verklebt von brennendem Napalm.

Ein junger Kaiser mit Römerfrisur wurde ermordet. Ein schwarzer König begab sich auf eine Wanderung zu einem Stern, den niemand erreichen konnte. Am Ende des Weges fand er –

nicht das Kind in der Krippe –, sondern den Tod durch die Kugel eines Meuchelmörders.

Jung und Alt versammelten sich im Protest. In einer Gangart, die sonst nur den Männern des Krieges vorbehalten ist, marschierten sie gegen den Krieg. Kilroy hätte nicht geglaubt, daß so etwas möglich ist. *Gegen* die Väter zu marschieren. Gegen ihre Atomwaffen, ihre Verachtung der Farben, ihre ewigen Kriege und ihre Bevormundung. Er nahm teil, fühlte sich aber wie früher ausgeschlossen. Er war ein in die Welt hinausgestoßenes Kuckucksjunges ohne Wurzeln und ohne Heimat.

Einer der langen Märsche führte ihn nach Washington. Er rief nicht die neuen Parolen der anderen mit, und er teilte nicht ihre Begeisterung dafür – er marschierte mit, stumm und unergründlich, stets von nur einem Gedanken besessen:

*MacArthur wußte, wer er einmal gewesen war!*

Kilroy hatte, wie man sagt, einen Blick für die Wirklichkeit bekommen und war Vollmatrose auf dem Narrenschiff geworden. Es hatte selbstverständlich in den Papieren gestanden – in den Papieren, die auf dem Schreibtisch in dem kaiserlichen Palast in Tokio vor ihm gelegen hatten. Er wollte seinen Schöpfer aufsuchen und ihn zwingen, Licht auf ein Leben zu werfen, das sonst für immer dazu verdammt war, Rastlosigkeit zu gebären.

Als die anderen sich mit Plakaten und Transparenten vor dem Weißen Haus versammelten und neue Generationen mit Stahlhelmen ihre Gewehre gegen die Idee der Veränderung richteten, hatte Kilroy nur diesen einen Gedanken im Kopf.

MacArthur mußte jetzt alt sein. Wenn er nachrechnete, etwa Anfang achtzig.

Er war Oberbefehlshaber im Korea-Krieg gewesen und hatte einen Finger – die Götter mochten wissen, welchen – mit im Spiel um Vietnam gehabt, auch wenn er sich zu diesem Zeitpunkt bereits aus dem öffentlichen Leben zurückgezogen hatte.

Kilroy hatte sich keine Gedanken darüber gemacht, wie er mit dem General in Kontakt treten könnte – der war nämlich seit langem ein Mythos, so daß man ihn nicht mehr unter den Lebenden vermutete. Aber Kilroy wußte – durch das Fernsehen und die Zeitungen –, daß er in Washington war. Irgendwo im Labyrinth mußte er aufzuspüren sein. Umgeben von hallenden Korridoren in der militärischen Lobby. Und Kilroy war fest entschlossen, ihn zu finden. Er wollte nicht lockerlassen, bevor er ihm nicht wieder von Angesicht zu Angesicht gegenüberstehen würde.

Wieder einmal wurde er von einem der Zufälle gelenkt, die sein Leben mit stärkerer Hand beherrschten als das Schicksal. Als sie angekommen waren und die ersten brennenden Flaggen auf der Erde zertrampelt worden waren – was Kilroy in Anbetracht des Ziels, für das sie demonstrierten, abschreckte –, ging ein Gemurmel durch die Reihen. Wie ein Lauffeuer verbreitete es sich von Mund zu Mund:

»MacArthur ist tot! Gerade kam die Meldung. Habt ihr schon gehört ...!«

Im Park vor dem Weißen Haus war die Flagge auf Halbmast gesetzt worden.

Die Jüngsten in der versammelten Menge jubelten am lautesten. Das war ein Zeichen und eine Warnung, daß es mit der alten Welt bergab ging. Die Älteren unter ihnen, die sich an mehr erinnerten, wurden einen Augenblick still, ehe sie mit den Schultern zuckten. Kilroy stand wie gelähmt da.

Als kurz darauf die Tränengasgranaten explodierten, um die Menge auseinanderzutreiben, gingen Kilroys Pläne in Rauch auf. Sein Schöpfer war gestorben! Ohne ein Wort über Kilroys Identität und Werdegang zu hinterlassen. Mit einem stechenden Schmerz in der Lunge wurde ihm das bewußt.

Er lief Amok gegen die Polizei und wurde zum zweitenmal in seinem Leben ein Held.

Danach machte er sich unsichtbar – überzeugt davon, daß seine Papiere, von Engeln ausgestellt, einer gründlichen Kontrolle in der Welt der Menschen nicht standhalten würden.

Aber aus der Glut in ihm war wieder die Flamme aufgelodert. Jetzt mußte er es wissen. Nachdem er jahrelang auf den Flügeln geruht und sie nur ausgespannt hatte, um die aufsteigenden Luftströmungen zu spüren, begann er sie zu benutzen.

Zuerst führte ihn sein Suchen nach New Orleans, wo er auf einem Hausboot landete und sich dort für ein Jahr niederließ.

Er ging jeden Tag in den Lesesaal der Tulane Universität.

Dort begann er mit einer systematischen Erforschung des Schlüssels, den ihm das taubstumme Indianermädchen am Mesa gegeben hatte. Dieses Erlebnis hatte einen Riß in seinem Hirn hinterlassen. In den spiegelnden Hitzewellen über der Wüste, in der Fata Morgana des Schlafes, kam sie ihm immer wieder entgegen – bis zu dem Augenblick, da sie stehenblieb und den Mund öffnete, um etwas zu sagen, und der Rest war aufgrund der fehlenden Worte ein reiner Alptraum.

War sie der Schlüssel zu seinem Stamm auf dieser Erde? Hatte sie dieselbe Sprache in sich, ohne sie artikulieren zu können? Ebenso wie er? Oder kannte sie ihn nur als einen der Zugewanderten in dieser Gegend oder als einen Durchreisenden?

Anstatt den Ort aufzusuchen, der ihm einmal verlorengegangen war, stöberte er zuerst in Büchern, wie es ihm von Lückner seinerzeit gezeigt hatte. In einem Nachschlagewerk lokalisierte er ihren Stamm. An der Frisur und der Kleidung. Die Hopi-Frauen tragen das Haar in geflochtenen Ringen über den Ohren. Damit begann er.

Unterwegs erhielt er Hilfe von hervorragenden Linguisten, allen voran Munro S. Edmonson, der dabei war, eine Maya-Schrift mit dem Titel ›Popol Vuh‹ in überschäumende englische Poesie zu übertragen. Edmonson war es, der ihm den Schlüssel zum Tonbandarchiv mit dreihundertfünfzig verschiedenen indianischen Sprachen gab. Wenn Kilroy sich nur in einer von diesen spiegeln und mit seinem eigenen Bild verschmelzen könnte ...

Mit Händen, die vor Spannung zitterten, setzte er die Kopfhörer auf und lauschte den Hopis. Als die leisen melodischen Stimmen erklangen, nur unterbrochen von den Geräuschen der alltäglichen Verrichtungen, hatte er ein Gefühl, als würden seine Wangenknochen aus der Haut schweben – aber schon nach ein paar Minuten intensiven Zuhörens erschlaffte sein Gesicht wieder.

Er erkannte nichts wieder. Dennoch hörte er weiter stundenlang zu.

Er fühlte das sengende, trockene Land. Den Pollen und die Saatkörner, die fächerförmig von ihren Händen flogen. Das Murmeln eines Baches unter den Felsen. Das Licht in einem Maiskolben. Die unterirdischen Kiwas mit Puppen aus steifem Stroh. Die Muster der Keramikschalen, die von einer vergessenen Geographie des Planeten kündeten. Er hatte Visionen von einer gemalten Wüste. Eine Litanei von Gesängen kreiste in seinem Kopf, als Adler- und Schlangentanz längst vorbei waren.

Nicht die Worte verstand er. Es war die Musik in ihnen.

Er machte weiter mit Zunis und Navahos: ähnliche Empfindungen, das gleiche Resultat.

Aber er blieb beharrlich. Hörte Bänder und studierte, bis ihm der Schädel brummte. Von der warmen Luft in den geschlossenen Räumen wurde er blaß und schwammig, hatte absolut keine Ähnlichkeit mit einem Indianer, eher mit einem Büroangestellten, aber er trug in dieser Zeit einen Haufen Notizen zusammen.

Professor Edmonson folgte der Arbeit dieses Mannes weiterhin aus einem gewissen Abstand und war beeindruckt von seinem Eifer. Kilroy war in die Jahre gekommen, war etwa doppelt so alt wie der Durchschnitt seiner Studenten. Wenn *die* nur für eine Sache genauso brennen könnten!

Einmal, als er Kilroy über Molinas großes Wörterbuch für Alt-Maya gebeugt antraf – ein Werk, das aus der Kolonialzeit stammte –, konnte er sich nicht die Bemerkung verkneifen, daß dieses eine tote Sprache und die Kultur längst von der Erdoberfläche verschwunden sei.

Kilroy blickte auf, und sein Kopf summte von Kolibris und Quetzalvögeln.

Über seine Augen lief ein Fries aus gefiederten Schlangenornamenten.

»Sprachen sterben nicht«, antwortete er, »sie verbergen sich in den Gehirnen des Himmels, in den Falten der Handschriften, und die Ruinenstädte im Dschungel singen sie noch immer...«

Edmonson verließ ihn, tief bestätigt im Geist seines eigenen Werkes.

Als der Mississippi anschwoll und das Frühjahr dem zirpenden Appell der Zikaden folgte, wurde Kilroy erneut von einer Ratlosigkeit erfaßt.

Bis zu diesem Zeitpunkt hatte er sich die Aufnahmen von 316 verschiedenen indianischen Sprachen und ihren Dialekten angehört – ohne eine Spur des Wiedererkennens.

In Mythen hatte er das Ödland der Wüste und die blauen Berge kreuz und quer durchstreift, und er war wie eine Feder im Wind über die Prärie gewirbelt.

Er hatte sich in Floridas Sümpfen aufgehalten und sich mit dem Nordlicht über den öden und eisigen Küstenstrichen der Kwakiutl-Menschen gewiegt. Mit den Fingern hatte er das Totem und dessen Muster abgetastet, bis das Ornament nichts mehr hergab.

Er hatte singenden Steinen gelauscht und war über die blauen Treppen der Huichol-Indianer in den Himmel gewandert.

All das, ohne seinen Doppelgänger zu finden, seinen *Nagual*, laut der Schrift ›Popol Vuh‹, die sich selbst einen Spiegel nennt, das Wasserzeichen in der Seele eines Menschen.

Kilroy verließ die Universität so plötzlich, wie er gekommen war.

Eines Morgens fand Edmonson auf seinem Schreibtisch einen Briefumschlag mit dem Schlüssel zum Bandarchiv und einem Gruß, der beinahe ebenso unleserlich war wie die Handschriften, mit denen sie beide – aus ganz verschiedenen Gründen, aber mit derselben Einfühlung – gearbeitet hatten.

Als er den Umschlag leerte, fiel außer dem Schlüssel ein Regen von Naturperlen, die in allen Nuancen changierten, auf seine Schreibtischunterlage. Lange saß er da und wunderte sich, woher sie stammten. Und ihm wurde klar, daß er von dem Menschen Kilroy nichts wußte.

Ungefähr zur gleichen Zeit war es, als Kilroy seinen ersten tibetischen Lama traf.

Per Anhalter durch die USA reisend, war er bis nach Indiana

gelangt, wo eine Bekanntmachung seine Aufmerksamkeit fand. Neben dem Bild eines Mannes mit Tonsur, die Augen in mongolischen Lachfalten verborgen, stand folgender Text:

*Lama Tagtser Tulku*
*Älterer Bruder Des Vierzehnten Dalai-Lama*
*Früherer Vorsteher eines der größten Klöster in Tibet*
*Spricht im kleinen Saal, Auditorium II.*

Er prüfte den Termin. Es war am selben Abend. Vorher könnte er noch in der Mensa der hiesigen Universität essen.

Der Hörsaal war nicht einmal halb voll. Es waren auffällig wenige junge Leute – doch das sollte sich schon bald ändern.

Einige Sonderlinge waren erschienen – jeder mit einem heimlichen Lächeln um den Mund –, dann ein sehr junges und blasses Mädchen in schwarzem Kostüm, das sie einer weit älteren Heilsarmeeschwester ähnlich sehen ließ; ein junger Mann mit flammender Akne vom Hemdkragen an aufwärts; ein Glatzkopf, allein in der hintersten Stuhlreihe, mit Babygesicht und flachsblütenblauen Augen, mild wie die eines Milchmannes.

Dann gab es einen guten Prozentsatz aus den Reihen der Vegetarier der Stadt und den lokalen Yoga-Verein, der die Veranstaltung organisiert hatte und der im großen und ganzen aus Frauen mittleren Alters bestand, die vollzählig erschienen waren.

Unter all diesen Menschen fühlten sich die wenigen Studenten, die von der theologischen Fakultät, Abteilung ostasiatische Sprachen, kamen, einmal nicht auf heimischem Gebiet – unter ihnen ein einzelner Vollbart aus der Ethnologie, der eine kritische Miene aufgesetzt und den Notizblock gezückt hatte.

Der Lama kam herein, grüßte nach beiden Seiten und lächelte in die Runde. Er trug seine zinnoberrote Tracht; unter der entblößten Schulter entlang lief eine breite, gelbe Seidenschärpe. Er war ungefähr in Kilroys Alter.

Zur grenzenlosen Irritation der Studenten gingen die Yoga-Damen ganz vor bis zum Podium, von wo aus er sprechen sollte, und vollführten eine Reihe tiefer Verbeugungen, bevor die Séance begann. Sie sagten dabei etwas, das wie ein sehr langes Räuspern klang, ehe sie sich – nicht auf die Stühle, sondern im

Lotossitz – vor das Podium setzten, jede auf ihr mitgebrachtes orangefarbenes Kissen.

Hinterher erinnerte sich Kilroy an nichts von dem, was der Lama gesagt hatte. Dafür vergaß er seine Stimme nie. Sie schwang sich unbeschwert vom Baß zum Diskant, sie umfaßte die Tiefe der Ozeane und die langen Schreie der Haie. So etwas hatte er seit jenem Tag nicht mehr gehört, als auf dem versunkenen Vulkan in der Mitte der Lagune die Fische zu singen begannen. Und das Englisch des Lamas war wie sein eigenes auf der Insel – fragmentarisch, aber kreativ. Er fühlte, daß ihn eine tiefe und unerklärliche Sympathie für diesen Mann durchströmte.

Kilroy war fasziniert von seinen Pausen, in denen Gedanken gleichsam in der Luft hängenblieben, während er sich über den Schädel strich und vor sich hin brummte – hmmm. In einer sich wiederholenden Geste klatschte seine rechte Hand auf den nackten Oberarm.

Während er sprach, wurde er immer wieder von einer Dame unterbrochen, die der Meinung war, daß der Lama auf der falschen Fährte sei und die Reinkarnation grundsätzlich mißverstanden habe. Jedesmal, wenn sie den Mund öffnete, wandten sich ihr alle Köpfe zu, unwillig und rot von sich steigernder Aggression. Der Lama blieb die ganze Zeit über sanft und aufmerksam und antwortete ausgiebig und mit befreiendem Humor auf ihre wiederholten Vorstöße.

Nur an den Schluß erinnerte sich Kilroy, als das einzige Mal, daß der Lama der Dame ihre Grenzen zeigte, indem er dazu aufforderte, die Unabhängigkeit des tibetischen Volkes zu unterstützen. In wenigen, aber bildhaften Wendungen beschrieb er seine und seines Bruders Flucht während der chinesischen Okkupation. Niemand sei dazu geschaffen, im Exil zu leben. Die Tibeter wohnten auf dem Dach der Welt.

Eine Frage stieg in Kilroy hoch – aber er mochte nicht gleich im Anschluß zu dem Mann gehen, der da wie das Fettauge in der warmen Grütze stand. Er stahl sich hinaus.

Der Zufall wollte es, daß sie einander am nächsten Tag in der Universitätsbibliothek begegneten. Sie waren allein.

Lama Tagtser sah von einer Schrift in Sanskrit auf, die man

ihm gebracht hatte. Der Finger verharrte mitten in einer Reihe schön geschnittener Zeichen, und der Lama nickte und sah ihn mit einem offenen Blick an –

Da wagte sich Kilroy vor. Bald hatte er ihm alles erzählt.

Der Lama sagte lächelnd: »Was ist das Problem?«

Kilroy begann von vorn, aber Tagtser stoppte ihn mit einer Handbewegung.

»Hör mir zu. Ich bin unter armen Bauern in der Amdo-Provinz aufgewachsen. Es gab nichts, was ich mehr liebte als mein Pony. Dann wurde ich wiedererkannt als Tagtser Tulku, Die Vierundzwanzigste Inkarnation des Mönches Tagtser aus dem 15. Jahrhundert. Man setzte mich als Vorsteher des großen Kumbum-Klosters ein, das sie jetzt zerstört haben. Da ich Der Vierundzwanzigste in der Reihe bin, müßte ich mich an meine früheren Leben erinnern können. Doch ich erinnere mich an nichts! Was ist deiner Meinung nach der Unterschied zwischen uns?«

Kilroy stand staunend da, als ihm der Sinn der Worte aufging. Dann spürte er, wie Erleichterung durch sein Blut brauste. Es prickelte in den Haarwurzeln, und er war gewichtslos wie der Tag dort draußen. Er wollte dem Lama danken, verhaspelte sich aber bei seinem Namen.

»Tagtser Rinpoche!« sagte der Mönch und lachte laut, um ihm auf die Sprünge zu helfen, »unter Freunden Norbu! – Nenn mich Norbu!« fügte er nach einer dieser Pausen hinzu, in denen er alles in der Schwebe hielt: die Hand auf dem Kopf, den Sonnenschein draußen und den Vogelgesang. Kilroy fühlte sich vergoldet.

Es war der Anfang einer Freundschaft, die erst viele Jahre später ihre Erfüllung finden sollte.

Angezogen von einem hartnäckigen Gerücht, kam er an einem Frühlingstag nach Philadelphia. In der Hand hielt er einen kleinen Zettel – die Adresse und den Namen eines Mannes, der mit einem Mittel, das die Psychiatrie gerade für sich entdeckt hatte, Wunder vollbrachte. Er war mit dieser Behandlungsmethode ein Pionier, respektiert, wenn er auch für enormen Wirbel in den Fachzeitschriften sorgte.

Mit Hilfe dieses Mittels hatte der Arzt – neben vielen anderen Dingen – Leute dazu gebracht, sich an Erlebnisse *vor der Geburt*, ja aus einem früheren Leben, zu erinnern, erzählte man sich voller Anerkennung hinter vorgehaltener Hand. Kilroy dachte, daß sein Fall ja nicht allzu kompliziert sein konnte, und entschloß sich, die Chance wahrzunehmen.

Etwas unsicher auf den Füßen, trat er aus dem Fahrstuhl in der zwölften Etage und sah die Tür: *Dr. med. T. Leaky, Psychiater*, stand dort auf einem ovalen Porzellanschild, das bis hinein in die hallenden Flure Kälte ausstrahlte. Er hatte einen Termin vereinbart und sich mit einer Gebühr einverstanden erklärt, die etwas über dem normalen Honorarsatz lag.

Er klingelte. Ärzte brachten ihn immer dazu, unter den Armen zuviel Deo zu verwenden, und nun sickerte es unter dem Film hervor, und der Geruch störte in erster Linie ihn selbst. Im Laufe des Tages hatte er schon zweimal die Unterhosen gewechselt. Als sich die weißlackierte Tür mit Hilfe eines Summers öffnete, bekam er seinen ersten Schock.

Was vermutlich einmal ein ordentliches Wartezimmer in der Klinik gewesen war, hatte man in eine Weihnachtsstube verwandelt. Es gab keinen Stuhl im Raum, statt dessen lagen Matten auf dem Fußboden. Aus Messingschalen ragten Bündel von Räucherstäbchen und strömten einen Geruch aus, den Kilroy als widerlich empfand, da er ihn an alles mögliche erinnerte.

Die Wände waren mit Girlanden geschmückt. Er sah sich unwillkürlich nach den Weihnachtsmännern um, aber die hatten sich unsichtbar gemacht. Statt dessen waren da Bilder von Krishna und Buddha und Jesus und einem lateinamerikanischen Partisanen. Über ihnen hing das Porträt eines weißen Mannes mit einer halblangen Navaho-Frisur und einem roten Stirnband.

Es stellte sich heraus, daß es der Psychiater selbst war, und Kilroy bekam seinen nächsten Schock: Der Doktor stand ganz plötzlich in der Türöffnung und grüßte feierlich, indem er die Hände vor der Nase zusammenlegte. Er trug ein fußlanges arabisches Gewand, das unter dem Stirnband befestigt war, und er hatte mehr Ketten um den Hals, als Kilroy zählen konnte; seine schwimmenden Augen waren groß und dunkel.

Kilroy konnte seine Verblüffung nicht verbergen.

Dr. Leaky strahlte. Seine Bewegungen deuteten an, daß er einen rituellen Tanz begonnen hatte, und die Stimme zitterte, gebannt vor Erwartung.

»Du hattest mit einem Kittel gerechnet, nicht wahr? Brille, Couch und Kugelschreiber.«

Dr. Leaky machte jetzt den Eindruck, als hätte er gut eine Brille gebrauchen können: Er torkelte herum, stieß gegen alles und kippte eine kleine Aladin-Lampe mit Öl um, als er versuchte, den Docht mit einem goldenen Feuerzeug aus seinem früheren Leben anzuzünden. Das Feuerzeug war ein Geschenk zur Promotion, und es trug seine Initialen in kleinen Edelsteinen.

Er sprach jetzt langsamer, während er versuchte, Kilroy mit seinem Blick zu fixieren. Das sollte eindringlich wirken, aber er schluderte sehr mit den »L's« und »R's«:

»Betrachte mich nicht als deinen Psychiater. Ich bin dein Schamane, dein Hexendoktor, und dies hier ist keine Therapie, das ist Trommeltanz, Ekstase, Vibratiooooon –«

Das letzte Wort zog er so sehr in die Länge, daß Kilroy unruhig von einem Fuß auf den anderen trat und sich Sorgen machte, ob der Doktor genug Luft für die Fortsetzung haben würde:

»Du wirst den kosmischen Tanz sehen, in dem wir Verbindungen mit Molekülen und Staub eingehen! Du brauchst unterwegs keine Angst zu haben. Du mußt unbedingtes Vertrauen aufbringen, wenn ich dich mitnehmen soll zu dem unbekannten Ort, an dem sich das Geheimnis deines Lebens offenbart. Leg dich hin. Entspann dich und schließ die Augen! So –«

Kilroy spürte etwas auf seiner Zunge und hob den Kopf, um es mit einem Glas Wasser hinunterzuspülen, das in Dr. Leakys Händen überschwappte und unter seinen Hemdkragen sickerte.

Im nächsten Augenblick war der Schamane zur Wand geflogen, wo er in Kassetten für eine hinter dem Vorhang versteckte Stereoanlage herumwühlte. Gedämpfte indische Musik durchströmte den Raum.

Als der Doktor zur Einleitung ein Stück aus dem ›Tibetischen Totenbuch‹ las, schlug er einen psalmodierenden Ton an. Kilroy versuchte, sich auf die blauen Lichtringe, die roten Lichtringe, das Regenbogenlicht und das weiße Licht zu konzentrieren; aber es hatte zu viel von einem Feuerwerk, als daß man die Farben hätte trennen können – und das war offenbar auch beabsichtigt. Er wußte nicht recht, ob es die Verkehrsampeln in den Himmel oder die Hölle waren, denen er folgte. Es war genauso wie beim erstenmal in L. A., als er bei Grün stehengeblieben und bei Rot gefahren war.

Das weiße Stäbchen, das er in den Mund genommen hatte und das ihn unsichtbar machte, hieß LSD.

Zu Beginn empfand er ein Knacken im Rückgrat – wie von Flügeln, die sich durch die Haut brechen. Die Lippen wuchsen und ließen sich nicht mehr bewegen. Vor seinen Augen vollzog sich ein Flickflack, so daß er nicht wußte, ob sie offen oder geschlossen waren.

Die Musik ging in afrikanische Stammestänze über. Trommeln, die aneinanderstießen, so daß lange Reihen von Dominosteinen rasselnd hinter der Stirn zusammenfielen. Es war einfach unmöglich, die Worte und Anweisungen des Psychiaters durch diesen inneren Lärm zu verstehen. Er lachte und lachte und konnte überhaupt nicht mehr aufhören, wußte aber nicht, warum – und das Gefühl hinter dem Lachen war reiner Schmerz.

In seinem Körper war ein knisterndes, elektrisches Unwetter losgebrochen. Farbe und Geräusch flossen zusammen. Dr. Leakys Gesicht war giftiggrün und brüllte aus dem Mund der Dämonenmaske Instruktionen, die niemals ankamen. Sein Mund verzog sich medusisch; die Maske war kupferbeschlagen, und es war niemand dahinter. Dröhnende Echos. Kilroy strengte sich mächtig an, um zu verstehen, was gesagt wurde.

Die afrikanischen Trommeln veränderten ihren Klang. Nun stapelten sie sich übereinander. Klappe-ti-klappe-ti-klap. Er konnte ihre Hände sehen: Über die Wände lief ein ganzer Stamm von Negern, deren Lippen tellerförmig vorstanden, und Kilroy schrie vor Lachen, denn sie waren allesamt damit beschäftigt, einander abzuwaschen!

Irgend etwas war total falsch, und Kilroy wußte nicht, was. Der Mann stand wie ein Kapitän im Sturm und formte mit den Händen ein Megaphon, und seine Lippen dahinter waren so groß wie ein Sprachrohr. Er versuchte bestimmt, ihm etwas zu sagen. Doch da bekam Kilroy Magenkrämpfe und warf sich auf die andere Seite.

Ein saurer Geruch stieg von der Decke auf in seine Augen. Wirbel von Fusseln stürmten wie kleine Männer mit Spießen aus den persischen Ornamenten. Er war kurz davor zu ersticken, und es stach und prickelte überall. Ein Weinkrampf löste sein Lachen ab, er hämmerte mit den Fäusten auf den Fußboden – auch mit der Stirn –, bis er halb betäubt dalag, lange, und nur noch lauschte. Die Musik hatte aufgehört.

Sekunden später war er selig.

Dann hörte er das Summen der Straßen; es stieg durch Etagen hinauf, die aus dem Fell von Trommeln gemacht waren. Fluten strömten durch die Heizungsrohre. Ein Wasserhahn stotterte in der ersten Etage. Die Toilettenbecken durchspülten ihn mit ihrem ganz persönlichen Inhalt. Er wurde von einem Drang überfallen, den er erst erkannte, als es zu spät war – da hatte er bereits alles naßgepinkelt, und Dr. Leaky rief die Assistentin, die zu seiner übergroßen Erleichterung einen ganz gewöhnlichen weißen Kittel trug.

Nun verstand er plötzlich, was Dr. Leaky rief: »Turn on, drop out, turn on, drop out …«

Kilroy sah fragend die Assistentin an, die ihn zu sich winkte. Er war jetzt von glasklarer Ruhe erfüllt.

Im hinteren Raum stand ein Schreibtisch; er war in einem ganz normalen Behandlungszimmer mit Arztdiplomen und einer aztekischen Tonfigur, die zeigte, daß die Indianer schon vor Ankunft der Spanier interessante Hautkrankheiten hatten.

Die Assistentin rechnete mit Kilroy ab, sie fragte ihn mit freundlicher Teilnahme, ob er in der Lage sei, selbst den Weg hinaus zu finden. Er beruhigte sie mit bewußt kontrollierten Bewegungen. Er war ein einziges großes väterliches Lächeln, als er aus der Tür ging.

Nun wußte er endlich, wer er war: Er war zirka 12000

Buschmänner, ein halber Inder, 27 Wärme-, Wasser- und Sanitärleute, ein Klempner auf dem Dach und eine Hausfrau im Parterre, die die Spaghetti vom Vortag in die Toilette gespült hatte.

Unten auf der Straße ging es ihm wieder richtig gut. Den Rest des Nachmittags und die halbe Nacht johlte er in der Stadt herum und randalierte in den Kneipen mit einem Übermut, der nicht zu stoppen war. Erst in der Ausnüchterungszelle kam er wieder zu sich. Mit Erleichterung stellte er fest, daß sich alles wieder normalisiert hatte. Dem kleinen Mann in der Ecke mit den vibrierenden Fühlern nickte er freundlich zu, lehnte sich an die Zellenwand und wartete mit einem friedlichen Lächeln darauf, daß man ihn hinauslassen würde.

Draußen sahen alle Menschen aus wie Dr. Leaky.

Mit marionettenartigen Bewegungen spazierten sie als treue Kopien des Gurus herum. Kilroy traute seinen Augen nicht. Von einem Tag auf den anderen hatte sich die Welt in flatternde Gewänder gehüllt. Blumen im Haar, Ketten um den Hals, Westen mit eingenähten Spiegeln, die das Licht auf einem Untergrund von Kamelen und Vögeln reflektierten – wandernde Kaleidoskope auf nackten Füßen und mit einem Engelslächeln um den Mund. Einzig die Engel waren sich selbst treu in ihren Mänteln, ihrem diskreten Wandel auf der Erde und ihrer taubenblauen Zurückhaltung.

Er selbst fühlte sich wie ein Glasaal im Anzug. Unter der Kleidung befand sich ein knisterndes Gewebe aus Funken von der Elektrisiermaschine, die sein Fleisch und Blut mit Strom versorgte. Kilroys Energie strömte aus und verzweigte sich bis in die Finger des Verkehrspolizisten, er stoppte den Verkehr mit einem Gedanken und setzte ihn mit einem anderen wieder in Gang. Er hörte ein Gespräch in einem Linienflugzeug und klopfte dem Piloten rechtzeitig auf die Schulter, so daß der einer Kollision mit einer Boeing entging, die von der Flugleitung übersehen worden war. Er wanderte in das Auge einer sterbenden, älteren Dame und überflog mit ihren letzten Atemzügen den Planeten.

Der war durchsichtig geworden wie eine Glaskugel. Die Zukunft sah er in allem, was einmal geschehen war. Vom Inneren der Kugel verzweigte sich dasselbe Gewebe von blauen Funken, mit denen die Sonne jeden Tag die Erde bombardierte, und das Innere der Erde war selbst eine Sonne. Vor dem Spiegel nichts anderes als dieselben Bilder: Sonnen, Sternengeknister, Licht. Er begegnete einem Wesen, das namenlos war wie er selbst.

Da war ein Loch im Ei, und der Dotter floß hinaus.

Was in San Francisco geflüstert wurde, lief wie ein Lauffeuer von Liverpool nach Kopenhagen. Aus allen Bibliotheken der Welt stieg ein unerbittliches Gemurmel. Er verstand alle Sprachen, die Buchstaben in den Augen der Lesenden und das Ausrufezeichen im Traktat, das den Krieg auslöste. Von den Büropyramiden flogen die weißen Papierkraniche durch die Nacht.

Er landete in der Hand eines Kindes und sah sich erstaunt um. Vorsichtig, mit Fingern, die nach Pipi rochen, hob das Kind ihn auf und ließ ihn fliegen. Er wuchs mit seinem besonderen Hunger zu ganz natürlicher Größe. Gerade als er die Zähne in einen Hamburger schlagen wollte, bekam er Kontakt.

Es war ein Alpha. Er wußte das sofort. Eines von den fremden, vernunftbegabten Wesen aus dem Weltraum, die, mit den größeren Hirnen der Meeressäuger als verstärkendem Mittelglied, Einfluß auf das gesamte irdische Leben ausüben.

Der Alpha erzählte ihm alles, und er nickte, daß die Brotkrümel flogen. Er hatte es die ganze Zeit über genau gewußt. Er war einer von ihnen. Heimlich auf die Erde geschickt mit ausgelöschten Gedächtnisspuren, so daß er nichts verraten konnte. Er erfuhr, daß er Omega hieß, und nickte wieder. Das Einleuchtendste ist immer das, was man am wenigsten vermutet. Er war der letzte in einer langen Reihe –

Zwei Tage später marschierte er vor dem Raumfahrtzentrum in Cape Kennedy auf und meldete sich zum Astronautentraining.

Aufgrund hervorragender Testergebnisse kam er der Aufnahme ein ganzes Stück näher. Seine heimliche Mission verriet er natürlich nicht: Er wollte zurück zu den Sternen.

Die Papiere brachten ihn schließlich zu Fall. Er empfing sein

Urteil von eiskalten Obersten und Ärzten der Luftwaffe, die sich weigerten, ihn unter den Namen in die Stammrolle aufzunehmen, die er vorschlug. Doch *eine* wichtige Auskunft bekam er immerhin mit auf den Weg:

Alles, was es über ihn an militärischen Papieren gegeben haben mußte, war spurlos aus den Archiven verschwunden. MacArthur hatte im Pentagon gründlich aufgeräumt, bevor er sich für immer verabschiedete. Kilroy sandte ihm einen bittersüßen Gruß, bevor er weiter auf dem Weg der Erkenntnis wanderte.

Auch der Pentagon-Marsch in jenem Jahr bekam einen ungewöhnlichen Verlauf. Die Leakys waren überall mit ihren grotesken Matten aus Haar und Bart. Sie ertranken nahezu in den Armeejacken, die aus der vorigen Saison übriggeblieben waren.

An der Spitze des Zuges ging ein waschechter indianischer Geisterbeschwörer vom Yaqui-Stamm, den man aus Mexiko eingeflogen hatte. Das Ziel des Marsches war dieses Mal nichts weniger, als das Pentagon selbst von der Oberfläche des Planeten verschwinden zu lassen.

Die Yippies führten an. In den ersten Nachtstunden versammelten sie sich mit Fackeln rund um das Gebäude. Alle bekannten Sänger und Sängerinnen waren dabei und spielten gratis. Der Yaqui-Mann begann mit seiner Beschwörung, deren Worte für diesen Anlaß durch Mikrophone verstärkt wurden. Er war trotz allem nicht an *so* große Häuser gewöhnt.

Bald psalmodierten alle Versammelten ein Mantra, das Stunden dauern sollte und nur zwischendurch von den Rauchsignalen unterbrochen wurde, die für die Kommunikation nötig waren.

Es klang wie ein Märchen, und vielleicht war es das auch.

Am nächsten Morgen stand das Pentagon noch immer da, mit schwarz verdunkelten Fenstern, die das Gebäude einer riesigen fliegenden Untertasse ähnlich machten.

Diejenigen aber, die ausgeharrt und ausreichend Abstand gehalten hatten, behaupteten, daß kurz vor Sonnenaufgang alle Fenster grün geleuchtet hätten und das Pentagon zirka acht Meter über den Erdboden aufgestiegen wäre. Kilroy glaubte das gern – das war im großen und ganzen das, was man von einem Raumschiff mit Besatzung erwarten konnte.

Der Schluß des Jahrzehnts brachte den Mond hinunter auf die Erde.

Kilroy erinnerte sich daran wie an eine dumpfe Enttäuschung.

Das silberweiße Geflimmer auf dem Schirm, als der »Adler« gelandet war, die seltsam aufgepumpten Puppen, die mit ihren Schritten den Mondstaub aufwirbelten – das schnitt ihm in die Augen; Stanniol-Reflexe von ihren Anzügen, ja selbst von der Flagge, die in das imaginäre Meer der Winde gepflanzt werden sollte, und von den Visieren der Helme, die die ganze Zeit über denjenigen spiegelten, der im Begriff war, den anderen zu filmen.

Als die hohle Stimme des Präsidenten in den Kopfhörern widerhallte, warf sich Kilroy vor den Bildschirm und hielt sich die Ohren zu.

Noch viele Jahre später kam es ihm so vor, als sähe der Mond in hellen Nächten mit dem traurigen Altmännergesicht des Präsidenten auf ihn herab. Das war eine kostspielige Geschichte, sein Gesicht ganz nach dort oben zu schicken – nur, um es ein halbes Jahrzehnt später aus dieser Höhe herabstürzen zu sehen, weil die Leute für Wärme, Ventilation und Sanitär es im Weißen Haus etwas zu eilig mit ihren Installationen gehabt hatten.

Im übrigen hielt sein Alpha beharrlich daran fest, daß die Mondlandung ein weltweiter Bluff war, produziert in den heimlichen TV-Studios des Raumfahrtzentrums.

Der Vietnam-Krieg hörte allmählich auf – oder richtiger –, er wurde auf der anderen Seite des Kontinents fortgesetzt. Kilroy verkraftete es nicht länger, die Toten der Welt zu zählen. Die Israelis und die Palästinenser führten den Krieg bis weit hinein in den zivilen Sektor; vor allem der Flugverkehr war betroffen. Die Iren und die Basken machten dabei mit, jeder kämpfte für seine Unabhängigkeit, und man begann, offen vom Völkermord an den Indianern Lateinamerikas zu reden.

In China traf der gelbe Kaiser den Präsidenten und reichte ihm einen welkenden Arm. Sie begegneten sich in einem Händedruck, der dadurch historisch wurde, daß er für beide die letzte Chance war, bevor sie fielen: der Präsident aufgrund der besagten Installationen; der Kaiser, weil er nach seinem Tod die Fiktion von der fortgesetzten Schönheit der Revolution nicht mehr aufrechthalten konnte, wenn es in Wirklichkeit doch nur um die Fortsetzung der Macht ging.

Kilroy ging nach New York. Als ihm der Weihrauchduft über Greenwich Village zu penetrant wurde, fuhr er nach Mexiko, wo er wie die Made im Speck lebte. Es gab keinen anderen Ort auf der Welt, an dem er sich *so* zu Hause fühlte. Die Vergangenheit, die er vor vielen Jahren studiert hatte, wurde in ihm lebendig. Sie wurde zu seiner Erinnerung in einer erinnerungslosen Welt. Er erlebte die Mexikaner wie eine große Familie, liebte das Essen ebenso wie die Trompetenstöße der Mariachi-Musik und die hemmungslos schluchzenden Geigen, wenn sie ›El Rey‹ spielten – das Lied, in dem jeder ohne Geld und Papiere König werden kann.

Als sein Geld zu Ende ging, begab er sich nach Miami, wo er sich in die M.A.F. – die Marihuana Air Force – einreihte. Sie brauchten nicht-registrierte Piloten für den illegalen Transport von harzverklebtem Gras von Santa Marta in Kolumbien und von Guernavaca in Mexiko. Die Waren hießen »Punta Roja« oder »Acapulco Gold«. Niemals zuvor hatte er so viel stinkendes Geld verdient – und so viel Spaß dabei gehabt.

Er flog eine überholte Mustang P-51 und trickste – wie früher – jeden aus. Und wie früher lehnte er es ab, irgend etwas anzurühren, das nach Medizin roch. Er hatte seine alte Form wieder. Er spielte Räuber und Gendarm mit den FBI-Agenten, der militärischen und zivilen Flugkontrolle und den Polizeihelikoptern. Nächtliche Landungen in Floridas Everglades – ohne Licht, allein auf die Instrumente angewiesen; Abwürfe über dem Meer in ein Speedboot bei voller Geschwindigkeit: Er traf jedesmal. Man nannte ihn »Das fliegende As«, und er war der höchstbezahlte Pilot im Korps.

Als er genug Geld verdient hatte, machte er Schluß, von einem

Tag zum anderen. Um keinen Ärger mit der Mafia zu bekommen, inszenierte er seinen Tod durch einen Flugzeugabsturz, der dem FBI zugeschrieben wurde. Auf diese Weise schlug er zwei Fliegen mit einer Klappe und entdeckte bei derselben Gelegenheit, daß Identität auch etwas sein kann, wovon man sich befreien will. Zu diesem Zeitpunkt hatte er so viele Namen gehabt, daß er ein mittleres Telefonbuch damit hätte füllen können.

Er ging nach Europa und setzte seine Suche fort: im Balkan, in Armenien, im Baskenland. »Kilroy was here.« Er kam an Orte, wo Zigeunermusik erklang; nach Rumänien, wo ihm die Klage der Taragotbläser zu Herzen ging; in die baltischen Satellitenstaaten unter der Sowjetunion. Alles, was klein genug war, um von den USA übersehen zu werden, durchstöberte er. Er zog durch die Lande, ohne mit Geld um sich zu werfen oder sich hervorzutun, stets diskret wie ein Engel.

Er sah die sich zu einem pulsierenden Herzen formierenden Schwalben über den Himmel von Rom ziehen, er lauschte dem Fluß, der unter den Brücken von Paris gluckste. In Berlin war er auf dem Alexanderplatz und Unter den Linden, Kopenhagen erlebte er in dem Frühjahr, als alle Menschen der Stadt in den Sonnenstreifen der Parks lagen und mit nackten Brüsten und Oberkörpern froren.

Überall sah er die Graffiti auf der Wand, und dabei wußte er nicht, ob er früher tatsächlich schon hier gewesen war.

Zu Beginn der achtziger Jahre kehrte Kilroy nach New York zurück.

Jetzt führten die Yuppies. Der Präsident war wieder ein MacArthur, mit dem Gesicht einer Mumie. So hast du es dennoch geschafft, flüsterte Kilroy dem Bildschirm zu, gerade als der Präsident das Rednerpult bestieg und über all die Witze zu lachen begann, die er noch nicht abgefeuert hatte.

Es war fast, als wäre nichts geschehen. All die Kämpfe und Rebellionen der vorangegangenen Jahre waren Schnee von gestern. Geld, Gott und Vaterland – alles wie zuvor. Es war genauso wie damals, als Kilroy jung war. Er begriff, daß alle Zeiten – wohl aus Mangel an Substanz – immer wieder gezwungen waren, von vorn zu beginnen.

Nur die neuen Generationen von Engeln waren anders: kaum mehr so diskret – zumindest, was ihr Äußeres betraf. Das Haar stand ihnen in grünen, schwarzen und leuchtend pinkfarbenen Kämmen vom Kopf. Sie gingen stets mit in den Himmel gebohrten Antennen. Kilroy war sehr zufrieden, und sein alterndes Herz schlug für sie. Überall sah er Alphas.

Er entschloß sich, wieder von seiner Hände Arbeit zu leben. So ließ er sich in New York nieder und baute im Laufe der Jahre ein einträgliches Geschäft auf: Als Pilot hatte er immer Wert darauf gelegt, daß seine Ausrüstung in Ordnung war. Er hatte damals seine wechselnden Flugzeuge selbst überholt, von den kleinsten Maschinenteilen im Inneren bis hin zu Rumpf und Fahrwerk. Denn er vertrat den Standpunkt, daß man dann nur sich selbst zu vertrauen brauchte – und wenn etwas schiefging, war man eben selbst schuld.

Nun lebte er davon, Oldtimer – Autos und Flugzeuge – instand zu setzen, die er an »Liebhaber« zu Preisen verkaufte, die ihm selbst utopisch erschienen. Doch die Nachfrage war so stark, daß er sein Geschäft bald vergrößern und Leute einstellen mußte.

Eines Tages wurde er von einem aufgeblasenen Rechtsanwalt aus Manhattan aufgesucht. Es ging um den größten Auftrag, den er jemals bekommen hatte: Er sollte alle alten P-40er, die er zusammenkratzen konnte, flugtüchtig machen, und zwar für eine Jubiläumsveranstaltung im folgenden Jahr.

Der Yuppie, der draußen in der Werkstatt nervös herumgetrippelt war, bis Kilroy ihn mit ins Büro nahm, wo er sich gleich besser fühlte, vertrat den Verein der Veteranenpiloten von 1945. Die ganze Zeit über holte er neue Pläne und Vorschläge aus dem Aktenkoffer, Zeichnungen und Archivfotos. Die Flugzeuge sollten in den Farben des Geschwaders lackiert werden, und – soweit wie möglich – die originalen Embleme und Spitznamen erhalten. Danach füllte er einen größeren Scheck aus, mit dem Kilroy die laufenden Ausgaben decken sollte.

Kilroy atmete erleichtert auf, als er aus der Tür war. In seiner Zerstreutheit steckte er einen ölgetränkten Putzlappen in die Brieftasche und dafür den Scheck in seine Gesäßtasche. Dann rieb er sich die Hände und legte los.

… du lieber Gott, denkt Kilroy und dreht sich im Hotelbett, dessen Stahlfedern zu seinem Blut schreien –, ich habe schon Erinnerungen für mehr Leben, als ich leben möchte!

Durch das abgeschirmte Fenster dringt gedämpfter Zikadengesang. Den kann er immer noch hören, konstatiert er – dabei soll das ja zum ersten gehören, was verschwindet, wenn ein Mensch in die Jahre kommt.

In dem allzu weichen Bett fühlt er sich grau und alt und schwer. Genaugenommen *weiß* er nicht einmal, wie alt er ist – wer kann das von sich sagen, nachdem er ein Menschenleben hinter sich hat? Er seufzt und dreht sich wieder um. Der Schmerz ist längst auf das rein Physische reduziert …

Draußen ist Nachmittag. Doch Kilroy bevorzugt das Dunkel, das die Fensterläden dem Raum spenden. Ein Mittagsschläfchen wäre schön, bevor er den Bus zurück nimmt. Aber er kann nicht schlafen. Er schläft niemals mehr ein – das Gefühl hat er jedenfalls –, er wird nur immer und immer müder. *Ein* Gutes hat die Sache: Er hat aufgehört zu schwitzen, wenn ihn jemand anspricht. Vielleicht liegt das aber auch daran, daß er einfach nicht mehr zuhört.

Durch die Wand kann er das Paar von nebenan hören. Sie haben angefangen zu bumsen. Vorläufig saugt sie nur mit einem intensiven und erregenden Laut Luft durch die Zähne, während der Mann schon auf eine Weise stöhnt, die nicht länger mißzuverstehen ist. Er hatte von ihnen draußen im Steinwald einen flüchtigen Schimmer wahrgenommen – vor allem hat er von ihr genug gesehen, um zutiefst eifersüchtig auf den Dummkopf zu sein, der vermutlich in seinem Alter ist.

Er bewegt sich unruhig. Wenn er ihn nur zum Stehen bringen würde, dann könnte er sich wenigstens beim Zuhören schnell einen runterholen. Und hinterher vielleicht ein wenig schlafen. Er braucht einen Höhepunkt – eine Befreiung aus dem Gefängnis seiner Gedanken, eine Erlösung von der Tyrannei der Orte. Er kann sich nicht daran erinnern, ob er früher schon einmal hier gewesen war. Für andere Menschen sind Orte entweder neu oder bekannt, exotisch oder vertraut. Für ihn sind sie ein ruhendes Mysterium. Wenn er früher einmal in der Landschaft Spuren hinterlassen hat, sind sie aus seinem Bewußtsein wieder verflogen.

Aber seit er hierhergekommen ist, hat er sich in einem Zustand konstanter Erregung befunden. Er weiß nicht mehr, wann er zuletzt eine solche Unruhe im Körper gespürt hat. Seine Nasenflügel beben, der Blick flackert und nimmt Tag und Nacht Daten auf und vergleicht sie mit denen aus verborgenen Archiven, entstanden durch die unendliche Holographie des Gehirns. Alles erinnert ihn an etwas anderes – auf die gleiche Weise, die ihn vorher zum Wahnsinn getrieben hat, weil alle Erinnerungsfetzen ihn ja doch nirgendwohin führen.

Die Geräusche von nebenan klettern gleichmäßig nach oben. Jetzt jagen sie einander und stoßen hart gegen die Bettpfosten. Von der Frau kommen Schreie, die sie nicht mehr zurückhalten kann. Es ist, als würden sie in kleinen Stücken von einem weit größeren Schrei abbrechen, den sie an dem Tag ausstieß, als sie zur Welt kam.

Der Rhythmus des Mannes ist gut. Er ist jetzt richtig in Fahrt. Das merkt Kilroy an sich selbst. Zu seinem eigenen Erstaunen lebt es in seiner Hand. Er arbeitet sich zäh zum gleichen Ziel vor. Die Sehnsucht ist da, der Hunger auch, aber der Brennstoff fehlt. Er schafft es nicht. Er befindet sich noch immer außerhalb seines eigenen Körpers.

Als die beiden schreiend und schluchzend zurücksinken und alle Laute abebben, um wieder zu Stimmen und Lachen zu werden, tut ihm nur der Arm weh. Er gibt auf und dreht sich zur Wand.

Er ist so einsam. Dieses Gefühl hat er sonst nur, wenn er unter Menschen ist. Er steht auf und öffnet die Läden, wobei die Scharniere und das Holz ein lautes Quietschen von sich geben.

Die Zikaden werden um ein paar Dezibel lauter. Die wärmere Luft von draußen schlägt ihm wie ein nasser Lappen ins Gesicht. Er zieht die Hosen hoch und schnallt den Gürtel noch ein Loch weiter. Mit melancholischen Augen betrachtet er die Sonne, die dabei ist, hinter den Bergen zu verschwinden. Allmählich geht sie schneller für ihn unter.

Aus seinem Fenster kann er ein Stück vom Steinwald sehen.

Der ragt vom kahlen Grund in rotbraunen Säulen und Formationen auf. Es sind die Kerne des Felsens, die stehengeblieben sind. Alles andere ist im Laufe der Zeit der Erosion zum Opfer gefallen. Man sagt, daß es hier einmal ein Meer gegeben habe und daß man immer noch versteinerte Muscheln in der Erde finden könne. Einen Augenblick lang ist ihm, als sähe er das Mädchen mit dem Schaf –

Dieses Mädchen hier gehört zu den Sanis aus dem Dorf hinter dem Wald. Er erkennt sie an der blauen Jacke, der Quastenmütze und den bestickten Taschen und Gürteln, die aus der Tracht herausleuchten.

Ganz bis zu den Felsen erstrecken sich die Felder. Weiter weg bewegt sich gemächlich ein Mann hinter seinem von Ochsen gezogenen Pflug. Im Dorfteich unten vor dem Hotel kommen die Frösche in Wallung. Es ist spät geworden.

Zeit, aufzubrechen, wenn er den Bus erreichen will.

Er kommt ins Grübeln. Gähnt, daß es im Kiefer knackt und auf das Trommelfell drückt. Dann räumt er im Zimmer auf, kontrolliert alles ein letztes Mal und geht aus der Tür.

Auf dem Weg nach unten sieht er das Paar wieder. Sie vergessen, die Tür hinter sich zu schließen, so in Anspruch genommen sind sie voneinander und von einer Geschichte, die er ihr mit einem breiten, jungenhaften Grinsen ins Ohr flüstert. Vor dem Hotel hält ein Jeep und wartet auf sie. Der chinesische Chauffeur liegt zusammengerollt auf dem Rücksitz und schnarcht, als wolle er das Quaken der Frösche übertönen.

Kilroy sitzt im Bus, der in einer Staubwolke verschwindet, ehe die beiden den Jeep erreicht haben. Mit dem Handrücken trocknet er den von einer kalten Sonne hervorgebrachten Schweiß von der Stirn. Es hat nicht viel gefehlt, und er hätte den Bus verpaßt – der nächste geht erst wieder morgen. Auf dem Weg nach Kunming schläft er endlich ein. Während der Asphalt rollt und die Landstraße ihr endloses Lied singt, hat er ein paar angenehme Stunden.

# 1

Mein erster Gedanke, als sich die Staubwolken hinter dem Militärkonvoi gelegt haben, gilt Lhosang.

Aber er steht unverletzt da – mit geballten Fäusten und einem bitteren Zug um den Mund. Dieses Mal haben sie ihn verschont. Ein feiner Puder hat sich in die Falten seiner Haut gelegt und ihn grau gemacht. Die Schultern unter den Flügelärmeln der Weste sind eingesunken, und die Tunika wirkt plötzlich zu groß für seinen knochigen Körper.

Erst als die chinesische Propaganda wieder aus den Lautsprechern dröhnt, machen die Tibeter ihrem Zorn Luft. Ein paar der zurückgebliebenen Khampa-Frauen reißen resolut die Leitungen heraus, bis sich das Schweigen wieder über den Platz senkt.

Ein trotziges Selbstbewußtsein liegt über ihren Handlungen, als sie die Flagge mit den Berglöwen vom Boden aufheben, sie ausschütteln und zusammenfalten. Falls sie ihre Männer beweinen, die einem ungewissen Schicksal entgegenfahren, sieht man es nicht. Aber die Versammelten sind bedrückt, und ich spüre, wie sich ein gemeinsamer Gedanke im Unterleib zusammenschnürt.

Lhosang hat die Mönche um sich versammelt. Er spricht gedämpft und eindringlich. In der Stimme liegt erkämpfte Beherrschtheit, und seine Hände ballen und öffnen sich die ganze Zeit.

Die zersplitterte Prozession trifft ein – in wilder Unordnung und mit gellenden Stimmen. Sie zeigen – auf mich, in die Luft, um sich herum – und ähneln dabei tanzenden Gallmücken. Lhosang spricht zu ihnen. Seine Stimme hat ihre volle Autorität zurückgewonnen. Sie sammeln die Kleinodien zusammen und gehen in ihre Zellen.

Die Musik im Tempelhof ist seit langem verstummt. Die Darsteller in dem abgebrochenen Spiel stehen in einer erregten Gruppe zusammen und reden miteinander. Die meisten haben die Masken abgenommen, und die Hitze hämmert intensiv und blau auf ihre tonsurierten Schädel. Ihre Köpfe wirken so feinknochig und klein, wie sie da aus den Kragen und zwischen den hochgeschwungenen Goldschultern der Trachten aufragen.

Einige stehen da mit ihrem Totenkopf unter dem Arm, andere haben die Masken an das Yak-Gehörn gehängt, und einer hat sich den Dämonen in die Stirn geschoben, so daß er zwei Paar Augen und ein einsames drittes Auge hat, das in den Himmel starrt. Derjenige, der das Geweih in der Hand hält, erinnert eher an einen heimgekehrten Jäger als an einen Mönch.

Ein paar Militärpolizisten sind mit ihren Maschinenpistolen im Anschlag zurückgeblieben und bewachen aufmerksam die Versammelten. Ratlos beobachten sie die Reaktionen auf dem Platz, aber sie halten sich klugerweise an ihre Befehle. Es hat keinen Zweck, die Menge noch mehr zu reizen.

Ich gehe in meinen Raum, ehe ich noch mehr Aufmerksamkeit errege und Rechenschaft über das ablegen muß, was ich gesehen habe. Lhosang werde ich später aufsuchen.

Während der Siesta schlafe ich zum fernen Gemurmel der tibetischen Stimmen vom Hof unten ein. Die Abwesenheit des spielenden Kindes trägt dazu bei, meine Träume mit Unruhe zu erfüllen.

Der Traum ist voll von den Schnüren fliegender Drachen, die sich ineinander verfitzen, und von Vögeln, die nach den aufgemalten Drachenaugen hacken.

Irgendwann höre ich ein Geräusch aus dem Luftraum über mir. Es ist ganz deutlich und dringt durch den Spalt des offenstehenden Fensters ein. Die Ursache ist ein sich entfernender Helikopter.

Danach scheint alles wieder ruhig zu werden. Der Nachmittag nimmt seinen gewohnten Gang. Und unmittelbar vor der Abendmesse erwache ich wie üblich zum Klang der langen Hörner, die zum Gebet rufen. Ich werfe alle Melancholie der Welt hinaus auf das Gold des Daches – das lodert glühend rot im Sonnenuntergang.

Ich esse in aller Stille bei den Chinesen, die das Gasthaus betreiben. Da ist niemand, der die Ereignisse des Tages kommentiert. Anschließend mache ich einen Spaziergang in der Abenddämmerung. Der Himmel, der über den Bergen dunkelt, hat sich beruhigt. Die Wolken stehen still. Sie verstecken die Gipfel hinter langen, grauvioletten Streifen.

Man merkt nicht länger die Anwesenheit des chinesischen Militärs. Keine Jeeps und grünen Lastautos mehr. Vielleicht sind sie wieder abgezogen. Vielleicht. Mit dem Besuch bei Lhosang werde ich bis morgen warten – sicherheitshalber.

Als ich an den Toren des Tempels vorübergehe, sind diese verschlossen. Ein flackernder Schein dringt durch Türöffnungen und Fensterspalten. Dort drinnen murmeln unablässig die Mönche – unterbrochen von einem langen, eintönigen Chorgesang. Der helle Klang ihrer Handglocken kündigt jedesmal an, wenn sie die Tonlage oder den Rhythmus wechseln. Ich glaube, ich kann Lhosangs besondere Tonart aus dem Meer der Stimmen heraushören und lausche in sie hinein.

Bald ist der letzte Zweifel beseitigt. Diese Messe ist nicht für Fremde gedacht. Sie beschwört den Raum ringsum, steckt die ersten Sterne an das Himmelsgewölbe und sendet lange Fühler aus nach den Tigerseelen. Ich entferne mich mit Schritten, die den Kies nur ganz leise knirschen lassen, wohl wissend, daß der Tempelberg bis zum hellen Morgen glühen wird.

Als ich zu meinem Lager gehe, leuchten die Zeltplanen im Dunkel auf. Nichts kann mich nun beunruhigen. Vor mir habe ich Nomaden und im Rücken Mönche. Mein erregtes Blut ist von einer Wiege aus Tierfell geschützt.

Die Kälte senkt sich über das Hochland, rein wie ein Glockenschlag. Da bin ich längst in meinen Schlafsack gekrochen, und die Traumpferde, die durch meine Nächte galoppieren, kommen heute in Gestalt eines einzigen Schimmels, dessen Hufe von Daunen umhüllt sind.

Das Vormittagslicht riecht wie die Hochgebirgssonne zu Hause. Alle Gegenstände sind von einem Schimmer umgeben, als wollten sie sich gleich wieder in Licht auflösen. Ich gehe hinunter durch die Straße mit den Buden zu beiden Seiten. Moslems mit weißen Mützen verkaufen Lederwaren und Teppiche. Es gibt Buden, wo silberne Gegenstände und Messer angeboten werden; die unglaublichsten Hüte, um seinen Kopf zu verwandeln, außerdem Fellschuhe und Filzstiefel, um den Gang auf der Erde leicht zu machen.

In besonderen Buden handeln sie mit Steinen: mit grünem Malachit und Türkisen, mit Lapislazuli in himmelblauem Azur und mit rohem Amethyst. Auf den dunkelsten Treppen sind Antiquitäten ausgebreitet. Ich betrachte Eßstäbchen aus vergilbtem Elfenbein, einen Mandarinmantel, der am Ende der Seidenstraße angekommen ist und im Laufe der Jahre so zerschlissen war, daß er sich wieder zu Seidenspinnern verwandelt hat, die davonflattern, wenn der Chinese ihn hochhebt. Die Tibeter verkaufen die schönsten Holzschalen für warme Getränke, aus Birkenknorren geschnitzt und ausgelegt mit Silber.

In den Gegenständen wohnen stumm ganz verschiedene Gegenden. Lange stehe ich da und lasse einen marokkanischen Halsschmuck klirren, der durch die Hände von Beduinen gewandert ist. Er erzählt eine Geschichte von Brautraub, Diebstahl und Flucht durch stumme Wüsten bis in den fernsten Osten.

Unten vor dem chinesischen Warenhaus hat man eine provisorische Bühne errichtet. Ein Halbkreis von Stangen mit gespannten Laken grenzt das Areal ab und dient gleichzeitig als Markise und Dekoration.

Auf der Bühne steht ein Mann und reizt eine Giftschlange in einem Korb, so daß sie hin- und herschnellt. Wie alle chinesischen Gaukler trägt er seine Alltagskleidung – einen anthrazitfarbenen Anzug, der bis auf das blanke Gewebe abgewetzt ist.

Jedesmal, wenn die Schlange nach seiner Hand beißt und er

diese blitzartig zurückzieht, geht ein Raunen durch die Zuschauer. Eine Assistentin hält den Korb. Sie trägt eine gewöhnliche grüne Arbeitshose und -jacke, aber ihre Lippen sind knallrot geschminkt – und das bedeutet eine ganze Welt zwischen ihr und den anderen.

Aus irgendeinem Grund bin ich nicht einen Augenblick lang darüber im Zweifel, daß die Schlange giftig und im Besitz ihrer Zähne ist. In ihren Bewegungen liegt echte Nervosität, die sich auf uns andere überträgt.

Ich stehe da und beiße mir auf die Lippe und habe Angst davor, daß die Schlange nach ihrer Seite beißen könnte. Soweit ich sehen kann, ist der Job der Assistentin der bei weitem gefährlichere; ihre ungeschützten Handgelenke sind jedesmal atemberaubend dicht neben dem Schlangenkopf, wenn der über den Korbrand schnellt. Den Beifall erntet der Mann.

Die nächste Nummer ist ausgesprochen unappetitlich. Aus einem gläsernen Aquarium mit Steinen und Sand auf dem Boden fischt er eine kleinere Schlange mit spitzem Kopf und korallenfarbenen Ringen um den Körper. Er legt seinen Kopf in den Nacken und beginnt die Schlange in seine Nase zu stopfen. Auf diesem Weg will er sie verschlingen, bis der letzte Rest der Schwanzspitze verschwunden ist. Aber heute gelingt das nicht.

Die Schlange windet sich und bäumt sich auf, er kann sie nicht durch die Nase einführen, wie sehr er auch stopft. Nach dem fünften Versuch hat er einen ganz blauen Kopf, und das Murmeln der Zuschauer ist unheilverkündend.

Irgend etwas stimmt nicht, das kann man der Dame ansehen. Sie hat mit ihren Voilà-Handbewegungen aufgehört, dafür nagt auch sie an ihren Lippen und ist genauso gefesselt wie die Zuschauer.

Die Nummer bleibt – in ihrer Antiklimax – unvollendet. Verblüfft registriere ich meine Enttäuschung; die ist tatsächlich größer als die Übelkeit. Das Paar zieht sich unter Verbeugungen von der Bühne zurück, aber keine Klatschsalven begleiten sie nach hinten.

Der nächste Auftritt wird vorbereitet.

Eine Truppe ist auf die Bühne getreten und verneigt sich –

einander an den Händen haltend – tief vor dem Publikum. Als sie sich wieder aufrichten, muß ich mir in den Arm kneifen. Denn mitten unter ihnen steht, geschminkt für die abschließende Wahnsinnsszene, niemand anders als die Nachtigall von Kunming, Seite an Seite mit ihrem Richter!

Das ist alles, was von den Zauberern im Birnengarten übriggeblieben ist. Die anderen sind neu.

Ich spüre, wie meine Hände wild klatschen, als sich die Musiker von den Schauspielern lösen und sich wie damals mit ihren Messinggongs und Schlangenhautviolinen in ihre Ecke zurückziehen. Als die Holzstücke in dem einleitenden Crescendo anfangen zu knallen, bin ich von diesem Wiedersehen wie benommen.

Sie spielen die letzte Szene der Oper. Wieder hat die Nachtigall ihr Ophelia-Entree im Hofgarten, das Haar hängt in graugepuderten Strähnen, und die Kämme spreizen sich wild. Der Richter steht im Schatten der Pfingstrosen, die Arme in den Ärmeln des Kimonos verborgen. Ihre Stimmen gellen im Duett. Wie damals hebt sie das Stilett hoch über ihren Kopf, aber dieses Mal richtet sie es nicht gegen sich selbst, um, wie es die klassische Tragödie verlangt, zu seinen Füßen den letzten Atemzug zu tun. Sie haben den Schluß geändert:

Die weißen Hände des Richters fliegen aus den Ärmeln wie zwei aufgeschreckte Vögel und versuchen, sich zu schützen. Vergeblich. Die rasende Frau, der er Unrecht zugefügt hat, führt das Stilett in einem blinkenden, langen Hieb. Irgendwo in dem faltenreichen Mantel trifft es auf einen Widerstand. Er bricht zusammen, Entsetzen malt sich um seinen Mund, und das Weiße dreht sich in seinen Augen nach außen.

Die Frau rafft mit einer heroischen Geste ihr Gewand zusammen und wartet ruhig auf die herbeieilenden Wächter, die sie hinausführen. In dieser Szene ist der Wahnsinn von ihr abgefallen; sie begibt sich mit tiefer Gemütsruhe zum abschließenden Schattenspiel, wo die Silhouette der Henkersaxt hinter dem ausgespannten Laken fällt.

Ich bin die einzige, die wild klatscht. Das chinesische Publikum ist sichtbar verärgert über den Schluß, über den man nicht mehr weinen kann. Für mich war es wie ein Befreiungsrausch. Jetzt verstehe ich Eileens Verhalten am allerersten Nachmittag unter dem Dach des Pagodentheaters. Ich verstehe, daß sie uns zum Abschied eine falsche Adresse gegeben hat. Und ich verstehe, daß die Truppe ihr Andenken in dieser Art ehrt, ungeachtet der Meinung des Publikums.

Mein einsames Klatschen zieht den Blick der Nachtigall an. Von der Bühne herunter schickt sie mir ein verschwörerisches Lächeln, und nach einer fast unmerklichen Kopfbewegung bahne ich mir den Weg durch die Menge nach hinten.

Hier fallen wir einander in Tränen gebadet um den Hals. Die Nachtigall ist merklich gealtert. Der junge Sänger, der den Richter spielt, ist kein Springinsfeld mehr und hat einen energischen Zug um den Mund, den er von Eileen geerbt haben könnte.

Es sind keine großen Worte, die zwischen uns gewechselt werden. Ich sage nur: »Der Kommissar? War es Eileen ...?«

Sie nicken beide – noch steht das Entsetzen über diese Tat in ihren Zügen. Sie hatten sie bei sich versteckt – bis zu dem Tag, als die Polizei die Türen einschlug. Die näheren Umstände kennen sie nicht. Eileen hatte sie mit kühler Fassung bis zum letzten Augenblick in Unwissenheit gelassen.

Im Drama der Wirklichkeit wendet man sich nicht gegen die Behörden, und das ist sie teuer zu stehen gekommen. Man hat das Pagodentheater geschlossen; sie sind zu fahrendem Volk geworden und können mit Müh und Not ihren Lebensunterhalt verdienen. Aber in ihrem Spiel bereuen sie nichts, und sie werden Eileens Geschichte überallhin mitnehmen.

Um uns herum packt die Truppe die wenigen Requisiten und Instrumente auf einen Karren. Schon nach dem Mittag ziehen sie weiter. Mit einem eigenartigen Gefühl der Wehmut winke ich ihnen noch lange nach, als sie längst in einer Kurve weiter unten im Hohlweg verschwunden sind – zu Fuß und den Karren hinter sich herziehend.

Ein paar Stunden vor der Abendmesse kommt eine Nachricht von Lhosang. Ein Mönchsjunge überbringt sie; er trägt seine erste Tonsur mit sichtbarem Stolz. Hinter dem Tempeltor wartet

Lhosang und führt mich hastig durch den Raum, wo die Mönche in langen Reihen Gebete murmeln und die Jungen ihnen in handgeschnitzte Schalen Tee einschenken.

Wieder wird mir bewußt, daß die Räume des Tempels wie die Zelte der Scheiche sind: dick belegt mit Teppichen und Staub, eingehüllt in ein stoffliches Halbdunkel, das die Butterlampen mit dem Geruch nach Tieren erfüllen. Selbst die Säulen sind mit regenbogenfarbenem Tuch umwunden; und zur Teilung der Räume hat man faltenreiche Vorhänge angebracht.

Ein Buddha thront Seite an Seite mit dem Begründer der Sekte, dem großen Tsongkhapa, auf den die »Tausend Bilder« aus dem 15. Jahrhundert zurückgehen – beide Statuen waren vor der Kulturrevolution mit purem Gold belegt.

Man erkennt ihn an der goldenen Spitzmütze und der in gebieterischer Geste erhobenen Hand. An einem anderen Platz im Tempel schützt ein kleiner Stupa bis auf den heutigen Tag seine irdischen Reste. Lhosang erzählt mir, daß die Mönche einen Baum im Klosterhof bewachen, der jedes Jahr mit neuen tibetischen Schriftzeichen auf seinen Blättern erblüht und der einmal in jedem Jahrhundert alle Buchstaben von Buddhas letzten Worten neu bildet.

Vor den Figuren brennt ein Ewiges Licht, und sie sitzen da in einem Flor von Seidenschals, gelben und weißen, die die Pilger ihnen übergeworfen haben. Hinter der Absperrung bemerke ich Haufen von zerknitterten, chinesischen Geldscheinen und vereinzelte ausländische Münzen. Es schadet niemandem, hier einen kleinen Vorschuß auf das Jenseits zu plazieren.

Erst als der letzte Vorhang hinter uns gefallen ist und wir uns in einem der innersten Gemächer befinden, gibt Lhosang seine Vorsicht auf und redet nicht mehr von Religion.

Wir sind allein – nur in der Gesellschaft von Tsongkhapas vergilbten Knochen –, was mir mit einem Schaudern klar wird.

Von einem Regal, auf dem verschiedene gebündelte Schriften gestapelt sind, deren aufgefasertes Band nach unten hängt, nimmt Lhosang eines von den langen, im Holztafeldruck hergestellten Büchern herunter. Sie sind zwischen Holzdeckeln und Seide eingebunden, die im Laufe der Zeit mürbe geworden ist.

Im Schein der einsamen Butterlampe, die die Schatten um uns flackern läßt, hält er meinen Blick fest.

»Wenn du nach Lhasa weiterreist, sollst du dieses hier mitnehmen und dem Tigerdrachen von seinem alten Lehrer geben.«

Ich nicke, sage es ihm stumm und tief beeindruckt zu. Es gibt Worte in dieser Welt, an denen es nicht möglich ist zu zweifeln, und Handlungen, die keinen Raum für Fragen lassen. Intuitiv weiß ich, daß er einen Zipfel des Schleiers vor einem der Geheimnisse gelüftet hat, die in dem langen Zeitlauf, zu dem sich die Lamas bekennen, Folgen für mehr Leben haben werden, als ich überblicken kann.

In der ersten Runde bestehe ich die Prüfung unter seinem eindringlichen Blick, indem ich keine Fragen stelle. Er fährt fort, die Hand noch immer auf dem Buch: »Das einzige, was du nicht tun darfst, ist, es unterwegs aus der Hand zu geben. Unter keinen Umständen! Willst du mir das versprechen?«

Ich nicke wieder.

»Wie finde ich den Tigerdrachen?«

»Er findet dich.«

Es ist alles so selbstverständlich. Der kleine Raum um uns herum lebt mit seinen Schatten und sonderbaren Tänzen auf den Wänden. Hier stehen ein paar von den geschnitzten Butterfiguren, die das Kloster berühmt gemacht haben. Sie geben einen hautwarmen Geruch ab.

Erst jetzt erzähle ich ihm von dem Flugzeug im Rapsfeld, dem Mann, der den Tod getanzt hat, und dem runden Kindergesicht hinter dem Glas der Kabine. Er nickt. Das alles weiß er. Ich beschreibe den großen Khampa, der mich in Xining hochgehoben hatte und der schließlich mit auf den Rücken gebundenen Händen auf der Ladefläche eines chinesischen Lastautos gelandet war.

»Wer ist er?«

Er antwortet mit sanftem und väterlichem Charme: »Das ist Tsering, der Wächter des Tigerdrachens!«

Ich beginne von vorn mit der Geschichte von Bill und dem

Mann, der am hellichten Tag wie ein Gespenst aussah. Er legt einen Finger auf meine Lippen.

»Es ist am besten, wenn du nicht mehr weißt. Verstehst du?«

Ich verstehe. Ich denke an Eileen – und verstehe. Ich verstehe es wie eine Musik, die in mir vor langer Zeit begonnen hat. Eine Ganzheit, befreit von den falschen Analogien, die die Sprache zwischen uns und der größeren Wirklichkeit schafft.

Ich senke den Kopf in einer ohnmächtigen Geste.

Das ist der Augenblick, den er wählt, um das Buch in meine Tasche gleiten zu lassen.

Da verstehe ich, daß dies mein zweiter Abschied an diesem Tag ist. Das letzte, was ich von ihm sehe, ist das Lächeln in den Falten seiner Augen. Dann fällt hinter ihm der Vorhang, und ich stehe allein im Vorraum und habe vergessen, wie ich hierher gekommen bin.

Knapp eine Stunde später sitze ich im Bus, der mich zurück nach Xining bringt. Das Spiegelbild in der Scheibe lächelt mir zu, völlig befreit von allem, was bisher geschehen ist. In meiner Tasche ist das Buch auf den Boden gesunken und liegt mit dem guten Gewicht eines Schiffskiels auf meinem Schoß.

# 0

In Kunming senkt sich das Dunkel zwischen die Pappeln der Dongfeng-Straße.

Kilroy trinkt Luft durch die Nasenlöcher. Blühende Gardenien fügen ihren schweren Duft zu der beginnenden Nacht. Gedankenleer nähert er sich dem Restaurant mit dem olympischen Namen, um noch eine Abendmahlzeit einzunehmen. Er tritt unter das bläuliche Geknister der Leuchtstoffröhren, die alle blaß erscheinen lassen, und sucht sich einen Tisch in der Ecke.

Neben ihm hat eine lärmende Gesellschaft von Chinesen die Tische zusammengeschoben; sie stoßen mit Mai-Tai an, und ihre Augen glänzen schon glasig. Auf den Tischen und dem Fußboden häufen sich Abfälle aus Entenkarkassen, Garnelenschalen und Hähnchenknochen – die gewöhnlichen Überbleibsel einer größeren chinesischen Mahlzeit. Die Gesellschaft besteht ausschließlich aus Männern. Mehrere von ihnen tragen Uniform.

Ihm gegenüber, an einem einzelnen Tisch mit zwei Stühlen, sitzt eine ältere Dame. Sie trägt ein graues Kostüm und im Kragen eine Nadel, deren feine Perle seine Aufmerksamkeit erregt.

Sie hat ihm eine Seite zugekehrt und beobachtet die Gesellschaft. Ihr grau melierter Pagenkopf und der schmale, gerade Mund verleihen ihr einen vornehmen Ausdruck. Sie hat eine dünnwandige Schale mit dampfender Nudelsuppe vor sich. Durch ihre Haltung hebt sie sich ab von dieser kläffenden Hundemeute, die den Inhalt ihrer Freßnäpfe mit den Pfoten überall herumschmiert.

Vergeblich versucht Kilroy, mit den Kellnern in Kontakt zu

kommen. Ihre ganze Aufmerksamkeit gilt der Gesellschaft der hohen Herren. Sie katzbuckeln und flitzen auf den kleinsten Wink von ihnen und behandeln die fremden Gäste wie Bauern, die vor dem Schachbrett gelandet sind. Er seufzt schwer und läßt den Arm zum fünftenmal sinken, ohne daß er bei jemandem bestellen konnte.

Bei diesem Laut wendet die Frau den Kopf und sieht ihn direkt an. Die Augen in ihrem Gesicht werden groß, und die Pupillen ziehen sich zusammen, bis vor ihrem inneren Blick gut vierzig Jahre Revue passiert sind und ihre Zunge sich löst ...

»Scotty!« ruft sie aus.

Kilroy zuckt zusammen. Der Ruf ist wie ein Peitschenknall, der alte Zirkuspferde dazu bringt, sich aufzubäumen. Er spürt, wie sich ein Schmerz von den Augenlidern herabsenkt und die Stirnfalten sich über der Nasenwurzel zusammenschnüren – eine Panik, die älter ist als er selbst. Die Zunge beginnt in Wörtern zu blättern, die nicht herauswollen.

»Ich bin Eileen«, sagt sie jetzt, »erkennst du mich nicht?«

Alles in ihm geht drunter und drüber. Aber der Platz auf der anderen Seite des Gleichheitszeichens bleibt leer. Er schluckt mehrmals. Der alte Schluckauf kommt wieder. Anstandshalber versucht er ein Kopfschütteln. Diese Bewegung welkt unter seinem Kinn und läßt ihn wie einen Spastiker wirken. Er merkt, daß sein Mund offensteht, aber er kann ihn nicht erreichen.

Sie hat sich erhoben, hat seine Hand mit ihren beiden ergriffen. Ihre Augen sind feucht.

»Die Tiger!« flüstert sie nur, »hast du die Zeit vergessen?«

Zärtlichkeit steigt in ihm auf. Füllt sein Blut mit leuchtender Baumwolle, Khaki und knisternder Seide. Für einen Augenblick klingt ein Mädchenlachen durch seine versunkenen Nächte, und weit weg, in einem ganz anderen Lokal, summt er einen Walzer und zieht sie an sich. Trotzdem – hinter der Quelle der Zärtlichkeit schreit ein Schmerz, denn sie hat gerade einen Fremden willkommen geheißen, und das Wiedererkennen ist allein auf ihrer Seite. Er zwingt sich aufzustehen, fühlt sich zu einer Verbeugung veranlaßt, die längst aus der Mode ist.

»Ich bedauere ...«, versucht er; sie läßt seine Hand los. Indem ihre Hände vor ihm hochschweben, merkt er, daß sie in der trockenen Gewichtslosigkeit verschwinden, die das Alter begleitet. Er ist den Tränen nahe.

Durch die Hilflosigkeit schreit ihm eine Stimme zu: »Erzähl!« Aber in diesem Augenblick fahren sie beide zusammen. Eine Tonschale ist in Scherben zu ihren Füßen gelandet, und die kochendheiße Suppe spritzt an ihren Beinen hinauf.

Am Tisch gegenüber hat sich ein fetter Chinese erhoben und starrt mit blutunterlaufenen Augen in ihre Richtung. Er hat sich mit den Händen auf die Tischplatte gestützt und sagt etwas auf Chinesisch in Eileens Richtung. Kilroy hat es nicht verstanden. Aber der Tonfall ist nicht mißzuverstehen, er peitscht sein Blut mit abgrundtiefem Hohn.

Im nächsten Augenblick explodiert alles. In einem kochendheißen Luftstrom wirbelnd, reißt sie ein Messer an sich und ist mit einem Sprung über ihm. Im Hintergrund stehen ebenso viele Jahre wie jene, die gerade über den dunklen Spiegel ihrer Augen geglitten sind, und sie werden wie eine Stahlfeder ausgelöst. Tief in dem Oberhemdenbauch des Mannes begräbt sie das Messer.

Ehe Kilroy noch einen Gedanken fassen kann, hat er sich in das Gewirbel von Gliedmaßen, umstürzenden Stühlen und Körpern geworfen.

Er sieht nur noch Rot; in seinen Armen sind Berserkerkräfte. Er stößt an den verwundeten Mann und merkt, daß ihm ein Blutschwall aus der Messerstichwunde entgegenspritzt.

In der entstandenen Verwirrung wirkt Kilroy wie der Mörder. Durch das Loch, das er in die Wirklichkeit gerissen hat, zieht er Eileen an sich. Mit einer natürlichen, heiseren Zärtlichkeit flüstert er ihr zu: »Du mußt verschwinden! Ich bin im Hotel ...«

Das Licht, das über ihr Gesicht huscht, bevor sie in Richtung Damentoilette verschwindet, ersetzt ihm das Wiedererkennen. Mit anhaltendem, blutrünstigem Brüllen hält er den Tumult am Kochen, bis er die Tür hinter sich zuschlagen hört.

Noch eine Minute hält er die Front, indem er zwischen sich und den angreifenden Chinesen etliche Tische umstürzt. Dann taumelt er zum Ausgang. Blut klebt an seiner Wange, und in dem Arm, mit dem er sich den Weg bahnt, ist eine entsetzliche Schwere.

Er verschwindet in der Nacht, ohne den Mann zu bemerken, der ihm ungläubig nachsieht.

Die Straßen um ihn herum erwachen mit laufenden Schritten und Stimmen, die sich nähern und wieder verschwinden. Ein grauer Sedan kommt ihm mit abgeblendeten Scheinwerfern entgegen, ein Militärjeep startet und fährt mit Vollgas aus Dongfeng heraus. Um ihn herum gibt es keine quietschenden Reifen, nur surrende Limousinen und taktfeste Schritte, die das Viertel absuchen.

Er hält sich an die dunkelsten Stellen, drückt sich an Häusermauern und schlängelt sich durch Gassen, die immer enger werden. Die Straßenbeleuchtung hat aufgehört. Unter den Füßen spürt er eine krustige Hohlspur, und die niedrigen Holzhütten riechen nach Lehm. Die Nacht ist lau. Fliederbüsche streifen sein Gesicht; in ihren Blüten ist eine Feuchtigkeit, die Regen verspricht. Weit über den Bergen blitzt es. Der Himmel stülpt sich um, ohne ein anderes Geräusch als den dumpfen Donner, den er in sich selbst spürt.

Er findet Schutz unter einem Halbdach, auf einer lehmigen Matte. Hinter der Absperrung aus gebogenen Weiden grunzt ein Schwein und wühlt in der Erde. Weiter entfernt ist ein Hund, der einen anderen Hund anbellt. Die winselnden Geräusche kommen in Kreisen zurück, die ihn wach halten.

»Scotty...?« flüstert er ins Dunkel.

Morgen muß er versuchen sie wiederzusehen. Dort, wo sich ihre Wege einmal gekreuzt haben, steht eine Person und leuchtet in die Vergangenheit: er selbst. Der Mann in ihm, der vor so vielen Jahren verschwunden ist, daß er sich nicht erinnern kann. Und der ihn als wettergegerbte Vogelscheuche zurückgelassen hat, aus der die Seele davongeflogen ist. Morgen ... Morgen ist voll von bangen Ahnungen. Angst wie zuvor. Und Hoffnung, die keine Ruhe aufkommen läßt –

Der Regen bricht los. Der große, tropische Regen. Schlamm spritzt an seine Knöchel. Eine tödliche Kälte breitet sich in seinen Knochen aus. Er befindet sich an der Grenze zwischen Wachen und Schlafen, beobachtet sich selbst und kämpft gegen die Müdigkeit. In seinen Augen steht das Blut wie eine dünne, stechende Säure. Im Rasen des Unwetters findet er eine Art Ruhe – bis das Morgengrauen sie aushöhlt.

Er erhebt sich, mit schmerzenden Gliedern und eingetrockneten Lehmkrusten auf Haut und Kleidung. Über den Schweinesteg gelangt er ungesehen in die Gasse; er durchwandert das Labyrinth von seinem Ende her, bis er wieder in der Pappelallee von Dongfeng steht. Einen Augenblick lang betrachtet er den klingelnden Strom der Radfahrer im Morgenlicht. Dann steuert er den hellen Klotz des »Touristhotels« an, das über die Baumkronen aufragt.

Unmittelbar vor der breiten Hoteleinfahrt verlangsamt er seine Schritte. Er bleibt in den grünen Schatten und sucht das Gebiet mit den Blicken ab. Verdammt! Es ist mit Geheimpolizisten gespickt, die in der Art und Weise ihres Auftretens unverkennbar sind. Ein Pkw mit roter Flagge ist vorm Eingang vorgefahren.

Noch einmal hat sein Dämon gerade in dem Augenblick zugeschlagen, als ein Licht im Dunkel aufschimmerte. Er tritt ein paar Sekunden länger auf der Stelle, als es sein Instinkt für angebracht hält. Dann mischt er sich unter die anderen Fußgänger und begibt sich in Richtung Zentrum.

Ein Blick zurück fängt die Umrisse eines grauen Sedans ein, der sich in Bewegung setzt und, im ersten Gang, ein gutes Stück hinter ihm bleibt. Unmerklich zuerst, später hastig, steigert Kilroy das Tempo und beginnt zu kreuzen, drängt sich zwischen den blaugekleideten Menschen hindurch.

Auf der Brücke über dem Fluß ist der Verkehr zum Erliegen gekommen. Eine breite Welle von klingelnden Fahrrädern. Eine Karre mit Zementsäcken hat sich quer gestellt, und das graue Bonzenauto kommt gefährlich nah. Der Weg nach vorn ist Kilroy versperrt. Als er sich in einem Täuschungsmanöver zwischen die Fahrräder wirft, gibt der Sedan Gas. Sekunden später quietschen die Bremsen, aber es ist zu spät. Er hört, wie die

Scheinwerfer am Karren zersplittern, gefolgt von einer Stille, in der nur der Zement rieselt. Er klettert über das Geländer und befindet sich im Halbdunkel unter der Brückenwölbung, bevor die Stimmen wieder gellend werden.

Bis zu den Knien steckt er in weichem, stechend nach Kloake stinkendem Schlamm. Eine Reihe Bambuspinsel treibt in regenbogenfarbenen Ölringen an ihm vorüber. Regungslos steht er da und hält lange den Atem an – bis der Verkehr über seinem Kopf wieder normal fließt. Dann klettert er das Ufer hinauf und atmet durch. Das Vormittagslicht blitzt hitzig im Wasser des Flusses.

Weiter vorn findet er einen friedlichen Sonnenstreifen, in dem er sich trocknen lassen kann. Ein alter Fischer nickt ihm mit wäßrigen Augen zu, während er einen Karpfen nach dem anderen an Land holt. Sie sind schwer von Fäulnis. Der Alte bietet ihm Tabak an; er saugt heftig an seiner kleinen Messingpfeife, füllt die Lungen mit Rauch und hustet ihn aus. Schon bald kann Kilroy den schlimmsten Schlamm von den Hosenbeinen abklopfen. Die Wärme und das Zusammensein mit dem Alten tun ihm gut, vor allem, weil sie nicht miteinander reden können.

Mit geübter Hand nimmt sich Kilroy der Fische an. Er bricht ihnen mit einem Ruck das Genick, drückt mit demselben Griff alle Eingeweide heraus und wirft sie ins Wasser, wo die blutigen Fetzen weitere Fische anziehen. Der Alte betrachtet ihn mit milder Verwunderung. Als gleich darauf wieder einer anbeißt, quittiert er sein Fischerglück mit einem zahnlosen Lächeln.

Gegen Mittag geht Kilroy auf den Markt und stillt seinen Hunger an den Buden. In vorsichtigen Kreisen kehrt er im Laufe des Tages mehrmals zum Hotel zurück, wo die Situation unverändert ist. Nur die fremden Gäste ahnen nichts Böses. Sie gehen den ganzen Tag über durch die Schwingtüren aus und ein, ohne überhaupt zu bemerken, daß das Hotel bewacht wird.

Irgendwo dort drinnen wartet vielleicht die Frau von gestern mit den Antworten. Im Augenblick ist *er* derjenige, der gesucht wird; aber auf Dauer wird er sie nicht schützen können. Mit wachsender Verzweiflung spult er die Gehirnwindungen ab. Er muß sie – auf irgendeine Weise – abpassen, bevor es zu spät ist.

Es heißt, man soll den Tag nicht vor dem Abend loben. Für

Kilroy soll sich diese Weisheit als besonders zutreffend erweisen. Schon wird die Sonne über den Dächern rot und schwer. Verwandelt die Hütten aus Sperrholz und Pappe am Kiesweg in schöne Scherenschnitte und geht ganz plötzlich, ehe er sich's versieht, hinter den Bergen unter. Wie andere alte Männer denkt er eine Sekunde, daß irgendwo hinter den Bergen die alten Sonnen seines Lebens liegen – als ein großer Stapel roter Bälle, die niemand mehr aufheben mag.

Und die Dunkelheit senkt sich herab, ohne daß sie einander treffen. Er versteckt sich in demselben Viertel wie in der Nacht zuvor, taucht die Hände in eine Pfütze und schmiert sich mit der lehmigen Erde ein, so daß seine europäische Kleidung nicht mehr auffällt. Bevor er Stimmen hört, hat er sich auf der Matte ein paarmal im Schlaf umdrehen können –

Es ist ein jüngeres Paar, eng umschlungen. Ihre Sprache versteht er nicht, aber sie kommt ihm trotzdem bekannt vor. Das Mädchen ist dasselbe, das er erst gestern im Steinwald gesehen hatte – bevor das Unwetter losgebrochen war. Aber der Mann ist ein anderer. Viel jünger, elastischer. Vor allem größer.

Er weiß nicht genau, warum, aber er erhebt sich und folgt ihnen. Falls sie zum Hotel gehen, könnte er sie vielleicht bitten, nach Eileen Ausschau zu halten, ohne sie weiter in das Geschehene einzuweihen. Er läßt die Absicht wieder fallen; das Mädchen spürt ihn im Dunkel wie eine große Katze und ist deutlich nervös. Ihm wird bewußt, wie er innerhalb von nur vierundzwanzig Stunden wieder einmal aus allen Zusammenhängen herausgelöst ist. Und das schmerzt ihn in seiner Einsamkeit – wieder ist er eine finstere Existenz, wieder hat er seine eigenen Spuren gekreuzt ...

Als das Licht der Scheinwerfer durch die Gasse fegt und auf ihn trifft, zuckt er zusammen.

Er wirft sich in den Schatten. Das Mädchen vor ihm hat einen Arm unter den des Freundes gesteckt, und die Schritte der beiden verebben hastig im Dunkel, das zurückgekehrt ist. Von einer Wassertonne tropft es auf einen Boden aus Blech. Die Tropfen zählen seine Jahre, wie es der Kuckuck im versteinerten Wald der Kindheit getan hat.

Das kann nicht so weitergehen; er will aus Dongfeng heraus. Als er ein Fahrradtaxi anhält, sieht er die Kulis vor sich, wie sie einst barfuß durch diese Straßen liefen. Mit Chinesenhut und Zopf, der im Nacken auf und ab hüpfte, und dem Keuchen kleinerer Dampfmaschinen. Nun haben sie einen Mopedmotor, und das Kohlenmonoxyd knattert dem Passagier direkt an den Kopf.

Der Kuli der neuen Zeit sieht ihn mit verschreckten Augen an. Ein verdreckter Europäer! Kilroy fühlt sich schwindlig und apathisch.

Es ist Mitternacht, als er am Flughafen absteigt und fürstlich für den Transport bezahlt. Das Neonlicht blinkt ihm mit mehr Abflug- und Ankunftszeiten entgegen, als er sich merken kann. Alle Flughäfen ähneln einander, und er fühlt sich hier sicherer als an jedem anderen Ort. Die Lichter flammen auf und erlöschen. Die großen Engel heben ab und singen die Nacht fort. Er liebt den lauen Luftstrom aus den Düsen und die hetzende Windpeitsche in seinem Haar.

Der Flughafen liegt ganz still da. Seine Bahnen sind durch Reihen von Blinklichtern markiert. Der Terminal liegt in einem unbemannten Dunkel, die Glastüren sind verschlossen. Weiter draußen schimmert der Turm wie ein Aquarium.

Auf hohen Vogelhälsen brennen chemisch gelbe Birnen. Es brummt in den Masten. Er schleicht am Zaun entlang und geht zu dem offenen Platz, wo seine Lieblinge aufgereiht sind.

Fünf insgesamt. Vollkommen instand gesetzt und mit den originalen Bemalungen und Teilen – soweit das möglich war und abgesehen von den verchromten Auspuffanlagen am Rumpf. Die waren ursprünglich matt überstrichen, um Radarreflexe zu vermeiden, aber die Kunden lieben es so. Die Flugzeuge bekämen dadurch einen letzten Schliff und sähen funkelnagelneu aus: Der Anwaltsschnösel aus Manhattan hatte darauf bestanden, so daß Kilroy am Ende nachgeben mußte.

Die Arbeit eines langen Jahres. Nahezu Tag und Nacht hat er für diesen Auftrag gebraucht. Morgen soll die Flugschau stattfinden. Und morgen ist der letzte entscheidende Check, bevor sich die Maschinen mit Leuten in die Luft erheben, die jünger sind als er. Dann wird er letzte Hand an sein Werk legen –

schließlich ist das der Tag, an dem er seine Arbeit dem früheren Geschwaderführer und dessen Piloten präsentieren soll. Er hat gehört, daß sie eingetroffen sind. Ein Tag, den er lange herbeigesehnt hat. Was nun?

Ein Geräusch läßt ihn den Kopf wenden. Er strengt sein Gehör in der nächtlichen Brise auf das äußerste an. Ein kleines, heiseres Schnarren, ganz weit entfernt zuerst, dann wächst es aus dem Dunkel heraus.

Da ist es! In der Größe eines gepanzerten Käfers. Mit einer kleinen charakteristischen Schulterbewegung bringt Kilroy Schwung in seine Arme.

Es ist ein chinesischer Militärjeep, der mit ausgeschalteten Scheinwerfern auf ihn zugefaucht kommt. Er bremst, daß er ein langes Stück zur Seite rutscht und der Kies unter den Reifen spritzt. Ein Mann springt heraus und rennt auf Kilroy zu, ruft etwas Unverständliches.

Er ist allein. Kilroy geht in Abwehrstellung. In dem Augenblick, als der Mann erneut etwas ruft, dreht er durch – und schlägt ihn nieder. Dann erkennt er in ihm verwundert den untersetzten Amerikaner von gestern, Don Juan aus dem Steinwald!

Staunen breitet sich auf Kilroys Gesicht aus. Wieder ist da etwas in ihm, das nicht Gestalt annehmen will. Als er sich zwingt, die Taschen des Mannes zu durchsuchen, ist sein Blick wie von Nebel verschleiert. Der Mann arbeitet offenbar für die Chinesen.

Aus der blankgewetzten ledernen Brieftasche nimmt Kilroy den Paß des Mannes, einige Papiere und die Scheckkarte. In seiner jetzigen Situation kann es schon bald nützlich sein, sich als ein anderer ausweisen zu können. Als einer, der sogar das Vertrauen des Regimes hat und als ausländischer Freund das begehrte Visum besitzt, das Türen öffnet und besondere Privilegien verleiht.

Gott sei Dank existieren keine Bilder von ihm, die sie in Verbindung mit einer Nachforschung benutzen könnten. In all den Jahren hat Kilroy es strikt abgelehnt, sich fotografieren zu lassen. Diese Diskretion hat er von den Engeln übernommen. Solange er nicht weiß, wer er ist, darf auch niemand Bilder von ihm machen.

Er wirft einen Blick auf den bewußtlosen Mann. Sie ähneln einander tatsächlich. Dasselbe Alter, graumeliertes Haar und braune Augen. Und den Chinesen fällt es ebenso schwer, europäische Gesichter zu unterscheiden, wie umgekehrt die Europäer Schwierigkeiten haben, die Chinesen auseinanderzuhalten.

Dieses Mal reagiert er, bevor das Motorengeräusch laut wird. Man schießt in die Luft, und Befehle hallen. Aus einem Megaphon ertönt es in korrektem Schulenglisch: »Stehenbleiben! Oder wir schießen!«

Kilroy bleibt einen Moment gedankenverloren stehen. Während er zum Flugpark läuft, mit dem Geräusch stampfender Stiefel hinter sich, kehrt sein Leben zurück – zum Pfeifen der Gewehrkugeln und dem kurzatmigen Geknatter der Maschinenpistolen.

Er nimmt das Flugzeug, dessen Hairachenbemalung ihm besonders gut von der Hand gegangen war. Der Zustand ist tipptopp, *sein* Werk – innen wie außen.

Er ist völlig ruhig, als er das Cockpit schließt und startet. Der Propeller setzt sich in Gang. Der Jäger läßt sein altes Tigergebrüll ertönen, der Asphalt der Startbahn poltert unter ihm, während die Leute hinter ihm lächerlich klein werden und ihre Projektile so harmlos wie Feuerfliegen in der Nacht. Es kitzelt so herrlich in seinem leeren Magen, als er den Knüppel zurückzieht und abhebt. Die Vorführung hat begonnen!

Das »Fliegende As« ist zurück! Das ist für ihn wie ein zweites Leben und die einzige Sorglosigkeit, die er kennt. Tränen des Glücks tropfen auf das Instrumentenbrett. Er steigt in mehreren Stufen, und die Jahre wirbeln davon mit den Startbahnen und den blinkenden Lichtern unter ihm. Das große Schweigen draußen ist wie ein anheimelndes Flüstern am sternenübersäten Glas der Kabine. Er steigert weiter die Geschwindigkeit, stürmt dem Himmel entgegen –

Das einsame Flugzeug verschwindet über dem nächtlichen Kunming.

Auf der Erde läßt ein hochgewachsener Mongole in Hemdsärmeln die Gardine am Fenster einer Limousine fallen. Die Scheibe beschlägt von seinem Atem, und der Abdruck ähnelt einem Fischmaul. Eine Weile sitzt er gedankenverloren da; die zu einer Pyramide zusammengelegten Finger unter den geweiteten Nasenlöchern verraten seinen Zustand. Er läßt sich in die Polster zurücksinken.

Als der Chauffeur sich fragend umsieht, winkt er ihn mit einer lakonischen Bemerkung weiter: »Zum Kontrollturm!«

Er lächelt und zieht an den Fingergelenken, die alles handhaben – von Tastaturen bis zu glühenden Bambussplittern unter den Nägeln.

# 1

Gunga-nor, Gunga-nor, Gunga-nor ..., hämmern die Bahnschwellen unter mir.

Grassteppen ziehen am Fenster vorbei. Weidende Pferde mit langem Fell. Das ist das Land der Kasachen. Die Mongolen, die den Kopf ins Abteil stecken, wenn der Zug hält, tragen kleine, flatternde Mützen. Herden von Ziegen und Schafen und große Filzzelte auf gebogenen Holzskeletten schwirren vorbei und werden mit dem konstanten Pochen der Räder nach hinten gespült.

Die Tasche mit der kostbaren Bodeneinlage schaukelt auf meinen Knien.

Der Bahnkörper fliegt, über dem Gras liegt ein besonderer violetter Schimmer, der verrät, daß wir höher hinaufgekommen sind. Die Luft wird dünn und kristallin. Im Fenster spiegeln sich alte Filme von der Seidenstraße und ihren Karawanen. Ein Stück der Strecke wiege ich mich auf einem Kamelrücken, und ich höre die uralten, anfeuernden Rufe der Karawanenführer in der Wüste.

Der Grasteppich wird zu einzelnen Grasinseln, dann kommen Hügelchen und schließlich nur noch zerzauste Grasbüschel zwischen Salzsteinen. Es singt in den Schienen, ein Gesang, der bis hinauf ins Zwerchfell dringt. Die Rhythmen verpflanzen sich, ich nehme sie in mir auf und schließe die Augen, bis ich das Gefühl habe, daß mein Körpergewebe ganz fest ist und bebt.

Mehrere Stunden später erstreckt sich die Salzwüste nach allen Seiten. Gebüsch und Disteln erstarren in dem weißen Licht. Ein schwarzer Vogel hängt über uns am Himmel. Wir kommen nicht von der Stelle. Nichts fährt oder flitzt vorbei. Ein Nebel voller Spiegelungen dreht sich draußen in wechselnden Beleuchtungen, während die Räder durch die erstarrte Landschaft donnern. Der Vogel steht still an seinem Himmel, der langsam um ihn herum erlischt. Der Horizont entzündet einen veilchenblauen Rand; alles Licht wird in Fahnen herabgesaugt, und wir verharren in dem schwarzen Loch, während das Gewicht der Körper wächst und die letzten Reste des Bewußtseins Berg-und-Tal-Bahn fahren.

Gunga-nor, Gunga-nor, Gunga-nor...

Die Wagen krabbeln in der dünnen Luft. Ich bin überreizt und benommen. Draußen hat die Nacht ihre sternenbesäte Decke ausgebreitet. Ich merke an der Scheibe, wie kalt es ist. Dann lösche ich das Licht im Abteil, das ich bislang für mich allein hatte. Lange sitze ich am Fenster und betrachte das Glitzern eines großen Mondes in den Salzsäulen, die einschrumpfen und in neuen Formen wieder auftauchen.

In Nächten wie dieser hat der Mond sein Siegel in meinem Körper. Ich ziehe mich nackt aus; in mir ist ein Brausen wie von der Flut, wenn die Ebbe vorüber ist, und die Lippen machen ihr eigenes kleines Wetter, indem sie kurzatmig gegen die Kälte der Scheibe hauchen. Lange sitze ich da, die Hände im Schoß und die Stirn an der Scheibe. Da unten werden die Finger feucht und warm; dort oben wachsen kristalline Gedanken, senden Zellen und Stäbe in stummes und inneres Gleiten.

Aus dem Bellen eines Präriehundes schnappe ich Luft.

Als ich mich etwas später hinlege und das nackte Leder an meiner Haut spüre, das Pochen des Bahnkörpers unter mir und mein doppelter leuchtender Umriß ins Abteil schwebt – höre ich ein langanhaltendes Knirschen von Schritten an der Schiebetür, die einen Spaltbreit offengestanden hatte.

Ich öffne mich zu den Atemzügen eines Fremden.

Es dauert so lange, bis es geschieht, daß ich Zeit genug habe, um es mir intensiv zu wünschen. Die Haut brennt. Die Kopfhaut prickelt. Ein Blick ins Dunkel läßt alles in hellen Flammen stehen. Mein Schoß schmilzt, und die Salzsäulen lösen sich auf, werden zu einem Bergsee, der blau hinter meinen Augen schimmert, wo die Orakel kommen und gehen und wo Der Goldene gewandert ist –

Mehr als tausend Jahre.

Gunga-nor, Gunga-nor...

Erst als das Leder an meiner Stirn explodiert und ich den Rest eines Schreis höre, der mein eigenes donnerndes *Ja* ist, weiß ich, daß er das Mondsiegel in mir berührt hat. Aber als ich meinen Arm nach hinten ausstrecke, um mit meinem unbekannten Liebsten noch vertrauter zu werden, spüre ich nur eine Hand, die in der Nacht verschwindet. Einen Augenblick lang glitzert der Mond in einem blauen Stein an seinem Finger. Der Boden des Abteils knarrt kurzatmig, während er mich verläßt. Ich höre Schritte, die sich zwischen den Nachtlämpchen des Zugkorridors schwebend entfernen.

Er hat mich zurückgelassen, aber mein Glück ist intakt; und ich spüre auf den Lippen eine Art Gespinst, das während der restlichen Nacht unsichtbar erhalten bleibt – bis es vom Morgengrauen mit einer tagbleichen Brandung fortgespült wird.

Sein Geruch ist Nahrung für die Träume, die noch lange anhalten werden. Irgendwo vorn im Himmelsmeer segelt Tibet mit Zinnen von ewigem Schnee und tiefen Tälern.

Die Tasche immer noch fest an mich gepreßt, werfe ich einen Blick auf die Landschaft draußen. Von einer Warte ragt eine Stange auf mit einem ausgebleichten Pferdeschädel, von dem gelbe Bänder flattern. Im Vorbeifahren lese ich in der Zahnreihe Blöcke von Zeichen, die ich nicht deuten kann. Wie die Buchstaben in dem Buch, das ich nicht öffnen darf. Denn dieses eine Mal will ich klüger sein als Pandora und andere Schwestern ferner Zeiten.

Ich suche den Speisewagen auf, in der Hoffnung, der großen chinesischen Volkswelle aus dem Weg zu gehen. In den schlingernden Gängen der Wagenreihe kann ich es mir nicht verkneifen, meine männlichen Mitreisenden zu mustern. Bis ich die fast unsichtbare Anwesenheit von Geheimpolizisten bemerke, die das gleiche tun wie ich. Das Frühstück nehme ich mit einem Blick ein, der so abwesend ist wie nur irgend möglich.

Am Ende der Bahnstrecke liegt Golmud.

Es ist spät am Nachmittag, als wir einfahren. Eine häßliche Stadt in der Wüste des Hochlands. Niedrige Baracken und ein einziges schmutziggraues Hotel, das sich auf dem kahlen Boden erhebt, umgeben von Stolpersteinen aus Beton, die aus der Bauphase zurückgeblieben sind. Die Dränagerohre liegen in einem Boden, der für mich wie die ewige Trockenheit wirkt. Ein paar Blumenbeete vor dem Hotel schreien nach der uralten Einsamkeit der Landschaft.

Ich streite mich lange mit dem Personal um ein Bett für eine einzige Nacht, bevor ich morgen früh den Rastplatz der Fernlastfahrer aufsuchen werde, um mir eine Mitfahrgelegenheit nach Lhasa zu kaufen. Von Golmud erstreckt sich kilometerweit der einzige Weg, der direkt ins Innere von Tibet führt – ein Strich, so weit das Auge reicht.

Ich bekomme kein Auge zu auf der Matratze, die man vermutlich mit übriggebliebenem Zement gefüllt hat. Jedesmal, wenn ich mich bewege, schreit sie wie ein Mehlsack unter meinem Körper.

Auf diese Weise wechselt die Magie der Nächte von einem Extrem zum anderen. Chinesisches Sauerkraut rumort in meinem Magen. Das einzige Gericht auf der Karte, das noch zu haben war, dafür jedoch bereits für eine unendliche Zahl von Gästen vor mir aufgewärmt worden war. Und der Vollmond scheint in mein Zimmer wie eine blasse und ausgebrannte Platte aus Zement – wie alles andere.

*Ein* Gedanke hält mich wach. Weiter!

Ich bin auf den Beinen, bevor die Rezeption geöffnet hat. Mein Touristengeld nimmt ein mürrischer Herr in einem Unterhemd entgegen, das bis zu mir auf der anderen Seite des Tresens nach seinem abgebrochenen Schlaf riecht. Heftig gähnend zeigt er mir mit einem Winken die Richtung der Lastwagenhaltestelle, bevor er sich auf die Bank legt und weiterschnarcht.

Es ist noch höllisch dunkel und naßkalt. Die Haut kriecht an das Skelett, der Schulterriemen schneidet sich ein und scheuert den Sand in die Halsgrube: Ein kribbelnder Sandsturm ist im

Anmarsch. Im Laufe des Tages wird es so heiß werden, daß man nicht mehr atmen kann.

Ich verstehe, was man mit *gottverlassenen Orten* meint. Es gehören Menschen dazu, um sie zu schaffen.

Die Chauffeure sitzen um ein Feuer und trinken Buttertee und Tsang. Sie sind Tibeter, diejenigen, mit denen ich fahren soll. Die Chinesen sitzen in einer Baracke für sich und schlürfen warme Nudeln. Das sind Leute aus Turkestan mit gestickten Mützen. Die Moslems liegen mit der Nase auf dem Teppich, das Gesicht nach Mekka gewandt, das sich irgendwo in den Eingeweiden der Erde befinden muß.

Der Wagenpark besteht aus großen Mitsubishi-Trucks. Sie fahren im Konvoi durch die menschenleeren Gegenden, wo die Siedlungen so weit voneinander entfernt sind, daß man, wenn etwas passiert, auf gegenseitige Hilfe und Austausch von Ersatzteilen angewiesen ist. Und das geschieht oft. In dem niedrigen Luftdruck des Hochlandes platzen die Reifen, wenn man sie nur scharf ansieht.

Ich stehe lange unschlüssig da, ehe ich mir einen Chauffeur in einer *Chuba* aussuche; das ist der Name der tibetischen Tunika, die man über den Gürtel zurückschlägt, wenn die Sonne brennt. Er hat eine Gebetsschnur im Ärmel und nimmt meine Anfrage mit ruhigem Blick auf. Lange handeln wir um den Preis – handeln und feilschen ist die große Freude der Tibeter. Ich hätte ihm gern die Summe bezahlt, mit der er begonnen hatte, aber das wäre ein unverzeihlicher Fehler gewesen. Wir landen irgendwo an einem Punkt, wo wir beide gleichermaßen glücklich sind. Das ist ein gutes Omen für die Fahrt.

Außer mir und dem Beifahrer soll noch ein Pilger aus Kumbum mitfahren. Aber er taucht nicht auf. An der Peripherie des Kreises rastender Chauffeure und Händler sehe ich ganz kurz einen Kuttenmann, das Haar zu einem Knoten auf dem Kopf gedreht und mit roten Wollschnüren im Zopf. Für einen Augenblick treffen sich unsere Blicke. Mein Herz macht einen Sprung, und da ist er schon wieder verschwunden. Wie vom Erdboden verschluckt. Wir sollen uns bereitmachen, der Chauffeur will nicht mehr warten.

Als wir losfahren wollen, kommt ein Chinese, der unbedingt wissen will, was ich bezahlt habe. Ich nenne eine astronomische Summe, und der Tibeter grinst breit. Der Chinese geht weg, in den Linien seines Mundes zeichnet sich ein längerer Bericht ab.

Kurz danach schlafe ich sanft ein – hinter der Panoramascheibe im ersten Sonnenschein des Tages.

Ich fühle ihn wie ein breites, warmes Lächeln.

Hinter den bildlosen, geschlossenen Augen liegt mein inneres Aquarium mit ruhig plätschernden Wellen. Unter mir brummen die Federn des Sitzes mit dem monotonen Lied des Asphalts. Im Abstand mehrerer Stunden wechseln der Chauffeur und der Beifahrer ein paar Bemerkungen; der Tonfall ist leise und voll von fernen, fremden Lauten. Trotzdem liegt in ihm die Sicherheit des Alltags. Im Halbschlaf empfindet man alle fremden Sprachen als bekannt. Sie führen in die Kindheit und den Zustand, bevor die Wörter feste Bedeutungen bekamen. Ich lächele im Schlaf zu ihren Worten.

Erst als wir am Straßenrand halten, wecken sie mich vorsichtig. Es ist mitten am Tag. Wir gehen in eine Gaststätte, in der die Räume niedrig sind und wo auf der nackten Erde kleine Holzhocker vor Fellteppichen stehen. Wir bekommen Suppe mit großen, nierenförmigen Bohnen und Lauch. Die Tibeter streuen Tsampa hinein; das ist gemahlene und geröstete Gerste, die sich wie Parmesankäse über die Suppe legt. Es dampft aus den Schüsseln, in denen Nährstoffe und Kraft für die Strapazen der weiteren Reise enthalten sind. Den Treibstoff für die Autos pumpen sie direkt aus einer großen Benzintrommel.

Als ich für meine Mahlzeit bezahlen will, protestiert mein Chauffeur leidenschaftlich und besteht darauf, daß das Essen im Fahrpreis enthalten ist. Nun entfaltet er sein gesamtes Händlertalent, um kein Geld von mir annehmen zu müssen, und ich gebe kopfschüttelnd nach.

Zum Konvoi gehören vier große Trucks. Eine Gruppe tibetischer Chauffeure, die zusammenhängt wie Pech und Schwefel. Ich bin das einzige Huhn im Nest und soll verwöhnt werden – das ist ganz deutlich. Unsere Wirtsleute entfalten eine ganz besondere Gastfreundschaft. Aus einem Lederbeutel, der dem zusammengeschnürten Magensack einer Ziege oder eines Schafes ähnelt, zieht die Frau eine Darmsaite, an der trockene, bröckelige Käsestücke befestigt sind. Die soll ich mitnehmen für die langen, öden Wegstrecken, die noch vor uns liegen. Verlegen bedanke ich mich für die Gastfreundschaft. Sie erinnert mich so sehr an die Lappenfrau in dem alten Märchen.

Vom Halbdunkel hinaus in das Licht, das ultramarin in den Augen brennt. Die großen Autos brüllen wieder, und die Stimmen steigern sich zu Rufen.

Weit draußen zeichnen sich am Horizont die Zacken einer Bergkette ab. Es ist Glas in der Luft, und plötzlich knistert es an der Scheibe. Eissplitter vom ersten Hagelsturm. Im Fahrerhaus fällt die Temperatur ganz plötzlich. Ich hülle mich in die Thermojacke und die Mütze mit dem weißbunten Kaninchenfell an den Ohrenklappen, die ich vor ein paar Tagen in Xining gekauft habe. Die kurze Zeit kommt mir vor wie Jahre.

Dann platzt der erste Reifen mit einem Knall, der bis in den Wagen dringt. Draußen bohre ich die Hände in die Taschen und spanne die Gesichtshaut an. Die Luft glänzt von dem Hagel, der heiß auf meinen Wangen brennt. Ich wage kaum zu atmen. Die Zähne werden brüchig in der plötzlichen Kälte, die Lungen schnüren sich selbst im Strom der Glitzerscherben ab.

Anschließend, eingeschlossen in den Schimmer der gewölbten Panoramascheibe, fühle ich ein Wohlbehagen wie in einer finnischen Sauna. Das, was die Menschen im Norden mit den Tibetern gemein haben, ist eine Wetterlage, die innerhalb einer einzigen Minute umschlagen kann.

Im nächsten Augenblick ist es, als würde die Sonne direkt aus dem Boden strahlen und die Wolken in einem hohen Fächer verteilen. Weit entfernt auf der flachen Ebene sind die ersten Nomaden aufgetaucht – mit Herden von Yaks und zottigen Pferden, die lange Zeltstangen hinter sich herziehen.

Die Straße ist immer noch der schnellste Läufer. Blitzschnell entschwindet sie dem Auge. Unser vierfacher Wagenzug scheint auf seinen rumpelnden Gummirädern ganz stillzustehen.

Ich dämmere auf meinem Sitz, nicke immer wieder in kürzeren Abständen ein. Der Weg unter uns steigt an. Ich höre das angestrengte Schnarren des Motors. Die Berge sind nähergerückt. Die Landschaft zwingt den Asphalt zu Kurven, die meine eine Schulter gegen die Seitenscheibe pressen. Im Spiegel hinter uns ist alles klein und zu einem Kugelschnitt verzerrt.

Als der silberglänzende Asphalt von khakigrünen Spielzeugautos überschwemmt wird, stoße ich den Chauffeur an und zeige nach hinten. Mit einem resignierten Blick hupt er ein paarmal und fährt an die Seite. Wir liegen auf diesem Abschnitt ganz hinten in der Kolonne. Vorn verlangsamen die anderen das Tempo und fahren an den Straßenrand. Wir haben die Straße verlassen und stehen auf dem Grünstreifen.

Es ist eine Militärkolonne – Lastautos, Jeeps und Mannschaftswagen, und das Militär hat Vorfahrt.

Auf unserer Höhe hält ein Jeep japanischer Produktion. Ein paar Offiziere springen heraus, stellen sich an den Straßenrand und winken die anderen außen herum.

Mit frierendem Herzen registriere ich, daß etliche Wagen mit großen Abfallcontainern beladen sind, die das gelb-schwarze Warnzeichen für Radioaktivität tragen. From China with love!

Bevor sie weiterfahren, stoppen die Offiziere einen Mannschaftswagen, auf den Maschinengewehre montiert sind. Die Soldaten springen heraus und checken jeden einzelnen Chauffeur unserer Gruppe, durchsuchen die Wagen und Anhänger. Ich drücke die Tasche fest an meine Hüfte und setze ein unnahbares Gesicht auf. Aber ihre Blicke streifen mich nur gleichgültig und wandern weiter. Sie schimpfen jetzt laut mit den Tibetern.

Ein Ruf gellt. Er verschwindet in der Luft wie der Pfiff einer Hundeflöte, die Soldaten machen kehrt und laufen zu den Wagen. Die Aktion ist abgeblasen. Der grüne Konvoi gleitet durch Luftspiegelungen, die ihn da vorne immer kleiner werden lassen.

Um den Abstand zu ihnen so groß wie möglich zu machen, füllen wir die nächste Stunde mit einem Feuer und Buttertee aus, während die Tibeter miteinander schwatzen. Ab und zu werden die Stimmen scharf und leise vor Erregung. Ich stelle keine Fragen, verfolge nur die Richtung ihrer drohenden Blicke.

Wir sind auf rein tibetischem Gebiet, und die gerade durchstandene Episode brennt höhnisch unter dem Nachmittagshimmel.

Die Nacht verbringen wir auf einem Paß. Die letzten langen Stunden in der Dunkelheit sind wir nur keuchend gekrochen und haben pausenlos den Gang gewechselt. Der Weg vor uns hat sich in Haarnadelkurven zusammengeschoben. Die Frontscheibe sieht vom Fahrerhaus aus wie eine Eisscholle im Schneegestöber. Die Scheibenwischer arbeiten schwer und ziehen lange Rillen in das Eis. Der Chauffeur und der Beifahrer lehnen sich nach vorn, angespannt, die Augen an den Rücklichtern der vor uns Fahrenden. Es ist, als wollten sie mit ihrem Atem das Dunkel durchdringen.

Nachdem wir wohlbehalten über den Paß gelangt sind, der mit Gebetsfahnen in einem großen Steinhaufen markiert ist, bricht mein Nebenmann nach alter tibetischer Sitte in ein freudiges: *»Lha gyalo!«* aus, was bedeutet: *»Die Götter haben gesiegt!«*

Die Konversation in unserer Fahrerkabine verebbt. Sie wenden sich mir zu und machen Zeichen. Bekomme ich Luft? Ist mir schlecht? Sie befürchten, daß ich die Höhenkrankheit im Blut habe. Ich lächele aufmunternd zurück.

Unmittelbar nachdem sich die Räder auf das Dach der Welt geschoben haben, machen wir in knapp siebentausend Metern Höhe halt für die Nacht. Windstöße dringen mit Eiskanten durch die Scheiben. Die Männer packen mich in eine Decke und überlassen mir den Fahrersitz. Sie kriechen nach hinten. Ich höre sie lange mit Pappkartons rumoren, während sie sich ein Nachtlager bereiten, brummend wie große Bären.

Erst jetzt spüre ich die Höhe. Plötzlich habe ich das Gefühl, als wäre mein Blut zu dünn, um den Herzrhythmus aufrechtzuerhalten. Es klingelt in meinem Kopf, die Luft ist zu knapp für die Lungen. Die Angst, blau anzulaufen, hindert mich am Einschlafen. Mir ist, als müßte ich selbst das Herz am Schlagen halten, daß es nicht tropfenweise ausläuft und stehenbleibt.

Ich liege mucksmäuschenstill wie eine Mumie in der Deckenhülle. Es gibt keine andere Ewigkeit, als in einem schlaflosen

Dunkel auf den Tagesanbruch zu warten. Ich stecke mir keine Zigarette an, sie soll nicht meinen letzten Sauerstoff verbrauchen.

In einem klappernden Kreislauf mit mir selbst kehren die Gedanken zurück und setzen sich, müde und schwer, unter der Schädeldecke fest. Über dem Gehirn liegt ein dünnes Pfeifen von Fledermäusen. Die Stunden kriechen davon.

Der nächste Morgen ist geisterhaft schön.

Alles liegt im Nebel; die Wolken tanzen um die Gipfel. Sie krabbeln tief über uns hin, gebären aus ihren Bäuchen Wolkenbären, die sie auf den kleinen Erdflecken, die es in diesen Höhen gibt, in Pflege geben. Die zottigen Geschöpfe drehen sich in einem langsamen Taumel herum und lassen die Felswände wieder zu Wolken werden. Der Nebel verwandelt alles.

Wir wärmen uns am Feuer. Hängen über den Bechern mit Buttertee und benutzen sie als kleine Heizöfen für die Hände, den Bauch und das Gesicht. Niemals ist mir diese fettperlende Mischung besser bekommen: Die Säure gerbt das Herz, während die Butter Energie gibt. Ich atme durch!

Sie haben Wacholderzweige ins Feuer geworfen. Kräuterrauch wirbelt empor und setzt sich als Geschmack auf der Zunge ab. Aus Lederbeuteln schütten sie Tsampa in einen verrußten Topf, und bald bekommen wir Gerstengrütze mit getrockneten und gezuckerten Früchten. Wir sind noch auf der Seidenstraße, und die Chauffeure, eingehüllt in große Decken, ähneln den Karawanenführern, die sie verkörpern.

In den nächsten Stunden stürzen wir in Haarnadelkurven nach unten.

Es kitzelt im Bauch; jedesmal, wenn ich in einen Abgrund schaue, schwanke ich zwischen Entzücken und Erschauern. Auf den Felsklippen gestrandet, liegen Gletscher – wie erfrorene weiße Wale mit Rissen in der Stirn. Aus den Gletscherspalten quillt Dampf; er sieht in der weißen Luft wie Trockeneis aus. Hier wächst nichts – nur Gletscherhauben, Dampfsäulen, Luftgeister, die sich fortwährend verwandeln.

Und Steine. Steine in Stapeln und Warten. Kleine Stupas mit

eingearbeiteten, kolorierten Zeichen. Sie schreiben mit Steinen in der Landschaft. Wir passieren eine Ebene, wo es aus dem felsigen Untergrund dampft und die Steine wie fossile Zwerge dastehen, die seit langem auf der Erde ausgestorben sind.

Ich bin mehrmals draußen, um die Kanten des ewigen Schnees zu berühren. Knete ihn zu Bällen, die ich den Männern in den Nacken und zwischen die Schultern werfe. Sie schwenken mich lachend herum.

Schließlich wird der Paß eben, und wir fahren auf ein Plateau in vier- bis fünftausend Metern Höhe. Noch trägt das Herz mich über die Hochfläche.

In der Landschaft stehen schwarze Zelte mit hellen Kanten, und die Tiere käuen geduldig das Gras wieder.

Hier oben begegne ich den Engeln. Sie ziehen schwebend unsichtbare Achten; ich spüre den Luftzug von ihren großen Flügeln. Sie erfüllen die Rastplätze mit einem fernen Gemurmel, das mich dazu bringt, den Kopf auf die Seite zu legen.

Die Rastplätze sind die Flughäfen der Engel. Hin und wieder schubsen sie einen Kutten-Geier, der schreiend auffliegt. Oder sie machen sich an einem einsamen Drachen zu schaffen, so daß er an seiner Schnur abstürzt und mit seinem Schattenwinkel über die Steppe saust. Man sieht die Engel nicht, man sieht nur ihre Flucht.

Ein Stück vor der Stadt Amdo halten wir. Ich bin nun mit meinem Karawanenführer per du – sein Name klingt in meinen Ohren so ähnlich wie Laban. Er hat hier Familie. Sie wohnen in einem niedrigen, weißverputzten Haus, aus dessen Dach an allen vier Ecken Reisigbesen ragen. Der Wind sorgt für die Gebete.

Auf dem flachen Dach sitzen wir mit Labans Mutter als dem natürlichen Mittelpunkt und stärken uns für die letzte Etappe der Reise. Sie hat ein langes, schmales und energisches Gesicht. Ohne jede Spur von Zögern in den Augenwinkeln sieht sie einen mit geradem und kritischem Blick an. Sie wirft Rhododendronblätter auf die Feuerstelle, erspäht im Rauch ein kleines Omen und bereitet eine Tüte mit luftgetrocknetem Yak-Fleisch für den Sohn.

Die Augen über ihrem Habichtschnabel erforschen meinen

Blick; dann greift sie sich an den Busen und zieht ein Amulett hervor. Ein Stück Bernstein, das mit Teer in einem silbernen Donnerkeil befestigt ist und an einer abgenutzten Lederschnur hängt. Die streift sie mir über den Kopf, und das Beste an allem ist der Geruch, der mit der Kraft so vieler Jahre in meine Nase aufsteigt. Ich nehme meine Bernsteinkette ab, die ich fast mein ganzes Leben lang getragen habe, und gebe sie ihr als Gegengeschenk. Sie empfängt sie voller Stolz und betrachtet lange die eingeschlossene Mücke im Mittelteil: Ich komme vom Meer, und nirgendwo sonst auf der Erde ist Bernstein so durchsichtig.

Wir haben die Jahre getauscht, das hält den Tod zum Narren.

Vom Dach betrachte ich lange die goldenen, wogenden Gerstenfelder, mit denen der Blick in Richtung Amdo geht. Eine ockerfarbene Stadtmauer zieht sich wie ein Drachenrücken über die Hügel.

Laban bekommt für etwas, das er gesagt hat, einen Schlag in den Nacken. Benimm dich, Sohn! Dann setzen wir uns in die Autos, und er kitzelt das große Tier mit dem Messer unter der Lenksäule. Hu, hej, weiter geht's!

Kurz danach passieren wir einen blauen Bergsee, der von regenschweren Wolken umkränzt ist. Er wendet seinen türkisfarbenen Spiegel und eine Silberkante den Bergen zu. Hier hat die Legende von dem unsterblichen Wanderer ihren Ursprung; ich habe ihn selbst in einer mondhellen Nacht gesehen ...

Allmählich löst sich das Land in grünere Täler auf. Mehrere wogende Felder. Über Mittag ziehen Gewitterwolken auf. Sie hängen wie blaue und violette Läufer vom Himmel. Zwischen den Donnerschlägen liegt ein tiefer Ton, den das Gehör nicht mehr wahrnimmt, den der Körper aber als ein Brummen registriert.

Der Regen strömt herab, und ich stürze hinaus, um ein dringend nötiges Bad zu nehmen – was Laban veranlaßt, sich die Augen zuzuhalten, während der Beifahrer seine Thermojacke bis hoch an den Hals schließt.

Hinterher zittere ich wie ein nasser Hund, und ich werde wieder in Decken eingewickelt.

Wir folgen dem grünen Talstrich und einem Fluß, der mit

weißen Steinen dahinbraust. Vom Wacholdergestrüpp steigt der Rauch der Hirtenfeuer in klaren, blauen Säulen zum Himmel. In der Landschaft tauchen Häuser auf. Flache Gehöfte, ganze Dörfer. Die Luft wird lau, und der Regen strömt nun still und warm herab.

Schon in alten Zeiten war das Lhasatal inmitten der düsteren Hochebenen eine Oase mit Flüssen, Feldern und grünen Bäumen.

Alle Wege führen nach Lhasa, die Karawanen der Seidenstraße enden hier. Nomaden kommen dazu – in Erwartung eines brodelnden Marktes mit Stimmen und Waren aus allen Gegenden Tibets, mit reisenden Kaufleuten aus Nepal, Pakistan, Kaschmir und Ladakh.

Wir passieren das große Drepung-Kloster, und bevor es Abend ist, sind wir in Lhasa. Ich sehe gerade noch, wie die Sonne ihr letztes Gold in die Wolken über den Dächern des Potalapalastes wirft.

# 0

Ren Rong, politischer Kommissar der Sicherheitspolizei und als solcher dem ermordeten Polizeichef übergeordnet, wendet sich vom Bildschirm ab. In seinen Augen sticht ein grüner Schmerz. Er legt die langen Finger über der Nasenwurzel zusammen und stützt dann eine Weile den geneigten Kopf mit der Hand.

Sein Gesicht drückt Kummer aus. Er ist älter, als man es auf den ersten Blick glauben würde, wohlkonserviert. Seine Züge sind glatt und die Fältchen so rasierklingendünn, daß man sie unter normalen Umständen übersehen würde. Jetzt konzentrieren sie sich um die Augen und auf der Stirn.

Das Flugzeug haben sie im Gebiet um den Koko-nor-See ausgemacht, wo es vor ein paar Tagen vom Radar eingefangen worden war. Zweifellos war es durch Brennstoffmangel gezwungen gewesen, auf diese Höhe hinunterzugehen. An und für sich macht er sich in dieser Sache keine Sorgen. Ein einzelner Fremder wird sich auf die Dauer nicht vor seinen Leuten verstecken können. Xining und Taer sind in Alarmbereitschaft versetzt worden, alle Benzindepots wurden benachrichtigt, und auch wenn er sich nur ein einziges Mal mit den gestohlenen Personaldokumenten ausweisen sollte, schnappt die Falle zu.

Das, was ihm Sorgen macht, ist die offensichtlich falsche Identität des Mannes. In der Gästeliste des Hotels ist er als Werkstattleiter und Flugzeugmechaniker aufgeführt, aber im Computer kann man ihn unter dem Namen, der in seinem Paß und Visum steht, nicht finden. Er ist völlig legal eingereist, und trotzdem sind die Computerterminals in den USA »blind«, was seine

Existenz betrifft. Ren Rong hat alles versucht. Selbst ein spezieller Verknüpfungsbefehl des Nachrichtendienstes versagt und beharrt darauf, daß Name und Ausweisnummer falsch seien.

Es war auch nicht möglich, Bilder für einen Steckbrief aufzutreiben. Das Paßbild ist eine eindeutige Fälschung und eher hinderlich. Es hat überhaupt keine Ähnlichkeit mit dem Mann aus dem Restaurant, wo sie Li Nings Geburtstag gefeiert haben, der sein letzter werden sollte. Aus irgendeinem Grund ruft die Erinnerung daran den Anflug eines schwachen Lächelns in einem seiner Mundwinkel hervor.

Das erlöscht sofort wieder. Es ist selten, daß der Galaxy-Computer ihn im Stich läßt. Jede Anfrage nach einem Bild aus den Archiven des FBI kommt ohne Resultat zurück. Die Spuren verschwinden in lauter grünen Meldungen. *No information stored in file!*

Er sitzt hoffnungslos in der Sackgasse aus einem blinkenden Alphabet. Das Programm hat sich aufgehängt und kehrt immer wieder zum Ausgangspunkt zurück. Die Person, die sich hinter dem Namen verbirgt, gibt es offensichtlich nicht.

Alles, was er angeboten bekommt, ist eine lexikalische Aufklärung: Der Name war unter den Alliierten im Krieg offenbar ein populäres Graffito. Sein Ursprung ist unklar. Wahrscheinlich stammt es aus einer Einheit der amerikanischen Flotte in den Jahren vor dem Angriff auf Pearl Harbor. Soweit man weiß, war nie eine Person mit dem Namen verbunden. Das Graffito taucht oft in Verbindung mit einer Zeichnung auf: ein glatzköpfiger Mann mit großer Nase, der über einen Bretterzaun späht.

Auch ihr amerikanischer Freund will nicht mit der Sprache heraus. Ren Rong ist davon überzeugt, daß er etwas verschweigt. Nur was? Solange er auf anderen Gebieten mit ihm zusammenarbeitet, gibt es keinen Grund, neue Methoden in Anwendung zu bringen. Abgesehen davon, daß er Freunde ganz oben im System hat.

Den Mord an Li Ning hält er teilweise für aufgeklärt. Die Frau, die sie verhaftet haben, hat gestanden und beharrt darauf, daß sie allein das Messer geführt hat. Aber warum sollte Kilroy sie decken, wenn sie nicht etwas miteinander hätten – oder gehabt hätten? Das ist der dunkle Punkt, um den seine Gedanken immer wieder mit den übrigen Unklarheiten kreisen. Sie bestreitet hartnäckig, daß es irgendeine Verbindung zwischen ihnen gibt, und hält daran fest, daß sie sich Minuten vor dem Mord zufällig im Restaurant getroffen haben. Seine speziellen Methoden prallen an ihr ab. Sie ist fest entschlossen zu sterben, punktum.

Die paar Tage, die sie unter ständiger Bewachung auf freiem Fuß als Lockvogel zubrachte, hatten den mysteriösen Fremden nicht daran gehindert zu entwischen.

Falls aber der Mann selbst ein Agent ist, kann jede Handlung des Kommissars Konsequenzen haben, die er nicht zu Ende denken mag. Es wäre nicht das erste Mal, daß er in Ungnade fiele. Mit gut versteckter Bitterkeit denkt er daran, was nach dem Fall der Viererbande geschah, als die ganze Kulturrevolution in Mißkredit geriet und er seinen Posten in Tibet verlor. Diese Art ziviler Geheimniskrämerei geht ihm inzwischen einigermaßen auf die Nerven.

Dann strafft er die Lippen zu einem Lächeln. Das Wissen, über das er verfügt, garantiert ihm jederzeit seine persönliche Sicherheit. Unabhängig davon, welches Regime an die Macht kommt, sie werden gezwungen sein, auf Ren Rong zurückzugreifen – nicht umsonst hat er Deng Xiaoping als politischen Mentor gehabt.

Ein Untergebener hat das Büro betreten. Er steht lange da und scharrt mit den Füßen. Gequält blickt der Kommissar von dem durch seine Finger geformten Kegelausschnitt auf:

»Was ist denn?«

»Es geht um die ausländische Frau, die sich auf der Polizeistation als Augenzeugin für die Ereignisse an dem Abend im ›Olympic‹ gemeldet hatte. Das sollte wohl der Vorsitzende ...!«

Dafür, daß sie in dieser Sache nicht alle Zeugen gehört haben, gibt es Gründe, die nur er kennt.

»Sie wartet im Vorzimmer.«

»Schick sie weg!« sagt er, wedelt mit dem Handrücken und wendet sich wieder dem Bildschirm zu.

»Nein, warte ...«

Er sitzt noch eine Weile in Gedanken versunken da. Dann schiebt er den Stuhl von der Tastatur weg und steht auf.

»Ich kümmere mich selbst um sie.«

Seit er auf dem Rapsfeld gelandet ist, dessen goldbrauner Ton das Flugzeug mit seinen Tarnfarben völlig verschwinden läßt, hat Kilroy als Nachtmensch gelebt. Er vermeidet jeden Kontakt mit Fremden, ißt in der großen anonymen Volksküche, die überall dort zu finden ist, wo sich ein Händler mit Wok und Holzkohle niederlassen kann. Er betritt nicht das Terrain des Lama-Klosters, bleibt draußen in dessen Umkreis. Der Ort summt von zugereisten Pilgern und Nomaden. Es ist keine Nacht vergangen, in der nicht neue Zelte errichtet worden wären: Sie scheinen direkt aus der Erde zu wachsen und fügen Feuer auf Feuer in die Landschaft.

Die Nächte verbringt er im Flugzeug. Sie sind kalt, und trotzdem erinnert er sich nicht, wann er zuletzt so gut geschlafen hätte. Es ist eine Woche her, seit ihn der Treibstoffmangel zur Landung gezwungen hat. Die letzte Stunde ist er unterhalb des Radars in einer taufrischen Dunkelheit geflogen. Mit gelöschten Tragflächen- und Hecklichtern und einer so schwachen Beleuchtung der Instrumente, daß man sie gerade noch im Cockpit erkennen konnte. Altes Kampftraining. Trotz seiner prekären Lage hat er sich seit langem nicht so wohl gefühlt.

Heute will er sich nach Xining wagen. Mit dem Bus – wie jeder andere Reisende. Nach reiflicher Überlegung hat er sich entschlossen, Boyingtons Papiere nicht zu benutzen. Da dieser so offensichtlich mit den Behörden zusammenarbeitet, hätten sie ein zu leichtes Spiel. Er muß versuchen, sich auf andere Weise Flugzeugbenzin zu beschaffen, eventuell über einen Mittelsmann.

Schon aus der Luft hatte er einen kleineren zivilen Flughafen vor der Stadt erspäht. Es würde ihm normalerweise nichts ausmachen, das Benzin direkt aus dem Depot zu stehlen. Aber unter den jetzigen Umständen erscheint ihm das utopisch. Allein der Transport!

An der Endstation bekommt er seinen ersten Schock: Im Wartesaal hängt ein Riesenplakat mit seinem Bild, Reihen von chinesischen Schriftzeichen und einer Summe, deren schwindelerregende Höhe in Yuan ihm zu Kopf steigt. Sein Porträt ist ihm nicht nur ähnlich – es sieht so aus, als wäre es erst gestern gemacht worden. Er kann sich nicht vorstellen, woher sie es haben.

Die Situation ist schon jetzt schwieriger, als er gedacht hat. Die Augen mit der Hand abgeschirmt, geht er hinaus in Xinings klaren Vormittag. Er mischt sich unter die Leute, hält sich hauptsächlich unter den halbdunklen Arkaden vor den Warenhäusern und Schaufenstern der Hauptstraße auf. Die ganze Zeit über hat er sich selbst unter Kontrolle, um nicht bei einem zufälligen Blick, der ihn aus der Menge trifft, zusammenzufahren.

Der Gehweg an der Hauptstraße ist mit Steinen gepflastert. Die Straße selbst besteht aus Kies. Das sagt etwas über die Größe der Stadt – und die Dichte des Verkehrs. Das Herz rutscht ihm in die Hose.

Da vorn liegt ein hellerer Klotz mit zwei leuchtend roten chinesischen Schriftzeichen, die sich über das Eingangsportal schwingen.

Das ist der Hauptbahnhof von Xining. Auf der einen Seite geht es nach Chengdu. Von dem anderen Bahnsteig aus gelangt man nach Golmud. Er geht langsam, während in ihm ein Plan Gestalt annimmt, die Treppen zum Bahnsteig hinauf. Er will sich im Zug unter die Reisenden mischen und hofft, auf diese Art ungesehen nach Tibet zu gelangen.

Seine Gedanken stocken. Von einer Anschlagsäule blickt sein Bild streng auf ihn herab. Fast noch mehr als von den Lebendigen fühlt er sich von dieser Spiegelgalerie gejagt, in der sich sein Gesicht bis ins Unendliche in derselben erstarrten Maske wiederholt.

Eine Stimme, die so klingt, als käme sie aus der Vorzeit, reißt ihn herum. Ungläubig steht er eine Weile von Angesicht zu Angesicht einem vornehmen Tibeter gegenüber. Blaue Seidentunika, breiter, eingefaßter Ledergürtel mit vielen Spangen und Beuteln ringsum. Vom Gürtel hängt ein wertvolles Messer in einer Rosenholzscheide mit einem dazugehörigen Satz Eßstäbchen aus silberbeschlagenem Elfenbein.

Der Gruß, den der Mann ausgesprochen hat, ist der gleiche, den man auf der Insel benutzt hat: *»Du bist gekommen!«*

Die Worte wollen nicht aus Kilroys Mund. Es ist Norbu – Die Vierundzwanzigste Inkarnation des Mönchs Tagtser, den er nicht mehr gesehen hat seit jenem Vormittag in der Universitätsbibliothek von Indiana. In Fleisch und Blut steht er vor ihm, während das Lachen über Kilroys Fassungslosigkeit weit unten in seinem Hals gluckert.

Alles an Norbu ist anders, als er es in Erinnerung hat.

Die Jahre sind fast spurlos über sein Gesicht gegangen. Langes, blauschwarzes Haar fällt von einem Knoten ganz oben auf dem Kopf lose über die Schultern. Als hätte es seine Farbe in all den Jahren unter der Kopfhaut bewahrt, die nach Mönchsart rasiert war. Die Arme sitzen anders – das sind Hände, die die Gebetsschnur gegen Pfeil und Bogen ausgewechselt haben. Er hat die Daumen im Gürtel und steht da mit gespreizten Beinen, die in Stiefeln aus weichgegerbtem Leder stecken.

Er macht eine Kopfbewegung, und hinter einer Säule gleitet ein Khampa hervor, größer als sie beide, mit Cowboyhut und Goldzähnen.

Kilroy gewinnt die Sprache zurück. Intuitiv weiß er, daß von jetzt an alles anders ist. Es sind neue Figuren auf dem Brett – darin liegt eine Bestimmung, die jede Frage überflüssig macht. Er nickt zum Plakat hinüber, und mit wenigen Worten skizziert er Norbu seine Situation, dabei muß er das Gefühl wegschieben, daß Norbu schon alles weiß. Etwas schwebt zwischen ihnen in der Luft; Norbu läßt seine Hand mit einer Geste auf den Schädel fallen, die älter ist als die Zeit.

»Hummm!«

Wie damals dauern die Pausen zwischen ihnen länger als die Sätze, die sie wechseln. Norbu denkt über etwas nach, das er lange still hin- und herwendet, bevor er fragt: »Willst du uns einen Gefallen tun?«

Kilroys »Ja!« kommt mit Schallgeschwindigkeit, so daß es Norbus letztes Wort fast übertönt. Beide brechen in schallendes Lachen aus, gefolgt von einem festen Handschlag.

»Komm mit!«

Im selben Augenblick dröhnt der Bahnkörper, und der Zug von Chengdu fährt mit einem langen Heulen am Bahnsteig ein. Heraus wälzen sich Chinesen, alle mit weißem Mundschutz, was bei Kilroy für einen Augenblick Erstaunen hervorruft. Dann folgt er Norbu und dem Khampa, die sich mit langen Schritten vom Bahnsteig entfernen.

Sie hasten durch die Straßen. Tsering, wie der Khampa heißt, springt wie ein großer Welpe voraus. Er taucht ein in die Menge vor ihnen und wieder aus ihr heraus und schafft so den beiden Nachfolgenden einen leuchtenden Pfad durch das Menschenmeer. Kilroy drückt sich dicht an die Fassaden, schickt spähende Blicke in die spiegelnden Fensterscheiben. Er ist sich seines Bildes bewußt geworden, hat seine »Einmaligkeit« verloren.

Irgendwann packt Tsering ein hübsches Mädchen in ausländischer Kleidung und schwenkt es durch die Luft, daß der Wind ihm Tränen aus den Augen reißt. Norbu folgt Tsering auf Abstand und schüttelt den Kopf. Gleich darauf, als sie sich in einer Schaufensterscheibe spiegelt und ihre Kleidung wieder in Ordnung bringt, gleitet ein Schimmer von Wiedererkennen über Kilroys Gesicht.

Erst zu Hause bei Norbus Onkel in einem lehmverputzten, niedrigen Haus in einer der Seitenstraßen gehen sie ins Detail. Tsering wird weggeschickt, um alles Nötige zu organisieren. Der Treibstoff für das Flugzeug ist nun kein Problem mehr. Entzückt wie ein Kind nickt Kilroy zu den Einzelheiten des Plans. Zum Schluß nimmt Norbu eine Karte und skizziert die Route nach Lhasa mit den Treibstoffdepots, die in rein tibetischer Hand sind. Beide sind Feuer und Flamme wie zwei Jungen, die Streiche aushecken.

Der alte Onkel in der Ecke folgt ihnen mit schwimmenden Augen über dem blauen Pfeifenrauch. Er hat eine Nase, die in den kleinen faltigen Beutel des Mundes übergeht, seine Gesichtshaut spannt wie braungegerbtes Leder. Mal klingen seine Ho's höhnisch, mal zustimmend, begleitet von einem kleinen, hohlen Pfeifen durch die fehlenden Vorderzähne.

Norbu, der auf einem über einen Balken gelegten Sattel sitzt, lehnt sich zurück. In einer abschließenden Geste hebt er die Hände und überantwortet alles dem Himmel. Sie färben Kilroys Gesicht braun, nachdem sie ihn erst rasiert und sein Haar geschoren haben. Sie streichen Kienruß in seine ergrauten Haarstoppeln. Zu der dünnen Kleidung, die er seit Kunming trägt, gibt ihm Norbu seinen eigenen Ledermantel mit Lammfellkragen. Das ist das erste Kleidungsstück eines anderen Menschen, das Kilroy perfekt paßt. Er steckt die Nase in den Kragen und fühlt sich in dessen Geruch schon heimisch.

Sie schließen die Verkleidung mit einer dichtsitzenden Sonnen- und Staubbrille ab, die mit einem Gummiband gehalten wird und die Nase und das halbe Gesicht abdeckt. Solche Brillen sind in der Gegend populär.

Vor dem Haus hat der alte Mongole die Pferde bereitgemacht. Kilroy schwingt sich mit einem festen Griff in die lange Mähne hinauf; sie fühlt sich rauh an, wie gewachstes Garn. Hoch zu Pferd reiten sie durch Xinings Hauptstraße, während Norbu in einem lebhaften und lärmenden Tibetisch auf Kilroy einredet. Der hofft, einigermaßen an den richtigen Stellen zu nicken.

Als sie die Wachen am Schlagbaum passieren, wo jetzt alle Busse kontrolliert werden, wechselt Norbu in ein schmetterndes Chinesisch, und die Schranke geht hoch wie zu einer Ehrenbezeigung. Lachend reiten sie einen Tag lang in Richtung des Klosters, in dem Norbu unter dem Namen Lama Tagtser Tulku Rinpoche Vorsteher gewesen war, bis er 1959, als der Aufruhr in Tibet ausbrach, zusammen mit seinem Bruder, Tenzin Gyatso Gyalwa Rinpoche, außer Landes ging. Die Welt kennt Norbus Bruder besser als Dalai-Lama. Der Bruder war damals dreiundzwanzig Jahre alt, Norbu siebenunddreißig, und Kilroy saß noch in Los Angeles und spielte bis weit in die Nacht hinein Monk. Wir leben in einer seltsamen Welt, denkt er, after all ...

Am späten Nachmittag ist Kumbum in Sicht. Halb verborgen hinter den Hügelkämmen liegt die Klosterstadt, von den Chinesen Taer genannt, und wirft das Gold ihrer Dächer an den Himmel. Das letzte Stück Weges galoppieren sie übermütig durch die Rapsfelder. Kilroy wird gelb von Pollen, die harzartig an Wangen und Händen kleben. Norbu dreht sich im Sattel um und feuert ihn mit Rufen an. Das ist das Tal seiner Kindheit, und er hat sein Pony zurückbekommen.

Sie reiten über den Platz mit den Stupas und Fahnenstangen, von denen Chinas Farben wehen. Ein paar Pilger grüßen sie, indem sie die zusammengelegten Handflächen an die Stirn führen. Kilroy bewegt sich unruhig im Sattel, unsicher, wie er ihren Gruß beantworten soll. Schließlich hebt er die Finger in einem V-Zeichen. Dann hämmert er die Absätze in die Flanken seines Pferdes und stürmt davon. Norbu gibt sich wie ein König und nickt gemessen nach links und rechts.

Am Tor des Haupttempels erwartet sie ein feiner, alter Mönch; er flüstert lange mit Norbu, bevor er sie hereinläßt.

Schon am selben Abend wird Kilroy dem Knaben vorgestellt.

Sie quartieren ihn im Allerheiligsten des Tempels ein. Hier soll er bei Tsongkhapas gebleichten Gebeinen wohnen – Norbu grinst respektlos. Kilroy macht es nichts aus. Er schläft gern bei den Toten. Sie bringen ihm keine unruhigen Träume.

Erst früh am nächsten Morgen reitet Norbu zurück. Den größten Teil der Nacht haben sie beieinander gesessen und erzählt – von den Wegen, die schließlich zu dieser erneuten Begegnung geführt haben, die vor langer Zeit von einem fernen Bibliotheksgarten ausgegangen ist, in dem die Vögel gesungen haben.

Direkt danach befragt, leugnet Norbu, irgend etwas im voraus gewußt zu haben. Und er kann sich – zu Kilroys unsäglicher Erleichterung – noch immer nicht an seine Inkarnationen erinnern. Er nennt sie *Karma*, und Kilroy weiß nicht, ob er den Zufall oder das Schicksal meint.

Als sie sich trennen, ist die Freundschaft zwischen den beiden Männern für alle offenbar. Norbu besteht darauf, daß er den Ledermantel behält und spricht mit plötzlicher Sorge von den kalten Nächten. Kilroy sucht in seinen Taschen und an seinem Körper. Es endet damit, daß er seine Rolex auf Norbus nackten Arm schiebt. Norbu meint, daß Kilroy sie dringender brauche als er selbst und streift sie wieder herunter. Aber der Glanz in den Augen verrät ihn. Er lehnt sich im Sattel vor und klopft Kilroy mit der hohlen Hand den Nacken; er selbst empfängt einen klatschenden Schlag auf den Schenkel – für die Umstehenden sieht es so aus, als würde sich dieser Abschied bis ins Unendliche fortsetzen. Aber dann gibt Norbu seinem Pferd die Sporen.

»Wir sehen uns in Lhasa!«

Das letzte, was nach hinten aus seiner Hand wirbelt, ist das Messer mit den Eßstäbchen. Kilroy fängt es im Fluge und hält es hoch in die Luft.

Aus dem Schatten heraus hat ein alter Mönch sie kopfschüttelnd betrachtet. Sie haben ihn in einem solchen Grad an Kraniche erinnert, die einander zum Tanz auffordern, daß er ihre Bewegungen in einem kleinen Tänzchen für sich selbst nachahmt.

Den Tag über schläft Kilroy im Reliquienraum, vor aller Welt verborgen. Wenn der tote Großlama überhaupt anwesend ist, dann als Staub im Raum, als Wärme in den Flammen der Butterlampen. Er liegt in einem tiefen und traumlosen Schlaf.

Ganz wie geplant verläuft es dann doch nicht. Die zwei, drei nächsten Tage bestehen aus Verzögerungen. Tsering reist als Sendbote zwischen Xining und Kumbum hin und her. Sie haben die Kontrolle draußen auf dem Flugplatz verschärft, und er ist gezwungen, einen tibetischen Piloten aufzuspüren, der für die Route Papiere hat, ehe er an das Benzin kommt.

Aber schließlich gelingt alles. Bei Nacht und Nebel tanken sie das Flugzeug auf. Mit Handpumpen bedienen sie sich aus großen Trommeln. Kilroy ist natürlich dabei, kümmert sich um jede Kleinigkeit selbst. Mit Stableuchte und Universalschlüssel checkt er das Flugzeug, zieht hier eine Schraube an, schmiert dort ein Gewinde. Dann reckt er sich kräftig und erklärt, daß er zufrieden ist.

Der Tag kommt genau zu dem Zeitpunkt, da die religiösen Festlichkeiten, die im Kloster seit langem vorbereitet worden sind, ihren Anfang nehmen. Der Start soll erfolgen, sobald es dunkel geworden ist. Vorher ist Zeit für einen langen, stärkenden Schlaf. In den Stunden vor Mittag geht Kilroy die Route ein letztes Mal durch und trägt seine Berechnungen auf der Karte ein. Siesta!

Doch als er sich gerade auf sein Lager legen will, kommt Tsering durch den Vorhang hereingefegt.

»Hör nur!« sagt er atemlos.

Dieses eine Mal würden sie die langen Tempelhörner gern zum Schweigen bringen. Durch die Töne dringt ein Geräusch, das sich auf Kilroys Gesicht als Gewißheit spiegelt. Ein Hubschrauber!

»Sie sind unterwegs!« flüstert Tsering. »Was sollen wir jetzt machen?«

»Bring den Jungen ins Flugzeug«, antwortet Kilroy, »dann sind wir klar zum Abheben, schnell!«

Unwillkürlich ist seine Stimme zu einem völlig unnötigen Flüstern verebbt.

Als Tsering zurückkommt, ist Kilroy bereit. Die Staubbrille hängt um seinen Hals, in der Tasche des Ledermantels steckt eine Karte. Tsering kommt zuerst mit der guten Nachricht, dann mit der schlechten.

»Der Junge ist auf seinem Platz. Aber das Gebiet ist besetzt. Die Armee ist im Einsatz. Alle Fremden werden kontrolliert.

Mit einem resignierten Seufzer blickt Kilroy an seiner Kleidung herunter: Nie ist er passend gekleidet! Das Problem hat ihn von der Insel bis hier hinauf verfolgt. Aber Tsering weiß Rat. Er ergattert eine Mönchstracht, streift ein Tanzkostüm darüber, eine gelbe Seidenweste mit hochgeschwungenen Schultern, und zieht dann eine Totenmaske über Kilroys Kopf.

»Warte hier noch zehn Minuten, dann mischst du dich unter die Tanzenden und bewegst dich – so diskret wie möglich – in Richtung Tor. Lhosang läßt dich hinaus. In der Zwischenzeit veranstalten wir auf dem Platz draußen eine Demonstration, die ihnen Ablenkung verschaffen wird!«

Nachdem Tsering wieder verschwunden ist, steht Kilroy mit schweißtriefendem Gesicht und keuchendem Atem unter seiner Maske da. Ein Geruch irritiert ihn. Schließlich begreift er, daß die Tracht eingemottet war. Draußen auf dem Hof ist die Musik zu einem Hämmern auf Becken und Trommelfellen angestiegen.

Als es soweit ist, stolpert er hinaus ins Licht, schwerfällig wie ein Weltraumfahrer. Er vollführt auf gut Glück ein paar Tanzschritte, sich nur durch die Augenlöcher der Pappmachémaske orientierend, und fühlt sich grotesk. Die Arme steif zu den Seiten ausgestreckt, ahmt er, so gut er kann, die anderen nach, verliert dabei aber fast das Gleichgewicht. Sein Kopf sitzt lose auf den Schultern.

Er sucht sich einen Weg zum Tor, hört jedoch im selben Augenblick laute Rufe. Aus einer Ecke sieht er MPi auf sich zeigen, und eine wilde Hitze breitet sich in seinem Hirn aus. Seine verteufelten Schuhe sind schuld! Die tanzenden Mönche tragen Filzstiefel. Er beginnt zu laufen, und gleichzeitig werfen sich die Khampas zwischen ihn und die Polizeisoldaten.

Vor dem Tor verharrt er einen Augenblick, um die Richtung auszumachen. Weiter hinten hat Tsering die chinesische Flagge vom Mast gerissen und hißt gerade ihre eigene. Die Berglöwen entfalten sich unter seinen Händen und knattern im Wind. Die Lautsprecher schnarren einen Befehl in chinesischer Sprache.

Kilroy läuft der Prozession entgegen, die sich mit Trommeln und Schalmeien nähert.

Ein besonderer Schweiß im Nacken sagt ihm, daß er verfolgt wird. Er dreht sich nicht um. Mit seinen Schultern bahnt er sich einen Weg durch die Prozession und sorgt dafür, daß soviel Chaos wie möglich entsteht.

Er verläßt den Weg und stürmt hinaus ins Feld. Unwillkürlich checkt er an seinem Körper die Windrichtung. Die Lungen pumpen, und es spannt hart in der Brust. Er befreit sich von der Weste. Das Geräusch seines Atems donnert als Echo in seinem Kopf. Innen ist die Maske triefend naß. Er schiebt sie herunter und läuft geduckt die letzten hundert Meter durch den Raps zum Flugzeug.

Der Rest ist bekannt.

# 1001

Das ist die reine Gegenwart.

In der Gaststätte auf dem Dach der Welt sitzen die wenigen Gäste wie in Trance. Der Koch hat die Hand gehoben, um eine Schar Fliegen von einem Fleischberg zu verscheuchen. Ein paar chinesische Händler, ausnahmsweise einmal stumm wie die Karpfen, sitzen an einem Tisch für sich. Die Frau in dem großen Mantel ist über ihrer Schale zusammengesunken; an der Decke singt das Neonlicht in dem einen Ton, der im Raum zurückgeblieben ist. Jedes Klirren von Eßbestecken ist verstummt, und es ist noch früh am Abend. Nur die Tibeter kommen und gehen – treten durch die knarrende Tür auf die Straße, wo Lhasa im Dunkel daliegt.

Es macht den Eindruck, als müßte sie sich anstrengen, um sich zu erheben und an meinen Tisch zu kommen – so als ginge sie durch Ringe im Wasser. Das helle Haar hat den blauen Ton der Leuchtstoffröhren eingefangen. Wir sind die einzigen Fremden im Lokal.

Wir fahren beide gleichzeitig zusammen, als der Koch mit seiner Schaumkelle Fleischstücke in siedendes Öl taucht. Ein plötzlicher Rauch wallt unter dem Licht auf, und heiße Fetttropfen spritzen gegen die Armaturen. Es riecht nach rotem Pfeffer und Ingwer. Die Trance ist aufgehoben, und sie spricht zu mir mit einer zarten, vorsichtigen Stimme: »Darf ich mich zu Ihnen setzen?«

Von ihr geht eine Diskretion aus, die mir angenehm ist. Offensichtlich gehört sie nicht zu denjenigen, die lärmend in fremde

Kreise einbrechen und Namen, Nationalität und Beruf erfragen, noch bevor sie Platz genommen haben.

Als Antwort ziehe ich den Stuhl für sie hervor.

Jolanda ist in meinem Alter, Holländerin, und ihr Gesicht ist so sonnenverbrannt, daß sich die Haut in hellroten Inseln schält. In langsamen Kreisen nähern wir uns dem Himmelsbegräbnis von heute morgen, zögernd, um die Bilder nicht dem weißen Staub zu entreißen, in den die Erinnerung sie gelegt hat. Der Rest eines blutigen Erschauerns ist noch im Spiegel ihrer Augen zu lesen, und der Schatten über ihren hohen Wangenknochen löst sich mit dem Flügelschlag eines großen Vogels von ihrem Gesicht.

Ich breche in ein kurzes Lachen aus und gestehe: »Es wird lange dauern, bis ich wieder Chop-Suey bestelle!«

Niemand von uns hat gegessen. Das Bier in den Flaschen ist schal geworden. Auf der kalten Tischplatte haben sich unsere Unterarme in einer diskreten Berührung gefunden.

Jolanda ist jetzt eine Woche in Lhasa. Ebenso wie ich, ist sie von Golmud aus hereingekommen, und wir tauschen – in einem eigenartig zögernden Tonfall, der von dem Akzent herrührt, in dem unsere Sprachen einander ähneln – Erlebnisse von der Tour aus. Sie erzählt, daß die chinesischen Behörden hier am Ort dabei sind, alle Aufenthaltsgenehmigungen einzuziehen. Vor Ende des Monats sollen die Fremden Lhasa verlassen haben.

Der Anlaß dafür ist ein nationaler Feiertag, an dem die Befreiung Tibets gefeiert wird, wie die Chinesen es immer noch nennen. Den ganzen Tag über haben wir von unserem Quartier aus Schulkinder auf dem Hof exerzieren sehen. Paraden und Blasmusik, die ebenso im Chaos enden wie das Einmarschieren, das die chinesischen Lehrer den Schülern vergeblich einzupauken versuchen. Schüler, die argwöhnisch auf die roten Halstücher schielen, die man ihnen umgebunden hat.

Ein größeres Bankett wird vorbereitet. Das große »Touristhotel« in der Nähe des Flughafens empfängt jeden Tag wichtige Persönlichkeiten der chinesischen Volksregierung. Minister, Beamte, hochstehende Kader. Überall wimmelt es von Polizei und

Militär. Ein hartnäckiges Gerücht besagt, daß Deng Xiaoping als Ehrengast zum Bankett erwartet wird.

Nachts hat es auf den Straßen ein Feuerwerk gegeben. Kanonenschläge und Knallfrösche, fauchende Sonnen und Raketen am Himmel, die ihre leuchtenden Staubkronen zur Erde gebeugt haben – als Auftakt zu dem bevorstehenden, großen Volksfest.

Jolanda kommt mit einem bitteren Kommentar. Sie ist freischaffend und schreibt Artikel für irgendeine Illustrierte bei sich zu Hause. Die einzigen Tibeter, die sie beim Betteln erlebt hat, und das einzige, um das sie jemals angebettelt worden ist, war ein Bild von dem geliebten Dalai-Lama!

Sie bricht in schallendes Lachen aus, als sie die neuesten Nachrichten serviert, die unter den Journalisten die Runde machen: Die Tischordnung für das große Bankett ist verschwunden. An den Grenzen und beim Zoll werden alle einer Leibesvisitation unterzogen. Und das nicht nur, um die Leute daran zu hindern, Antiquitäten auszuführen, die aus den früheren Klöstern stammen und die überall im Land in Umlauf sind: Sie wollen den Missetäter finden, der den großen Tischplan gestohlen hat.

Dieser repräsentiert die Arbeit mehrerer Jahre in der lokalen Verwaltung: Wer steht zur Zeit mit wem auf der gleichen Stufe der Hierarchie? Kann man sie zusammensetzen oder nicht? Ihre Plazierung bei Tisch spiegelt die politische Situation wider; jeder Irrtum hat katastrophale Folgen. Man behält sich das Recht zu Änderungen in letzter Minute vor. Nun, da der Plan weg ist, befindet sich die Administration in einem totalen Chaos.

Das nächste, was sie berichtet, kommt als konspiratives Flüstern über ihre Lippen, und wir rücken unwillkürlich zusammen, wobei die Stuhlbeine laut über den Zementboden scharren. Es ist *so* wichtig, daß es in der offiziellen Regierungszeitung mit keinem Wort erwähnt worden ist.

Der frühere General der Roten Armee, Ren Rong, war bereits eingetroffen – und ist auf mysteriöse Weise wieder verschwunden. Bis 1979 war er Parteichef und Oberkommandierender der in Tibet stationierten Truppen, befehligte etwa 300 000 Mann. Er ist eine von den ganz großen Nummern auf dem bevorstehenden Bankett und verantwortlich für die Zerstörung von neun unter zehn Klöstern während der Kulturrevolution sowie für die Errichtung von Atomwaffenbasen auf tibetischem Gebiet. Im Volksmund »Der Schlachter« genannt, weil er jeden Aufstand seit 1959 mit blutiger Hand niedergekämpft hat, bis er, als der Wind aus einer neuen Richtung blies, von seinem Posten entfernt wurde.

Erfahrene Korrespondenten nehmen an, daß sein erneutes Auftauchen in der politischen Arena auf neue Aufstände hindeutet.

Jetzt weiß niemand, was aus ihm geworden ist. Und das ist die volle Wahrheit. Die Verwirrung der Behörden ist offensichtlich. Sie haben ganz Lhasa und die Umgebung abgesucht, und man vermutet Kidnapping im Rahmen von internationalem Terrorismus.

Ich sehe Jolanda dankbar an. Es ist lange her, daß ich Nachrichten gehört habe. Ich fühle mich der Situation wieder gewachsen. Mein schmächtiger Körper ist voller Energie, die durch Augen und Mund ausstrahlt. Ich erzähle Jolanda von der Demonstration in Kumbum, und sie nickt eifrig und macht sich auf einem kleinen Block Notizen. Etwas ist in Bewegung geraten. Das alte Feuer, das unter der Ohnmacht der Herzen schwelt.

Ich werfe einen Blick auf meine Schultertasche und stoße innerlich einen Seufzer aus. Die mit ihr verbundenen Geheimnisse muß ich, meinem Schwur gemäß, für mich behalten. Jolanda ist eine Schwester, mit der ich gern mehr teilen würde. Und ich sitze da als Neuankömmling, frage sie aus nach Informationen, und sie gibt bereitwillig von ihrem Wissen ab.

Erst in einer Pause wird sie wieder unsicher. Es ist das Himmelsbegräbnis, das in ihr spukt. Man darf dabei keine Bilder machen, und sie hat unmittelbar danach in ihrem Zimmer ein paar Skizzen angefertigt. Sie wolle gern darüber schreiben, aber ob sie sich erlauben könne, ihre Skizzen zu veröffentlichen, und ob ich sie sehen wolle?

Sie sind gut. Fast *zu* gut. Ein Schauer läuft mir über den Rücken, die Härchen richten sich erneut auf, während ich mich durch Einzelheiten blättere, die mit einem Strich eingefangen sind, der so nackt und nüchtern ist wie die Zerstückelung der Leiche.

Im Gegensatz zu mir hat sie Details der Gesichtszüge des Toten erfaßt, besonders unter den geschlossenen Augen, unmittelbar bevor die Gesichtshaut abgeschält worden ist. Sie kommen mir merkwürdig bekannt vor, und ich halte mich lange bei dieser Skizze auf – sie läßt eine Alarmglocke in meinem Kopf läuten, aber aufkommende Panik hindert mich daran, klar zu sehen. Das Bild rollt wieder vor mir ab.

Im selben Augenblick wird die Tür aufgerissen. Zwei Männer taumeln herein, ineinander verhakt wie zwei Kletten. Sie schlagen in verbissenem Schweigen aufeinander ein, und das Lokal erstarrt – so auch ich. Ich habe mich halb vom Stuhl erhoben, und als dieser hinter mir umkippt, höre ich mich japsen: »Bill!«

Er ist es. Und er ist nicht von dem Mann zu unterscheiden, der sich Kilroy nennt ...

Kilroy dreht sich zuerst um. Diesen Augenblick benutzt Bill, um ihm einen letzten Schlag unterhalb der Gürtellinie zu versetzen. Ein Ausdruck von Abwesenheit gleitet über sein Gesicht, während er Bill auf Abstand hält – mit Armen, die länger sind als die des anderen.

Das ist eines der wenigen Male, wo Kilroys Erinnerung aufblitzt –

Jetzt sieht Bill auch mich. Er ähnelt einem Jungen, der im Schulhof auf frischer Tat ertappt worden ist. Der Atem der beiden Männer erfüllt das Lokal. Sie lassen einander los, und jeder blickt im Bewußtsein des ihm zugefügten Unrechts wütend vor sich hin. Jolanda ist aufgesprungen und hat schon Platz am Tisch gemacht, als ich den beiden winke.

Wir bestellen eine Runde Bier. Ihre Brustkästen arbeiten immer noch wie Blasebälge. Sie bekommen kaum Luft, und ich kann nicht umhin zu lächeln, als ich mit einem Blick in Bills braune Augen sage: »Glaubt ihr nicht, daß ihr für so was allmählich zu alt seid?«

Bill schlägt die Augen nieder. Kilroy kaut auf seinen Lippen.

»Wenn ihr für Aufklärung sorgt, dann geben wir die nächste Runde Bier aus!«

Das folgende ist im großen und ganzen Bills Version der Geschichte:

Erstens nennt er Kilroy nicht Kilroy, sondern wechselt zwischen »Scotty«, »Sharky« und »Sapiro« – Kilroy dagegen nennt Bill konsequent »Pappy«. Soviel steht fest.

Wie ich längst aufgrund des alten Fotos aus der Kriegszeit erraten habe, *kennen* sich die beiden von früher. Das heißt: Kilroy hat auch das vergessen. Doch damals flogen die beiden als »The Flying Tigers« die Route Kunming. Pappy war der respektierte und geachtete Geschwaderkommandeur – Kilroy das schwarze Schaf.

Bessere Freunde hatte die Welt nie gesehen. Schon damals war Kilroy der waghalsigste Pilot im ganzen Korps, ein Draufgänger und Todesverächter. »Dummdreist«, nannten ihn die älteren Piloten. Scotty Sapiro war der Name, auf den Kilroy damals hörte. Von den meisten wurde er »Sharky« genannt – nach dem Hairachen auf seinem Jäger. Er hatte ihn selbst aufgemalt – und außerdem den Namen und das Bild der Frau, über die er sich seltsamerweise nie äußerte, wenn sie ihn in der Mannschaftsmesse auszufragen versuchten.

Pappy war die Vaterfigur – mit Erfahrung und hervorragenden Leistungen. Kilroy verspielte seine Erfahrung oft dadurch, daß er im Augenblick der Handlung überschäumte.

Zum Beispiel damals, als er bei einem wichtigen Abwurf von Waffen und Vorräten über Kunming zu ungeduldig war und seine Last zu früh »verlor«. In seinem stummen Alptraum hoch über der Stadt sah er, wie die Fallschirme vom Wind, dessen Stärke er falsch eingeschätzt hatte, über die dichtbesiedelten chinesischen Wohnviertel trieben.

Die langen, sargähnlichen Kisten mit Explosivstoffen fingen auf der Erde Feuer, das durch die Fallschirmseide schlug. Ein Anblick, den er später nie vergessen sollte. Menschen, die umherliefen und deren Schreie nicht zu ihm hinaufreichten. Er sah ihre brennenden Kleider und den Rauch von den leicht entzündbaren Häusern mit den Papierfenstern, die nach den Explosionssäulen als Funken aufflogen.

Niemand machte ihm Vorwürfe. So etwas konnte vorkommen. Aber das Bild wollte ihn nicht loslassen und sorgte für seine ersten schlaflosen Nächte.

Kurz danach traf er Eileen.

Sie war ein paar Jahre älter als er und stammte aus einer vornehmen chinesischen Familie. Gut ausgebildet, mit westlichen Manieren und einem internationalen Flair, das von ihrer Erziehung im französisch-englischen Konzessionsgebiet herrührte.

Ihre erste Jugend hatte sie in Salons mit roten Plüschstühlen und Parkettböden fortgetanzt. Dann wurde sie Krankenschwester in einem freiwilligen Korps in Kunming, brach mit dem altchinesischen Zweig der Familie und wurde – wie so viele andere junge Menschen – von der revolutionären Zeitenwende mitgerissen, die China erlebte. Sie war eng befreundet mit dem etwas älteren Chou En-lai, der in ihrem Elternhaus verkehrt hatte.

So schön war sie, daß Bill – nach all diesen Jahren – der Atem stockt, wenn er von ihr erzählt.

Von dem Augenblick an, als Scotty und Eileen einander bei einem Wiener Walzer trafen, den sie erst spät in der Nacht beendeten – allein und für die Umwelt verloren –, waren sie unzertrennlich.

Ihre junge Liebe war einzigartig auf der Welt. Sie fügte der Freundschaft zwischen Scotty und Pappy einen Riß zu, denn bis dahin waren die beiden unzertrennlich gewesen: ob sie mit all den abgeschossenen Flugzeugen prahlten, mit ihrem unmäßigen Konsum von Mai-Tai und Scotch oder mit der Zahl der leichtlebigen Damen. Kilroy zeigte plötzlich eine neue Seite, wurde zum Ritter, treu wie Gold. Es war nur natürlich, daß Pappy ihn vermißte, wenn er sich in der Stadt einen vergnügten Abend machen wollte.

Der Rest war reiner Neid. Und es ist wirklich wahr, daß Neid rein sein kann: immer dann, wenn tiefe Freundschaft und Liebe den Weg kreuzen.

Eileen wurde unter den Männern zu einer Legende. Sharkys Liebe machte sie tabu. Für die anderen unantastbar, war sie niemals auch nur einen Augenblick lang Gegenstand zotiger Bemerkungen in der Messe. Sie kamen zu ihr mit ihren Schrammen und Wunden und später mit ihren gebrochenen Armen und Beinen. Von ihr verbunden zu werden, so sagten sie, das sei wie die Berührung durch einen Engel. In ihrem Wesen vereinte sie das Beste aus verschiedenen Welten: eine Dame von Welt, die immer noch ihre Zigaretten aus langen goldenen Spitzen rauchte, wenn sie die Uniform abgelegt hatte.

Und sie vergoldete Sharkys Nächte. Tagsüber strahlte er von dem Licht, das sie füreinander angezündet hatten, und seine Stimme klang fern, denn er hatte immer ein kleines Lächeln um den Mund.

Dann schlug das Unglück erbarmungslos zu und riß die beiden Liebenden auseinander. Ein ehrgeiziger Kader der Jungkommunisten, ein übereifriger Junge mit stechendem Pfadfinderblick, denunzierte Eileen wegen intimen Umgangs mit Ausländern. Sie wurde in das ferne Harbing in der Mandschurei versetzt, wohin die Tiger niemals kamen. Kurz danach erhielt der Junge seinen ersten Vertrauensposten in der Partei. Sein Name war Li Ning.

Scotty war untröstlich. Er trank und weinte abwechselnd – und schlug in der folgenden Zeit Pappys Rekord an abgeschossenen Flugzeugen mit Mitsubishis Vollblutmaschinen und den gefürchteten »Drachenbombern«. Er wurde für die Tapferkeitsmedaille vorgeschlagen, die er indessen nicht bekam, weil sie versetzt wurden – zu General MacArthurs Pazifikpatrouille.

Das Beste daran war, daß er und Pappy nun wieder zusammen waren. Sie flogen die »Corsair«, und die Patrouille hieß »Die schwarzen Schafe«. Sie waren die Speerspitzen innerhalb der Taktik, auf der MacArthurs Ruhm basierte: die »Froschsprung«-Strategie, bei der eine Pazifikinsel nach der anderen erobert und wieder verlassen wurde, sobald man dort einen Stützpunkt errichtet hatte, so daß sie jederzeit zurückkehren konnten. Die großen B-29er kamen endlich in die Luft und überflogen – nachdem die Kinderkrankheiten überstanden waren – souverän die Linien des Feindes.

Für jedes abgeschossene Flugzeug bekam die Patrouille einen Baseballschläger von einer speziellen Mannschaft in den USA. Es gibt Bilder aus der Zeit, wo die ganze Mannschaft auf den

Tragflächen von Pappy Boyingtons »Corsair« Aufstellung genommen hat, während Pappy selbst im Cockpit sitzt mit Fliegerhelm und flatterndem Seidenschal. Kilroy ist nicht dabei; er war für besondere Aufgaben abgestellt worden. MacArthur hatte große Pläne mit ihm, von denen niemand wußte, worauf die hinausliefen. Bevor der D-Day anbrach und Scotty wieder auftauchte, mit einer Miene, als hätte er eine Maus gefangen.

Pappy sollte Geleitschutz fliegen, aber die Mission unterlag höchster Geheimhaltung. Es gab ein Gerücht, daß MacArthur vorhatte, eine neue Waffe zu erproben: die Bombe, die alle anderen Bomben überflüssig machen sollte.

MacArthur, der sich nie mit der Wankelmütigkeit der Politiker hatte abfinden können, war entschlossen, sie allein mit Zustimmung »seiner Jungs« zu testen, auf die er sich jederzeit verlassen konnte. Deshalb war die Mission geheim. Nicht nur wegen der Feinde, sondern in ebenso hohem Maß, weil man weder im Pentagon noch im Weißen Haus davon erfahren sollte.

MacArthur handelte – wie schon früher – auf eigene Faust und löschte danach seine Spuren aus.

An seinem eigenen privaten D-Day schickte er – mit Scotty Sapiro am Steuerknüppel – den Prototyp der »Enola Gay« über den Pazifik. Mit an Bord war eine der ersten fertigen Ausgaben der Kinderbombe. Es war beabsichtigt, die Bombe an einer bestimmten Stelle über dem Meer auszulösen, die von den Technikern für eine größere japanische Industriestadt berechnet worden wa. Aber alles ging schief. Die Bombe blieb in der Klappe hängen. Pappy hatte von seiner »Corsair« aus beobachtet, wie der Bombenschütze verzweifelt an den Fallschirmschnüren schnitt. Als sie sich endlich löste, war es für Scotty zu spät, wegzuziehen.

Pappys Augen waren die ersten, die dem blendenden Blitz ausgesetzt wurden. Getroffen von der Druckwelle, stürzte er ins Meer. Vierundzwanzig Stunden später fischte man ihn von einem japanischen U-Boot aus auf und schickte ihn außerhalb von Schanghai in Kriegsgefangenschaft. Hier wurde er überzeugter Kommunist und kämpfte mit den Roten, die ihn befreit hatten – bis 1949, als Chiang Kai-shek und seine ganze Bande nach Taiwan gejagt wurden, wo sie das alte chinesische Großreich als eine traurige Miniatur wiedererrichteten.

Scotty und der Rest der Crew, die die erste »Enola Gay« in den Wellen des Pazifiks »verloren« hatten, wurden für tot gehalten. Wie sich später zeigen sollte, hatte sich das alles in viel zu großer Nähe zu einer Insel abgespielt, deren eingeborene Bevölkerung und Häuptling den alliierten Truppen »gehörten«!

Während Bill erzählt, hat Kilroy die Augen auf den Tisch gerichtet. Zwischendurch haben sich seine Lippen bewegt – so, als wiederhole er für sich selbst den ewigen Refrain seines Lebens: Erinnern, erinnern, erinnern – all das, was ihm je verlorengegangen ist. Als er aufblickt, erstarrt das Blut in meinen Adern. Seine Augen sind leer wie zuvor. Sie können sich einfach nicht erinnern, huschen rastlos und fragend von einem zum anderen, als könnten wir uns alle als verschwundene Puzzlesteinchen seines Lebens entpuppen. Er fühlt sich unwohl – und einsamer, als sich jemand von uns vorstellen kann, und er scheint in seinem großen Ledermantel zu frieren. Bill hat eine Hand auf Kilroys Arm gelegt.

»Scotty«, flüstert er, »erinnerst du dich jetzt?«

Aber Kilroy schüttelt den Kopf. Ich ahne eine unfaßbare Schwere darin – von einem schwarzen Stern, der ein für allemal kollabiert ist und seitdem Schwere aus dem Universum gezogen hat. Alles, was seine Welt ausgemacht hat, ist um ihn herum eingestürzt. Er sieht keinen Ausweg. Die Erklärungen sind wenig wert, solange er sich nicht selbst erinnern kann.

Wir anderen spüren das als etwas rein Physisches, das unsere Gedanken dehnt.

Er sitzt lange stumm da. Dann kommt es, zögernd: »Pappy…, warum verfolgst du mich?«

Bill braust auf: »Ich dich verfolgen? Um dich aus dem Schlamassel rauszuziehen, in den du dich manövriert hast, Kamerad. Warum hast du mich auf dem Flugplatz niedergeschlagen? Ich komme angestürmt – der Polizei eine Nasenlänge voraus und mit der Lösung auf den Lippen –, und du gehst auf mich los!«

»Aber, du arbeitest doch für sie!«

»Quatsch! Ich habe Verbindungen, ja – hoch oben im Apparat. Aufgrund meiner Vergangenheit. Freies Auto, Dolmetscher und Chauffeur – Privilegien, die dazugehören. Sonst gibt es nichts, was du nicht wissen dürftest!«

Er fügt hinzu, nachdem ein größerer Schluck Bier durch seine Kehle geglitten ist: »Ich hatte bereits die ersten Fäden gezogen. Ren Rong glaubte fast schon daran, daß du als Agent für unsere Regierung arbeitest und daß es besser für ihn ist, seine Nase nicht allzu tief in die Sache zu stecken; ich kann dir sagen, du hast den Apparat ganz schön aufgemischt!«

»Was nun?«

»Ja, verdammt noch mal, das weiß ich nicht!«

Bill warnt ihn erregt: »Hast du erst mal Ren Rong am Hals, läßt er dich nicht wieder los!«

»Man sagt, er sei aus dem Spiel?«

»Das glaube ich keinen Augenblick!«

Bill sieht sehr ernst aus. »Ren Rong ist nicht der Mann, mit dem man seinen Spaß treibt.« Nach einer langen Pause fügt er hinzu: »Andererseits . . ., wenn sich Ren Rong mit der Sache befaßt, haben die anderen nichts erfahren – die nehmen nur Befehle entgegen –, also wenn er wirklich verschwunden ist oder wenn man ihn als Geisel genommen hat, ja, dann hast du mehr Glück, als die Polizei erlaubt!«

Kilroy sieht plötzlich erleichtert aus. Ich kann es ihm nachfühlen. Seine Stimme klingt frei: »Wie hast du mich wiedererkannt?«

»Das erste Mal habe ich dich flüchtig im Steinwald gesehen«, sagt Bill errötend mit einem Blick auf mich. »Ich glaubte, mir wäre ein Gespenst begegnet. Du warst ja tot für mich, Mann, all die Jahre! Als ich dich dann im ›Olympic‹ gesehen habe, war ich mir plötzlich ganz sicher. Es gibt nur einen Menschen auf der Welt, der in einer Gaststätte in so kurzer Zeit so viel Chaos anrichten kann: der alte Scotty!«

»Und . . ., du bist ganz sicher, daß es wahr ist?«

Bill sieht ihn vorwurfsvoll an.

»So wahr wie das Amen in der Kirche. Hast du nicht selbst gesagt, daß Eileen ...«

Kilroy schlägt die Augen nieder.

»Aber warum kann ich mich nicht erinnern?« fragt er, fast unhörbar. Es entsteht eine lange und qualvolle Pause, in der wir nicht wissen, was wir tun sollen. Es gibt keine Antwort. Selbst Jolanda sieht aus, als hätte sie einen Kloß im Hals. Schließlich sagt Bill langsam und vage: »Wenn ich bloß gewußt hätte, daß du den Auftrag für unsere ›Warhawk‹-Jäger bekommen hast – dann hätte heute alles anders ausgesehen und wir hätten zusammen mit den Jungs unser Jubiläum feiern können – und das Wiedersehen mit dem besten Piloten, der jemals von den Toten auferstanden ist. Heutzutage haben wir Anwälte, die alles für uns regeln, und das einzige, was wir selbst tun, ist Schecks auszuschreiben. Früher wäre das nie passiert!«

Ich lasse ihn ein wenig in Nostalgie schwelgen, wühle in meiner Tasche und werfe dann, an Bill gewandt, ein: »Ich bin auf der Polizeistation in Kunming gewesen. Die haben gesagt, daß *du* verschwunden seist und sie eine Fahndung ausgelöst hätten – warum haben sie das gesagt?«

Ich lege den Ausschnitt vor ihm auf den Tisch. Er betrachtet ihn lange mit gerunzelten Brauen. Mit dem Finger folgt er den Zeichen nach unten, Reihe für Reihe. Dann blickt er auf.

»Da steht überhaupt nichts von einer Fahndung! Das ist nur ein Bericht über das Jubiläum der ›Fliegenden Tiger‹ in Kunming und ihre großen Verdienste während des Krieges. Ich werde lediglich wegen meiner langjährigen Freundschaft mit dem chinesischen Volk besonders erwähnt. Sie müssen dich zum Narren gehalten haben.«

Ich erzähle von den Computerporträts, die der Polizist mit meiner Hilfe angefertigt hatte. Bill pfeift, dann werden seine Augen schmal.

»Kannst du den Mann beschreiben?«

Ich versuche es. Bill läßt sich schwer auf dem Stuhl zurückfallen, das Quietschen der Stuhlbeine schrillt durch das Lokal.

»Ren Rong! Da hättest du ebensogut mit dem Teufel persönlich reden können!«

Kilroy sitzt da und sieht aus wie jemand, dem ein Licht aufgegangen ist. Er hat den Ausschnitt an sich genommen.

»Bin ich das?« sagt er mit einem Blick auf den jungen Piloten.

Das Foto in seiner Hand zittert. Bill legt den Arm um seine Schulter. Er murmelt wie ein Erwachsener, der ein Kind beruhigen will. Kilroy hat Tränen in den Augen, die uns andere wegschauen lassen. Seine Schultern beben. Halb erstickt bricht es aus ihm heraus: »Hätte ich euch doch nie getroffen!«

Er holt tief Atem, bis sich sein Magen wieder beruhigt hat. Dann lächelt er Bill an, fast wie um Entschuldigung bittend.

»Pappy Boy, der Name *Sapiro* – der ist italienisch, nicht wahr?«

Jetzt sieht Bill aus, als würde die Welt zusammenstürzen. Er ist blaß und kann kaum die Worte herausbringen: »Weißt du das nicht ...?« Er flüstert es nahezu.

»Was denn?« antwortet Kilroy zögernd.

»Guter Gott!« stöhnt Bill. Dann reißt er sich zusammen: »Wir haben nie deinen richtigen Namen erfahren. Du hast schon eine andere Identität gehabt, als du zu den ›Tigern‹ gekommen bist – als einer von MacArthurs speziellen Jungs. Sie haben dich aus einem geheimen Versuchszentrum in New Mexico geholt, ausgestattet mit ID-Marke, falschen Papieren und allem. Stolz wie ein Spanier bist du gewesen. MacArthur hatte dich mit einer Ohrmarke für einen ganz besonderen Job gekennzeichnet – erst nach Hiroshima ist uns klargeworden, um was es dabei gegangen ist!«

Dieser letzte Schlag läßt jeden Ausdruck von Kilroys Gesicht verschwinden. Es spiegelt nur noch Leere. Ich habe so etwas nie zuvor gesehen. Trotzdem ist es, als wäre die Luft gereinigt. Es ist der Status quo ante. Er ist wieder auf seiner alten Bewußtseinsstufe.

»Verdammt!« brummt er nur. Dann steht er auf, schüttelt sich wie ein Hund nach einem unfreiwilligen Bad – und geht zur Theke, um Bier und Mai-Tai für alle zu holen. Er kippt den

Branntwein in sich hinein und wischt sich mit dem Handrücken über den Mund: »Brrr!«

Bill beobachtet ihn mit verstärkter Aufmerksamkeit. Er behält ihn ständig im Blick – als wäre der Freund aus Glas und könnte jeden Augenblick zerbrechen. Aber Kilroy hat sich schon wieder im Griff. Seine Hand zittert kein bißchen, als er das Glas hebt.

»Prost! Sitzt nicht da wie eine Beerdigungsgesellschaft. Ich bin das gewöhnt! Es ist nie anders gewesen – und das wird es auch jetzt nicht. Heute ist sogar einer meiner guten Tage!«

In Wirklichkeit glaube ich, daß seine Erleichterung enorm war.

Weit entfernt ertönt ein Kanonenschlag. Darauf eine Serie, die nach einer ganzen Reihe von Knallfröschen klingt.

Mit einem ironischen Blitzen im Auge sagt Jolanda: »Ja, da gibt es wieder Feuerwerk auf den Straßen ...«

Aber die Gesichter von Kilroy und Bill sind in einem ganz anderen Ausdruck erstarrt. Sie sehen einander an. Bill spricht es zuerst aus:

»Das da, das ist kein Feuerwerk – das ist eine Maschinenpistole!«

Ein unmanierlich breites Grinsen gleitet über Kilroys Gesicht. Er reibt sich die Hände.

»Das Fest hat begonnen, Freunde!« sagt er. »Von nun an kann alles geschehen!«

Die Luft da draußen schnappt mit einem kurzen Knattern nach Atem. Ein qualvoller Ausdruck hat sich über Bills Züge gelegt. Er steht auf und geht zur Tür. Einen Augenblick starrt er in die Nacht hinaus. Dann kommt er zurück.

»Da draußen brennt es! Ich kann den Schein am Himmel sehen – unten vor dem Jokhang-Tempel!«

Jetzt können wir die Sirenen hören und weitere Schüsse, Schreie im Dunkeln – und ein ansteigendes Brausen von einer Volksmenge.

Dann schallt ein rhythmischer Ruf durch die Straßen: »Tak-Druk! Tak-Druk! Tak-Druk!«

Die chinesischen Händler bewegen sich unruhig auf den

Stühlen. Ihre Gesichter haben die Farbe der Wand hinter ihnen angenommen. Der Ruf kommt näher.

»Tak-Druk! Tak-Druk!«

Das ist Tibetisch, und wir verstehen es nicht. Jolanda und ich blicken fragend drein. Instinktiv suche ich bei Kilroy die Antwort. Seine Augen leuchten, und er lauscht den Rufen wie einer liebgewonnenen Melodie. Als er die Frage in meinem Blick auffängt, erbarmt er sich.

»Das ist der Tigerdrache! Tak-Druk bedeutet ›Der Tigerdrache‹ – ganz ruhig, das sind Freunde!«

Das Lokal wird vor meinen Augen zum Karussell. Unwillkürlich klappere ich mit dem Schloß meiner Umhängetasche. Bill will es jetzt genauer wissen: »Was zum Teufel soll das? Was geschieht da?«

»Das ist die tibetische Untergrundbewegung oder die Befreiungsfront, wenn du so willst. Sie demonstrieren aus Anlaß des Befreiungstages!«

»Ich hatte geglaubt, sie hielten sich an friedlichere Mittel als diese! Wenn ich mich nicht sehr irre, war das ein Molotowcocktail, der da gerade explodiert ist!«

Der Feuerschein tanzt auf der Wand. Wir hören von draußen ein lautes Zischen. Zwei der Chinesen sind in der Toilette verschwunden, der dritte steht flehend und bettelnd vor der verschlossenen Tür.

»Jetzt nicht mehr – Pappy Boy. Seit 1981, als Norbu aus dem Exil zurückgekommen ist und Tak-Druk gegründet hat, treten sie für den bewaffneten Kampf gegen die Chinesen ein. Bist du darüber erstaunt – als alter Kommunist, meine ich …?«

Bill sieht seinen Kameraden fast drohend an.

»Sharky, Sharky! In was hast du nun schon wieder deine Finger gesteckt?«

»In nichts, gar nichts!« kommt es blitzschnell – wie von einem Schuljungen.

Es ist schon ein seltsamer Anblick, als die beiden älteren Herren kichernd zusammenbrechen und sich einander zwischen die Schulterblätter klopfen.

»Was für ein Jubiläum!« stöhnt Bill wenig später.

Ich hingegen warte nur darauf, daß mein Bote kommt.

Er ist da – zwei Minuten, nachdem ich daran gedacht habe. Ich bin schon auf dem Weg zur Tür, als sie sich öffnet und ein heulender Windstoß Kies auf den Fußboden wirft. Es ist Laban, der Lastwagenfahrer. Wer sonst?

»Ich komme vom Tigerdrachen!« sagt er und drückt mich fest in seine starken Arme. Kilroy pfeift und blickt an die Decke. Jolanda und Bill sehen mich verständnislos an.

Kurz darauf hat uns Laban mit auf die Straße genommen und führt uns fort von der Demonstration, die inzwischen in einen offenen Kampf ausgeartet ist. Die Tibeter, ausgerüstet mit Stökken, Steinen und langen Messern, werden von Fahrzeugen umschwärmt, die Feuerfliegen ins Dunkel spucken. Die Luft ist dick von Maschinengewehrsalven. Unten am Jokhang-Platz haben sie einen Jeep umgekippt und mit Benzin in einen Scheiterhaufen verwandelt.

»Die Polizeistation brennt!« heult Laban über die Schultern in den Wind, der den Kies der Straße aufwirbelt und in messerscharfen Stößen vor sich her treibt.

»Morgen bekommen wir noch mehr Himmelsbegräbnisse!« ruft Kilroy zurück. Er bildet die Nachhut und deckt Jolanda und mich mit seinem Körper. Niemand kümmert sich um Bills Proteste.

Wir hasten durch die engen Gassen in dem tibetischen Viertel. Irgendwann bemerke ich, daß wir uns die ganze Zeit über links halten – immer in die gleiche Richtung, so wie die Tibeter um ihre Heiligtümer herumgehen –, und schließlich gelangen wir in eine Gasse, die noch schmaler ist als die vorige.

Hoch am Himmel brennt Lhasa wie in einem Spiegel. Rufe und Schüsse entfernen sich mehr und mehr, aber man hört noch immer das Stampfen von Stiefeln, das wie ein Echo von den Felsen zurückgeworfen wird. Wir gehen wieder nach links –

Es ist eine Sackgasse! An ihrem Ende liegt ein niedriges, weißverputztes Haus und schimmert blau in der Lhasa-Nacht. Laban hat seine Schritte verlangsamt.

Er ruft etwas in Richtung der Türöffnung, die einen liegenden Halbmond mit einer Sonne darüber zeigt.

Wir treten über die Schwelle und stehen vor einem dicken Teppich, der einen Raum verhängt, in dem Butterlampen brennen. Hier herrscht eine merkwürdige Stille. Niemand spricht. Wir scharren mit den Füßen und warten, Laban mit einem Finger auf den Lippen.

Dann raschelt ein Vorhang, und ein vornehm gekleideter Tibeter winkt uns herein. Kilroy flüstert ihm etwas ins Ohr und erhält dafür einen langen Händedruck. Die beiden Männer vor mir gehen zur Seite, Jolanda, Bill und Laban bleiben im Dunkel hinter mir. Ich sehe mich mitten im Raum plaziert, ein Blickpunkt im gedämpften Schein der Lampen.

Vor mir, auf einem Thron aus gelber Seide, die oben zu einem Baldachin gerafft ist, sitzt der kleinste Lama, den ich je gesehen habe: mit einer goldenen Mütze und in einer winzigen Mönchstracht. Die Kinderwangen glänzen im Licht wie Butter.

Es ist der Junge, der vor einigen Tagen im Hof mit Drachen gespielt und den der Khampa Tsering mit jener Fürsorge beaufsichtigt hat, die bei Männern so rührend wirkt und Frauenherzen zum Schmelzen bringt. Dasselbe runde Kindergesicht, dessen Schimmer ich in der Pilotenkabine von Kilroys Jäger erblickt habe. Er kann kaum sieben Jahre alt sein, aber in seinen Augen glimmt ein Licht, das älter ist als die Welt.

»Ist das der Tigerdrache?« flüstere ich in den Raum. »Ich habe etwas aus Lhosang mitgebracht ...«

Nach meinen Worten bleibt es still. Der Junge hat sie nicht verstanden und sich mit einer ernsten, fragenden Miene an den blaugekleideten Tibeter gewandt. Etwas dämmert mir. Die Frisur. Die Haltung. Von dem kleinen Erwachsenen geht eine Autorität aus, die nicht einmal durch die Gesichtszüge eines Siebenjährigen aufgehoben werden kann.

Nicht ganz, antwortet der Mann, der offensichtlich Kilroys Freund ist; dann fährt er fort: »Der Tigerdrache – so nennt man mich. Unter Freunden Norbu.«

Kilroy schickt ihm einen Blick, den ich in einer anderen Situation verliebt nennen würde.

»Nenn mich Norbu!« kommt es zwangläufig, »und laß sehen, was Lhosang uns auf so charmante Art schickt . . .«, fügt er galant hinzu, und ich erröte bis in die Zehenspitzen. Während ich das Buch vom Boden der Tasche hinaufbefördere, spricht er ernst mit dem Jungen, der einsilbig antwortet.

Ich halte das Buch in den Schein der Lampe und reiche die alte Seide mit fragendem Blick dem Mann, der nicht Tigerdrache heißen will. Von den länglichen Holzdeckeln verbreitet sich mit dem Staub der Quastenbänder ein leicht antiker Duft. Als er die Hände ausstreckt, um es entgegenzunehmen, wird mir plötzlich heiß in den Wangen: Er trägt einen sattelförmigen Ring am Finger. Mit einem großen, blauen Stein, in dem für mich in einer Nacht vor dieser das Mondlicht geglänzt hat.

Die Augen des kleinen Goldkönigs verfolgen jede unserer Bewegungen. Es ist gleichsam eine Art Nische um ihn herum, eine Staubkrone. In der einen Hand hält er eine Fliegenklatsche aus Pferdehaar, die er von Zeit zu Zeit mit einer Handbewegung über die Schulter schwingt. Trotzdem versucht er nicht anders auszusehen als irgendein beliebiges neugieriges Kind.

Norbu hat das Buch an seine Stirn geführt und reicht es danach dem Jungen, der mit den Fingern ein Zeichen darüber macht.

Erst dann löst Norbu die geknoteten Bänder und wickelt das Kleinod vorsichtig aus der Seide, die unter seinen Fingern zerfällt und hinabrieselt.

Ebenso vorsichtig nimmt er die Holzdeckel des Bucheinbands ab und streicht über das vergilbte Papier. Dann blickt er auf. Es ist schwer, seinen Gesichtsausdruck zu deuten, aber als er wieder zu dem Jungen spricht, ist seine Stimme leise. Er bekommt einen Gefühlsausbruch zur Antwort, die Fliegenklatsche fährt nach oben, danach dreht das Kind für einen Augenblick sein Gesicht zur Wand. Norbu wendet sich an uns. Sein Englisch ist normalerweise tief und wohlklingend, aber dieses Mal ist es tonlos.

»Lhosang ist tot! Sie haben ihn hingerichtet – er muß es gewußt haben, als er dir das Buch gegeben hat . . .«

Meine Hand drückt die Messer, die er mir geschenkt hat. Ich habe sie die ganze Zeit über bei mir gehabt und für alles mögliche zwischen Himmel und Erde verwendet. Nun sind sie ein Schutz gegen die Ergriffenheit, die mich innerlich ganz rein spült, denn es ist klar, daß Norbu die Wahrheit sagt. Ich sehe Kilroys breite Nasenflügel beben – als versuchte er eine imaginäre Fliege zu verscheuchen.

Norbu spricht wieder. Seine Stimme ist Seide und Stahl: »Zuerst Tsering und die Khampas – alle elf –, und jetzt Lhosang, mein alter Lehrer. Morgen diejenigen der Leiter, die es nicht schaffen, heute nacht wegzukommen. Wir haben viel zu tun.«

Kilroy nickt und bewegt ein paar Worte im Hals, ohne daß er sie herausbringen kann. Dann läßt er sie in einem Räuspern untergehen, das lediglich den Eindruck seiner Verlegenheit verstärkt. Norbu ist gefaßt und umreißt die Situation – wie ein General, der Bericht erstattet. Vielleicht ist das seine Art, sich zu schützen, vielleicht ist die Trauer anders, wenn man die Wiederholung für größer hält als den Tod.

»Wir haben einen Teil ihrer Waffen erobert – vor allem Handfeuerwaffen. Die Polizeistation mit Archiven und schwarzen Listen haben wir verbrannt. Acht bis neun Fahrzeuge umgekippt und angesteckt – bis jetzt. Vorläufig gibt es acht Tote – in und außerhalb unserer Reihen, darunter drei Mönche, mehr als hundert Verletzte, und die Kämpfe gehen weiter. Mehr als zweitausend Menschen sind auf den Straßen, und wir tragen die Verantwortung für sie alle! Dabei hat das Ganze als friedliche Demonstration um Jokhang begonnen – was wird als Nächstes geschehen?«

Bill tritt vor.

»Darf ich etwas sagen?«

Norbu lächelt, und Kilroy nickt – gespannt und besorgt zugleich.

»Ich glaube nicht, daß es einen Weg zurück gibt, falls ihr an Rückzug denkt. Wir sind schon zu weit gegangen. Wenn ihr den Topf am Kochen haltet, müssen wir anderen dafür sorgen, daß die Welt hiervon erfährt. Jolanda ist Journalistin, und auch ich habe meine Verbindungen. Wenn ich die Führung da oben richtig einschätze, haben sie sämtliche Telefonleitungen unterbrochen, und Xinhua bestimmt allein, was man im Westen erfahren soll.«

Kilroy stößt einen Seufzer der Erleichterung aus.

»Danke für diese Worte«, murmelt er in Bills Richtung. Beide strahlen in alter Freundschaft. Norbu ist jetzt sehr ernst.

»Ich schulde euch wahrscheinlich eine Erklärung«, sagt er zu dreien von uns, während Kilroy sich in den Schatten zurückzieht.

Norbu räuspert sich und beginnt:

»Dieses Buch hier ist der Schlüssel zu Ereignissen, die ihr vielleicht nicht ganz verstehen werdet, da ihr nicht unseren Glauben teilt. Es ist die geheime Biographie des Mongolen Nomon-Khan über Den Sechsten Dalai-Lama – zweifellos der am meisten umstrittene unter unseren Gottkönigen ...«

Er wirft einen Blick auf den Jungen, bevor er fortfährt: »Um das alles zu verstehen, ist es nötig, mehrere hundert Jahre in der Zeit zurückzugehen. Mit dem Tod Des Fünften Dalai-Lama 1682 nach christlicher Zeitrechnung entstand ein unvorhergesehenes Problem. Der Potala-Palast war im Bau, aber noch nicht fertiggestellt. Die Mandschu-Dynastie stand auf der Schwelle zu Tibet, begierig, einen Fuß hineinzubekommen.

Politische Unruhe und Furcht davor, daß der Bau ins Stocken kommen könnte, veranlaßten den stellvertretenden Regenten des Dalai-Lama, dessen Tod geheimzuhalten. Man sagte, er habe sich zu tiefer Meditation zurückgezogen.

In der Zwischenzeit war sein Nachfolger herangewachsen und zu einem jungen Mann geworden, der an Frauen und dem Schäferleben Geschmack gefunden hatte. Er kleidete sich in Blau wie ein junger Adliger, ließ das Haar wachsen, anstatt es zu rasieren, pflanzte Blumen vom Pferderücken aus und trank Tsang mit seinem Volk im Park hinter dem Palast. Oder er besuchte den ›gelbgemalten‹ Bezirk in Lhasa, Shöl genannt, wo die Frauen Liebe und die Männer Wein verkauften. Man sagt, er habe eine geheime Öffnung in die Palastmauer brechen lassen, so daß er zu jeder Tages- und Nachtzeit ungesehen kommen und gehen konnte.

Mehr als dreizehn Jahre gelang es, den Tod Des Großen Fünften geheimzuhalten. Dann war Potala fertig, und der Nachfolger wurde unter dem Namen Tsangyang Gyatso Gyalwa Rinpoche usw. . . . eingesetzt.

Das paßte ihm schlecht. Er fühlte sich eingesperrt. Er war ein Singvogel in einem goldenen Käfig, und er liebte das Leben, das ich beschrieben habe.

Als er zwanzig wurde und seine volle Klosterordination empfangen sollte, schockierte er alle, indem er dem Mönchsgelübde abschwor. Sein Sinn stand ihm mehr nach den Frauen, und er zog die Konsequenz.

Ein Schrei der Entrüstung erhob sich. Intrigen wurden geschmiedet. Vor allem die Chinesen gossen Öl ins Feuer – er war ein Ketzer, sein unziemlicher Lebenswandel war mit der Lama-Institution unvereinbar, wir hatten einen Scharlatan als Gottkönig bekommen!

Sie übersahen eines: Was die Chinesen im verborgenen tun, das tun wir in Tibet offen. Der Sechste war Dichter, und er schrieb von seinem hohen Platz aus Lieder. Er jubelte in Versen:

*In Potala*
*nennen sie mich Den Goldenen*
*aber in Shöl*
*nennen sie mich nur schön!*

Das Volk liebte ihn. Und je stärker die Chinesen und ihre mongolischen Alliierten Ränke schmiedeten, um so geschlossener standen wir hinter unserem neuen Dalai-Lama, der uns zeigte, daß Gott viele Wege und Gesichter hat. All seine Lieder sind Liebeslieder – noch heute in ganz Tibet bekannt und gesungen. Sie handeln ausschließlich vom Lob und Preis der Frau, und derjenige, der nicht das Göttliche darin sehen kann, hat den Gesang Des Großen Sechsten nicht verstanden.«

An dieser Stelle wirft er mir einen so warmherzigen Blick zu, daß ich von Kopf bis Fuß dahinschmelze.

»Nun ja, die Zeit verging. Die Infiltration durch die Chinesen hielt an – ja, es ist eine alte Schlacht, die in dieser Nacht in Lhasas Straßen ausgetragen wird!«

Und hier beginnt die lange Geschichte von seinem Tod:

»Der Mandschukaiser schickte Boten von China. Unter einer Eskorte ihrer alliierten mongolischen Generäle – Ren Rong stammt aus deren Geschlecht! – sollte er nach Peking gebracht werden, um einen offiziellen Besuch abzustatten, wie es hieß. In Wirklichkeit hätten sie ihn als Geisel genommen.

Er war damals im gleichen Alter wie mein Bruder, als der außer Landes gehen mußte. Dreiundzwanzig Jahre. Die Bevölkerung von Lhasa witterte Unheil. Angeführt von Lamas, griffen sie den Konvoi unmittelbar vor dem Drepung-Kloster an, um ihren geliebten Gottkönig zu befreien. Es ist derselbe Name, den sie heute in den Straßen rufen! Drei Tage hielten sie gegen die Übermacht stand – dann mußten sie sich ergeben.

Die Geschichte – vor allem die chinesische – behauptet, daß der Gottkönig bei Gunga-nor starb, im Jahre 1706. Einige Quellen geben eine Krankheit als Ursache an, andere behaupten offen, daß er von seinen Gefängniswachen vergiftet worden sei.

Knapp fünfzig Jahre nach seinem vermeintlichen Tod tauchte dann Nomon-Khans geheime Biographie auf. Sie ging von Hand zu Hand und verbreitete das Gerücht von seinem neuen Leben …

Ich stehe hier mit dem Original. Wie Lhosang mein Lehrer war, so war seine frühere Inkarnation Lehrer Des Sechsten, und auf diese Weise hängen wir zusammen – verbunden durch Zeit und Raum.

Nomon-Khan erzählt vom Leben Des Sechsten: Er entkam seinen vielen Plagegeistern, das ist wahr. Man erzählt sich, daß ein alter Mann in der Öffnung seines Zeltes am Gunga-nor-See auftauchte, wo der Konvoi Rast machte. Auf die Frage des Dalai-Lama, wer er sei, antwortete der Alte, er heiße Sengge. Das bedeutet Berglöwe. Die Berglöwen haben wir heute in unserer Flagge. Der Sechste nahm das als ein Omen, und da ›Gunga‹ Glück bedeutet, als ein gutes Omen. Kurz darauf sagte er zu einem Diener, daß er Wasser holen wolle. Danach hat ihn niemand mehr gesehen. Der Mongolen-General erfand die Geschichte von seinem Tod – nicht zuletzt, um seine eigene Haut zu retten! Der Goldene Sechste verschwand für immer aus Politik und Palastintrigen – und hinterließ nur das Dynamit des Mythos!

Von Sengge übernahm er seinen neuen Namen, der Berglöwe, und er zog sich für den Rest des Sommers in die Höhlen zurück, wo er zusammen mit den Löwen lebte. Er jagte mit ihnen und teilte mit ihnen das Fleisch – roh von den Knochen. Das war das Fest der Tiere, und sie knufften ihn, rollten den Glanz ihrer Pelze um den Zweibeiner, der auf dem Rücken lag und in den Himmel lachte – wie ein Kind.

Im Jahr darauf konnte man ihn als Bettler in Lhasas Straßen antreffen. Und beim religiösen Neujahrsfest wurde er von seinem alten Lehrer wiedererkannt. Darum wurde Lhosang der Wächter der Legende, denn er bestätigte das, was Nomon-Khan viele Jahre später heimlich niederschrieb.

Die Frauen in Shöl – dem großen Bräutigam während seiner Abwesenheit angetraut – teilten weiter sein Geheimnis. Und er liebte sie wie früher. Es wird sogar gesagt, daß er mit einer ganz besonderen Frau einen Sohn bekam, der für die Nachwelt namenlos blieb –

Nomon-Khan sagt, daß er von Gunga-nor in die Kham-Provinz reiste. Er wurde in Amdo gesehen und verharrte am Spiegelsee, um Bilder von seinem weiteren Leben zu sehen. Im Laufe der Zeit kam er nach Ladakh, Indien, Nepal, China – einen festen Ort fand er nur in der Legende: in einer legendären Stadt, die wir ›Shambala in den Wolken‹ nennen.

Er setzte die lange Wanderung fort. Einige der letzten Jahre in seinem damaligen Körper verbrachte er als Hirte bei einer Frau in der Mongolei. Damals war er ein Mann Anfang Sechzig, ungefähr in unserem Alter –«

Er schickt Kilroy ein Grinsen und Bill ein gnädiges Nicken, bevor er seine Erzählung wieder aufnimmt:

»Als sie ihm eines Tages vorwarf, daß der Wolf die Schafe reiße, ging er hinaus und fing ihn mit bloßen Fäusten. Er fesselte ihn an den Pfoten und warf ihn über die Schultern. So kehrte er zur Hausherrin zurück und warf ihn ihr lebend vor die Füße. Jetzt könne sie selbst Rechenschaft fordern. Er wolle sich nicht zum Herren über ein Leben in der Ödmark machen, und kurze Zeit darauf verschwand er.

Seine Spur verliert sich schließlich in der Inneren Mongolei, von wo er seitdem immer wieder zurückgekehrt ist.

Der Mann, der nicht bei Gunga-nor starb, bekam im Laufe weniger Jahre einen Nachfolger. Den Siebenten in der Reihe der Gottkönige. *Wir* wissen, daß Der Sechste lebte. Das steht hier, geschrieben von einem Zeitgenossen, der ihn kannte –«

Er hält das Buch hoch.

»... und möge es niemals wieder in die Hände der Chinesen fallen. Sie sind Meister der Fälschung und säen nur Zweifel in die Herzen der Menschen. In den letzten Jahrzehnten hat unsere Kultur mehr Schaden erlitten als in zweitausend Jahren. Nichts ist schlimmer, als von einem Land ohne Religion erobert zu werden!«

Er sieht mir direkt in die Augen.

»Wir wollen nie die Frau vergessen, die die Schrift zu einem Zeitpunkt zurückgebracht hat, da Linien, die umfassender sind, als wir überblicken können, einander kreuzen und wo blutige Ereignisse und neue Kämpfe folgen.«

Er schweigt eine Weile, während ich den Blick niederschlage. Dann wendet er sich an den Jungen:

»Eine alte Weissagung geht davon aus, daß Der Vierzehnte Dalai-Lama der letzte in der Reihe sein wird. Tenzin – mein Bruder – und ich haben diesen Punkt oft diskutiert und dem Nechung-Orakel vorgelegt, das die Weissagung bekräftigt hat. Da Der Sechste lebte, haben wir in Wirklichkeit zwei Königsreihen, die wir hüten müssen. Mein Bruder verkörpert die offizielle – und daneben existiert ›Die geheime Nachfolge‹, die Wiedergeburten Des Sechsten. In Nomon-Khans Biographie finden sich die Schlüssel dafür. Wie es heißt, von Dem Sechsten selbst. Da Der Siebente eingesetzt wurde, als Der Sechste noch lebte, verzweigt sich die Linie von diesem Punkt an –«

Jolanda wirft ein: »Das verstehe ich nicht. Ihr sagt, daß der Dalai-Lama den Gottkönig verkörpere, nicht mehr und nicht weniger – dann muß einer von ihnen falsch sein!«

»Ich weiß, daß es von eurer Warte aus so aussieht. Für uns dagegen sind das zwei gleichermaßen einleuchtende Wahrheiten, die wir in uns tragen. Die Seele – die Energie – ist nicht materialisiert, nicht greifbar. Sie ist überall im Nichts – und in uns. Sie kann mehrere Körper zu einem machen – und einen zu mehreren ...«

Aus dem Dunkel hört man Kilroys kräftiges Räuspern.

Jolanda gibt nicht auf: »Aber die Linie deines Bruders ist doch eine andere. Steht ihr ihm mit eurer Bewegung und heimlichen Nachfolge nicht im Wege?«

Norbu sieht sie lange an. In seinem Blick ist nichts als allumfassende Freundlichkeit. Es ist der Diplomat in ihm, der antwortet: »Ich kann nicht alles sagen. Aber *eines* ist gewiß: Es gibt nichts, was *er* nicht weiß!«

Der Junge sagt etwas zu Norbu. Der nickt, bevor er sich wieder an uns wendet. »Es ist spät. Die Nacht ist kurz. Ihr könnt in den hinteren Räumen schlafen. Aber bevor jeder von uns zu seinen Angelegenheiten zurückkehrt, will ich meine Geschichte abschließen. Denn jede Erzählung, die nicht vor Tagesgrauen beendet wird, ist zur Fortsetzung verurteilt und schiebt den Tod hinaus. Dreihundert Jahre lang wissen wir vermutlich von der Wiedergeburt Des Sechsten – und haben sie geheimgehalten, während Der Siebente die Reihe fortgesetzt hat. Wenn mein Bruder stirbt, wird die Linie – unsichtbar für die Welt – fortgeführt, und Tibet besteht. In den Wolken –«

Niemand spricht. Norbus Geschichte hängt im Raum.

Einige Minuten lang, die wie Jahre erscheinen, stehen wir zu Salzsäulen erstarrt. Der Junge hat seinen Zauber über uns geworfen. Norbu folgt einer grüßenden Bewegung von ihm und gibt sie an uns weiter – die Handflächen nach vorn und nach unten gewendet.

Der Junge hat den Ausdruck von Abwesenheit verloren. Er sieht uns unverwandt an, und es geht ein seltsamer Ernst von seinen runden Wangen aus. Die Augen verweilen ohne ein Flakkern in ihren Falten. Sie sind wie Steinkohle – gespiegelt von dem Diamanten des Bewußtseins. Während ich ihn anstarre, wächst er auf das Vielfache seines Umfangs. Ich höre Norbus Stimme aus großer Ferne zurückkommen:

»Der Wiedergeborene Sechste bittet mich, euch zu danken. Er wünscht, daß alle eure Vorhaben gelingen mögen. Wir begeben uns jetzt zur Ruhe!«

»Wie heißt er?« wagt sich Jolanda mit ihrem inneren Notizblock vor.

»Sengge«, antwortet Norbu kurz. »Der Sechste ist geboren – Der Berglöwe!«

Der Junge hat sich erhoben. Mit Beinen, die zu kurz sind, um den Boden zu erreichen, hopst er vom Thron herunter. Er läuft direkt zu Kilroy und murmelt etwas an seinem Hosenbein. Kilroy hebt ihn hoch und wirbelt ihn durch die Luft, daß die Mütze wegrollt. Zum Schluß schwingt ihn Kilroy durch seine Beine. Der Junge taucht unter und verschwindet mit einem rasselnden Geräusch hinter dem Vorhang. Er hinterläßt im Raum eine Stille, die größer ist als vorher. Norbu räuspert sich.

»Kilroy, wenn du bitte mit mir kommen willst. Wir müssen den Plan ändern. Lhosangs Tod kündet weitere Tote an. Die Nacht ist kurz!«

Unmittelbar bevor auch diese beiden hinter dem Vorhang verschwinden, fasse ich mir ein Herz, gehe zu Norbu und frage ihn: »Wir sind einander gewiß schon begegnet?«

Er lächelt mich an, ohne etwas zu sagen. Eine Braue hat er hochgezogen, die Hand schwebt über seinem Kopf in einer Bewegung, die nie zu Ende geführt wird.

Ich fahre fort: »Im Zug nach Golmud. Oder irre ich mich?«

Da strahlt Norbu über das ganze Gesicht. Er senkt die Stimme zu einem Flüstern: »Leider zwangen mich die Umstände, vor der Zeit auszusteigen!«

»Ich wollte es nur wissen. Danke!«

Ich hätte nicht glücklicher sein können, wenn es Der Sechste selbst gewesen wäre!

Kilroys Erstaunen gilt uns beiden. Er treibt Norbu mit einem ungeduldigen Rascheln des Vorhangs zur Eile an.

Laban kümmert sich um uns andere. Ich bekomme einen Raum für mich allein, mit einem Lager aus Decken und Fellen, die mich in ihren Duft einhüllen und angenehm durch meine Kleidung pieken.

Die ganze Nacht über kann ich Kilroy und Norbu leise durch die dünne Wand sprechen hören. Zwischendurch erheben sie sich und rascheln mit Karten und Papieren. Ich höre das dumpfe Aufschlagen der Buchdeckel, wenn Norbu etwas nachschlägt. Irgendwann liest er Kilroy aus der Biographie vor, indem er direkt vom Blatt übersetzt.

Das ist wie eine ferne Musik im Raum. Ausgehend von der Passage, daß die Lamas damals drei Tage lang bei Drepung standhielten, legen sie die Strategie fest, noch zwei Tage Widerstand zu leisten und sich danach zurückzuziehen. Das letzte, was ich vor dem Einschlafen höre, ist Norbu, der aus der Schrift zitiert:

»›Der Ehrwürdige antwortete: Der Kaiser kann meinem Körper befehlen. Die Seele nimmt keine Befehle entgegen!‹«

Ein neuer Tag graut über Lhasa.

Am nächsten Tag gehen die Kämpfe weiter. Erst um die Mittagszeit wird es ruhiger. Die Stille vor dem Sturm.

Durch eine geheime Passage kommen wir aus Lhasa heraus.

Hier trennen wir uns. Jolanda und Bill sollen versuchen, die Nachrichten aus dem Land zu bekommen. Jolanda hat die ganze Nacht auf ihrem kleinen transportablen »Nec« geschrieben, der die Wörter elektronisch speichert und über das Telefonnetz senden kann. Bill, der sich mit besonderen Privilegien in dem großen »Touristhotel« in Lhasa einquartiert hat, soll versuchen, ein wenig mit den Leitungen zu zaubern. Inzwischen ziehen wir anderen zum Sera-Kloster.

Es ist nur ein kleines Stück vom Platz für das Himmelsbegräbnis entfernt. Ein schmaler Weg führt dorthin, auf dem wir uns nach oben schrauben, immer an der Felswand entlang. Kilroy, der Wiedergeborene, Norbu und ich.

Die anderen sollen versuchen, sich uns später anzuschließen, um zu berichten, wie es gegangen ist.

Das Innere des Sera-Klosters ähnelt dem, das ich in Kumbum besichtigt habe. Staub. Dunkle Teppiche. Lange Reihen von Butterlampen und murmelnde Mönche auf Podesten und Sitzmatten. Schleichende Filzstiefel und das Geräusch von Vorhängen, die ständig gehoben und wieder fallen gelassen werden. Goldene Statuen in allen Nischen und Winkeln.

Nur von außen sieht das Kloster anders aus. Tibetischer Gebirgsstil mit Messingplatten in den ockergelben Mauern und trapezförmig geschnittenen, schwarzgeteerten Fenstern. In den Fels eingebaut, fällt das Kloster in einer harmonischen Terrasse zum Weg hin ab.

Ich spüre eine große Unruhe im Körper, die Luft ist drückend. Ein Gewitter zieht in den Bergen herauf. Der Himmel ist nahezu violett, mit langen, schwarzen Strichen. Es donnert in der Ferne, und die Bergziegen rennen in der aufgeladenen Luft umher wie eine Viehherde.

Norbu und Kilroy sind überall – ich sehe sie nur von Zeit zu Zeit flüchtig auftauchen, und die Götter mögen wissen, was für Aktivitäten der Tigerdrache in diesen schicksalsschweren Stunden in Gang setzt.

Ich habe den Tag für mich – und ahne nicht, was ich damit anfangen soll. Kuriere kommen und gehen – bringen Nachrichten in das Kloster und verlassen es mit Botschaften. Die chinesischen Behörden mobilisieren Mannschaften und Material. Elf von ihren Militärfahrzeugen wurden zerstört, ehe die Kämpfe abklangen.

Alle warten auf die nächste große Offensive. Über verborgene Kanäle strömen chinesische, pakistanische und indische Waffen ins Kloster. Es ist schon ein merkwürdiger Anblick, wie sich Mönche aller Altersgruppen pakistanische Kopien der AK-47-Maschinenpistole über die Kutte hängen.

Ich bin auf das flache Dach gegangen und starre über das Tal, bis meine Augen voll Wasser laufen. Es ist noch immer alles ruhig in Lhasa. Die Stille der Stadt kann ich bis hierher ahnen. Niemand ist auf den Straßen. Das Militär patrouilliert. Ein Konvoi grüner Autos mit stummen, drohenden Kanonenmündungen rollt irgendwann in Lhasa ein, aber als ich wieder vom Dach herunter bin, hat man das schon längst gemeldet.

Dann erblicke ich in der letzten Kurve nach Sera zwei Gestalten. Ohne zu winken kommen sie näher. Es sind Jolanda und Bill. Die ersten Gewitterwolken platzen, und der Regen wird über die Gebirgsseite heruntergeweht. Die letzten paar hundert Meter laufen sie.

Ich nehme sie am Tor in Empfang.

Wir senden einen Boten nach Kilroy aus – Norbu ist anderswo in Anspruch genommen.

Sie sind durchnäßt und fallen einander ins Wort. Alle Ausländer müssen nun kurzfristig das Land verlassen. Journalisten werden einfach ausgewiesen und mit »Chinese Airways« nach Chengdu geflogen. Auf eigene Kosten. Jeder Zugang zu den Tele-Verbindungen und anderer Nachrichtenübermittlung ist abgeschnitten. In Lhasa selbst wurde Ausgangssperre verhängt.

Aber immerhin: Sie haben Jolandas Bericht an »Ritzaus Nachrichtenbüro« durchgeben können! Nicht über die offiziellen Kanäle – die sind gesperrt, selbst für alte Freunde des Regimes. Nein, Bill als erfahrener Funker hat das Telefon auf seinem Zimmer mit ein paar Kurzschlüssen präpariert. Er hat es an Jolandas »Nec« anschließen können und – nach ein paar Versuchen – Verbindung zu »Ritzaus Nachrichtenbüro« bekommen. Und weg war der Artikel, mit Schallgeschwindigkeit –, bevor noch die Chinesen mit den Augen zwinkern konnten. Nun ist er draußen in der Welt.

Bill ist erschüttert. Seine Regierung unterstützt das Peking-Regime und bezeichnet den Aufruhr als »Krawalle und international inspirierten Terrorismus«.

Sie haben sich auch kurz am Flughafen umgesehen. Im Laufe des Tages sind mehrere hundert chinesische Soldaten und Polizeitruppen in Lhasa eingeflogen und alle Militärhubschrauber mobilisiert worden.

Sie berichten, daß Jokhang bewacht wird. Der Tempel liegt in einem Ring aus aufgepflanzten Bajonetten.

»Hinter all dem sehe ich Ren Rongs Handschrift«, schließt Bill.

Ich habe ihn selten so finster erlebt.

Kilroy dagegen lächelt seltsam und vieldeutig, als er murmelt:

»Kaum. Ren Rong weilt – wie man so sagt – nicht mehr unter uns!«

»Was sagst du da?« rufen Bill und ich wie aus einem Munde. Aber was mich betrifft, ist die Frage überflüssig. Die Teile des Puzzles fallen auf ihren Platz, während ich mir an die Stirn schlage: Natürlich!

»Wir haben gestern morgen seinem Himmelsbegräbnis beigewohnt. Soweit ich mich erinnere, waren die Damen persönlich anwesend …«

Bestürzt blickt Jolanda von Kilroy zu mir. In dieser Sekunde habe ich eine ihrer Skizzen klar vor Augen: Es war der Mann, mit dem ich auf der Polizeistation von Kunming gesprochen habe! Der große Mongole, der so glatt war wie ein Aal.

»Scotty, hast du …«

Kilroy nickt. Blickt auf seine Hände. Schaut dann wieder auf. Ein entschlossener Ernst ist in seinen Augen. Aber auf keinen Fall kann man Reue darin sehen.

»Das ist unglaublich«, entfährt es Bill, »wirklich unglaublich! Scotty, in was, zum Teufel, hast du uns nur wieder reinmanövriert? Es war wohl dein spezieller Freund, der dich dazu veranlaßt hat?«

Kilroy bestreitet das mit einem energischen Kopfschütteln. Er kratzt sich am Hals und sieht pfiffig und unschuldig zugleich aus: »Es war mein Alpha, der gesagt hat, daß ich es tun könne!«

»Dein was …?« explodiert Bill. Dann schüttelt er den Kopf: »Wie hast du es getan?«

»Ren Rong hat jeden Morgen in aller Herrgottsfrühe gejoggt. Ich hab nicht schlafen können und bin im Park hinter dem Potala-Palast spazierengegangen. Hinter einem Busch hab ich ihn erwischt, wo er die Trainingshosen heruntergelassen hatte. Es ist reiner Zufall gewesen. Meine Freunde haben dafür gesorgt, daß er ein angemessenes Begräbnis bekommen hat! Es ist kein Haar von ihm übriggeblieben …«

Wir sitzen eine Weile stumm da. In Bill beginnt es zu glucksen, zuerst unterdrückt, dann bricht es aus ihm heraus. Er heult, und die Tränen stehen ihm in den Augen.

»Scotty«, brüllt er und klatscht sich auf sein Knie, »Scotty, verdammt noch mal!«

Sein Lachen steckt uns andere an. Wir lachen, daß es in den Haarwurzeln prickelt. Die Mönche eilen an uns vorbei – und senden Blicke in unsere Richtung, als wären wir wahnsinnig.

Als wir wieder atmen können, stöhnt Bill mit seiner letzten Luftreserve: »Dann bist du ja frei, Mann. Das ist phantastisch!«

Kilroy zuckt mit den Achseln. Aber es ist ganz deutlich – das Lachen hat ihn stolz gemacht. Er sieht aus, als würde er an etwas denken, das lange zurückliegt.

Gegen Abend flammen unten in Lhasa die Kämpfe wieder auf. Das dumpfe Dröhnen am Himmel hallt von den Bergen um uns herum wider. Der rötlich flackernde Lichtschein stammt nicht mehr von den Blitzen. Lhasa brennt.

Die ganze Nacht über sind die Lamas von einer Zeremonie in der Halle des Haupttempels in Anspruch genommen. Im Mittelpunkt steht der Junge, und wieder dröhnen die Trommeln, dazwischen metallene Beckenschläge und Hörnerklänge. Die lange Messe hält uns wach, der Mönchsgesang wird zu einem Meer von Stimmen, die sich kräuseln und flüstern, ansteigen und wieder zu einem Murmeln abfallen. Dann stimmen die Hörner ein.

Unmittelbar vor Tagesgrauen beginnt der Angriff.

Sie starten mit Hubschraubern über Sera. Dann werden die Klostermauern von der ersten Explosion erschüttert. Wir sind von Truppen umstellt. Norbu teilt die letzten Waffen aus und gibt Befehle. Mit einem Schlag ist das Kloster in eine Festung verwandelt. Die Lamas beantworten Feuer mit Feuer.

Wir können nicht gewinnen, aber wir können die Stellung halten und auf die Sympathie der Welt hoffen. Nun, da die Nachricht rausgegangen ist, müßten internationale Proteste eingehen. Jolanda und ich kauen an den Nägeln. Schußwaffen sind nicht gerade unsere Sache. Aber Bill und Kilroy sind draußen und beantworten zusammen mit den anderen das Feuer.

Über Mittag beruhigt sich der Kampf. Gott weiß, ob die Chinesen Mittag essen, denke ich – völlig absurd. Ich werde noch verrückt vom Nichtstun.

Norbu kommt angelaufen. Er ist verschwitzt und schwarz vom Pulver, aber unbewaffnet.

Er ruft mir aus einer Türöffnung zu: »Wir müssen euch hier rausbekommen! Euch und den Jungen. Wo ist Kilroy?«

Der ist augenblicklich zur Stelle. Norbu entspannt sich wieder. Sie machen schnell einen Plan, holen Bill dazu. Wir dürfen einander keinen Moment aus den Augen verlieren. Sobald wir das Kloster verlassen haben, befinden wir uns auf feindlichem Territorium, und alles kann geschehen. Ob wir das verstanden haben? Jolanda und ich nicken.

Dann holen sie den Jungen. Wie beim letztenmal läuft er zu Kilroy und will sich herumwirbeln lassen. Dieses Mal klingt sein Lachen lange in der Luft – wie kleine Glocken. Er trägt eine dick wattierte Jacke und eine Mütze mit Klappen, die den größten Teil des Gesichts verbirgt. Nach dem langen Ritual in der Nacht fallen ihm fast die Augen zu, aber er ist voller Vertrauen, putzmunter und vollkommen ruhig.

Unsere kleine Gruppe setzt sich in Bewegung. Eine Eskorte von Mönchen mit Maschinenpistolen folgt uns. Irgendwo hinter dem Kloster kommen wir heraus und folgen eine Weile den Wildwechseln über das Gebirge. Dann geschieht es, völlig unerwartet.

Immer noch sehe ich die Bilder vor mir. Bei jeder Reproduktion werden sie langsamer:

Direkt vor uns, aufgetaucht aus dem Nichts, steht ein chinesischer Kindersoldat. Er ist allein. Und er hat Angst. Unsere Gruppe ist eine angsteinflößende Übermacht. Ich sehe die Maschinenpistole in seiner Hand zittern.

Wir bleiben stehen. Norbu hält mit einer Handbewegung die Mönche hinter sich zurück. Niemand kann sich überwinden zu schießen.

Norbu geht auf ihn zu.

Mit dem Erschrecken eines Vierzehnjährigen in den aufgerissenen Augen hebt der Soldat seine Waffe. Während er zittert, rasseln die Kugeln aus dem Gewehr. Norbu faßt sich an den Arm. Hinter mir höre ich einen Schrei.

Der Wiedergeborene ist gegen einen Felsen geschleudert worden. Aus einer klaffenden Wunde am Hals pulst das Blut in einem Strahl, der langsam verebbt. Seine Augen sind weit offen und verbinden die Wolken mit der Erde. Er stirbt, ohne auch nur noch einmal zu blinzeln. Es ist Kilroy, der schreit. Ein wilder Schmerz verzerrt seine Züge.

Ich sehe, wie Norbu zu dem Soldaten geht und die Hand auf die Mündung der Maschinenpistole legt. Er tut das ohne jede Dramatik, und die Maschinenpistole verstummt.

Norbu wirkt ruhig und umsichtig. Er nimmt dem jungen Soldaten lediglich die Waffe ab, ergreift seinen Arm und schickt den Taumelnden den Abhang herunter. Niemand schießt auf ihn. Ich sehe, wie ein Lama nach dem anderen die Maschinenpistole abnimmt und auf den Boden legt.

Wir stehen wie gelähmt, die Zeit scheint stillzustehen. Ich will nicht versuchen, Norbus Reaktion zu beschreiben. Er scheint gefaßt, als er niederkniet und eine Hand über Sengges Augen legt. Als er sie wieder wegnimmt, sind die Augen geschlossen. Er versammelt die Mönche um den Toten. Ein klagender Chorgesang steigt aus ihren Kehlen. Es sind wilde Trauerlieder, und sie tragen ihren kleinen König in einer Prozession langsam über den Berg zurück zum Sera-Kloster. Norbu hält den ganzen Weg über eine Hand vor seine Augen und die andere auf der Stirn des Berglöwen.

Kilroy hat sein Gesicht in den Händen verborgen. Zu unseren Füßen liegen die Maschinenpistolen und zeigen in alle Richtungen.

Bill sagt etwas, und Kilroy nickt stumm. Jolanda, leichenblaß, spiegelt mein eigenes Aussehen. Meine Nasenspitze ist kalt. Ich starre der Prozession nach, die singend eins wird mit dem Berg, bevor sich das Kloster wieder um sie schließt.

Bill hat Kilroy aufgerichtet. Er steht da in seinem verwirrten Traum, und sein Gesicht ist streifig von Tränen. Seine Trauer läßt uns andere handeln. Wir nehmen ihm die Waffe ab; Bill wirft seine eigene in eine Felsspalte. Dann setzen wir uns in Bewegung – den Pfad hinunter nach Lhasa. Wie eine Gruppe Touristen, die sich versehentlich ins Kampfgebiet verirrt hat.

Weiter unten am Weg wimmelt es von Militärfahrzeugen. Wir

gehen zum nächsten Kontrollposten. Sie blättern unsere Papiere durch; die Luft um sie herum ist geladen, aber sie interessieren sich für niemanden von uns speziell. Kilroy bewegt sich wie ein Schlafwandler. Ihre Blicke gleiten über ihn hin und weiter zu uns anderen. Bill spricht mit ihnen chinesisch, und das genügt.

Sie machen uns darauf aufmerksam, daß wir das Hotel nicht verlassen dürfen. Wir entschuldigen uns mit Unwissenheit. Unsere Aufenthaltsgenehmigungen sind eingezogen. Wir drücken nickend unser Einverständnis aus. Zwei dunkelgestrichene Polizeihubschrauber donnern über unsere Köpfe.

Wir werden in einen fensterlosen Kastenwagen verfrachtet und am Hotel wieder abgesetzt, wo man uns mit besonders höflichem Lächeln empfängt.

Wir hören, daß der Kampf wieder begonnen hat.

Es donnert in Lhasas Straßen – abwechselnd mit dem Namen des Heiligen: Tak-Druk, Tak-Druk. Sie wollen ihren Dalai-Lama zurückhaben. Die tibetischen Frauen haben sich jetzt an die Spitze gesetzt. Die Menge läuft Amok. Steine pfeifen an die Fenster, Schilde und Visiere; Benzinbomben zischen, und wir sitzen und kauen auf den Nägeln, wie zuvor auf Bills Zimmer.

Das heißt – Kilroy hat sich unsichtbar gemacht. Irgendwann war es, als würde er aufwachen; er murmelte irgend etwas und ging aus der Tür. Niemand von uns hat versucht, ihn aufzuhalten. Er ist sicher zurück zu Norbu gegangen.

Jolanda haben die Ereignisse zu sehr gelähmt, als daß sie darüber schreiben könnte. Plötzlich reitet sie der Teufel. Sie will sehen, was da draußen in der Nacht vor sich geht, stürzt hinunter ins Vestibül und aus dem Hotel. Bill läuft ihr hinterher.

Als er zurückkommt, kann er nur erzählen, daß er sie verloren hat. Alles geht zur Hölle, und wir setzen uns hin, um zu warten. Sie kommt nicht zurück. Irgendwann geht Bill hinaus, und ich falle in einen bitteren Halbschlaf.

Als ich erwache, hält Bill meine Hand.

»Sag es nur«, murmele ich und wende das Gesicht ab.

Es ist nicht viel, was er weiß. Nur ein paar Gerüchte. Eine holländische Frau sei von den Kugeln der Polizei verwundet, vielleicht getötet worden. Lebend, tot oder schwer verwundet sei sie aus Tibet in ein Krankenhaus in Katmandu gebracht worden.

»Was sollen wir tun?« betteln Bills Augen. Ich erhebe mich.

»Wir gehen zurück nach Sera. Ich glaube, ich kenne allmählich ein paar Wege.«

Draußen graut der Tag. Die Sonne kommt kraftlos über die Berge. Bald wird sie die Erde erreichen, und die Wärme wird dampfend aufsteigen. Alles ist seltsam ruhig. Wir müssen uns in den Arm kneifen – wieder ist es so, als wäre nichts geschehen. Nur das Brummen der Militärfahrzeuge in den menschenleeren Straßen erinnert uns an vierundzwanzig Stunden voller Schrecken.

Unentdeckt gelangen wir auf den Pfad, den wir gleich wieder verlassen.

Aber die Belagerung ist aufgehoben. Die Straßenabsperrungen von weiter unten sind weg, und weder Fahrzeuge noch Soldaten sind im Gelände postiert. Die Landschaft wirkt öde und leer. Die Welt ist mit sich allein. Ein Fuchs bellt und wittert Morgenluft.

»Ich glaube, die Schlacht ist vorbei«, sagt Bill leise und läßt die Augen flach über den Felsboden fegen.

Als wir hinauf in das Kloster kommen, hören wir die Trauermesse der Mönche. Es hat mehrere Tote gegeben – vor allem einen, der den Schlag der Herzen aussetzen läßt und dessen Name ungenannt bleibt – so wie zuvor.

Kilroy nimmt uns in Empfang. Sie haben uns kommen sehen. Wir sagen nichts. Wir gehen hinter seinem Rücken her, der sich durch einen Vorhang nach dem anderen duckt, bis wir in einem Raum in gedämpftem Dunkel stehen.

Der Gottkönig ist prunkvoll aufgebahrt. Sie haben ihn so schön mit Seide und Brokat geschmückt. Im Tod hat er mehr Ähnlichkeit mit dem, der er war. In seinem Gesicht ist jetzt etwas unendlich Weises.

Norbu sitzt völlig gebrochen an seinem Lager. Ich gehe zu ihm und will ihm aus meiner neugewonnenen Überzeugung

Trost zusprechen: »Was nun, Norbu? Wieviel Zeit wird vergehen, ehe ihr hinausgeht und den Wiedergeborenen findet?«

Norbu bleibt lange stumm. Ich sehe, wie die Jahre an ihm vorbeiziehen. Dann blickt er auf.

»Das, was mein Volk in immer wiederkehrender Schönheit glaubt«, flüstert er vor sich hin, »das glaube *ich* nicht!«

Er bedeckt sein Gesicht. Niemand sonst hat es gehört.

Viel gibt es nun nicht mehr zu erzählen.

Die folgenden Tage sind voller Aktivitäten; für dieses Mal sind die Kämpfe vorbei. Die Behörden jagen die Männer und Frauen der Organisation. Tag und Nacht. Norbu muß raus aus Tibet – um jeden Preis. Darüber sind wir uns einig. Aber wie?

Wir haben ihn aus dem Kloster an einen geheimen Ort in den Bergen gebracht. Aber es ist nur eine Frage der Zeit, daß sie ihn fassen – falls er nicht schnell von hier wegkommt.

Kilroy und Bill stecken die Köpfe zusammen. Ich weiß wohl, was sie treiben. Nachts sind sie mit Schweißgeräten, Stahlstangen und Glas draußen. Tagsüber sitzen sie über alten Karten und Routen von damals. Sie kennen alle Schlupflöcher in der Bergkette.

Dann kommt der Tag, an dem Norbu mit seinem Bruder im Exil in Dharamsala wieder vereint werden soll. Er ist in Leder und Staubbrille eingepackt, um seinen Kopf ist ein Handtuch als Turban gewickelt, und in seinem Gespräch mit uns kommt ein wenig von seiner alten Munterkeit zum Vorschein.

Wir sind zu viert und gehen hinunter zum Begräbnisfelsen, der sich dort über den Abgrund erstreckt. Die Vögel sind in der Luft.

Auf dem Stein ist man mit weitaus mehr Leichen beschäftigt, als ich für möglich gehalten habe. Wie gewöhnlich sind keine Chinesen anwesend.

Wir gehen weiter über die Müllkippe. Es ist noch dunkel. Kilroy und Bill treten nach den Pappkartons. Dann fassen sie ein paar große Kartonstücke an und ziehen sie weg, indem sie rückwärts gehen. Norbu und ich legen mit Hand an, und bald haben wir inmitten des Abfalls eine Bahn freigelegt.

Inzwischen haben Kilroy und Bill Brotpapier, Holzwolle und alte Hühnerknochen von einem Gerüst abgesammelt. Zum Vorschein kommt die umgebaute »Warhawk«. Jetzt gibt es in der Kabine zwei Sitze; die verchromten Auspuffrohre sind überstrichen.

Die Tibeter nehmen keine Notiz von uns. Norbu hat die Hände auf dem Rücken. Er hat ihnen ein Zeichen gegeben.

Bill denkt die ganze Zeit über irgend etwas nach. Er geht mit Kilroy ein letztesmal die Route durch, schüttelt fast vergessene Tricks von damals aus dem Ärmel, zupft an Kilroys Kleidung. Es ist der alte Flugleiter, der jetzt wieder zum Vorschein kommt, und die Route ist die gleiche, die sie viele Male zuvor geflogen sind. Hin und zurück zwischen Indien und Kunming – über das Dach der Welt und durch die Linien des Feindes.

Er sprudelt über von Radarlöchern und Flughöhen, spricht von der Kompaßrichtung beim Durchfliegen einer Felsschlucht und dem sich daran anschließenden Steigen auf mehrere tausend Fuß über die Gipfel des Himalaja ...

Kilroy sieht ihn glücklich und geduldig an. Er nimmt nicht *ein* Wort auf – das alles haben sie tausendmal zuvor besprochen.

Dieses hier ist Nummer tausendundeins.

Dann umarmen sie einander zum Abschied.

Jetzt steigt Norbu auf die Tragfläche und versinkt zwischen den Armlehnen des hinteren Sitzes. Kilroy folgt ihm in die Maschine und zieht sofort das Cockpit zu – bevor Bill noch etwas einfällt.

Als der Propeller brüllend anspringt, werden PVC-Flocken und Zellophanstreifen herumgewirbelt. Auf der Klippe für das Himmelsbegräbnis halten sie einen Augenblick inne; der »Schlachter« richtet sich auf und grüßt ein letztes Mal zu Kilroy hinüber, ehe er sich wieder über die heute bereits verstümmelt angelieferten Leichen beugt, die er unter den Messern hat.

Durch den Jäger geht ein Ruck. Bill legt den Kopf schräg, um die Umdrehungen zu zählen. Als der alte Tiger da drinnen die Bremse losläßt, nickt er unwillkürlich. Ja, genau in diesem Augenblick hätte auch er das Tier losgelassen ...

Die Maschine rollt über den Schuttabladeplatz. Aus Lhasa höre ich ganz schwach Sirenengeheul, aber niemand nimmt davon Notiz. Sie haben schon abgehoben.

Kilroy kreist über dem Begräbnisfelsen. Bill und ich beugen uns nach hinten, um zu sehen, ob sie winken. Wir können nichts erkennen. Die Maschine ist verdunkelt.

Die alte »Warhawk« steigt und wird zur Silhouette. Kilroy läßt die Maschine seitlich auf aufsteigenden Luftströmungen schweben, so daß sie einem Vogel gleicht – erst übergroß, dann in derselben Größe wie die anderen. Er hat den Motor abgestellt und schwebt weiter in Kreisen, die denen der Vögel ähneln. So verschwinden sie. Zusammen mit der Vogelschar gleitet das Flugzeug nach und nach zum Rand des Gebirges. Dämmerung legt sich über den Himmel und löscht alle Konturen aus.

Man hört nur den Wind, der im Gefieder rauscht.

An diesem Tag kehrte Bill über Chengdu und Peking in die USA zurück. Es gab Dinge, die er an höherer Stelle sagen mußte.

Kim ist übrigens in Lhasa aufgetaucht. Er kam als stolzer Mittelpunkt einer Polizeieskorte angewandert. Nette Menschen! Er hatte eine Feder an den Hut bekommen – wie ein zweiter Peter Pan.

Auf eigene Faust war er so weit gekommen, daß Lhasa der nächste Ort war, für den man ihm eine Aufenthaltsgenehmigung erteilt hatte. Er mußte eine längere Selbstkritik schreiben, aber ansonsten hatten sie ihn gut behandelt. Zwischendurch hatten sie sogar gelacht. Er ist ein wenig sauer, weil ich vor ihm hier gelandet bin. Aber trotz allem ist er es, der den Weg abgekürzt und das Abenteuer gewählt hat.

Er ist von der Sonne ganz verbrannt, und die Tibeter haben ihn selbstverständlich den ganzen Weg über auf Händen getragen. Er erfährt, daß hier eine Menge passiert ist, und er ist natürlich tödlich enttäuscht, daß wir morgen das Land verlassen müssen. Sein Gesicht wird lang, als ich das bestätige.

Dann strahlt er wieder: »Und jetzt erzähle ich dir, was ich erlebt habe ...«

Draußen vor dem Fenster erhasche ich ein flüchtiges Blitzen. Ein Drache hat sich von seiner Schnur losgerissen. Silberglitzernd steigt er über dem Tal, wendet sich in langen Drehungen im Licht und ist verschwunden – eine Fischschuppe, die das Himmelsmeer zurückgenommen hat.

ENDE